30,50

CW00450157

Jules Vallès

JACQUES VINGTRAS III

L'Insurgé

Édition présentée,
établie et annotée
par Marie-Claire Bancquart
Professeur à la Sorbonne

Gallimard

PRÉFACE

La Trilogie de Vallès porte les marques des tribu-
lations et des malheurs de l'existence de son auteur ;
nulle œuvre ne fut moins établie d'avance, moins
écrite selon un plan tracé une fois pour toutes. Elle
ne peut aucunement être comparée aux séries roma-
nesques de Zola ou aux trilogies de Barrès. D'un
autre côté, elle est tellement consubstantielle à Vallès
qu'elle apparaît comme plus « nécessaire » que la plupart des œuvres de son temps ; c'est bien ce qui rend
sa lecture attachante. Le dernier roman de la Trilogie,
L'Insurgé, concentre en lui ces caractères : il est le
résultat des hasards du journalisme, et le texte que
nous lisons, s'il est assurément conforme aux désirs
de Vallès, n'a paru qu'après la mort de celui-ci. Mais
il n'en est peut-être que plus significatif d'un destin.
On trouve dans L'Insurgé l'histoire d'une métamorphose individuelle et d'une métamorphose sociale,
étroitement liées l'une à l'autre : le bachelier réfractaire du temps de l'Empire devient le combattant de
la Commune. Le moment où il part en exil est celui où
il cesse de ressentir l'exil comme une inévitable malédiction. Tout, avant la Commune, était incertain,
négatif. Le jeune homme en colère n'avait derrière
lui qu'une enfance terrible, et, devant lui, que le néant.
L'homme qui a vécu la Commune « a eu son jour ». Il
relit son existence à travers ce jour-là, qui n'a pas

encore connu de lendemain, mais qui en connaîtra
un, il le sait : et L'Insurgé posthume est justement
comme un appel, au-delà de la mort, à ceux qui
vivront une révolution durable. Mais c'est aussi
l'explication de toute la vie de Vallès, soudainement
justifiée, parcourue d'une illumination. Le dernier
tome de la Trilogie est le récit des événements qui ont
permis à l'œuvre romanesque d'être écrite. Ce rôle fait
songer à celui du Temps retrouvé dans l'ensemble du
texte proustien. Lui aussi posthume, Le Temps
retrouvé donne les raisons pour lesquelles a pu être
écrite la scène initiale de la Recherche, et la Recherche
tout entière. Ainsi n'aurions-nous ni L'Enfant, ni
Le Bachelier, si le communard exilé n'avait puisé
dans l'aventure de L'Insurgé de quoi rendre exemplaires
des tristesses et des élans qu'il avait longtemps crus
stériles. Il serait impossible de ne pas lire L'Insurgé
comme un témoignage politique (et fortement engagé,
dans une histoire qui n'est pas celle des historiens) ;
mais ne voir que ce témoignage, ce serait justement
passer à côté d'une de ses significations les plus émou-
vantes. Ce livre, qui ferme une œuvre, la fonde en
même temps. Sensibilité, vocabulaire, timbre de la
phrase, ce qui fait enfin l'écrivain, viennent de lui.

   La preuve, c'est qu'avant d'avoir vécu la Commune,
Vallès n'avait pu mener à bien des récits qui cependant s'inspiraient des mêmes événements que la Trilogie — sauf le dernier, évidemment (mais on peut
constater que dans L'Insurgé même, les faits antérieurs
à la guerre occupent près de la moitié du roman ;
le récit de la Commune, de sa naissance à sa chute,
n'emplit que le tiers des chapitres, ce qui rend singulièrement risquée l'assimilation du roman tout entier
à un roman de la Commune). Vallès n'a pas vingt-
cinq ans lorsqu'il entreprend sa série des Réfractaires.
Ces errants, ces ratés, ces saltimbanques, il les peint
avec une compréhension fraternelle et des « traits »

incisifs qui font songer aux portraits de L'Insurgé ; *mais ils ne sont groupés que dans une immense négation de tout ce qui constitue la bonne société impériale. Pas d'obéissance, pas de conformisme, pas de course à l'argent ; au terme, la mort. Comment offriraient-ils un but au jeune homme en colère, lui aussi esquissé, bien des fois, avant* Le Bachelier : *dans* Le Dimanche d'un jeune homme pauvre, Le Bachelier géant, Pierre Moras ? *Ce jeune homme est écœuré par les langues mortes, dont il apprend à ses dépens qu'elles n'ouvrent aucune carrière où l'on puisse librement s'exprimer. Il est pauvre, et ne veut pas se vendre. Il est seul, et nul ne va vers lui ; orgueilleux, et il ne va pas aux autres.* L'Éducation sentimentale *nous présente ses frères en désarroi, rongés par le mal d'un second Empire où l'intellectuel, où le jeune libéral sont traqués par la censure.*

Mais le jeune homme vallésien est plus irrémédiablement voué à la perte, parce qu'il est plus profondément révolté. Vallès ne peut le laisser vivre que comme le saltimbanque du Bachelier géant, devenu marginal comme on se défroque : encore faut-il être géant, ou présenter quelque autre anomalie physique ! La société étant pervertie, le garçon normal, ambitieux et franc est condamné à mort. Vallès ne parvient pas à le faire vivre. Dans Un gentilhomme, *Maurice est à deux doigts pourtant de réussir une sorte d'utopie agraire, fort marquée de paternalisme ; les préjugés vont à la traverse ; il faut une intrigue alambiquée pour tuer le jeune homme, mais Vallès n'hésite pas à l'imaginer. Maurice se suicide. Suicide beaucoup plus aisé, si l'on peut dire, dans* Pierre Moras. *Le héros de ce feuilleton-là passe de la province à Paris avec toute sa naïveté de fort en thème et d'écrivain local ; il s'empêtre en outre d'une brave et simple fille : salons, salles de rédaction, faux amis ferment les portes ; la ville est impitoyable ; et le déshonneur vient.*

Tout cela est bien mélodramatique. Pourtant, ils sont là, les rêves du bonheur paysan exprimés dans L'Enfant, *les dégoûts de l'Université clamés dans* Le Bachelier *et* L'Insurgé, *les vaines tentatives littéraires vécues par Vingtras dans ces deux romans ;* Villemessant, *une vedette de* L'Insurgé, *c'est le Vuillaumais de Pierre Moras, dans lequel on reconnaît aussi Levallois, Boulmier, tant d'acteurs de la Trilogie... Seulement, tout est fermé dans la vie comme dans une prison, et d'autant plus que Vallès, amoureux médiocre, est incapable de trouver une expression dans l'érotisme ou la passion. D'autre part, il ne conçoit pas l'art pour l'art. (D'ailleurs, la censure impériale non plus, elle qui condamne* Madame Bovary *et* Les Fleurs du mal *!)*

Alors ? Un monde invivable, impossible, contre lequel on ne peut même pas crier : le style mélo, c'est son suicide à lui, Vallès, quelques mois seulement avant la guerre de 1870. Il n'arrive pas à dire sérieusement sa douleur : sa langue lui manque. Ironiquement — à la manière des trousseurs de chroniques — il peut parler dans Le Bachelier géant *et dans ce* Testament d'un blagueur, *contemporain de Moras et d'*Un gentilhomme. *Ce testament d'un suicidé — encore — c'est l'ébauche la plus nette que nous possédions de la Trilogie. Les douleurs d'une enfance sabotée sont mises en relation avec le dégoût du collège, et, pour la première fois aussi nettement, avec la politique. Horreur des parlementaires, ces pions. Horreur d'un spectacle que Vallès a vu à seize ans, le lamentable cortège des « transportés » de 48. Une des images mères de son engagement et de son œuvre apparaît ici. Mais, elle non plus, elle n'ouvre pas, elle ferme ; comment prévoir en effet une résurgence de 48 dans cet Empire qu'un plébiscite triomphal va encore approuver en mai 1870 ? Ce que nous savons de* l'Histoire de vingt ans *projetée par Vallès à la même*

*époque prouve encore son intention d'explorer, histo-
riquement cette fois, le malheur d'une génération :
la sienne. Cette* Histoire *irait de 1848 à 1868 : de
l'étouffement de la révolution à la strangulation, plus
sournoise mais aussi catastrophique, de tous ceux qui
pensent et qui écrivent. Toute cette époque de la pro-
duction de Vallès est traversée par la hantise de la
mort ; et par celle, plus étouffée, plus indicible, d'un
déséquilibre qui semble avoir menacé ses proches et
lui-même, jusqu'à la folie.*

*Au total, beaucoup de force, mais stérilisée par
l'amertume ; des articles remarquables, des récits
empoignants ; nulle réussite romanesque. Pourtant,
le roman est là ; mais tout y est marqué d'un signe
négatif. Sept ans après, s'écrit la Trilogie. Le jeune
homme en colère ne s'y suicide plus. Il a vécu* L'Insurgé. *Il est parvenu à l'âge adulte, et il sait pourquoi. L'un des titres du* Bachelier *projetés par Vallès
est :* Histoire d'un homme. *Ne suffit-il pas d'ailleurs
de lire les deux dernières pages de* L'Insurgé *pour voir
comment l'expérience du communard compense et
magnifie les souffrances de l'enfant ? Et le chapitre sur 1848, pour constater que désormais il est
tout orienté vers l'autre révolution, celle qu'on a vécue
enfin en 1871 ? Un tiers de* L'Insurgé *seulement,
mais un tiers pour deux mois et demi, les deux premiers tiers couvrant sept ans de vie. La Commune n'a
qu'une part, mais elle l'a belle !*

*Pourtant la Trilogie n'a point été écrite d'enthou-
siasme. Tout menait à elle Vallès. Mais il eut, en
exil, d'autres ambitions. Celle d'abord de témoigner
sur la Commune très directement, par une pièce de
théâtre qu'il écrivit dès 1872 avec la collaboration de
Bellenger et qu'il tenta vainement de faire jouer ;
entreprise impossible dans une Europe en proie à la
réaction. Demeurée inédite du vivant de Vallès, la
pièce est d'ailleurs fort mauvaise. Vallès a obéi aux*

*conventions dramatiques de l'époque en superposant
aux événements, pourtant assez pathétiques par eux-
mêmes, une intrigue amoureuse sans intérêt. Dans cet
essai avorté de « théâtre du peuple», on peut cependant
relever les thèmes qui seront ceux de* L'Insurgé : *la
grille d'interprétations est déjà construite. Mais
Vallès n'était pas fait pour la distanciation théâtrale,
non plus que pour le récit historique tel que le publia
dès 1876 son adversaire Lissagaray, et dès 1878 son
ami Arthur Arnould, minoritaire comme lui dans la
Commune. Il y songea cependant, et fut arrêté par
l'impossibilité de se faire lire par un large public :
« La France [écrit-il à Hector Malot en 1875] est
fermée à notre pensée comme à nos armes. Amasser
des matériaux est tout ce qu'on peut faire.» Il reculait
d'autre part devant des Mémoires qui « mettraient
absolument [son] propre cœur à nu ».*

*Ainsi naît le projet de ce qui deviendra la Trilogie :
« Il reste le roman, le roman qui tient de l'histoire et
des mémoires, qui mêle* Les Confessions *de Jean-
Jacques et* Le Conscrit *de Chatrian, qui peut jeter*
David Copperfield *des bancs de l'école sur le chemin
de Sheridan.» Vallès annonce « une grande machine»,
comme* Les Misérables, Le Juif errant. *Mais cette
« machine » passera elle-même par bien des mésaven-
tures. Vallès compte en tirer de quoi vivre, en traitant
d'avance avec un éditeur qui paiera, par feuilleton
livré, quarante francs. Il ne peut écrire autrement :
à bout du peu d'argent qu'il possédait au début de son
exil, il est dans la misère. Il songe un instant à fonder
à Londres une institution d'enseignement ; mais ce
projet échoue, soit parce qu'il est effectivement impra-
ticable, soit parce que Vallès en exil pense profonde-
ment que son rôle est de continuer le combat de l'écrivain, plutôt que de gagner sa vie par des expédients.
Combat plus difficile qu'il ne pense. Malot a beau se
dépenser pour placer l'œuvre de son ami ; on a peur*

de ce mort civil qui ne peut signer de son nom, mais
dont le style est trop reconnaissable et vaut une signature. Les condamnations qu'il a encourues sous
l'Empire ne sont pas pour rassurer.

Vallès, après maintes démarches infructueuses,
modifie son projet. Il offre à Malot, le 12 mars 1876,
de « laisser [son] roman de cent mille lignes dans [sa]
tête » et de livrer trente feuilletons (au lieu de cent
vingt), fondés sur le récit d'une enfance, de telle sorte
que la politique ne soit « qu'incidente ». Le début de
l'Histoire d'un enfant est envoyé à Malot en juillet,
et la fin en octobre. Le Siècle en accepte la publication,
mais acceptera-t-il toute la série projetée par Vallès,
c'est-à-dire trois parties encore ? A la fin de l'année,
elles sont ainsi définies par l'écrivain : 1º de février
(1848) à 1851 : 2º de 51 à Ollivier : 3º d'Ollivier
[c'est-à-dire du 2 janvier 1870] à la dernière barricade de la Commune. Mais on est encore loin du
compte... Le coup d'État de Mac-Mahon tue tout
espoir de publication politique. L' Histoire d'un
enfant, publiée enfin dans Le Siècle en 1878,
scandalise les lecteurs bourgeois. Vallès a beau
« éteindre» la seconde partie, plus blagueuse au départ
que la première, les Mémoires d'un révolté (premier
titre du Bachelier) sont refusés par le journal, et
paraissent dans La Révolution française en 1879.
La partie suivante de la grande « machine », Le Candidat des Pauvres, qui couvre les années 1857 à 1866,
est publiée en feuilleton dans une feuille mourante qui
ne paie pas Vallès : Le Journal à un sou ; Vallès
la taille et la rogne, en se disant qu'il déflore l'ensemble.
Il avait espéré, « étant libre » dans cette feuille, « toucher à tous, empoigner la foule, arriver saisissant
jusqu'à la fin de la vie française de Vingtras — jusqu'à
Belleville, le 28 mai » : en mai 1879, il était prêt à
écrire, si tout marchait bien, la suite des Mémoires
d'un révolté, et même à écrire un roman qui parlerait

*de ses années d'exil. Mais rien ne va comme il veut ;
d'autre part, à partir de l'été 1879, Vallès est occupé
par le lancement à Bruxelles d'une* Rue *hebdomadaire.*

*L'Insurgé ne fut donc pas écrit pendant l'exil, bien
que dès 1875 il fît partie du plan de la « grande machine » ; et celle-ci, combien elle fut modifiée ! Six ou
sept volumes contre le bourgeois, écrivait-il à son ami
Arnould ; puis l'œuvre projetée rétrécit et se concentre
autour du seul Vingtras. Les deux premiers tomes de
la Trilogie passent sous silence les événements de
1848 ; le plan chronologique est bouleversé, la politique abordée par la bande. Vallès est talonné, en
écrivant, par le besoin de vivre au jour le jour. Sans
doute, il est injuste, il a mauvais caractère, et reproche
à Malot les lenteurs et les hésitations des autres. Mais
quel terrible lamento, aussi, que celui du proscrit
obligé de faire signer ses contrats par un autre, et
d'envoyer le manuscrit de Vingtras en cachette,
comme matelas d'une poupée destinée à la petite Malot !
Pages rapetassées, mal lisibles, faute d'argent pour
payer un copiste et de temps pour livrer le feuilleton.
Les lettres de Vallès sont elles-mêmes écrites sur du
papier de hasard, d'une écriture altérée ; elles sont
pleines de demandes de prêts, mais se taisent sur la
terrible douleur dont fut traversé l'exil : la perte d'une
petite fille qui ressemblait à Vallès « comme une goutte
d'eau fraîche ressemble à une goutte d'eau sanglante ».*

*C'est un homme aux cheveux blancs qui, revenu
d'exil, écrit L'Insurgé. Il l'écrit très vite, l'aspect du
manuscrit le prouve : il mène de front bien d'autres
travaux journalistiques, comme pour rattraper dix ans
de silence — comme s'il sentait, aussi, que le temps lui
est désormais mesuré. On n'a pas assez dit combien
l'activité de journaliste, de chroniqueur, fut importante pour les écrivains de la IIIe République.
Presque tous leurs ouvrages parurent en avant-pre-*

mière, soit en feuilletons de journal, soit en livraisons de revue. Cela n'allait point sans incidence sur le style, surtout lorsque l'auteur écrivait ou corrigeait au fur et à mesure (comme Vallès), au lieu de découper, comme le faisait Zola, une œuvre toute écrite. La nécessité de fournir de la copie à plusieurs journaux entraînait à la fois aux reprises, et à la dispersion des activités du feuilletoniste. L'Insurgé témoigne d'une condition économique et littéraire de l'écrivain, qu'ignore une critique dédaigneuse de l'« infra-littérature». Mais celle-ci, dans les années 1880, est bien souvent la littérature elle-même.

Une première version (tronquée) de L'Insurgé *paraît dans* La Nouvelle Revue *de Juliette Adam, l'ancienne égérie de Gambetta, qui n'est sans doute pas fâchée de le voir accommodé durement dans le roman. Elle n'en fait pas moins acte de courage en publiant une œuvre, qui, rappelle-t-elle dans* Le Figaro *de 1913, lui « valut le blâme irrité d'un grand nombre de [ses] amis et beaucoup de désabonnements ». L'éditeur Charpentier semble s'être inquiété du caractère décousu du roman, qui, Vallès le lui écrit, sera tout autre dans sa version définitive. Une nouvelle publication de* L'Insurgé *paraît en feuilleton dans* Le Cri du peuple *de 1883-1884 ; elle complète un peu celle de* La Nouvelle Revue. *Vallès compte publier* L'Insurgé *en volume durant l'année 1884. Il écrit à Hector Malot, en février ou en mars, pour lui demander ses impressions sur la version de* La Nouvelle Revue, *et précise que Charpentier compte sur le roman pour le 1er mai. Mal portant, il retarde la publication ; il promet à l'éditeur de consacrer au roman sa cure du Mont-Dore. Le progrès de la maladie est trop rapide pour lui permettre d'achever son œuvre. Séverine la complète d'après les manuscrits et les instructions de Vallès, et la publie en 1886. Elle revendique d'ailleurs — ou laisse revendiquer pour*

*elle — une part active dans la composition même du
roman, tel qu'il parut du vivant de Vallès. A vrai
dire, son apport de création ne nous semble pas considérable. Des manuscrits entiers, ou des passages de la
main de Vallès, existent pour presque tous les chapitres de L'Insurgé. Les passages un peu « scatolo-
giques » qui inquiétaient Vallès et sur lesquels il
consulte Malot (le collège de Caen et Sainte-Pélagie)
ne sont pas de Séverine. Le brouillon sur Sainte-
Pélagie est écrit par Vallès. D'autre part, le récit du
chahut à Caen a été publié par lui en 1879, avant
qu'il connût Séverine. Ce sont pourtant les pages que
la critique lui a attribuées, de même que la conclusion
et la dédicace du roman. Pour celles-ci, on peut faire
observer combien elles sont conformes, et à la pensée
profonde, et au style de Vallès. Il faudrait que la disciple se soit singulièrement identifiée au maître pour
les écrire ! Elle a mis au net le texte de L'Insurgé ; elle
a complété, par un choix dans les manuscrits, la
version de La Nouvelle Revue. Sans doute a-t-elle
discuté avec Vallès de telle ou telle suppression ou
modification. Mais rien ne permet de lui attribuer
davantage, et même les lettres que Vallès lui adressa
vont dans le sens de cette opinion. Car, s'il lui reconnaît
une part importante dans la rédaction de La Rue à
Londres, il écrit au sujet de ce recueil : « Ce n'est plus
au courant du sang de mon cœur que je trempe ma
plume comme pour Vingtras ou L'Insurgé. La passion
ne m'emporte plus, coulant les phrases dans l'émotion
du souvenir. » Il appartient donc bien à Vallès, cet
Insurgé où il peut ne plus hésiter à montrer « mêlées
fatalement la vie intime et la vie publique ».*

*« Je voudrais, écrivait-il de sa « machine », en 1875,
qu'après avoir lu ce livre, la génération qui vient nous
plaigne, nous pardonne et nous aime. » C'est dans
L'Insurgé qu'il a tenté cette entreprise. Microcosme
de la Trilogie, ce roman rappelle des expériences*

journalistiques, dans la suite du Bachelier, *et relie explicitement la Commune à la revanche d'une enfance triste : « Bien d'autres enfants ont été battus comme moi, bien d'autres bacheliers ont eu faim, qui sont arrivés au cimetière sans avoir leur jeunesse vengée. » Vallès menait encore de front tous ses combats : en 1882, il milita pour fonder une ligue pour la protection de l'enfance martyre, célébra dans* Le Tableau de Paris *la capitale de la révolution, et rappela ses souvenirs d'émeutier non seulement dans* La Nouvelle Revue, *mais dans le* Journal d'Arthur Vingtras *publié au* Gil Blas. L'Insurgé, *c'est l'expression d'une existence.*

D'une existence rêvée, en un sens, telle que Vallès aurait voulu la vivre ; et, du même coup, d'une histoire partiale. Vallès le laisse entendre : « Mon livre sera-t-il un écho juste de la tempête de 1871 ? Je l'ignore, mais ce sera, au moins, le témoignage d'un homme attaché au grand mât. » Autobiographie et luttes ne correspondent pas à la « vérité » objective, on peut le voir à propos de tous les chapitres. Vallès n'est point parti pour le collège de Caen à la suite de la mort de son père et sur les supplications de sa mère, mais parce qu'il était (cinq ans après la mort de Jean-Louis Vallez !) accablé de dettes et poursuivi par les créanciers. Il n'est pas entré à la mairie de Vaugirard après l'épisode de Caen, mais auparavant ; il a pu réintégrer sa place de gratte-papier parce qu'il avait pris la précaution de se faire mettre en congé. Il n'a pas débuté au Figaro *par des articles de réfractaire, mais par... une chronique financière, « Figaro à la Bourse », deux ans avant* Le Dimanche *d'un jeune homme pauvre. Il n'a pas écrit le volume des* Réfractaires *par une inspiration née de l'enterrement de Murger, mais peu à peu, et en partie avant la mort de Murger. Il est entré dans des combinaisons journalis-*

tiques au Figaro *et à* L'Événement, *et il a fait la cour
à* Girardin : *rien n'en paraît dans* L'Insurgé. *Les
omissions sont aussi frappantes que les « arrangements » :* Vallès *a véritablement été tenté par les com-
promissions avec la société du second Empire, et plus
gravement qu'en acceptant d'être pion. Quoi qu'on
fasse, il est difficile d'expliquer autrement* L'Argent
*et sa curieuse préface au banquier Jules Mirès. « Fai-
sons de l'argent, morbleu ! ...» s'écrie Vallès, « homme
de lettres devenu homme de Bourse » par amertume.
Ce moment de faiblesse (noyé dans l'ironie, dans le
récit du Candidat des Pauvres) est passé sous silence
dans* L'Insurgé.*

Il y a là, sans doute, envie de camper un personnage
pour la postérité :* Vallès *n'était dénué ni d'orgueil, ni
d'égoïsme. Pourtant, ne voir que cela serait malveillance,
car tous les arrangements de* Vallès *dans la* Trilogie *ne
sont pas en sa faveur : par exemple, il tait dans* Le
Bachelier *l'affreuse « précaution » de son père qui le
fit enfermer parmi les fous, après le coup d'État
de 1851.* Vallès *a de la pudeur et de la tendresse, une
tendresse écrasée sans cesse contre l'incompréhension
des siens. Il les a excusés sur l'injustice de la société,
dont ils étaient victimes ; il a rêvé à la bonne vie qui
aurait pu être celle des parents et du fils dans l'Au-
vergne natale, si les préjugés ne l'avaient pervertie.
N'est-ce pas souci de réparation posthume envers le
père, de douceur posthume envers la mère, ce départ
pour Caen de Jacques qui se sacrifie ?* Vallès *n'avait-il
pas vraiment ce désir dans le cœur ?*

*Lorsqu'il se présente d'autre part comme un anti-
Murger, il n'a pas tort. Autrement que Champfleury,
mais d'une façon peut-être plus convaincante, parce
qu'il y mêle une accusation sociale précise, il a constamment dressé l'acte d'accusation de la bohème pour
rire ; il a montré l'horreur des mansardes, la solitude
des pauvres, et le sacrifice de leurs talents aux besoins*

*les plus immédiats. Il dégage mieux ce personnage en
le faisant naître des cendres mêmes de Murger. Quant
à ses débuts dans la grande presse, il les revoit à la
lumière des luttes et des tristesses qui ont suivi ;
lavés des petits accommodements quotidiens, ils apparaissent mieux comme ce qu'ils furent aussi, et peut-
être selon une signification plus durable. Il est vrai
que Vallès fut un journaliste de combat, et que la
censure sans cesse arrêta son combat. Aux « illusions
perdues », il donne une portée politique : le début de*
L'Insurgé *est un essai d'interprétation moderne de ce*
Balzac *sur lequel il donna une retentissante conférence.
Une autobiographie modifiée, certes, et par là rendue
exemplaire ; mais exemplaire non d'un héros, non
d'une vertu personnelle ; plutôt d'une « génération
perdue » et d'une souffrance pardonnée. Elle va, au-
delà des faits, vers la vérité vallésienne.*

*On pourrait en dire de même des événements poli-
tiques. Le récit de* L'Insurgé *ne tend pas à la somme
historique, puisqu'il passe par Jacques Vingtras.
Un Jacques qui a ses phobies (le parlementarisme),
ses convictions (la foi dans le peuple, l'appel à la
liberté) ; et qui, depuis la Commune, ne cesse de rejeter
le sectarisme. Les divisions entre ses compagnons
d'exil ont affermi Vallès dans l'idée que la Révolution
doit accueillir largement tous ceux qui veulent changer
la société. Il l'exprime dans la préface au* Nouveau
Parti *de Benoît Malon et la met en pratique au* Cri
du peuple, *où il admet Guesde comme les blanquistes.
Cela explique les partis pris du récit de la Commune
et de ses préparations. Ainsi, les membres du gouvernement et ceux de la Commune sont présentés en une
série de portraits ; mais rien sur les mesures militaires et civiles, très peu sur la scission entre majoritaires et minoritaires. Les carences évidentes de la
Révolution n'apparaissent pas : impréparation des
soldats, légèreté des chefs, mésententes internes. C'est*

chez les historiens (ceux qui ont été communards, aussi bien) qu'elles sont constatées et diversement interprétées. Chez Vallès, on passe de la fête révolutionnaire — le 8 mars, le 26 mars — à la dernière séance de la Commune, et aux barricades de la fin. Les deux actes que l'on reproche le plus aux Communards, les incendies et les prises d'otages, sont longuement traités, non sans embarras d'ailleurs, puisque Vallès les désapprouve personnellement, mais, refusant de se désolidariser de ses camarades, trouve pour les justifier ou les expliquer beaucoup d'exemples dans l'histoire.

Dira-t-on que la version définitive de L'Insurgé aurait abordé les problèmes passés sous silence ? C'est peu probable, parce que dans le faisceau d'articles de souvenirs sur la Commune livré aux journaux par Vallès, on trouve sans arrêt, plus ou moins développés, les thèmes du roman tel que nous le possédons, et point les autres. On peut d'ailleurs s'appuyer sur un récit limité, travaillé par l'écrivain en manuscrit, pour démontrer que la vérité vallésienne n'est pas la vérité historique. Il s'agit du chapitre XV sur Victor Noir, d'autant plus probant que l'affaire Noir a été une répétition de la Commune, et une manifestation si forte de la conscience parisienne que c'est la date clef citée par le Parisien Desnos dans La Liberté ou l'Amour! et La Place de l'Étoile. Nous disposons, pour établir l'histoire de cette affaire, de l'éventail des journaux du temps, Marseillaise, Journal officiel et Journal de Genève en particulier ; des différentes histoires de la Commune (celle de Louise Michel cite longuement des témoignages de Rochefort tirés des Aventures de ma vie) ; et d'un ouvrage de A. Zévaès, dédié à l'affaire en particulier. Nous pouvons, même en écartant telle ou telle interprétation, être sûrs qu'un certain nombre de faits ont été omis ou déformés par Vallès afin d'aboutir à une vision « spontanéiste » de l'affaire. Ainsi, le débat parlementaire du 11 jan-

*vier 1870 est totalement passé sous silence par lui.
Rochefort ayant écrit contre les Bonaparte, dans* La
Marseillaise, *un article fort violent, Émile Ollivier
(chef du gouvernement) fait saisir le journal, et attaque
au Corps législatif les « appels à l'émeute ». Guyot-
Montpayroux (républicain de la Haute-Vienne), Rochefort et Raspail prennent la parole pour flétrir l'attentat;
mais l'assemblée se contente d'approuver dans son
ensemble le renvoi du criminel devant la Haute Cour
Rien de cela chez Vallès. On passe du 10 janvier
au 12 : dédain du parlementarisme, inimitié envers
Rochefort, dont Vallès se refuse à rapporter les actes
de courage. Car c'est à cause de l'opposition de Rochefort que le cadavre n'est pas emmené dans Paris.
Pour Vallès, il aurait fallu que l'enterrement partît
des bureaux de* La Marseillaise *et non de Neuilly ;
ou, du moins, qu'il se dirigeât vers le Père-Lachaise.
Rochefort et Delescluze ne le veulent pas. Et même,
Rochefort s'évanouit. Ce qui semble faiblesse dans le
texte de Vallès pourrait s'expliquer par le surmenage
de la veille ; pas d'explication ici. Visiblement, Vallès
se rappelle l'effet de la promenade dans Paris des
cadavres du boulevard des Capucines en 1848 ; il
voudrait qu'une promenade analogue suscitât une
autre émeute, d'accord avec le blanquiste Flourens
qui « réquisitionne le cercueil pour le service de la
Révolution ». La périphrase cache une scène assez
pénible : un cheval du corbillard dételé, le mort un
moment disputé entre les deux partis...*

*A lire Vallès, le grand acteur du drame est le
peuple qui, de tout Paris, monte vers Neuilly, « les
cœurs gonflés d'un espoir de lutte — les poches aussi » :
peuple qui s'est lassé des atermoiements de la journée,
mais qui aurait pu agir sur un incident, une provocation. Malgré les chefs. Il n'y a pas de chefs dans les
révolutions ; telle est la grande thèse de* L'Insurgé. *A
lire les documents, cette interprétation ne semble plus*

si évidente. *Parmi les manifestants se trouvaient assurément un grand nombre de lecteurs de journaux qui, pour être républicains, n'en avaient pas moins demandé la prudence :* La Cloche, *de Louis Ulbach, par exemple. Tous ces manifestants semblent ne pas avoir été si bien armés que le prétend Vallès, fût-ce d'outils à tout faire. Les sections blanquistes, organisées depuis longtemps, avaient certes de quoi se battre. Les autres ? Rochefort écrit qu'ils étaient sans armes. Varlin, dans une lettre à Aubry du 19 janvier : « Quant au peuple, s'il n'a pas pris l'offensive de lui-même, c'est que, d'abord, il manquait d'armes et que, de plus, il comprenait que la position stratégique était des plus mauvaises. » L'opportunité d'une insurrection put donc paraître discutable. D'ailleurs, quand le cortège est tout de même dérouté vers le Corps législatif après l'enterrement, et sur la décision de Rochefort (Vallès dit seulement qu'il « saute » sur « une idée jetée dans l'air »), il se heurte à des charges de la troupe, qui le divisent sur les Champs-Élysées. Dispersion qui n'est pas de pure lassitude, comme le prétend Vallès ! Et le chef, le vrai chef des actions successives, paraît avoir été Rochefort. Il n'est même pas nommé comme meneur de la manifestation passage Masséna : « Rigault, moi, quelques autres », écrit Vallès. Tout le récit est dirigé contre Rochefort, et vers l'établissement du mythe du Peuple en marche. L'orientation est flagrante. Vallès n'invente pas, mais il choisit systématiquement les traits qui lui conviennent.*

Il lui restera, de ce 12 mars, une rancœur contre Rochefort et même contre l'héroïque Delescluze, dont il ne retiendra pas dans L'Insurgé *un portrait assez cruel figurant dans le manuscrit. Mais celui-ci réserve une surprise d'une autre taille : le portrait de Victor Noir. Vallès ne le flatte pas : c'est un arriviste et un arrivé, qui a marqué son zèle pour l'Empire en se colletant avec un blanquiste lors du scandale d'Hen-*

riette Maréchal. *Mercenaire, courtisan, qui a pris le parti de jouer les jésuites pour être bien vêtu et avoir un fixe, il n'a pas les sympathies de Vallès qui ne l'excuse que sur sa jeunesse et regretterait presque de l'avoir lancé dans le journalisme. On dit que Dreyfus fut malgré lui le héros de l'Affaire ; à lire ce portrait manuscrit, on se prend à penser que Victor Noir ne fut héros que par son cadavre, et en quelque sorte par erreur... Oui, mais comment lancer un mouvement populaire sur un pareil malentendu ? Et Vallès d'écrire une apologie du jeune mort. Bel exemple, cette fois, d'inexactitude voulue ! Bel exemple d'histoire partiale ! On ne reprochera sans doute pas à Vallès d'écrire « en noir et blanc » l'épopée des insurgés, destinée aux vaincus de 71 et aux futurs révolutionnaires. Il ne se propose pas l'objectivité des récits, mais ce qu'il estime être la vérité de l'insurrection, ne fût-elle pas vraie à la lettre. Du moins, ne devons-nous pas nous y méprendre.*

L'Insurgé nous livre le dernier état de la pensée sociale de Vallès, ou plutôt, de son tempérament social. Vallès n'est pas un penseur : il a lu « des volumes dépareillés » de Proudhon, la nuit ou « au galop », à la Bibliothèque impériale, entre deux recherches. Il constate, au moment de mener une campagne électorale, que ses théories ne sont pas mûres. Mais ce n'est pas pour le gêner : il n'en tire pas ses convictions. Elles viennent de ses expériences d'enfant, de collégien et de jeune opposant à l'Empire : la Révolution, c'est « la minute attendue depuis la première cruauté du père, depuis la première gifle du cuistre, depuis le premier jour passé sans pain, depuis la première nuit passée sans logis ». Vallès a respiré l'air du temps, et rencontré des écrivains sociaux qui lui ont convenu, sans en tirer d'ailleurs un corps de doctrines : il a lu régulièrement les journaux de Proudhon (Le Peuple,

puis La Voix du peuple) *et suivi les cours de Michelet. Il cite aussi Blanqui et Louis Blanc. Tout cela
fait de lui un homme qui a des réflexes et un vocabulaire antérieurs à la grande révolution industrielle,
un homme qui avait trente-sept ans dans la France de
1870, faite encore de paysans et de petits patrons,
sauf quelques grandes concentrations (Lille, Le Creusot). Il a bien passé dix ans d'exil dans une Angleterre beaucoup plus industrialisée. Mais, au sens
propre du terme, il ne l'a pas vue. Il a dénoncé la
misère anglaise dans* La Rue à Londres *sans en
décrire les racines, à une époque où Marx et Engels
l'avaient diagnostiquée justement. Il n'a pas lu Marx,
ou tout au plus en résumé, et assez tard, comme le
prouve une lettre qu'il écrivit à Arnould en 1878. Il se
préoccupe bien, dans* Le Cri du peuple, *des rapports
entre le capital et le travail, qu'il estime fonda-
mentaux pour la venue de la Révolution : mais c'est
surtout par opposition à la vision purement politique
des choses, qu'il a en horreur.*

L'Insurgé *met explicitement en relation 1848 et la
Commune : Jacques Vingtras enquête sur les bons et
les mauvais quarante-huitards. Ceux-là, en la personne de Largillière, périront en 1871. La compensa-
tion de l'échec, l'effacement de l'image des « transportés » évoquée dans* Le Testament d'un blagueur, *est
une fonction maîtresse de la Commune, qui a d'ailleurs été vraiment une insurrection d'hommes mûrs,
anciens barricadiers de 1848. Les statistiques sur
l'âge moyen du combattant de 71 sont éloquentes à ce
sujet. La relation établie par Vallès n'est donc pas
fausse ; elle apparaît dans son œuvre dès le prologue de*
La Commune de Paris, *qui montre une barricade de
Juin 1848. La pièce compte parmi ses protagonistes la
fille d'un fusillé et son frère, ancien déporté : celui-ci
n'est autre que Jean Malézieux, haute figure
ouvrière dont Vallès parle dans* L'Insurgé, *ancien*

de toutes les révoltes depuis 1830, et des pontons de 48. Cela entraîne chez Vallès une certaine idée de la révolution, qui se marque dans les termes employés pour parler de ceux qui ont fait l'émeute, et de leurs ennemis : « irréguliers, gueux, bohème de désespérés, déclassés, réfractaires, révoltés » sont avec « le peuple », lequel est formé de « prolétaires » ou d' « ouvriers ». Mais il faut bien voir qui est désigné ainsi : les métiers exercés par eux sont ceux de couvreur, menuisier, ciseleur, maître de lavoir, mécanicien. Ils sont donc artisans ou, tout au plus, membres d'ateliers qui n'emploient pas un grand nombre d'ouvriers. Vallès les appelle aussi les « plébéiens », les « humbles », les « obscurs », les « simples » (par opposition aux « éduqués »), et, souvent, les « blousiers ». Ce terme, opposé à celui de « redingotiers », est tout à fait caractéristique, car il a été très employé en 1848 et ne l'est plus beaucoup en 1870, du moins par les révolutionnaires (on le trouve dans L'Éducation sentimentale, le Journal des Goncourt et La Fortune des Rougon). On dit plutôt « travailleur, ouvrier ». Or, Vallès lui accorde une place privilégiée, puisque la toute dernière image de L'Insurgé est « une grande blouse inondée de sang ».

Le peuple est bien opposé au bourgeois ; mais ici encore, la définition de la bourgeoisie n'est pas du tout celle à laquelle se réfère l'historien contemporain. Il s'agit chez Vallès de ceux qui « profitent » sans travailler, tout particulièrement de ceux qui s'enivrent de paroles creuses, jouant la comédie et se guindant sur de faux exemples. Une haine viscérale de l'éducation gréco-latine dresse Vallès contre les universitaires, les avocats et les Jacobins de tout genre qui n'ont à la bouche que les souvenirs de la « Grande Révolution » — 89, révolution d'avocats, révolution politique qui s'oppose à « La Sociale ». Si Vallès exècre Laurier ou Gambetta, il n'aime pas l'attitude

métaphysique des communards majoritaires, qui éta-
blissent avec le Comité de salut public une dictature
coupée de la base : Delescluze, Ranvier, Rigault,
« marguilliers de la Convention », comme ils sont
moins sympathiques que les ministres venus du peuple,
ou que le combattant anonyme — non seulement le
pauvre, mais aussi celui qui « a beaucoup souffert » et
fait le coup de fusil pour venger ses douleurs ! Celui-là,
Vallès en parle dans une lettre à Malot du 20 mai
1878. Il est de la « grande fédération des douleurs »,
comme Vallès lui-même. La bourgeoisie n'est pas
une classe entièrement condamnable, il s'en faut. Le
bourgeois qui travaille fait partie du peuple plutôt
qu'il n'est du côté des avocats ; Vallès le range, dans
Le Cri du peuple *du 22 mars 1871, dans « la bour-*
geoisie ouvrière ». Les favoris de la foule peuvent être
des réfractaires, qu'ils portent le « paletot » ou le « bour-
geron » : Vallès proclame encore dans Le Cri du peuple
du 14 mai 1884 que les ouvriers ne sont pas seuls à
former l'armée de la Révolution, car beaucoup de
barricadiers eurent les mains blanches et étaient
bacheliers. « Celui-là est ouvrier de la grande œuvre »,
qui « souffre et lutte, sous n'importe quel habit, au
nom de la Révolution suprême, qui aura pour devise :
la souveraineté du travail. »

Une idée tout à fait spontanéiste se dégage donc
de ces définitions : d'un côté, ceux qui sont inauthen-
tiques, copient et apprennent aux autres à copier, les
« libérâtres », la « députasserie », la « municipaille-
rie », ceux qui « cluballent », les « larbins ». Et, natu-
rellement, les pions : la société enferme en prison ses
réfractaires, et au collège ces réfractaires en puissance
que sont les enfants, afin de les façonner. Le chahut
au collège, au chapitre Ier *de* L'Insurgé, *ressemble au*
chahut à Sainte-Pélagie du chapitre X. *De l'autre*
côté, l'armée de ceux qui agissent avec leur cœur, et
risquent leur peau sans nul besoin de références. Cette

*armée englobe toute une part de la classe moyenne.
Proudhon n'en jugeait pas autrement, ni Michelet,
dont Vallès semble s'être beaucoup rapproché depuis
et par la Commune. Sans doute lui reproche-t-il toujours d'être « religiosâtre ». Mais il a vécu ces fêtes
révolutionnaires dont Michelet décrit la beauté et la
nécessité : le grand historien n'est-il pas derrière la
célébration lyrique qu'on lit au chapitre* XXVI *? Mais,
surtout, Vallès a vérifié une des idées maîtresses de
Michelet, sortie de la lecture de Vico, et des journées
de juillet 1830 : c'est que le peuple n'a pas de chef et
agit selon son propre instinct. « Le peuple, ce mâle
enfoui dans l'ombre jusqu'au jour où arrive Proudhon ou Michelet.» La réunion de ces deux noms dans
l'article du Réveil du 17 juillet 1882 montre quelle
importance Vallès attache désormais à celui qui a
senti ce que Vingtras a vu : « la volonté des plus
célèbres comme des plus tenaces à la merci de la
volonté des foules — loi sociale nouvelle, sortie du
ventre des guerres civiles ».*

*Comme Michelet, Vallès pense que l'instinct de la
foule s'incarne, aux grands moments, dans les êtres
les plus instinctifs qui la composent : les femmes,
présentes lors des agitations qui suivent la mort
de Victor Noir, présentes aux barricades jusqu'au
dernier jour. Rôle peut-être éminent, mais momen-
tané. La femme autrement n'est que mère et ménagère ;
Vallès pense qu'il a fallu la générosité, le caractère
exceptionnel de Louise Michel, pour lui éviter d'être
desséchée par la malédiction du célibat. Aussi ne fau-
drait-il certes pas le prendre pour un adepte de l'éman-
cipation féminine. Est-ce pour cette raison qu'il a
passé sous silence certaines actions concertées des
femmes de la Révolution (ce sont trois d'entre elles
qui portèrent à Trochu la lettre que Vallès et ses camarades avaient fait écrire par Michelet, lors de l'affaire
de la Villette) ? Est-ce pour cette raison aussi qu'il*

n'est pas dit un mot dans L'Insurgé (*ni dans* La
Commune de Paris) *du rôle des femmes dans les
clubs et les réunions publiques ? A vrai dire, une
question plus générale se pose à propos du « peuple
dictateur », agissant au mépris des intentions des
chefs. On peut se demander si, à partir du moment où
Blanqui était emprisonné, il existait parmi les meneurs
de la Commune des hommes comparables à Danton, à
Robespierre, ou à Lénine. Héroïques, la plupart
l'étaient ; mais leurs divisions, leurs atermoiements,
le fait que jamais une personnalité n'ait dominé le
gouvernement ou la défense, donnent à penser. Vallès
lui-même, très grand journaliste, n'a pas été un grand
organisateur. Le peuple n'a peut-être tant agi par
lui-même que parce qu'il manquait de grand maître
en révolution. Il semble bien s'être senti abandonné,
lors de la Semaine sanglante.*

*Quoi qu'il en soit, Vallès juge le révolutionnaire
à sa propre image. Il reste romantique dans son élan,
comme dans sa revendication d'une « liberté sans
rivages ». Il est patriote, tout naturellement, parce
qu'il estime que la France est la mère des libertés.
Comment oublier d'ailleurs que la Commune est née
d'un mouvement de résistance à l'ennemi ? Tant et si
bien qu'elle a cessé d'être un sujet tabou après la
guerre de 1939-1945, lorsqu'on a pu mieux comprendre
que toutes les capitulations peuvent ne pas être rati-
fiées par un peuple. L'Insurgé de Vallès est en outre
un citadin, un Parisien. C'est une grande métamorphose par rapport à l'œuvre d'avant 1871, où l'utopie
paysanne prenait le pas sur la ville, jugée pernicieuse,
anonyme, pleine de vanités et de cruautés. Le Réfractaire souffre de Paris ; l'Insurgé ne peut se concevoir
en dehors de la capitale. Vallès a tiré la leçon de l'attitude des « ruraux » versaillais. La province désormais
lui apparaît comme pleine de petitesses ; plusieurs
fois, dans ses lettres de Londres, elle est comparée à*

l'exil. L'Insurgé *a été travaillé en même temps que* Le
Tableau de Paris, *très bel hymne à ce « cœur de l'humanité ».* « J'ai de la peau de moi collée aux cloisons
des garnis et aux pierres des rues », *y déclare l'écrivain. Cela se sent dans le troisième tome de* Jacques
Vingtras, *où, de la mairie de Vaugirard au faubourg
Saint-Antoine, de Clichy à Belleville, de l'avenue de
Neuilly à l'Hôtel de Ville, l'itinéraire de Jacques et
de ses compagnons est pieusement retracé. Un ancien
Paris, celui des faubourgs, où les transformations
d'Haussmann ne se font guère sentir. Un Paris de la
manifestation, de la fête et des barricades, alors que
celui des* Réfractaires *et de* Pierre Moras *était une
ville de solitude. La fraternité s'est établie enfin.
Grand lecteur de Pottier, Vallès, partisan de l'amal-
game de toutes les souffrances et de toutes les sponta-
néités dans la Révolution, dit aussi que :*

L'Insurgé, son vrai nom c'est l'homme.

et que

Paris danse la Carmagnole
Autour des murs évacués.

« Sa langue, sa langue, elle m'était inaccessible.
Je n'ai pu le faire parler », *dit Michelet à propos du
peuple, dans* Nos Fils. *C'est le grand souci de tout
écrivain révolutionnaire formé, de gré ou de force, à
la rhétorique classique. Vallès fut un excellent lati-
niste, et, s'il vomit l'Université, c'est aussi parce qu'il
ne parvint pas à se défaire des réflexes montés par
elle. Il dit lui-même qu'il y eut bien de la peine. La
lecture de* L'Insurgé *prouve qu'il n'y réussit jamais
tout à fait. Les souvenirs classiques viennent sponta-
nément sous sa plume : il parle de l'épée d'Achille à
Scyros, de la pâleur de Cassius, des vestales de la*

*tradition républicaine, de la condamnation d'Aristide,
du char de la République. Passer le Rubicon, retour-
ner chez les Sarmates, lancer des « Quos ego », autant
d'actions évoquées par Jacques Vingtras, lequel ne
conçoit pas de discours électoral bien préparé sans un
exorde et une péroraison. Les phrases de L'Insurgé
qui rappellent un souvenir héroïque sont bien souvent
construites elles-mêmes sur le modèle classique : « On
avait ramassé son cadavre, étoilé de balles, au pied
de la barricade du Petit Pont, tribune de pierre de ce
socialiste acculé dans la famine et s'échappant dans
la mort. »*

*La pratique du journalisme sous le second Empire
a enseigné à Vallès, il est vrai, une manière de mal-
traiter la tradition classique : c'est de lui faire un pied
de nez. Les allusions parodiques ne manquent pas
dans L'Insurgé. Vallès traite Apelle de « vieux birbe »,
les jacobins d'« explicateurs de Conciones », et compare à un Gracque « l'homme à la seringue » qu'il
rencontre à Sainte-Pélagie. Mais ce sont toujours là
jeux de princes, semblables à ceux des opérettes d'Offenbach. Pour mettre à l'envers ses humanités, il faut
commencer par les avoir faites, et compter que le
public comprendra, lui aussi. Paul Bourget jugeait
bien, en montrant ce que devait Vallès à l'éducation
latine, et aux lettres classiques qu'il rejetait. L'anti-
rhétorique est plus difficile que cela.*

*C'est ailleurs que se situe la véritable originalité
de Vallès écrivain : dans cette suite de reportages au
présent, dont il doit aussi la technique à son habitude
du journalisme. Le découpage en très courts chapitres
le montre : Vallès a écrit L'Insurgé comme il écrivit
Le Tableau de Paris et Le Candidat des Pauvres,
c'est-à-dire comme une suite d'articles. (L'article du
Cri du Peuple de 1871 est d'ailleurs inséré tel quel
au chapitre XXVI.) Dans chacun d'eux, Vallès cherche
le trait frappant, la note pittoresque. Il faut « accro-*

cher » le lecteur par une scène ou par une série de portraits. Une telle obligation peut conduire au pittoresque gratuit, et certains écrivains-journalistes du
temps n'y échappèrent point : Banville, Mendès et
Gautier, par exemple. D'autres acquirent de l'aisance
sans perdre la gravité de leur sujet, mais ils n'écri-
virent évidemment pas de « roman » au sens balzacien
du terme ; la loi du morcellement remplace celle de la
forte charpente logique. Vallès écrit comme un chroniqueur du passé, dont les sensations sont si fraîches
qu'il tire ce passé vers l'histoire contemporaine. Le
retour à Paris après dix ans d'exil contribue à mettre
ces dix ans entre parenthèses. Il s'inscrit au début de
la lignée d'un Maupassant (qui, toute opinion politique mise à part, l'admirait beaucoup) et d'un Anatole
France. Eux aussi firent paraître toute leur œuvre en
journal, donnant au fantastique ou à la politique une
saveur immédiate, sans pour cela sacrifier leur valeur.
  Ainsi en est-il de Vallès, dont le tempérament était
fait pour les brièvetés nerveuses. Il les travaillait : rien
n'est chez lui du premier jet, sauf l'impression. Ses
manuscrits fourmillent de repentirs et de suppressions, mais tout est orienté vers la traduction de ce
qu'il a vécu si intensément. Chaque volume de la Trilogie a sa physionomie : tendresse douloureuse de
L'Enfant, ironies du Bachelier. Dans L'Insurgé, il
s'agit des années de luttes fondamentales où le réfractaire se transforme en insurgé. Héroïsme et familia-
rité, drame et gaieté se mêlent : épopée sans doute,
mais épopée populaire. Le vrai révolutionnaire vit et
meurt simplement. Si le langage héroïque n'est pas
absent (les frères Noir « se ressemblaient comme deux
gouttes de sang » ; la manifestation est faite de « lambeaux de République qui se sont recollés dans le sang
du mort »), il est toujours mêlé au jeu de mots gouailleur. (« Nous sommes riches : cinquante balles en
argent, dix en plomb ») et au vocabulaire peuple :

« *taffeur* », « *avoir du chien* », « *grabuge* ». *Cela sauve
les images qui pourraient avoir de la banalité classique, et les emporte dans un courant rapide. Tout*
L'Insurgé *comporte de ces mots qui peignent avec
une force presque argotique : avoir du feu au ventre,
mioches, mômes, roupiller, rata, binette, patapouf,
pif, péter, soiffer, riboter. Les descriptions sont mêlées
de dialogues qu'on dirait insérés comme des* « collages »
*du réel ; dans les chapitres, eux-mêmes coupés en
brèves séquences, les instantanés se succèdent. Vallès
essaie d'* « avaler », *de dévorer sa phrase, se défendant
ainsi de la tentation classique dans la construction,
comme il s'en défend dans les mots : constructions
nominales, onomatopées, multiples propositions indé-
pendantes. Jamais une scène n'est* « préparée ». *Ce
qui, dans le discours classique, est lenteur, rotondité,
cours lisse et égal du fleuve, est ici supprimé. Les
blancs entre les paragraphes, et les très nombreux
tirets dans le cours des phrases, font haleter la respiration du livre et agressent le lecteur.*

*Roman de ruptures, roman de durée ouverte et de
plusieurs durées, puisque les souvenirs d'enfance et
les souvenirs de 48 interviennent souvent dans les
événements vécus, puisque le temps autobiographique
est relayé par le temps historique minutieusement
daté. Pourtant,* L'Insurgé *comporte des unités d'autant plus remarquables qu'il n'a pas été tout à fait
mené à bien. L'unité du dynamisme révolutionnaire :
le* « député des fusillés » *ne doute pas que la revanche
vienne. Un seul triomphe, et tous les triomphes sont
possibles désormais. Aussi* L'Insurgé *tout entier
a-t-il la structure du chapitre sur Victor Noir, qui
commence par un cadavre, s'élève au soulèvement du
peuple, retombe dans la faiblesse et la solitude — mais
rebondit au dernier moment vers l'espoir :* « Ses jours
sont comptés ! Il a sa balle au cœur comme Victor*

Noir ! » *écrit Vallès de l'Empire. De la lâcheté
momentanée du « pion » aux fêtes révolutionnaires,
puis à la défaite et à l'exil, L'Insurgé pourrait être
le récit d'un vaincu. Il se termine au contraire sur la
vision, pleine d'espoir, du ciel transformé en immense
drapeau rouge.*

*Un tel dynamisme engendre, de chapitre en chapi-
tre, une remarquable unité d'images. D'un bout à
l'autre, L'Insurgé évoque la lutte ; même dans le
premier chapitre, quand Vingtras semble devenir
lâche, on fait surgir le souvenir du soldat qui prit du
repos avant Waterloo. Dans sa mansarde, Vingtras
est comme la sentinelle d'une armée. Sa houppelande ?
Une « guérite ». Avant même les grandes manifestations, il n'est question que d'armes, de batailles, de
mort violente. C'est que parler, écrire, c'est se battre :
que Vallès lise Proudhon, il en roule « des gouttes
toutes rouges sur [son] papier ». Qu'il parle, sa salive,
écrit-il, « a nettoyé la crasse des dernières années,
comme le sang de Poupart avait lavé la crotte de notre
jeunesse ! » Toute parole vraie est un cri de combattant,
vainqueur ou vaincu. La Voix du Peuple de Proudhon n'a-t-elle pas été transformée en Cri du Peuple
par Vallès ? Aussi, dans L'Insurgé, l'image obses-
sionnelle est-elle celle de la bonne blessure. Le mauvais sang, le sang grotesque, c'est celui qui est prélevé
par l'Empire : celui de la guerre inutile, celui qui
coule et coule, ridiculement, du nez de Vallès quand il
comprend la vanité de ses appels pour la paix. Au
contraire, la langue du révolutionnaire, la blessure
du Communard, le vin qu'on boit avant d'aller se
battre, lavent le « pus » et la « boue » de la calomnie ;
des coquelicots poussent sur les pavés ; le ciel pavoise.
On en a plein les yeux, à la fin, alors qu'on aurait
pu rester sur cette sombre figure de l'aveugle qui, au
chapitre* XXXI, *mendie auprès des barricades comme,
trente ans avant, il mendiait après le coup d'État.*

Mais la « pourpre » tragique des civières a fini par colorer l'horizon.

L'Insurgé établit ainsi une projection mythique de la personnalité de Vallès et du combat de la Commune. Il concilie le possible et l'impossible, la victoire et la défaite. Le mythe s'établit dans Paris, et par lui. Sans doute, le Travail et le Peuple, maintes fois dotés de majuscules, prêteraient eux aussi au mythe, si Vallès ne se méfiait pas des immobilisations dans le culte. Il déteste les Panthéons et refuse tout genre de cérémonies commémoratives. En revanche, une ville est un organisme en évolution constante, qui permet toutes les espérances et surdétermine la conscience de ses habitants. « O grand Paris ! », écrit Vallès. Il lui accorde une âme ; il parle « au nom de toutes ses rues ». C'est qu'il peut y revendiquer la liberté sans rivages, comme Rimbaud, dans « L'Orgie parisienne », célèbre la « Cité sainte », « la tête et les deux seins jetés vers l'Avenir », ou comme la regrette Pasme dans la première Ville de Claudel : « Illustre ! lieu du chœur ! O Pomme de pin ! je ne verrai pas s'arranger en toi les âmes d'hommes »... Sans doute, quand on s'attache au réalisme révolutionnaire de Vallès, d'autres rapprochements viennent à l'esprit : le si beau début du si décevant roman d'Elémir Bourges, Les oiseaux s'envolent et les fleurs tombent, qui se déroule au Père-Lachaise, le dernier jour de la Commune ; Philémon vieux de la vieille de Lucien Descaves, avec ses anciens Communards pleins de la nostalgie d'un Paris d'avant le machinisme, d'un Paris gai, où les chansons et l'orgue de Barbarie accompagnaient les barricades... L'Apprentie de Gustave Geffroy, tel roman de Georges Darien, ont été écrits aussi en souvenir de la Commune. Mais le roman de Vallès, s'il peut leur être comparé (notamment par l'évocation de réalités et d'idéologies relevant plus de Quarante-huit que du « socialisme scientifique »),

*ne peut leur être assimilé sans méconnaissance. Le
tempérament de Vallès donne à L'Insurgé une bien
plus grande force. C'est une œuvre qui apparaît
comme très moderne, par sa facture, toute « déconcen-
trée », et par sa foi en une révolution permanente, qui
ne peut sans se renier devenir institutionnelle.*

*Liberté infinie, dont on se demande si elle n'est pas
rêvée plus que vivable. Elle suscita en tout cas la haine
et la peur de beaucoup, mais elle fut aussi la matière
des rêves les plus frappants de certains écrivains qui
en avaient été proches — adversaires ou partisans :
Rimbaud, Claudel, Huysmans dans sa délirante
imagination d'« architecture cuite » de* Certains, *Léon
Bloy dans les* Propos d'un entrepreneur de démoli-
tions. *Vallès. Ces véhéments savaient qu'il s'était agi,
dans ces jours si rapides de la Commune, non seulement d'une plus grande justice de classe, mais de la
réforme radicale d'une civilisation : d'une Apocalypse,
où le langage, lui aussi, serait métamorphosé. Il nous
plaît de savoir que* L'Insurgé *a paru l'année où l'on
découvrit les* Illuminations.

Marie-Claire Bancquart.

L'Insurgé

AUX MORTS DE 1871.

A TOUS CEUX

qui, victimes de l'injustice sociale,
prirent les armes contre un monde mal fait
et formèrent,
sous le drapeau de la Commune,
la grande fédération des douleurs,

Je dédie ce livre.

JULES VALLÈS.

C'est peut-être vrai que je suis un lâche, ainsi
que l'ont dit sous l'Odéon les bonnets rouges et
les talons noirs!

Voilà des semaines que je suis pion, et je ne
ressens ni un chagrin, ni une douleur; je ne suis
pas irrité et je n'ai point honte.

J'avais insulté les fayots de collège; il paraît
que les haricots sont meilleurs dans ce pays-ci,
car j'en avale des platées et je lèche et relèche
l'assiette.

En plein silence de réfectoire, l'autre jour, j'ai
crié, comme jadis, chez Richefeu [2] :

— Garçon, encore une portion!

Tout le monde s'est retourné, et l'on a ri.

J'ai ri aussi — je suis en train de gagner l'insouciance des galériens, le cynisme des prisonniers, de
me faire à mon bagne, de noyer mon cœur dans une
chopine d'abondance — je vais aimer mon auge!

J'ai eu faim si longtemps!

J'ai si souvent serré mes côtes, pour étouffer cette
faim qui grognait et mordait mes entrailles, j'ai
tant de fois brossé mon ventre sans faire reluire
l'espoir d'un dîner, que je trouve une volupté d'ours
couché dans une treille à pommader de sauce chaude
mes boyaux secs.

C'est presque la joie d'une blessure guérie à
chatouiller.

Toujours est-il que je n'ai plus le teint verdâtre
et l'œil creux; il traîne souvent de l'œuf dans ma
barbe.

Je ne la peignais pas autrefois, cette barbe; mes
doigts la fourrageaient et la maltraitaient, lorsque
je songeais à mon impuissance et à ma misère.

A présent, je la lisse et l'égalise... j'en fais autant
pour ma tignasse, et l'autre dimanche, devant le
miroir, en laissant tomber mes derniers voiles, je
me suis surpris, avec une pointe d'orgueil, une
pointe de bedon.

Mon père était plus courageux, et je me rappelle
avoir vu luire de la haine dans ses yeux, quand il
était maître d'études, lui qui ne jouait pas au révolutionnaire cependant, qui n'avait pas vécu dans
les temps d'émeute, qui n'avait jamais crié aux
armes, qui n'avait pas été à l'école de l'insurrection
et du duel!

J'en suis là — et j'ai trouvé dans ce lycée la
tranquillité de l'asile, le pain du refuge, la ration
de l'hôpital.

Un des vieux de Farreyrolles [3], qui avait vu
Waterloo, nous contait, à la veillée, que le soir de la
bataille, avant qu'elle fût finie, passant devant un
cabaret, à deux pas de la Haie sainte [4], il s'était
abattu contre une table de bois, avait jeté son fusil
et refusé d'aller plus loin.

Le colonel l'avait traité de lâche.

— Lâche si vous voulez! Il n'y a plus de Bon
Dieu, plus d'Empereur... J'ai soif et j'ai faim!

Et il avait cherché sa vie dans le buffet de l'au-

berge, au milieu des cadavres; et jamais, disait-il,
il n'avait fait repas meilleur, trouvant la viande
savoureuse et le vin frais. Puis il s'était étendu,
faisant un traversin de son sac, et avait ronflé au
ronflement du canon.

Mon esprit, à moi, s'endort loin du combat et
loin du bruit; le souvenir du passé ne vibre plus
dans mon cœur que comme peut vibrer, à l'oreille
d'un fugitif, le roulement de tambour qui s'éloigne
et qui meurt.

Gibier de garni, obligé, pendant des années, d'accepter n'importe quel trou pour alcôve, et de ne
rentrer dans ces trous-là qu'à des heures toujours
noires, de peur de l'insomnie ou de la logeuse;
échappé de campagne, à qui il fallait plus d'air
qu'aux autres, et qui n'a pu renifler que des miasmes,
dans des hôtels à plombs [5]; affamé qui n'a jamais
mangé son comptant, alors qu'il avait une fringale
et des dents de loup — c'est ce gaillard-là qui, un
beau matin, se trouve sûr du pain et du lit, sûr de
la nappe sans ordures, du sommeil sans punaises,
et du lever sans créanciers.

Et Vingtras le farouche n'a plus la rage au
cœur, mais le nez dans son assiette, une serviette
avec un rond, et un beau couvert de melchior [6].

Même il vous dit le *Benedicite* tout comme un
autre, avec un air de componction bien suffisante,
et qui ne déplaît pas aux autorités.

Le repas fini, il remercie Dieu (toujours en latin),
glisse la main au dos de son gilet pour défaire la
boucle, lâche un bouton par-devant, et recroise là-
dessus sa redingote — ramassée dans l'armoire
du mort et arrangée pour sa taille, *à la papa*. Puis,
les tripes emplies, la lèvre grasse, il prend, avec la
division qu'il dirige, le chemin de la cour des grands,

qui domine le pays, ainsi qu'une terrasse de château féodal.

Sur cette hauteur-là, à de certaines heures, le ciel me fait l'effet d'une robe de soie tendre, et la brise me chatouille le cou comme un frôlement d'ailes.

Je n'ai jamais eu, devant moi, tant de douceur et de sérénité.

Le soir.

La petite chambre qui est au bout du dortoir, et où les maîtres d'étude peuvent, à leurs moments de liberté, aller travailler ou rêver, cette chambre-là donne sur une campagne pleine d'arbres et coupée de rivières.

Dans l'haleine du vent arrive un parfum de mer qui me sale les lèvres, me rafraîchit les yeux et m'apaise le cœur. A peine il palpite, ce cœur-là, à l'appel de ma pensée, comme le rideau contre la fenêtre sous un souffle plus fort.

J'oublie le métier que je fais, j'oublie les moutards que je garde... j'oublie aussi la peine et la révolte.

Je ne tourne pas la tête du côté où mugit Paris, je ne cherche pas, à l'horizon, la place fumeuse où doit être le champ de bataille — j'ai découvert dans le fond, tout là-bas, une oseraie et un verger en fleurs, sur lesquels je fixe mon regard humide et que je sens plus doux.

Oui, ceux de l'Odéon avaient raison : Sacré lâche!

Quand je sors du collège, je me trouve dans des rues tranquilles et endormies, et je n'ai que cent pas à faire pour arriver à un ruisseau que je longe en ne pensant à rien, en suivant d'un œil assoupi un

branchage ou un paquet d'herbes que le courant
emporte, et qui a des aventures en route.

Au bout du chemin est une guinguette, avec un
chapelet de pommes enfilées pour enseigne ; moyennant quelques sous, je bois du cidre qui a une belle
couleur d'or et me pique un brin le nez.

Ah ! oui ! Sacré lâche !

Mais aussi, je n'ai pas eu de chance...

Par un hasard bourgeois, ce lycée est plein d'air
et de lumière ; c'est un ancien couvent, à grands
jardins et à grandes fenêtres ; il tombe dans les
réfectoires des disques de soleil ; il entre dans les
dortoirs, quand les croisées sont ouvertes, des échos
de feuillage et des tressaillements de nature déjà
rouillée par l'automne, avec des tons chauds de
bronze et de cuivre.

Je n'ai pas déplu à ces collégiens, habitués à
être surveillés par des novices à peine sortis des
bancs, ou par de vieux pions à brisques, plus bêtes
que des sergents de chambrée.

Ils m'ont accueilli un peu comme un officier
d'irréguliers en détresse, que la mort de son père —
un régulier à chevrons — a rappelé par hasard ;
puis, j'ai mon auréole de Parisien. C'est assez pour
que je ne sois pas haï par ce monde de jeunes prisonniers.

Mes collègues aussi m'ont trouvé bon garçon,
quoique trop sobre, eux qui enferment leurs heures
de liberté dans un petit café humide et sombre, et
s'y abrutissent à boire de la bière, à siroter des
glorias [7], et à caleçonner des pipes.

Je ne bois pas et ne fume point.

Le temps que j'ai à moi, je le passe auprès du
poêle, dans mon étude vide, un livre à la main, ou

bien dans la classe de philosophie, un cahier sur les
genoux.

Le professeur est le gendre du recteur lui-même,
et cela le flatte de voir ce Parisien à l'air crâne, à la
barbe noire, assis comme un écolier sur un banc,
et écoutant parler des propriétés de l'âme. Elles
m'ont joué un tour pour le baccalauréat [8], il ne faut
pas qu'elles me fichent encore dedans pour la licence.
J'ai besoin de savoir combien l'on en compte dans
le Calvados [9] : six, sept, huit... ou moins, ou plus !

Et je suis les leçons avec assiduité, pour être
bien au courant de la philosophie du département.

                                        15 octobre.

C'est aujourd'hui l'ouverture de la Faculté des
lettres ; le discours de rentrée sera prononcé par le
professeur d'histoire.

Mais je l'ai déjà vu, ce professeur-là [10] !

C'est lui qui vint au lycée Bonaparte, en qualité
de normalien de troisième année, nous faire la rhétorique, au [11] temps où j'étais rhétoricien.

C'était en 1849 — il avait, ma foi, la phrase hardie
et révolutionnaire. Je me rappelle, même, qu'il
allait au café avec Anatoly, dont il connaissait le
frère aîné, et qu'il releva la tête en m'entendant,
à une table voisine où l'on se disputait, insulter la
lévite de Béranger [12].

Il m'avait remarqué, sans retenir mon nom ; mais
il se souvenait de l'incident, et quand, au sortir
du cours, je l'ai abordé, il m'a tout de suite reconnu.

— Et que faites-vous ? J'avais entendu dire que
vous aviez été déporté, ou tué en duel.

Je lui confie à quel point je me sens envahi, résigné
à mon sort, heureux de la discipline, content de

vivre, la main sur le tire-bouchon à cidre ou sur
la cuiller à fayots, les yeux sur un flot de rivière.

— Diable, diable! a-t-il dit, comme un médecin
qui entend de mauvaises nouvelles. Venez donc
me voir, nous causerons. Cela me fait plaisir de
m'échapper quelquefois de ce milieu de niais et de
scélérats!

Il montrait, du geste, les autorités, et tout le
groupe de ses collègues.

C'est lui, l'universitaire bien en cour, qui parle
ainsi!

Ah! pourquoi l'ai-je rencontré!

Je vivais calme, je me reposais délicieusement;
il m'a remis le feu au [13] ventre, et quand, le
dimanche, je dégrafe une boucle au dessert, et me
défends contre l'émotion, il me secoue :

— Vous n'allez pas devenir bourgeois, au moins,
et engraisser! Je préfère encore que vous m'insul-
tiez pour ma croix de Juin.

Je l'ai insulté, en effet, à propos de sa décoration,
le premier jour où je suis allé chez lui, puis je me
suis dirigé vers la porte.

Il m'a retenu.

— J'avais vingt ans... j'étais avec tout le troupeau de la Normale... Ne sachant pas ce que signi-
fiait l'insurrection, je me suis mis du côté de
Cavaignac [14], que je croyais républicain, et je suis
entré le premier au Panthéon, où s'étaient barri-
cadés les blousiers. On m'a envoyé porter la nouvelle à la Chambre, et ils m'ont noué leur ruban à
la boutonnière. Mais, je vous le jure, loin de faire
assassiner un homme, j'ai sauvé la vie de plusieurs
combattants au péril de la mienne. Restez, allez!
Vous voyez bien que l'on peut changer, puisque
vous avouez que vous n'êtes plus le même...

Il m'a tendu la main, je l'ai prise, et nous avons été amis.

Je suis devenu aussi le favori de son confrère à cheveux blancs, le père Machar, qui s'est enterré en province, après avoir eu [15] son heure de gloire à Paris.

— Lequel de vous s'appelle Vingtras? a-t-il demandé aux maîtres d'études, rassemblés pour la seconde conférence de l'année.

Je me détache du groupe.

— D'où venez-vous? où avez-vous fait vos classes?... Là-bas? Vous les y avez terminées au moins, je l'aurais parié!

Et il m'a fait lire tout haut ma dissertation, *mon devoir.*

— Vous êtes un écrivain, monsieur!

Il m'a jeté ça à la tête, sans crier gare, et, en sortant, m'a emmené jusqu'à sa porte. Je lui ai conté mon histoire.

— Eh! Eh! a-t-il dit en hochant la tête, s'il n'y avait que le camarade Lancin et moi, vous seriez reçu licencié en août; mais resterez-vous seulement jusque-là? Le proviseur vous gardera-t-il? Vous avez l'air d'un homme, il lui faut des chiens couchants...

— Je me fais petit, je suis décidé à être lâche!

— Peut-être, mais on voit que vous ne l'êtes pas, et les pleutres devinent votre mépris.

Il a dit vrai, le vieux maître! Il ne m'a servi à rien de paraître endormi, et de prendre du ventre, et de réciter le *Benedicite!*

Les cagots de la Faculté, le proviseur et l'aumônier du collège ont décidé que je sauterais. Mon poil de sanglier, mon œil clair, mon coup de talon, si mou que soit mon pas, insultent leur menton glabre, leur regard louche, leur traînement de semelles sur les dalles.

Ne pouvant me reprocher d'être inexact ou ivrogne, ils ont eu une idée de génie, les jésuites!

Ils ont fait organiser, en dessous, une conspiration contre moi.

Minuit.

Le dortoir, où je piochais à la chandelle, est devenu le terrain d'embuscade des comploteurs.

Il prête à l'émeute par sa construction monacale. Chaque frère avait jadis une cellule à ciel ouvert, chaque élève a maintenant la sienne, si bien que l'on ne voit personne de l'intérieur des *boxes;* le maître d'études entend les bruits, mais ne peut distinguer les gestes.

Un beau soir, il y a eu insurrection entre ces murs de bois [16] : tapage contre les cloisons, sifflets, grognements, cris, et si drôles que, ma foi, j'ai voulu m'en mêler.

Et j'ai, moi aussi, cogné, sifflé, grogné et crié avec des notes aiguës de soprano :

— *A bas le pion!*

C'est ma première heure vivante depuis mon entrée ici [17].

Je suis là, en chemise, au milieu de la cellule, cognant le chandelier contre le pot de chambre, faisant le coq et le cochon, glapissant toujours : *A bas le pion!*

On pousse la porte...

C'est le proviseur lui-même. Il a l'air stupéfait de me voir bannière au vent, les pieds nus sur le carreau, mon vase de nuit d'une main, mon bougeoir de l'autre, et il balbutie d'un air égaré :

— Vous n'en... n'en... n'entendez donc pas?

— ???

— Cette révolte!.. ces cris!...

— Des cris?... une révolte?...

Je me suis frotté les yeux et j'ai pris la mine ahurie et confuse... Oh! il a bien vu de quoi il retournait, et il est parti, blanc comme la faïence du pot. Il n'y aura plus d'émeute au dortoir : il n'y a pas de danger!

Je me recouche, désolé que le boucan soit fini.

Mais je vois bien que je suis fichu. Je vais me payer des fantaisies, avant qu'on me chasse [18].

L'occasion vient de se présenter.

Le professeur de rhétorique est tombé malade. Il est de règle que ce soit le maître d'études qui remplace le titulaire, quand celui-ci est, par extraordinaire, empêché ou absent.

C'est donc moi qui ferai la classe ce soir, qui monterai à cette chaire.

M'y voici.

Les élèves attendent, avec l'émotion que cause tout incident nouveau. Comment vais-je m'en tirer, moi le beau parleur, le favori de la Faculté, le *Parisien* ?

Je commence.

« Messieurs,

« Le hasard veut que je supplée votre honorable professeur, M. Jacquau. Mais je me permets de ne point partager son opinion sur le système d'enseignement à suivre.

« Mon avis, à moi, est qu'il ne faut *rien apprendre*, rien, de ce que l'Université vous recommande. (*Rumeurs au centre.*) Je pense être plus utile à votre avenir en vous conseillant de jouer aux dominos, aux dames, à l'écarté — les plus jeunes seront autorisés à planter du papier dans le derrière des mouches. (*Mouvements en sens divers.*)

« Par exemple, messieurs, du silence ! Il n'est pas nécessaire de réfléchir pour apprendre du Démosthène et du Virgile, mais quand il faut faire le quatre-vingt-dix ou le cinq cents, ou échec au roi, ou empaler des mouches sans les faire souffrir, le calme est indispensable à la pensée, et le recueillement est bien dû à l'insecte innocent que va, messieurs, sonder votre curiosité, si j'ose m'exprimer ainsi. (*Sensation prolongée.*)

« Je voudrais enfin que le temps que nous allons passer ensemble ne fût pas du temps perdu. »

Tableau !
Le soir même, j'ai reçu mon congé.

II

Me voilà de nouveau sur le pavé de Paris, n'ayant que quarante francs en poche, et brouillé avec toutes les universités de France et de Navarre.

De quel côté me tourner?

Je ne suis plus le même homme : huit mois de province m'ont transformé.

J'avais vécu, pendant dix ans, tel que l'ivrogne qui a peur de l'affaissement, au lendemain de l'ivresse, et qui reprend du poil de la bête, saute sur le vin blanc dès son lever, et garde toujours une bouteille à portée de sa main qui tremble. Je me soûlais avec ma salive.

Et j'en étais le plus souvent pour mes frais de courage!

Ceux-là mêmes à qui je faisais l'aumône d'une gaieté qui cachait ma peine ou distrayait la leur, ceux-là, plutôt que de comprendre et de remercier, me traitaient d'Auvergnat et de cruel. Pouilleux d'esprit, lâches de cœur, qui ne voyaient pas que je jetais de l'ironie sur les douleurs comme on mettrait un faux nez sur un cancer, et que l'émotion me rongeait les entrailles, tandis que j'étourdissais notre misère commune à coups de blague, ainsi que l'on crève un carreau à coups de poing pour avoir de l'air dans un étouffoir!

C'était bien la peine de se ranger!

Qu'ai-je fait, depuis que je suis revenu de cette province [1]?... Je ne le sais plus. J'ai vécu à la façon d'une bête, comme là-bas, mais sans la joie du pâturage et de la litière.

Vais-je descendre jusqu'au cimetière en ne faisant que me défendre contre la vie, sans sortir de l'ombre, sans avoir au moins une bataille au soleil?

Tant pis! Ils crieront à la trahison s'ils veulent!

Je vais chercher à vendre huit heures de mon temps par journée, afin d'avoir, avec la sécurité du pain, la sérénité de l'esprit.

Après tout, Arnould, qui est un honnête homme, est bien entré à la Ville; Lisette [2], que j'ai rencontrée l'autre matin, me l'a dit.

Voici qu'il faut faire apostiller ma demande... Encore un serment à fouler aux pieds!

N'importe!

J'ai été parjure en étant pion — parjure je serai encore en allant mendier la signature de gens qui ont tenté de nous assassiner au Deux-Décembre.

Misérable! au lieu de gagner du terrain, j'en ai perdu et je viens de me trouver des cheveux blancs!

C'est fait! — Un général de la Garde, un libraire des Tuileries, un ancien proviseur de mon père, ont donné, chacun, deux lignes de recommandation.

Elles ont suffi. Je viens d'être nommé auxiliaire, à cent francs par mois, dans une mairie qui est au diable et qui a l'air d'une bicoque.

J'y file, monte les escaliers et demande le chef de bureau.

Un monsieur à lunettes et un peu bossu me reçoit.

— C'est bien. Vous serez aux naissances.

Il me mène au bureau des déclarations et me confie à un employé qui me toise, me fait signe de m'asseoir et me demande si j'écris bien (!!)

— Pas trop.

— Faites voir.

Je plonge une plume dans l'encrier, je la plonge trop fort, et en la retirant, j'éclabousse, d'une tache énorme, la page d'un grand registre que l'homme a devant lui.

Il donne les signes du plus violent désespoir.

— C'est juste sur le nom!... Il faut un renvoi!

Il se jette à la fenêtre, se penche au-dehors, fait des gestes, pousse des cris.

Appelle-t-il au secours ? Sent-il venir l'apoplexie ? Veut-il me faire arrêter ?

Qui lui répond ? Est-ce le médecin, le commissaire ?

Non. C'est un charbonnier, un marchand de vin et une sage-femme qui, cinq secondes plus tard, se précipitent dans le bureau et demandent, avec effroi, « ce qu'il y a ? »

— Il y a que monsieur, que voilà, a débuté par envoyer une saloperie sur mon livre, et qu'il faut maintenant que vous signiez tous, en marge, pour que l'enfant ait un état civil.

Il se tourne vers moi avec fureur.

— Vous entendez ? un *é-tat ci-vil* ! Savez-vous au moins ce que c'est ?

— Oui, j'ai fait mon droit.

— J'aurais dû m'en douter !

Et il ricane.

— Ils en sont tous là... Les bacheliers, c'est la mort aux registres !

Encore des miaulements et un bruit de gros souliers, encore une sage-femme, un charbonnier et un marchand de vin.

Mon collègue me lance en plein danger.

— Interrogez vous-même la déclarante.

De quelle façon vais-je m'y prendre? que dois-je dire?

— Madame, vous venez pour un enfant?...

Il hausse les épaules, fait mine de jeter le manche après la cognée.

— Et pourquoi diable voulez-vous qu'elle vienne?... Enfin, vous serez peut-être capable de constater! Assurez-vous du sexe.

— M'assurer du sexe!... et comment?

Il rajuste ses lunettes et me fixe avec stupeur; il semble se demander si je ne suis pas arriéré comme éducation et exagéré comme pudeur au point d'ignorer ce qui distingue les garçons des filles.

J'indique par signes que je le sais bien.

Il pousse un soupir d'aise, et s'adressant à l'accoucheuse :

— Déshabillez l'enfant. Vous, monsieur, regardez. Mais de là-bas vous ne voyez rien, approchez donc!

— C'est un garçon.

— Je vous crois! fait le père en se rengorgeant, avec un coup d'œil au charbonnier.

Me voilà nourrice, ou peu s'en faut.

Je suis bien obligé, par politesse, d'aider un brin à ouvrir les langes, à retirer les épingles, à désemmailloter le moutard, et à lui faire une petite chatouille sous le menton, quand il crie trop fort.

Heureusement, la pension Entêtard [3] m'a donné *une manière*, et mon coup de main devient célèbre, dans l'arrondissement, autant que jadis mon tour de chemise. A moi le pompon!

Ils ne sont guère forts, mes collègues, mais ce ne sont point de méchantes gens. Il n'y a pas en eux ce levain de fiel et de chagrin qui fermente chez les universitaires constamment jaloux, peureux, espionnés.

Ils ne me font point sentir trop cruellement mon infériorité ; mon copain n'a pas rechigné, ni ronchonné, plus de deux jours.

— Somme toute, que vous a-t-on enseigné au collège ? Le latin ? Mais c'est bon pour servir la messe ! Apprenez donc plutôt à faire des jambages, des pleins, et des déliés.

Et il me donne des conseils pour la queue des lettres longues et pour la panse des lettres rondes. Nous restons même après la fermeture des bureaux, pour soigner *mon anglaise*, sur laquelle je sue sang et eau.

Un jour, à travers la croisée, un ancien camarade m'a vu, un de la bande des républicains.

— Tu faisais des émeutes autrefois ; tu fais des majuscules maintenant !

Eh bien, oui ! mais, mes majuscules faites, je suis libre, libre jusqu'au lendemain.

J'ai ma soirée à moi, — le rêve de toute ma vie ! — et je n'ai qu'à me lever aussi tôt que les ouvriers pour avoir encore deux heures de frais travail, avant de venir vérifier le sexe des mioches.

Je les démaillote, mais je me suis démailloté aussi, et je pourrai montrer que je suis un homme à qui voudra regarder.

Enterrement Murger [4].

J'ai demandé congé pour suivre le convoi d'un illustre.

Je veux voir les célébrités qui accourront en

foule; je veux entendre aussi ce que l'on dira sur
sa tombe.

On a pleurardé, voilà tout.

On a parlé d'une maîtresse et d'un toutou que
le défunt aimait bien, on a jeté des roses sur sa
mémoire, des fleurs dans le trou, de l'eau bénite
sur le cercueil; — il croyait en Dieu ou était forcé
de paraître y croire.

Des pioupious aussi suivaient le cortège avec
leurs fusils : le peloton des décorés.

Il avait la croix; c'était comme une médaille
d'aveugle, une contremarque de charité. On ne
laisse pas crever de faim les légionnaires; resté misérable, il avait dû nouer sa gloire, comme une queue
de cheval, avec le ruban rouge.

Je suis revenu songeur, et soudain j'ai senti dans
mes entrailles un tressaillement de colère. Il m'a
fallu huit jours encore pour comprendre ce qui
remuait en moi — un matin, je l'ai su.

C'était mon livre, le fils de ma souffrance, qui
avait donné signe de vie devant le cercueil du
bohème enseveli en grande pompe et glorifié au
cimetière, après une vie sans bonheur et une agonie
sans sérénité.

A l'œuvre donc! et vous allez voir ce que j'ai
dans le ventre, quand la famine n'y rôde pas,
comme une main d'avorteuse qui, de ses ongles
noirs, cherche à crever les ovaires!

Moi qui suis sauvé, je vais faire l'histoire de ceux
qui ne le sont pas, des gueux qui n'ont pas trouvé
leur écuelle.

C'est bien le diable si, avec ce bouquin-là, je ne
sème pas la révolte sans qu'il y paraisse, sans que
l'on se doute que sous les guenilles que je pendrai,
comme à la Morgue, il y a une arme à empoigner,

pour ceux qui ont gardé de la rage ou que n'a pas
dégradés la misère.

Ils ont imaginé une bohème de lâches, — je vais
leur en montrer une de désespérés et de mena-
çants!

III

Il fait lugubre dans ma chambre, une chambre de trente francs qui a *vue* sur un boyau de cour où, au-dessus d'un tas de débris, est juché un pigeonnier dont les roucoulements me désespèrent.

Je n'entends guère que cette musique irritante, et les sanglots d'une femme qui occupe, près de moi, un cabinet sombre qu'elle n'arrive pas à payer, et qui se lamente — institutrice à cheveux gris dont on ne veut plus et qui cherche des leçons à dix sous.

La malheureuse! Je l'ai rencontrée l'autre soir qui, pour ce prix-là, offrait à des garçons de salle du Val-de-Grâce ses caresses de vieille et entrouvrait sa robe pour laisser prendre ses seins.

J'aurais voulu partir : il me semble qu'il passe à travers la cloison une odeur qui empoisonne ma pensée!

Il a bien fallu rester, cependant, et ne point donner congé, car j'aurais dû débourser pour rien une quinzaine. Or, j'ai réglé ma vie — le livre de comptes est là, près du livre de souvenirs — mon budget est inexorable. Je n'ai qu'à courber la tête sur le papier et à me bourrer les oreilles de coton, pour rester sourd aux hoquets de douleur de la voisine et aux ronrons de tendresse des tourterelles.

L'une d'elles va souvent, sur la fenêtre du cabinet, chercher un peu de pain qu'y émiettent les
mains de la pauvresse, des mains qui sentent encore
la sueur d'amour des infirmiers.

Au collège, la colombe était l'oiseau des voluptés
et se rengorgeait sur l'épaule des déesses et des
poètes. Ici, elle fait la belle et s'aiguise le bec contre
les vitres d'une pierreuse. *Gemuere palumbœ.*

Je me lève à six heures, j'enveloppe mes pieds
dans un restant de paletot, parce que le carreau
est froid, et je travaille jusqu'au moment où il faut
se diriger vers la mairie.

Je reviens à la besogne de cinq à huit heures seulement, pas plus tard. Le soir me fait peur, dans ce
taudis de la rue Saint-Jacques, tout près de l'ancien
Carrefour de la guillotine [1], tout contre l'Hôpital
militaire, tout proche de l'Hôtel des Sourds-Muets.
Les alentours manquent de gaieté, vraiment!

— Mais, en te mettant à la croisée, tu peux voir
le Panthéon, où tu iras dormir un jour si tu deviens
un grand homme, m'a dit, en ricanant, Arnould,
qui est venu me voir.

Je ne crois pas au Panthéon, je ne rêve pas le
titre de grand homme, je ne tiens pas à être immor-
tel après ma mort — je tiendrais seulement à vivre
de mon vivant!

Je commence à y arriver, mais il fait encore bien
sale et bien triste sur le chemin.

La femelle d'à côté s'est enhardie; elle se soûle,
maintenant, et amène des hommes qui boivent
avec elle.

Un jour, un de ces pochards a refusé de cracher
au bassinet et a voulu la battre; elle a appelé au
secours.

C'est moi qui ai tordu le poignet de l'ivrogne — il
avait ramassé un couteau sur une assiette à fromage, et allait frapper le ventre de la femme. Je
l'ai poussé jusqu'à la porte de l'allée, que j'ai refermée sur lui, et contre laquelle il a cogné plus d'un
quart d'heure, en criant : « Viens-y donc, le man-
geur de blanc [2] ! »

Du coup, on a chassé l'institutrice « qui payait
bien, tout de même, depuis deux semaines » a dit
la logeuse avec une nuance de regret. Et il n'y a
plus que les ramiers qui s'aiment et font leurs crottes
devant ma fenêtre, ne trouvant plus de pain sur
l'autre.

Mon travail n'avance guère, pourtant. C'est
qu'aussi il gèle dans cette chambre, et qu'il est long
à faire flamber, mon tas de houille ! Je grelotte, en
brûlant des allumettes, et si j'ai le courage de
m'asseoir devant ma table, sans feu dans la chemi-
née, peu à peu le frisson vient et la pensée s'en
va.

J'ai longtemps réfléchi. Je suis allé à Sainte-
Geneviève chercher, dans les livres, des procédés
d'allumage qui puissent me sauver des longues stations en chemise, devant le foyer plein de fumée
et non de flammes, avec la fraîcheur du matin sur
mes jambes nues.

Mais j'ai échoué, et le vent est au nord. Je ne
fais rien depuis huit jours — que prendre des notes
au crayon, en sortant à peine mes bras du lit.

J'ai essayé d'aller écrire à la bibliothèque. Mais,
si j'ai trop froid ici, là-bas j'ai trop chaud. Mes idées
s'amollissent et se décolorent, comme la viande
rouge au fond de la marmite, dans cette atmosphère
d'une moiteur pesante, et je roupille sur mon papier
blanc. Un invalide vient me réveiller insolemment.

N'arriverai-je donc pas à attaquer mon livre avant le printemps?

Eh bien, si! Je ferais plutôt faillite! Je sors de la maison Dulamon et Cⁱᵉ, à laquelle j'ai été présenté par un ancien collègue de mon père, qui vend du latin aux enfants.

Nous avons fait marché pour une robe de chambre avec capuchon, cordelière et traîne, en drap de couvent. On doit me la livrer dans une semaine, contre moitié — prix convenu, l'autre moitié payable à la fin du mois prochain. En tout : soixante francs.

Je flâne jusqu'au jour de la réception.

La voici!

— Prenez vos trente francs!

L'homme les a empochés, et a filé. Moi, je me carre dans mon froc de laine.

Ah! bourgeois qui l'avez taillé, mercier qui l'avez vendu, vous ne savez pas ce que vous venez de faire! Vous venez de donner une guérite à la sentinelle d'une armée qui vous en fera voir de dures!

Si cette houppelande n'avait point été bâtie, je lâchais pied, peut-être, en face de l'âtre noir, je fuyais ma cellule glacée, je jetais le manche après la cognée — je n'écrivais pas mon livre!

Le moment de l'échéance approche! Nous sommes au 22, c'est pour le 30!

J'ai profité de ce que c'était dimanche et de ce que je n'allais pas au bureau, pour mettre la dernière main à mon ouvrage, et achever de recopier.

Vite, relisons-nous!... Des ciseaux, des épingles! Il faut retrancher ceci, ajouter cela!

J'ai jeté de l'encre de tous les côtés. Des passages entiers sont comme des bandeaux de taffetas noir

sur l'œil, ou comme des bleus sur le nombril! Je
me suis coupé avec les ciseaux, piqué avec les
épingles; des gouttelettes de sang ont giclé sur les
pages — on dirait les mémoires d'un chiffonnier
assassin!

C'est que le mercier n'attendra pas! Il ira me
relancer à la mairie, montrera mon billet, criera,
et je serai destitué. Car je suis fonctionnaire, maintenant, et je dois faire honneur à ma signature,
sous peine de compromettre le gouvernement, qui
ne me donne pas quinze cents francs par an pour
que je vive en bohème.

Il est trois heures. J'entends carillonner les
vêpres. Pas un bruit dans la maison — que la toux
d'un poitrinaire qui finit de cracher son dernier
poumon.

Oh! que c'est affreux d'être obscur, pauvre, isolé!

Le quart, la demie!

J'étais resté là main sur mes yeux pour les empêcher de pleurer. Mais il ne s'agit pas de rêvasser.
Et ma dette!

Il s'agit de me rendre chez le rédacteur en chef
du *Figaro* [3], de pénétrer dans son foyer. On ne le
trouve pas au journal, à la sortie du bureau, pendant la semaine; et, d'ailleurs, on n'écoute guère
les inconnus, dans ces endroits-là.

Me recevra-t-il? n'est-ce point son jour de repos?
On dit qu'il aime ses enfants, et qu'il veut les
embrasser tranquillement, sans être importuné,
pendant ses vingt-quatre heures de vacances.

Ah! tant pis!

Comme mes jambes flageolent en montant l'escalier!

Je sonne.

— M. de Villemessant ?

— Il n'y est pas. Monsieur est parti depuis une semaine pour la campagne et ne reviendra que dans quinze jours.

Absent !... Mais alors je suis perdu !

La bonne a dû lire mon désespoir sur ma figure.

Elle voit, d'ailleurs, le bout de mon manuscrit roulé, crispé, qui a l'air de se tordre de douleur au fond de ma poche.

Elle ne ferme pas la porte, et se décide enfin à me dire qu'à défaut de Villemessant son gendre est à la maison, que si je veux donner mon nom elle le fera passer, et, que même, elle remettra ce que j'apporte.

En disant cela, elle désigne du coin de l'œil l'article, qui ressemble à un hérisson, avec ses épingles de raccord. Je le sors, et le lui fais prendre par le ventre, pour qu'elle ne se pique pas. Elle rit, d'un air compatissant, et part — en le tenant à bras tendu.

On me laisse seul pendant un quart d'heure, au moins. Enfin la porte s'ouvre :

— Mais ça mord, votre copie, cher monsieur ! dit un gros homme chauve, en secouant ses doigts en saucisses.

Je m'excuse en balbutiant.

— N'importe ! J'ai vu le titre, j'ai lu dix lignes, ça mordra sur le public aussi ! Nous publierons cela, jeune homme ! Par exemple, il faudra attendre quelque temps ; c'est long en diable !

Attendre ? Ma foi, je lui explique que je ne peux pas attendre.

— J'ai une perte de jeu à régler demain, et c'est pourquoi j'ai osé venir tout droit ici...

— Tiens, tiens! vous pelotez donc la dame de pique? Est-ce que vous tirez à cinq?

Je ne sais pas ce que c'est de tirer à cinq; mais il faut bien répondre quelque chose, et d'une voix caverneuse je dis :

— Oui, monsieur, je tire à cinq.

— Cristi! vous avez de l'estomac!

Beaucoup trop! je m'en suis aperçu souvent; les jours de jeûne surtout.

— Tenez, voilà un mot pour le caissier. Présentez-le-lui demain, on vous donnera cent francs. C'est le grand prix, mais votre article a du chien! Au revoir!

Du chien?... Peut-être bien!

Je n'ai pas regardé, comme on l'enseigne à la Sorbonne, si ce que j'écrivais ressemblait à du Pascal ou à du Marmontel, à du Juvénal ou à du Paul-Louis Courier, à Saint-Simon ou à Sainte-Beuve, je n'ai eu ni le respect des tropes, ni la peur des néologismes, je n'ai point observé l'ordre nestorien [4] pour accumuler les preuves.

J'ai pris des morceaux de ma vie, et je les ai cousus aux morceaux de la vie des autres, riant quand l'envie m'en venait, grinçant des dents quand des souvenirs d'humiliation me grattaient la chair sur les os — comme la viande sur un manche de côtelette, tandis que le sang pisse sous le couteau.

Mais je viens de sauver l'honneur à tout un bataillon de jeunes gens qui avaient lu les *Scènes de Bohème* et qui croyaient à cette existence insouciante et rose, pauvres dupes à qui j'ai crié la vérité!

S'ils en tâtent encore, de cette vie-là, c'est qu'ils ne seront bons qu'à faire du fumier d'estaminet ou du gibier de Mazas [5]! A l'issue de leurs trente ans, ils seront happés au collet par le suicide ou la folie,

5

par le gardien d'hospice ou le gardien de prison, ils mourront avant l'heure ou seront déshonorés à leur moment.

Je ne les plaindrai pas, moi qui ai déchiré les bandages de mes blessures pour leur montrer quel trou font, dans un cœur d'homme, dix ans de jeunesse perdue!

IV

La mode est aux conférences : Beauvallet [1] doit lire *Hernani* au Casino-Cadet [2].

Séance solennelle! *great attraction !* C'est une protestation contre l'Empire, en l'honneur du poète des *Châtiments* [3].

Mais il faudra, comme au Cirque, un artiste d'ordre inférieur, clown ou singe, de ceux qui, après le grand exercice, occupent la piste, tandis que l'on reprend les chapeaux et que l'on fait appeler les voitures.

On m'a offert d'être le singe : j'ai accepté.

Dans quel cerceau sauterai-je ? J'offre et je prends pour titre : *Balzac et son œuvre* [4].

Les histoires de Rastignac, de Séchard et de Rubempré m'ont agrippé le cerveau. *La Comédie humaine* est souvent le drame de la vie pénible — le pain ou l'habit arraché à crédit ou payé à terme, avec les fièvres de la faim et les frissons du *papier-douleur*. Il est impossible que je ne trouve pas quelque chose de poignant à dire, en parlant de ces héros qui sont mes frères d'ambition et d'angoisse!

Le jour de la représentation est venu — le Maître et le singe ont leurs noms accolés sur le programme.

Il y aura du monde. Les vieilles barbes de 48 seront là pour se retrousser contre Bonaparte, chaque fois qu'un hémistiche prêtera à une allusion républicaine. Il y aura aussi toute la jeune opposition : des journalistes, des avocats, des bas-bleus qui, de leur jarretière, étrangleraient l'empereur s'il tombait sous leurs griffes roses, et qui ont mis leur chapeau des dimanches en bataille.

Mais, de loin, je vois qu'on se pousse devant la porte du Grand-Orient, autour d'un homme qui colle sur l'affiche une bande fraîche.

Que se passe-t-il ?

On a interdit la lecture du drame d'Hugo, et les organisateurs annoncent que l'on remplacera *Hernani* par *Le Cid*.

Beaucoup s'en vont, après avoir dédaigneusement épelé mes quatre syllabes... qui ne leur disent rien.

— Jacques Vingtras ?
— Connais pas.

Personne ne connaît, sauf quelques gens de presse, ceux de notre café qui, venus exprès, restent pour voir comment je m'en tirerai, et dans l'espoir que je ferai four ou scandale.

Je laisse débiter les alexandrins et m'en vais attendre à la brasserie la plus voisine.

— A ton tour ! Ça va être à toi !
Je n'ai que le temps de grimper les escaliers.
— A vous ! à vous !

Je traverse la salle ; me voici arrivé sur l'estrade.

Je prends du temps, pose mon chapeau sur une chaise, jette mon paletot sur un piano qui est derrière moi, tire mes gants lentement, tourne la cuiller dans le verre d'eau sucrée avec la gravité d'un sorcier qui lit dans le marc de café. Et je commence,

pas plus embarrassé que si je pérorais à la crémerie :
— *Mesdames, messieurs,*

. . . .

J'ai aperçu, dans l'auditoire, des visages amis, je les regarde, je m'adresse à eux, et les mots sortent tout seuls, portés par ma voix forte jusqu'au fond de la salle.

C'est la première fois que je parle en public, depuis le Deux-Décembre. Ce matin-là, je montais sur les bancs et sur les bornes pour apostropher la foule et crier : « Aux armes! », je haranguais un troupeau d'inconnus, qui passèrent sans s'arrêter.

Aujourd'hui, je suis en habit noir, devant des parvenus endimanchés qui se figurent avoir fait acte d'audace, parce qu'ils sont venus pour entendre lire des vers.

Vont-ils me comprendre et m'écouter ?

On déteste Napoléon, dans ce monde de puritains, mais on n'aime pas les misérables dont le style sent la poudre de Juin plus que celle du coup d'État. Ces vestales à moustaches grises de la tradition républicaine sont — comme étaient Robespierre et tous les sous-Maximiliens, leurs ancêtres — des Bridoisons austères de la forme classique.

Et les cravatés de blanc qui sont là, et qui m'ont lu, ont été déroutés, les cuistres, par mes attaques d'irrégulier, déchaînées moins contre le buste de Badinguet [5] que contre la carcasse de la société tout entière, telle qu'elle est bâtie, la gueuse, qui n'a que du plomb de caserne à jeter dans le sillon où les pauvres se tordent de douleur et meurent de faim — crapauds à qui le tranchant du soc a coupé les pattes, et qui ne peuvent même pas faire résonner, dans la nuit de leur vie, leur note désolée et solitaire!

Seulement, à cette heure, c'est le dédain plus

que le désespoir qui gonfle mon cœur, et le fait
éclater en phrases que je crois éloquentes. Dans
le silence, il me paraît qu'elles frappent juste et
luisent clair.

Mais elles ne sont pas barbelées de haine.

Ce n'est point la générale, c'est la charge que je
bats, en tapin échappé aux horreurs d'un siège et
qui, porté tout d'un coup en pleine lumière, crâne
et gouailleur, riant au nez de l'ennemi, se moquant
même des ordres de l'officier, et de la consigne, et
de la discipline, jette son képi d'immatriculé dans
le fossé, déchire ses chevrons, et tambourine la
diane de l'ironie, avec l'enthousiasme des musiciens
de Balaklava [6].

Ma foi, pendant que j'y suis, je m'en vais leur
dégoiser tout ce qui m'étouffe!

J'oublie Balzac mort pour parler des vivants,
j'oublie même d'insulter l'Empire, et j'agite, devant
ces bourgeois, non point seulement le drapeau
rouge, mais aussi le drapeau noir.

Je sens ma pensée monter et ma poitrine s'élar-
gir, je respire enfin à pleins poumons. J'en ai, tout
en parlant, des frémissements d'orgueil, j'éprouve
une joie presque charnelle; — il me semble que mon
geste n'avait jamais été libre avant aujourd'hui, et
qu'il pèse, du haut de ma sincérité, sur ces têtes qui,
tournées vers moi, me fixent, les lèvres entrouvertes
et le regard tendu!

Je tiens ces gens-là dans la paume de ma main,
et je les brutalise au hasard de l'inspiration.

Comment ne se fâchent-ils pas?

C'est que j'ai gardé tout mon sang-froid, et que,
pour faire trou dans ces cervelles, j'ai emmanché
mon arme comme un poignard de tragédie grecque,
je les ai éclaboussés de latin, j'ai grandsièclisé ma

parole, — cès imbéciles me laissent insulter leurs
religions et leurs doctrines parce que je le fais dans
un langage qui respecte leur rhétorique, et que
prônent les maîtres du barreau et les professeurs
d'humanités. C'est entre deux périodes à la Villemain [7] que je glisse un mot de réfractaire, cru et
cruel, et je ne leur laisse pas le temps de crier.

Puis il y en a que je terrorise!
Tout à l'heure, je venais de crever un de leurs
préjugés avec une phrase méchante comme un couteau rouillé. J'ai vu toute une famille s'étonner et
se récrier, le père cherchait son pardessus, la fille
rajustait son châle. Alors, j'ai dirigé de ce côté mon
œil dur, et je les ai cloués sur leur banc d'un regard
chargé de menaces. Ils se sont rassis épouvantés,
et j'ai failli pouffer de rire.

Mais il est temps de conclure; il me faut ma péroraison, je la brûle!
L'aiguille a fait son tour... Je viens de finir mon
heure et de commencer ma vie!

On a parlé de moi, pendant vingt-quatre heures,
dans quelques bureaux de journaux et quelques
cafés du boulevard. Ces vingt-quatre heures-là
suffisent, si je suis vraiment bien bâti et bien
trempé. Je n'ai plus la tête dans un sac, le cou dans
un étau.

Allons, la journée a été bonne; et ma salive a
nettoyé la crasse des dernières années, comme le
sang de Poupart avait lavé la crotte de notre
jeunesse!
Je pouvais ne jamais saisir cette occasion. Elle
m'échappait, en tout cas, si j'étais resté de l'autre
côté de l'eau, si seulement je n'avais pas fréquenté

l'estaminet où vont quelques plumitifs ambitieux.

C'est parce que je suis venu manger à cette table d'hôte, parce que je me suis grisé quelquefois et qu'étant gris j'ai eu de l'audace et de l'entrain, c'est parce que je suis sorti de la vie de travail acharné et morne pour flâner avec ces flâneurs, que je suis parvenu enfin à trouer l'ombre et à déchirer le silence.

Il fallait avoir un louis à casser de temps en temps !... Je l'avais le jour où je touchais mes appointements.

Combien je te bénis, petite place de 1 500 francs qui m'as permis d'aller là dépenser dix francs, les premiers du mois, trois francs les autres jours, qui m'as donné des airs de régulier et m'as valu, pour ce motif, des leçons à cent sous l'heure — les mêmes que j'avais fait payer cinquante centimes pendant si longtemps !

C'est cet emploi de rien du tout qui m'a sauvé ; c'est grâce à lui que je déjeune ce matin.

Car ma conférence ne m'a pas rapporté un écu. Le directeur m'a payé en nature, largement : hier soir nous avons fait un bon dîner.

Mais aujourd'hui mon gousset est vide : je ne suis pas plus riche que si l'on m'avait sifflé. Mes gants, mes bottines, ma chemise d'apparat m'ont coûté les yeux de la tête. Comment souperai-je ?

Vers neuf heures, mes boyaux grognaient terriblement. Je me suis rendu au *Café de l'Europe*, où des camarades ont crédit, et j'ai accepté une bavaroise — parce qu'on y met des flûtes.

Le lendemain, comme d'habitude, je suis allé à la mairie. Les employés, qui m'ont vu venir, sortent sur le seuil de leurs bureaux.

— Qu'y a-t-il donc ?

— Monsieur Vingtras! Le maire vous demande.

Du couloir, j'aperçois en effet, par la porte de la salle des mariages entrebâillée, le maire qui m'attend.

Il me fait entrer dans son cabinet.

— Monsieur, vous devinez sans doute pourquoi je vous ai appelé?

— ?...

— Non?... Eh bien, voici. Vous avez prononcé dimanche, au Casino, un discours qui est une véritable offense au gouvernement. Ce sont, du moins, les termes dont s'est servi l'inspecteur d'Académie, dans son rapport communiqué au préfet. Personnellement, j'ai à vous exprimer mon étonnement de vous voir compromettre une administration dont je suis le chef et une situation qui, vous me l'avez dit vous-même, est, quoique infime, votre véritable et seul gagne-pain. Officiellement, j'ai à vous avertir qu'il vous sera désormais interdit de remonter à la tribune, et à vous prier de me remettre ou de me promettre votre démission.

Ne pas remonter à la tribune — de cela je m'en console; après tout, le coup est porté, et j'aurai, de plus, le bénéfice de la persécution.

Mais remettre ma démission! perdre ma petite place! cette idée me donne froid dans le dos. Tous les bouts d'articles qui me promettent un avenir glorieux ne valent pas une soupe. Et je suis habitué à la soupe maintenant, et j'aurais beaucoup de peine à rester plus d'un jour sans manger!

Il a bien fallu partir, cependant. J'ai pâli en serrant la main de ce brave homme, et en disant adieu à cette bicoque.

V

Que faire?

Me voilà lancé à nouveau dans la politique. Mais, aujourd'hui, je n'ai pas à craindre de faire destituer mon père, je n'ai plus le boulet de la famille au pied, je suis maître de moi. Il ne s'agit que de savoir si j'ai du talent et du courage!

Pauvre garçon! crois cela et bois de l'eau, de cette eau sale que tu as lapée si longtemps, dans les cruches ébréchées des garnis — comme les chiens errants trempent leur langue dans le ruisseau — et qui va redevenir ta boisson, malgré ton triomphe d'hier, si tu veux demeurer un homme libre!

Tiré du bourbier?... allons donc! Tu n'as que la tête hors de la vase, le reste est encore englué.

Plains-toi! Tu agonisais sans que l'on te vît souffrir, on te regardera claquer maintenant!

Girardin [1] avait chargé Vermorel [2] de me prévenir qu'il voulait me voir.

— Qu'il vienne dimanche.

J'y suis allé.

Il m'a fait attendre deux heures et m'aurait oublié, dans la bibliothèque vide où tombait le crépuscule, si je n'avais ouvert la porte, grimpé

l'escalier, forcé la consigne, et pénétré dans le cabinet où il fouaillait de reproches trois ou quatre
individus qui baissaient la tête et se rejetaient les
torts, comme des écoliers qui ont peur du maître.

Il s'est à peine excusé, a continué de traiter en
laquais les gens qui étaient là — dont un ou deux
avaient les cheveux blancs — et m'a expédié, à
mon tour, par une phrase brève :

— Tous les matins, à sept heures, je suis visible ;
demain, si vous voulez.

Il m'a salué ; et voilà !

Je ne m'attendais pas à la sécheresse de cet
accueil. Je ne croyais pas surtout assister à cette
scène de la rédaction brutalisée comme de la valetaille.

6 heures du matin.

Il me faut trois quarts d'heure pour arriver jusqu'à la grille de l'hôtel ; je traverse la cour, gravis
le perron, pousse la grande porte vitrée, et me trouve
aussi embarrassé que si j'étais dans la rue. Des
domestiques sont là qui bâillent, ouvrent les fenêtres et secouent les tapis. Je les prie d'avertir
Jean, le valet de chambre, qui m'annoncera à son
maître.

Me voici enfin devant lui.

Quel visage blafard ! quel masque de pierrot
sinistre !

Une face exsangue de coquette surannée ou d'enfant vieillot, émaillée de pâleur, et piquée d'yeux
qui ont le reflet cru des verres de vitres !

On dirait une tête de mort, dont un rapin farceur aurait bouché les orbites avec deux jetons
blancs, et qu'il aurait ensuite posée au-dessus de
cette robe de chambre, à mine de soutane, affaissée

devant un bureau couvert de papiers déchiquetés et de ciseaux les dents ouvertes.

Nul ne croirait qu'il y a un personnage là-dedans !

Ce sac de laine contient, pourtant, un des soubresautiers du siècle, un homme tout nerfs et tout griffes qui a allongé ses pattes et son museau partout, depuis trente ans. Mais, comme les félins, il reste immobile quand il ne sent pas, à sa portée, une proie à égratigner ou à saisir.

Le voilà donc, ce remueur d'idées, qui en avait une par jour au temps où il y avait une émeute par soir, celui qui a pris Cavaignac par le hausse-col et l'a jeté à bas du cheval qui avait rué contre les barricades de Juin. Il a assassiné cette gloire, comme il avait déjà tué un républicain dans un duel célèbre.

On ne voit plus, sous sa peau ni sur ses mains, trace de sang — ni le sien, ni celui des autres !

Non, ce n'est pas une tête de mort ; c'est une boule de glace où le couteau a dessiné et creusé un aspect humain, et buriné, de sa pointe canaille, l'égoïsme et le dégoût qui y ont fait des taches et des traînées d'ombre, comme le vrai dégel dans le blanc du givre.

Tout ce qui évoque une idée de blêmissement et de froid peut traduire l'expression de ce visage.

Il m'a laissé de son spleen dans l'âme, de sa neige dans les artères !

Je suis sorti en grelottant. Dehors, il m'a semblé que mes veines étaient moins bleues sous l'épiderme brun, l'arc de mes lèvres s'est détendu, et j'ai roulé des yeux blancs vers le ciel.

D'ailleurs, je lui avais amené, en ma personne, un pauvre et un simple. Il l'a deviné tout de suite, je l'ai vu, — et j'ai senti que, déjà, il me méprisait.

J'allais lui demander un avis, un conseil, et même, dans son journal, un coin où mettre ma pensée et continuer, la plume à la main, ma conférence de combat.

Qu'a-t-il dit ?

En langage de télégramme, avec deux mots gelés, il m'a réglé mon compte.

— Irrégulier ! dissonant !

A toutes mes questions, qui parfois le pressaient, il n'a répondu que par ce marmottement monotone. Je n'ai pu tirer rien autre chose de ses lèvres cadenassées.

— Irrégulier ! dissonant !

Rencontrant Vermorel, le soir, je lui ai conté ma visite, et j'ai vomi ma colère.

Lui, avait revu Girardin ; il m'a brusquement interrompu :

— Mon cher, il ne prend que des gens dont il fera des larbins ou des ministres et qui seront son clair de lune... pas d'autres ! Il m'a parlé de votre entrevue. Savez-vous ce qu'il m'a dit de vous ? « Votre Vingtras ? Un pauvre diable qui ne pourra pas s'empêcher d'avoir du talent, un enragé qui a un clairon à lui et qui voudra en jouer, au nom de ses idées et pour la gloire, taratati, taratata ! Croit-il pas que je vais le mettre avec mes souffleurs de clarinette, pour qu'on ne les entende plus ? »

— Il a dit cela ?

— Mot pour mot.

J'ai été me coucher là-dessus et j'ai passé la nuit en face de cette conversation qui m'a fait frémir d'orgueil... et trembler de peur.

Je n'ai pas dormi. Le lendemain, au saut du lit, ma résolution était prise ; je m'habille, mets mes gants, et en route pour l'hôtel de Girardin.

Il a retiré son masque devant Vermorel, je vais lui demander de l'enlever devant moi; s'il ne l'ôte pas, je le lui arracherai!

— Oui, monsieur, vous avez une personnalité dont vous êtes l'otage, et qui vous condamne à vivre hors de nos journaux. La presse politique vous évincera; aussi bien les autres que moi, entendez-vous! Il nous faut des disciplinés, bons pour la tactique et la manœuvre... jamais vous ne vous y astreindrez, jamais!

— Mais mes convictions?

— Vos convictions? Elles doivent adopter la rhétorique courante, le mode de défense qui est dans l'air. Or, vous avez une langue à vous; vous ne vous l'arracherez pas de la bouche, alors même que vous l'essayeriez! Rien à faire, rien! Je ne voudrais pas de vous, quand vous me paieriez pour ça!

— Eh bien, ai-je dit, désespéré, je ne vous propose plus d'être un polémiste à cocarde rouge, je vous demande seulement de devenir un collaborateur littéraire, de vous vendre mon talent... puisque vous prétendez que j'en ai!

Il a mis son menton glabre dans sa main et a hoché la tête.

— Pas davantage, mon cher monsieur. Tandis que vous exécuteriez des variations sur les petites fleurs des bois ou les petites sœurs des pauvres, il s'échapperait de votre mirliton des notes de cuivre. A votre insu, même. Et, vous le savez, ce ne sont point tant les paroles mâles que l'accent viril qui font peur à l'Empire. On me supprimerait tout aussi bien pour un article de vous sur la goguette de Romainville que pour un article d'un autre sur le gouvernement de M. Rouher [3].

— Je suis donc condamné à l'obscurité et à la misère!

— Faites des livres! Et encore je ne suis pas bien sûr qu'on les imprimera, ou qu'ils ne seront pas poursuivis. Faites un héritage plutôt, croyez-moi! ou de la Bourse, ou de la Banque... ou une révolution! Choisissez.

— Je choisirai.

VI

— Oui, vous êtes bête comme un cochon! Ah!
mes enfants! quel machin que ce Vingtras! Le voilà
qui pisse de l'œil parce qu'il ne peut pas faire d'articles sur la Sociale, dans la boîte à Girardin!... Et
vous dites qu'il ne veut même pas de vos petites
fleurs des bois? Eh bien, je les prends, moi; à cent
francs la botte, une tous les samedis.

C'est Villemessant qui, me rencontrant à l'angle
du boulevard, m'a demandé ce que je devenais et
m'a fait cette proposition, après m'avoir bousculé
avec son ventre, après m'avoir déclaré que j'étais
bête comme un cochon.

— Ah! mes enfants! quel machin que ce Vingtras!

Une heure après, je l'ai retrouvé, par hasard,
au détour d'une rue; il criait encore :

— Quel machin! Ah! mes enfants!

Eh bien, oui! j'avais souhaité de porter dans la
politique ma réputation naissante, de sauter en
plein champ de bataille...

Girardin m'a guéri de ce rêve-là.

Je ne me suis fié, cependant, ni à ses avis, ni à ses
conseils. J'ai monté d'autres escaliers — je les ai

redescendus Gros-Jean comme devant. Nulle part il
n'y a de place pour mes brutalités.

Je laisse bien passer le bout de mon drapeau
entre les lignes de mes chroniques du *Figaro;* dans
mes bouquets du samedi je glisse toujours un géra-
nium sanglant, une immortelle rouge, mais perdue
sous les roses et les œillets.

Je raconte des histoires de campagne ou de
baraque, des souvenirs du pays ou des amours de
foire; mais, si je parle des va-nu-pieds, c'est en sau-
poudrant de soleil leur misère, et en faisant clique-
ter les paillettes de leurs costumes.

LE LIVRE [1]

Voici qu'en comptant les feuillets, il me semble
que j'ai achevé mon œuvre! L'enfant est sorti...
celui dont le premier tressaillement date de l'enterrement de Murger!

Le voilà devant moi. Il rit, il pleure, il se débat
dans cette ironie et ces larmes — j'espère qu'il
saura faire son chemin.

Mais comment?

Ceux du bâtiment disent tous que les articles en
volumes « c'est des fours » et que les libraires n'en
veulent plus.

J'ai tout de même pris mon gosse sous le bras,
et nous sommes allés frapper à deux ou trois portes.
On nous a, partout, poliment priés de déguerpir.

A la fin, cependant, là-bas, au diable, un éditeur
qui commence s'est aventuré à parcourir les premiers feuillets.

— Topez là! vous aurez des épreuves à corriger
dans quinze jours, et le *bon à tirer* dans deux mois.

J'ouvre les narines, je me gonfle.

Le bon à tirer, cela équivaut au commandement de « Feu! » à la barricade, c'est le fusil passé à travers la persienne!

Le livre va paraître, le livre a paru.

Cette fois, il me semble bien que je suis arrivé. J'ai plus que le visage hors de terre, je suis délivré jusqu'à la ceinture, jusqu'au ventre — je crois que je n'aurai plus jamais faim.

Ne t'y fie pas trop, Vingtras!

Mais, en attendant, savoure ton succès, mon bonhomme : le vagabond et l'inconnu d'hier a du rata dans sa gamelle, avec un brin de laurier.

Le bouquin va de l'avant, le môme a vraiment du sang, et l'on trinque à sa santé dans les cafés du boulevard et les mansardes du Quartier Latin. Les *sans-le-sous* [2] ont reconnu un des leurs, les bohèmes ont vu le gouffre, j'ai sauvé de la fainéantise ou du bagne un tas de garçons qui y couraient, par le sentier que Murger a bordé de lilas!

C'est toujours ça!

J'aurais pu rouler là-dedans, moi aussi!

J'en ai le frisson, quand j'y pense — même sous le rayon de ma jeune gloire!

Ma jeune gloire? Je dis cela pour me rengorger un peu, mais, vraiment, je ne me trouve guère changé depuis que je lis, dans les journaux, qu'un jeune écrivain vient de naître, qui ira loin.

J'ai eu plus d'émotion à ma conférence; j'ai été autrement secoué, les jours où il m'a été donné de parler au peuple. J'avais à jeter l'émotion, minute par minute, dans des cœurs qui palpitaient là, devant moi; pour entendre leur battement, il me suffisait de pencher la tête, je pouvais voir flamber

ma parole dans des yeux qui fixaient les miens et
dont le regard me caressait ou me menaçait...
c'était presque la lutte à main armée!

Mais ces gazettes que voilà sur ma table —
comme des feuilles mortes! — elles ne frémissent
pas et ne crient point!
Où donc le bruit d'orage que j'aime?

J'ai plutôt honte de moi, par moments, quand
c'est seulement le styliste que la critique signale et
louange, quand on ne démasque pas l'arme cachée
sous les dentelles noires de ma phrase comme l'épée
d'Achille à Scyros [3].
J'ai peur de paraître lâche à ceux qui m'ont
entendu, dans les cénacles de gueux, promettre que,
le jour où j'échapperai à la saleté de la misère et à
l'obscurité de la nuit, je sauterais à la gorge de
l'ennemi.
C'est cet ennemi-là qui m'encense aujourd'hui.

En vérité, j'ai eu plus de gêne que de plaisir à
recevoir certains saluts, faits par des hommes que
je méprise.
Mon vrai bonheur, celui qui m'a arraché des yeux
de sincères larmes d'orgueil, c'est lorsque, dans des
lettres venues de je ne sais où, et qui m'ont rejoint
je ne sais comment, j'ai trouvé des poignées de main
d'ignorés et d'inconnus, de conscrit effaré ou de
vaincu saignant.
— Si je vous avais lu plus tôt! dit le vaincu.
— Si je ne vous avais pas lu! dit le conscrit.
J'ai donc pénétré dans la foule, il y a donc derrière moi des soldats, une armée!... Ah! j'ai passé
des nuits à rôder dans ma chambre, tenant ces
chiffons de papier dans mes doigts crispés, ruminant

l'assaut sur le monde avec ces correspondants pour
capitaines !

Heureusement, je me suis vu dans la glace :
j'avais pris une attitude de tribun et rigidifiais
mes traits, comme un médaillon de David d'Angers [4].
Pas de ça, mon gars : halte-là !
Tu n'as à copier ni les gestes des Montagnards,
ni le froncement de sourcils des Jacobins, mais à
faire de la besogne simple de combat et de misère.

Contente-toi donc de te dire qu'il est doux de
sentir venir à soi des tendresses étrangères, quand
on a été incompris et supplicié par les siens.
Avoue la joie que tu éprouves à te découvrir
une famille, qui t'aime plus que ne t'aima la tienne,
et qui, au lieu de t'insulter ou de rire de tes grands
espoirs, tend ses bras vers toi et te salue — comme
dans les campagnes on salue l'aîné qui porte l'honneur et le fardeau du nom.
Oui, c'est là ce qui m'a pris l'âme.
Je me sens apprécié par quelques-uns et j'en
avais vraiment besoin, car il est dur de rester,
comme je l'ai fait, railleur et sombre, tout le long
d'une jeunesse robuste.

Il y a dans ces lettres un billet de femme.
— Et personne ne vous a aimé pendant que
vous étiez si pauvre ?
Personne !

VII

J'ai retrouvé, au *Figaro*, un garçon que j'ai connu autrefois.

Encore un masque pâle, mais avec de beaux grands yeux clairs, la bouche fine, des dents de marbre, la peau grêlée, trouée, couturée, une barbiche au menton comme un fer de toupie, une chevelure crépue et laineuse, plantée comme la perruque d'un clown — les pointes de tout cela aiguisées, tordues, éternellement affilées par les doigts nerveux de l'homme — cette face étrange est juchée sur des épaules en portemanteau, et vissée dans un faux col qui l'empêche de tourner.

On dirait qu'elle a été fichée sur la nuque, après coup, et qu'on l'a adaptée, comme une tête de loup, sur l'épine dorsale, plus raide qu'un manche à balai !

Un ensemble osseux, crochu, anguleux, à ne pas prendre avec les mains de peur de s'y piquer !

J'ai pourtant vu des menottes câliner ce visage-là.

La première fois que je le rencontrai, il portait dans ses bras une enfant qui pleurait (la mère étant malade ou partie) et c'était lui qui faisait la maman et essuyait les larmes.

Il m'en vint un petit brouillard aux paupières, à moi aussi.

Je l'aidai à amuser la fillette qui, au bout d'un

moment, se consola en tirant les cheveux du père —
de drôles de cheveux, avec leur mèche vrillée qui
faisait ressort sous les doigts mignons.

Rochefort [1] écrivait des vaudevilles, en ce temps,
avec un vieux bouffon. Il a fait du chemin depuis.

Il est devenu égratigneur d'Empire ; il égratigne
avec son esprit, son courage, ses crocs, ses ongles,
son toupet, sa barbiche, avec tout ce qu'il a de
pointu sur lui, la peau des Napoléon. Et cela, en
ayant l'air de s'en défendre, sans paraître y toucher :
bélier à la corne sournoise, régicide à coiffure de
pitre, abeille républicaine à corset rouge, qui s'est
faufilée dans la ruche impériale et y tue les abeilles
à corset d'or, frisonnantes sur le manteau de velours
vert.

On se le dispute, dans les journaux. Voilà qu'il
vient d'être enlevé au *Figaro* par *Le Soleil*, et *Le
Figaro* ne sait à quel saint se vouer.

— Vingtras, voulez-vous prendre sa place ? me
crie à brûle-pourpoint Villemessant.

Déjà !

Ah ! je vais prendre ma revanche !

Ce ne sera pas pour rien que l'on aura mis si
longtemps à deviner quelle force était en moi.

— Combien pour m'avoir ?... Dix mille francs ?
Allons donc ! Il faut que mon année me rapporte
ce que j'ai dépensé dans le ruisseau, pendant les
dix ans que j'y ai trempé mes pattes gelées. Mettons dix-huit cents francs qu'on mangeait (oh !
pas plus !) du 1er Janvier à la Saint-Sylvestre. Donc,
collez dix-huit mille balles, et ça y est. Sinon, non !

On a signé.

J'ai bien un peu fait l'Auvergnat ; le soir, je me
suis vanté trop haut du chiffre arraché.

Mais, songez donc! j'ai enlevé ce sac d'écus à la force d'une mâchoire, qui, pendant un quart de siècle, avait eu les dents longues!

J'aurais pu succomber vingt fois — tant d'autres ont sombré à mes côtés!

J'ai survécu. Ce n'est pas la faute des bourgeois. En les rançonnant aujourd'hui, je ne rentre pas précisément dans mon dû. Je ne les tiens pas quitte pour ça!

Et puis, ma fierté vient moins du taux élevé auquel on me cote, que de ce qu'en ma personne les irréguliers sont vengés.

J'ai fait mon style de pièces et de morceaux que l'on dirait ramassés, à coups de crochet, dans des coins malpropres et navrants. On en veut tout de même, de ce style-là!... Et voilà pourquoi je bouscule de mon triomphe ceux qui, jadis, me giflaient de leurs billets de cent francs et crachaient sur mes sous.

Eh bien, merci!

Il n'y a pas une semaine que je suis au *Figaro*, et voilà qu'ils en ont assez.

Le journal a une clientèle d'insouciants et d'heureux, d'actrices et de mondaines; le fait est que je ne dois pas les faire rire toujours.

Une fois par hasard, du Vingtras, c'est drôle, comme une escapade chez Ramponneau [2], comme une dînette à la ferme où l'on trempe du pain noir dans du lait blanc, comme une visite d'élégante dans un logis de blousier où la soupe sent bon — mais quotidiennement, jamais!

Or, je ne puis ni ne veux être l'amuseur du boulevard.

Je n'ai pris personne en traître. Je sentais si bien, quand l'on m'a embauché, que j'aurais à lutter

contre le *Tout-Paris*, que j'avais repoussé les rou-
leaux d'or, tant qu'on n'avait pas stipulé que je
serais libre de mener la campagne à ma guise.

On savait à qui l'on avait à faire.

Il paraît que non.

Il ne me reste qu'à plier bagage; je n'aurai pas
été *moi* au péril de ma dignité, au risque de ma vie,
pendant les jours obscurs, pour devenir un chroni-
quaillieur d'atelier ou de boudoir, un guillocheur
de mots, un écouteur aux portes, un fileur d'actua-
lités!

— Si vous vouliez pourtant, avec votre coup
de pinceau! dit Villemessant, qui tiendrait à me
garder.

Oui, parbleu! J'ai des adjectifs pour la rue Bréda [3]
aussi bien que pour le faubourg Antoine. Je m'entendrais tout autant à écraser des vessies de couleur sur ma palette qu'à bitumer mes toiles ou à
buriner mes eaux-fortes.

Si je voulais... Oui, mais voilà, je ne veux pas!
Nous nous sommes trompés tous les deux. Vous
voulez un égayeur, je suis un révolté. Révolté je
reste, et je reprends mon rang dans le bataillon des
pauvres.

Car me voilà pauvre de nouveau, — encore,
toujours!

On avait bien fait des traités, convenu que,
dans le cas de séparation, je serais payé quand
même. Et pourtant il a fallu lutter, car il s'agissait
non seulement de la sécurité que donne l'argent en
poche, mais d'une défaite à éviter. Ça a fini en mar-
melade : une combinaison, quelques billets de mille,
l'offre d'un roman...

Je l'ai essayé, ce roman! Mais, décidément, je

ne suis pas assez loin de ma jeunesse empestée
et meurtrie, et ces pages-là, on les trouverait, certes,
bien plus que mes articles, pleines de rages sourdes
et hérissées de fureur!

Je suis sorti pour rien de mon taudis — le temps
seulement de gagner la haine de mes confrères qu'a
glacés ma pâleur de Cassius [4]. C'est un élan de
perdu!

Mais voici qu'il y a du bruit dans le Landerneau
politique; Ollivier [5] s'agite et Girardin le défend.
Une lueur a passé dans le lorgnon planté sur le nez
du masque pâle, qui a levé sa main grise, et menacé
l'aréopage d'hommes d'État qui entoure l'empereur.

On a tué son journal.

Oh! ses ongles ressortent, ses nerfs se raidissent,
il se retrouve sur ses pattes! Et il se démène et rugit
dans le sac où l'on veut le coudre, — le vieux chat!

Son journal est mort, mais il a trouvé un homme
en peine, qui lui a vendu le sien, prêté sa maison, et
il va s'installer là, donnant rendez-vous à tous ceux
qui désirent mordre.

Il s'est rappelé mes crocs. Je reçois un mot de
lui : « Venez. »

Je le trouve en veston bleu, une rose à la boutonnière; il arrive à moi, la main tendue et le sourire aux lèvres :

— Bouledogue, on va vous déchaîner! Vous
ferez la chronique le dimanche... Et qu'on vous
entende aboyer, n'est-ce pas?

Ses babines se retroussent et il miaule en croisant
ses griffes!

J'ai donné un coup de gueule, et ça n'a pas
traîné!

On a ordonné à Girardin d'abattre son chien [6].

Il n'a fait ni une ni deux, et m'a dépêché son
gérant, pour m'attacher la pierre au cou et me jeter
à la rivière.

Il eût pu attendre, cependant.

Car un soldat s'est chargé de me descendre pour
tout de bon — un soldat à panache et à trois galons
d'or, qui a déjà repassé sa flamberge, à ce que l'on
raconte, et qui veut venger son général.

Ce général, Yusof, un barbare, vient de rendre ce
qu'il avait d'âme. J'ai hurlé à la mort, près de son
cadavre, au nom des innocents qu'il avait fait
assassiner.

Son état-major a délégué le plus fort au sabre,
pour me clouer saignant sur le cercueil.

C'est ce qu'on dit du moins; c'est ce que vient
de m'apprendre Vermorel.

— On vous provoquera demain, ce soir peut-
être...

— C'est bien. Restez là et écoutez-moi. Si, au
nom de ce colonel, les culottes rouges viennent me
demander réparation, réparation ils auront et je
leur ferai bonne mesure. Vous savez mon duel avec
Poupart? Il était entendu que l'on tirerait jusqu'à
ce que le plomb manquât, et canon contre poitrine,
à volonté! Or, Poupart était mon camarade [7] et
ces soudards sont mes ennemis; nous devons donc
aller plus loin avec ceux-ci. Il n'y aura qu'une balle,
une seule : les casseurs de poupées en seront pour
leurs frais de tir. On se postera dans cette cour, là-
dessous, s'ils veulent; on ira où j'ai abattu Poupart, s'ils préfèrent. Mais deux heures après leur
visite, sans procès-verbal, et sans pourparlers! Voulez-vous être mon témoin?

— Diable!...

— Allons, vous le serez. Mon cher, nous allons

vider une bouteille de derrière les fagots, et trinquer à la belle occasion qui est donnée à un pékin
et à un réfractaire de tenir en joue un commandant
de régiment!

Il fait un soir tiède, mon logis est loin du bruit...
c'est le crépuscule et le silence.

Deux ou trois fois des bottes ont fait sonner le
pavé. J'ai espéré que c'étaient eux; je voudrais en
finir du coup.

— Je reviendrai demain, a dit, près de minuit,
Vermorel. Le bateau est peut-être parti trop tard
d'Algérie. Au matin, ils pourront être arrivés.

Personne ne s'est présenté, pas plus aujourd'hui
qu'hier.

C'est à mourir de colère! Avoir fait ses provisions
de courage, s'être préparé à une fin superbe ou à
une victoire qui dominerait la vie — et rester sur
les angoisses de l'attente, et l'humiliation du suicide
imposé par Girardin!

L'officier a été moins bête que je ne croyais. Peut-
être même n'a-t-il jamais songé à aiguiser son ban-
cal, voyant que j'avais déjà la langue coupée, et,
qu'en tant que journaliste, j'étais mort.

En effet, l'avertissement collé en tête de la feuille
de Girardin me désigne comme dangereux. Nulle
part, on ne voudra de celui qui, du premier jour,
attire la foudre sur la maison où il entre.

Me voilà bien loti : repoussé de partout!

Je me sens moins libre que quand je traînais
la guenille dans les coins sombres. J'avais l'indépendance de celui qui, dans un cul de basse-fosse,
peut creuser la pierre, et faire un trou par où il
sautera sur la sentinelle pour l'égorger.

C'était ma force — maintenant, la mèche est

éventée, je suis signalé. Et, comme la bête noire
des gardes-chiourme, au bagne, je verrai s'écarter
de moi ceux qui ont peur du bâton aussi bien que
ceux qui le manient.

C'eût été une autre paire de manches si j'avais
tué raide le colonel!

— Mais, mon cher, les témoins n'auraient pas
voulu, et vous eussiez encore passé pour un lâche.

C'est bien possible!

Je vis dans un monde de sceptiques et de non-
chalants. Les uns n'auraient pas cru à mon envie
tragique, les autres m'en auraient voulu d'intro-
duire la mort dans le duel de presse et m'eussent
calomnié, pour que je ne plantasse pas, sur le chemin du boulevard, ce jalon sanglant.

Heureusement, je suis fort, et si mes conditions
avaient été repoussées, j'aurais endommagé la
binette du provocateur et je lui aurais tiré les moustaches, jusqu'à ce que la foule s'attroupât!

Aux faubouriens et aux sergents de ville accourus,
j'aurais crié :
— Il voulait me saigner, comme un cochon,
parce qu'il sait le sabre... je lui propose la partie
à bout portant, et il cane! Laissez-moi donc taper
dessus!

On m'aurait peut-être fait assassiner, par mégarde,
fait casser les côtes ou les reins, sournoisement, pendant le transfert au commissariat, sinon au poste,
dans un tumulte de violon, où un faux ivrogne eût
soulevé la querelle, et où la clef du geôlier, ayant
l'air de nous séparer, m'aurait défoncé la poitrine.

Rien de tout cela ne s'est passé.

Je n'ai, par bonheur, confié à personne cette rumeur venue jusqu'à moi. Si j'en avais ouvert la bouche, les camarades n'eussent pas manqué de prétendre que j'avais inventé le colonel pour inventer le duel à mort.

Quelle misère!

VIII

Villemessant continue à crier sur les boulevards :
— Vingtras ?... Ah! mes enfants, quel machin!
Drôle d'homme!

C'est un Girardin avec de gros yeux ronds, les ba-
joues blêmes, la moustache d'une vieille brisque, la
bedaine et les manières d'un marchand d'hommes,
mais amoureux de son métier et arrosant d'or ses
cochons vendus [1].

Capable de massacrer de sa blague féroce un
rédacteur qui a fait four chez lui, mais, deux minutes
après, « pissant de l'œil » comme il aime à dire, au
récit d'une misère de foyer, d'une maladie de gamin,
d'une infortune de vieillard; vidant sa poche à sous
et celle à louis dans le tablier d'une veuve en larmes,
d'un geste aussi crâne que celui avec lequel il cre-
vait la paillasse à l'orgueil d'un débutant, ou même
d'un ancien; s'asseyant sur toutes les délicatesses
des gens — l'animal! — mais ayant le cœur sous la
fesse!

Il faut que ses bonisseurs attirent la foule! Si
un des gagistes ne fait pas l'affaire, il lui flanque
son sac devant le public, à la parade, et lui fait
descendre, la tête en bas, l'escalier de la baraque.
Il exige des sujets qui, sur un signe de lui, cabriolent
et se disloquent, sautent au lustre, fassent craquer
le plafond ou le filet...

Je ne lui en veux pas de ses brutalités graissées de farce!

— Eh! là-bas! le croque-mort, j'ai quelque chose à vous demander! C'est-il vrai que quand vos parents sont venus à Paris, pour s'égayer, vous les avez conduits à la Morgue et au Champ-des-Navets ² ? Oui ?... Ah! zut, alors! Et moi qui veux des rigolos! Vous n'êtes pas pour deux sous, vous savez! Non, vrai, vous n'êtes pas rigolo! Ah! je sais bien ce qu'il faudrait pour faire faire risette à monsieur... une bonne révolution? Si ça ne dépendait que de moi... mais que dirait « mon Roy »? Voyons, oui ou non, sans barguigner, fusillera-t-on papa à l'avènement de Sainte-Guillotine?

Ma foi, non! Après tout, il a ouvert un cirque à toute une génération qui se rongeait les poings dans l'ombre; sur le sol où l'Empire avait semé le sel biblique de la malédiction, il a jeté, lui, le sel gaulois à poignées — de ce sel qui ravive la terre, assainit les blessures, et remet la pourpre dans les plaies! Paris lui doit, à ce patapouf, un regain de gaieté et d'ironie. Légitimiste, royaliste? allons donc! Il est un blagueur de la grande école, et, avec son journal tirant à blanc contre les Tuileries, le premier insurgé de l'Empire.

Girardin aussi.

Il en est du momifié de la *Liberté* comme du poussah du *Figaro*. Si l'on casse la glace dans laquelle il a mis refroidir son masque, on trouve de la bonté tapie dans la moue de ses lèvres, et des larmes gelées dans ses yeux froids.

Il n'a pas le loisir d'être sentimenteux, le pâle, ni d'expliquer son dédain de l'humanité, ni pourquoi il a le droit de fouailler, en valets, ceux qui

sont gens à se laisser fouailler, les pleutres! Il n'insulte pas ceux qu'il estime, pas de danger!

Il a donné un coup de couteau dans mon fatras
d'illusions, mais il me l'a porté en pleine poitrine.

— C'est parce que je vous ai reconnu courageux,
m'a-t-il dit l'autre jour, où, en pleine soirée, il m'a
pris le bras, devant tous, et s'est promené avec moi
longtemps.

Il s'est arrêté tout d'un coup, et, me fixant :

— Vous croyez que je méprise les pauvres, n'est-
ce pas? Non! Mais je trouve imbécile l'homme au
cerveau robuste qui fait le puritain avant d'avoir
assuré sa liberté en mettant de l'or dans son jeu.
Il en faut! Et puis, a-t-il ajouté plus bas, on peut
faire le bien — en cachette, par exemple... sans
quoi les affamés vous mangeraient la vie!

Il paraît, en effet, qu'il est un charitable, ce
cynique!

J'ai appris même que, dans le cimetière de Saint-
Mandé, l'homme atteint par sa balle peut dormir
consolé; que la veuve du mort vit, depuis l'enterrement, du pain donné par la main ensanglantée du
duelliste, et que le fils a pour tuteur inconnu dans la
vie celui qui tua son père [3].

Shakespeariens à leur façon, ces deux journalistes du siècle : l'un traînant le ventre de Falstaff,
l'autre offrant la tête d'Yorick aux méditations des
Hamlets!

— Mettez-vous dans vos meubles, mon cher,
ayez un journal à vous! ne cesse de me beugler
le gros Villemessant.

C'est bientôt dit; mais je vais essayer tout de
même!

J'y ai consacré six mois — six mois pendant les-

quels je n'ai employé mon temps qu'à prendre
des consommations ruineuses, dans des endroits
luxueux où je faisais des stations de deux heures
en guettant les richards, comme jadis, à l'époque
de Chassaing [4], en attendant les sept sous pour le
gloria, bu *à l'œil*, et pour lesquels le délégué au
crédit était parti en expédition.

Que de petites lâchetés et de hontes comiques!
J'ai ri aux calembours de fils de famille, plus
bêtes que des oies; j'ai fait la bouche en cul de poule
quand ils en contaient « une bien bonne » parce
qu'ils devaient mettre cent louis dans l'affaire; j'ai
rincé le bec à des chevaliers d'industrie qui me pro-
mettaient un héritier ou un usurier... et qui se
fichaient de moi.
Ah! j'ai bien fait de naître Auverpin!
Un autre se serait lassé et aurait demandé grâce
à l'ennemi. Moi, je n'ai pas cédé d'une semelle —
ce sont mes semelles qui ont cédé.

Car j'ai croqué, pendant ce chômage, ce qui me
restait de l'argent du *Figaro;* j'ai même des dettes.
Me voici arrivé au dernier billet de cent francs.
Je le ménage, en mangeant du pain et en buvant
de l'eau, chez moi, pour pouvoir aller sucer une
côtelette et prendre une tasse de thé, au café où
vont les capitalistes.

A la fin, j'ai mis le grappin sur un collet tout
pelucheux, et j'ai pincé entre les battants de ma
porte une redingote de juif.
Je le tiens!
Il mettra son nom en tête, aura le titre de Directeur, la moitié des bénéfices, et versera, pour cela,
deux mille francs!
On va vraiment loin avec deux mille francs!

Mais, loin ou non, j'ai hâte d'en finir.

— Vous avez le génie de l'administration, dites-vous ? Moi, je suis sûr de moi !... Au mur, les affiches !

On en a collé pour cinquante francs.

Si rares qu'elles soient, les malheureuses, l'une d'elles a frappé les yeux d'un patron de journal qui a prétendu que, si j'étais allé le voir, il m'eût accueilli à bras ouverts. Il ment.

— Voulez-vous lâcher votre canard [5] qui crèvera en cassant sa coquille et entrer chez moi ?

— Non !

J'ai envie de rire un peu au nez de cette société que je ne puis attaquer de vive force, fût-ce au péril de ma vie !

L'ironie me pète du cerveau et du cœur.

Je sais que la lutte est inutile, je m'avoue vaincu d'avance, mais je vais me blaguer moi-même, blaguer les autres, hurler mon mépris pour les vivants et pour les morts.

Et je l'ai fait ! — je me suis payé une bosse de franchise, une vraie tranche de dédain !

J'ai appelé à moi les premiers venus.

Il m'est arrivé un jeune homme de seize ans, à la figure maladive, avec des airs de fille, mais aussi avec l'ossature faciale d'un gars à idées et à poil. Espèce de moulage de plâtre jauni à l'air, avec le rat de la phtisie logé dedans ! C'est Ranc [6] qui me l'a envoyé.

Il a rôdé deux heures devant la maison, avant d'oser monter ; c'est sa mère qui a fini par pousser la porte et demander, pour son fils, Gustave Maroteau [7], l'aumône d'une auscultation littéraire.

Derrière lui, est entré Georges Cavalié [8], le Don Quichotte de la laideur, long, sec, dégingandé, bis-

cornu, que j'ai baptisé Pipe-en-Bois, il y a deux
ans, au café Voltaire — à cause de son air de calu-
met à tuyau de frêne, taillé par un berger — et qui,
sous ce nom, représente le sifflet du paradis, depuis
le boucan d'*Henriette Maréchal* au Français! Fruit
sec de la Pipo, mais pas bête; bizarre, gai, vaillant
aussi, n'ayant pas de poitrine, mais ayant du cœur.

Un autre, rougeaud, trapu, avec un crâne chauve
bleu par places, comme une poularde où il y a des
truffes, l'air paysan, les oreilles percées, la mouche
du vigneron sous la lèvre. Il est débarqué chez moi,
se disant patronné par les Goncourt, et m'a emmené
chez eux.
Il a encore pour parrain Lepère, un avocat de
son pays, député de demain, poète de jadis, auteur
de la chanson du *Vieux Quartier latin*, qui connaît
depuis dix ans et aime comme tout le garçon au
crâne truffé.
— Vous pouvez compter sur lui, a-t-il fait en
tapant sur l'épaule de l'homme. Lourd, mais sûr.
Et Gustave Puissant [9] est devenu le Roger Bon-
temps du journal. Il fait des articles saisissants à
force d'être surveillés et fouillés; il espionne la
nature, moucharde ses héros, et vous livre des
dossiers empoignants.

J'ai un Normalien qui fait pipi sur la Normale.

Et tous de casser le mufle aux rengaines et d'al-
lumer des incendies de paradoxes, sous le nez des
cipaux de marbre qui montent la garde dans les
musées — la blague ayant toujours sa cible sérieuse
et devant, sans cesse, aller écorcher le pif de Badinguet aux Tuileries!
Mais il faudrait un cautionnement pour pouvoir
jaboter politique, même en se moquant! Et tous les

mois on saisit notre pauvre *Rue*, on arrête la vente
des kiosques, on nous fait les cent mille misères!

Un beau jour, j'ai écrit une page brutale, *Les
Cochons vendus*, qui, en paraissant souffleter des
maquignons, giflait magistrats et ministres, légalité
et tradition.

L'huissier est venu.

On va nous tuer.

Mais je ne suis pas en nom; la loi ne s'en prend
qu'au gérant et ne désire pas atteindre le coupable,
pourvu que l'arme soit brisée.

Pauvre gérant! Il m'a été adressé, par je ne sais
qui, et s'est fait reconnaître à moi en deux mots
qui ont réveillé l'une des souffrances que j'ai tenues
cachées, depuis mon enfance, dans le coin le plus
ensanglanté de mon cœur.

Un jour, quand j'avais dix ans, alors que le père
était pion et avait obtenu que son fils travaillât, à
ses côtés, dans la chambrée des grands, un élève
irrita M. Vingtras, qui leva la main et effleura le
visage de l'écolier insolent.

Le frère de cet écolier, solide, fort, déjà mous-
tachu, qui se préparait à la Forestière, sauta par-
dessus la table, et vint, à son tour, frapper le maître
d'études, et le bouscula et le battit.

J'aurais voulu tuer ce grand-là! J'avais entendu
l'économe parler d'un pistolet qu'il avait dans son
armoire. Je m'introduisis comme un voleur chez lui,
fouillai dans les tiroirs, ne trouvai rien. Si j'avais
mis la main sur l'arme, j'aurais peut-être passé en
cour d'assises.

Le proviseur s'émut, et des excuses furent faites,
en plein réfectoire. — Mon père pleurait.

Quand, excitée par un hasard, ma mémoire a reconstruit la scène, je l'ai maltraitée, bourrée d'autres pensées et traînée vite sur un autre terrain, parce qu'il me semblait sentir fermenter de la boue sous mon crâne!

Et voilà que c'est le cadet de celui qui insulta mon père qui offre ses joues pour recevoir les soufflets de la Justice!

J'ai eu, un moment, l'envie de me venger sur l'innocent. Si ses cheveux n'avaient pas été gris, je lui rendais la gifle, alourdie par vingt-cinq ans de fureur, et je l'assommais.

Mais il a l'air bon, ce candidat à la gérance. Puis il ne demande presque rien. Et, parce que le frère du souffleteur s'offre au rabais, le fils du souffleté oublie l'injure, et l'embauche. Pour un million, je n'aurais pas voulu de la douleur que le scandale me laissa : pour vingt francs de moins à donner, je tope dans la main de l'individu.

Il sanglote, à son tour, quoique pourtant ce ne soit pas une humiliation, mais presque un honneur qui l'attend. Il sera « condamné politique » et ceux qui ne l'auront pas vu geindre et se lamenter devant les juges le salueront.

L'avocat du journal tire de son attitude des effets de pitié joyeuse, et il demande grâce pour le pauvre homme, qui en attrape pour six mois tout de même, et sort en épongeant son crâne chauve, sans s'apercevoir que son mouchoir à carreaux dégoutte, grâce à la rigole des larmes.

— Tâchez d'obtenir que je ne fasse pas la prison, demande-t-il, entre deux hoquets, au défenseur qui promet de s'en occuper. Six mois! six mois!

Il fait pisser son foulard... et Laurier [10] de rire derrière lui

Il rirait derrière une douleur pour tout de bon,
ce Laurier! Point par cruauté, mais parce que ses
veines charrient le mépris de l'humanité et que ce
mépris tortille et fronce sa bouche menue : museau
de rongeur, face de rat — de rat qu'on aurait pris
par la queue et trempé dans un tonneau de Malvoi-
sie. Le teint est vineux, c'est un sanguin!

Il y a de la vigueur, sous son enveloppe frêle, et,
entre ses petites dents à grignoter le bois, siffle une
voix aiguë et ferme, qui s'enfonce en vrille dans
l'oreille d'un tribunal.

Il est gai et mordant, hardi même. Il n'a pas seulement des grains de sel sur la langue, mais aussi
des grains de poudre; il fait rire et fait peur, avec
son ironie qui tantôt amuse et tantôt ensanglante,
qui pique ou déchire au choix — sans que la passion s'en mêle jamais!

Il est le scepticisme incarné; c'est un tireur pour
la joie de tirer et de toucher, qui fait rouge de son
épée et blanc de ses convictions.

Ce petit homme sans menton, sans lèvres, à tête
de belette et aussi de linotte, est une des caboches
les plus fortes de son temps, le Machiavel de son
époque... un Machiavel chafouin, blagueur, fouil-
leur, viveur, puisqu'il vient après Tortillard, Jean
Hiroux, Calchas et Giboyer [11].

Il n'écrit plus le *Prince* — pas de danger! — il est
en train d'écrire le *Tribun*.

Il a rencontré au Palais un gars du Midi, à la
tignasse noire, au timbre ronflant, jouant les débrail-
lés, et borgne; ce qui en fait un être à part, lui donne
une marque de fabrique, un signe qui le fera reconnaître. S'il eût eu ses deux yeux, l'autre ne l'aurait
pas pris; un homme comme tout le monde, sans une

taie, une bosse, un tire-l'œil, n'aurait pas fait son affaire.

. . . .

Laurier n'hésite pas, et étend la main sur le phénomène. C'est le bélier qu'il dressera pour faire, à coups de corne, les trous par où se glisseront ses envies de millions et ses fièvres de curiosité.

Il pourrait ronger avec ses quenottes et passer — il préfère qu'un autre enfonce.

. . . .

. . . .

Il a flairé son temps.

On espère une grosse voix, un geste peuple, une allure d'orateur de carrefour, un Thérésa mâle. On est las de Schneider et de Morny, de Cochonnette et de Caderousse [12]; la bourgeoisie a plein le dos de l'Empire et veut paraître courageuse contre lui, après l'avoir préparé par sa lâcheté, ses assassinats d'ouvriers, et ses transportations sans jugements.

L'orgueil de la race, son intérêt aussi, la poussent à faire les gros yeux au Bonaparte. Les prunelles de Gambetta [13], même celle qui a un voile — surtout celle-là! — lanceront le regard de colère et la lueur de mort qui doivent menacer le pouvoir!

. . . .

. . . .

. . . .

. . . .

C'est sa façon de rire au Forum, à ce Laurier qui aime les mystifications féroces et se délecte à ce rôle de Barnum au nez creux, qui sent que le vent est à la paillasserie de l'éloquence.

Car la vulgarité même de Gambetta sert à sa vogue, la banalité de son fonds d'idées est l'engrais de son talent. Cabotin jusqu'au bout des griffes,

il ne prend pas une minute de vacances, n'accroche
à aucune patère, ni de salon bourgeois, ni de café
de noceurs, ni de cabaret louche, son ulster en peau
de lion — toujours Dantonesque, même à table,
même au lit !

Il a lu que Danton, avant d'éternuer dans le son,
déclara qu'il ne regrettait pas la vie, ayant bien
soiffé avec les buveurs, bien riboté avec les filles ;
et il fait le soiffeur, le riboteur, le Gargantua et
le Roquelaure [14] !

Il se crée, autour de ses tapages et de ses orgies,
une légende que Laurier chauffe.

. . . .

Ce mélange de libertinage soulard et de faconde
tribunitienne emplit d'admiration les petits de la
conférence Molé ou les ratés du café de Madrid,
qui s'en vont criant à la foule :

— Hein ! est-ce un mâle !

Cabotin ! cabotin !

. . . .

IX

Un article de *La Rue* m'a retiré le pain de la bouche. J'y signalais comme farceurs ou fusilleurs futurs les députés de Paris [1].

Désormais, les journaux de l'opposition me sont fermés. J'ai osé toucher aux idoles : les bonapartistes m'ont emprisonné, les tricolores vont m'affamer.

Chaque barreau de l'échelle parlementaire porte un des cinq coqs de la gauche que j'ai déplumés, dont j'ai fait saigner le croupion. Ils ont juré, pour leur revanche, de me faire saigner l'estomac et le cœur.

On ne laissera pas plus gazouiller mes rossignols littéraires qu'on ne laissera aboyer mes colères politiques. J'ai engagé la lutte, le rire aux dents. Il faudra que ces dents s'allongent, ou que je me les laisse arracher, que je demande grâce, et que j'aille leur lécher les bottes.

J'ai vraiment eu une riche idée en écrivant ces deux cents lignes !... Elles me désignent à la calomnie et à la mort !

— Elles vous désignent au peuple aussi ! m'a dit un vieil insurgé, en me prenant le poignet et avec un éclair dans les yeux. Tenez bon, nom de Dieu ! et, aux jours de révolution, c'est vous que

le faubourg appellera; c'est eux qu'il collera
au mur! Rappelez-vous ce que je vous dis là,
citoyen!

Tenir bon! Oh! si j'avais seulement la miche
assurée, la chemise blanche, un galetas, l'ordinaire
de la crémerie, — cent sous de rente par jour!

Je ne les ai pas!

Il va falloir gagner sa vie à tripoter encore les
livres, à compiler les vieux, à pondre des œufs de
cane pour les faiseurs de dictionnaires [2], qui,
moyennant dix centimes la ligne, prendront le
droit de m'humilier à plaisir, de me faire stationner
dans l'antichambre, de hocher la tête en brocanteurs
qui déprécient la marchandise qu'on leur apporte...
surtout quand celui qu'ils exploitent est un failli
du succès.

Oh! mieux vaudrait casser des pierres sous le
grand soleil!

— Je t'écoute! m'a crié Landriot, qui a lâché
la Normale pour être secrétaire d'un gros bonnet
de la Sorbonne, lequel a claqué et l'a laissé dans
la panne.

Il est devenu la béquille de Gustave Planche;
claqué aussi le père Planche [3]!

Et Landriot, depuis des années, a la salive rouge:
c'est en toussant, et d'une voix cassée, qu'il a
cinglé l'ambition de mon souhait avec son rire
poussif de gavroche agonisant.

Il a essayé de tout, lui — jusqu'à la mendicité!

Il ne le cache pas, il lance son aveu, avec les lambeaux de ses poumons, à la face de cette société
qui a permis à la faim de lui ronger la poitrine —
et l'honneur!

Il est même cause que je passe pour un gredin
auprès de gens qui se contentent de le plaindre,
et de s'égayer au récit et à la pantomime de la
scène d'aumône.

— Moi, ai-je crié, j'aurais mieux aimé arrêter
l'homme et lui dire : « Donne-moi de quoi acheter
du pain, ou je t'étrangle ! »

Ils se sont voilé la face !

— C'est qu'il serait capable de le faire comme
il le dit !

Oui, j'aurais préféré attaquer au coin d'un bois
que mendier au coin d'une borne ; mais j'aurais préféré aussi me briser la tête contre un mur, ou me
jeter à la rivière, que de ne pas garder ma probité
intacte. C'est un outil qu'il me faut conserver pur
et tranchant comme une lame neuve.

Landriot a ricané de nouveau.

— Ta pro-bi-té ? Tu en crèveras, comme moi
de ma phtisie. Seulement, il faudra peut-être qu'ils
te tuent, parce que, toi, tu es solide... Mais si
tu te figures que tu vas manger ton soûl de par les
dictionnaires, et avoir ton chalumeau de paille
et ton droit au vin sur le radeau de Lachâtre ou
de Larousse, il faut en rabattre, mon fiston ! Moins
qu'avant, je te dis ! Ils se tiennent comme les doigts
du pied, les libérâtres, et tu as marché, avec tes
sabots, sur leurs bottines. En quarantaine ! au
lazaret !... Ah ! il te reste une chance, néanmoins,
celle de devenir poitrinaire aussi. Alors, ils te feront
peut-être la charité de te donner à rédiger des mots
ayant rapport à ton mal. Et même, la veille de ton
agonie, ils t'augmenteront, parce que tu n'auras eu
qu'à coller, sur la page blanche, ton mouchoir
plein de sang, pour décrire une pneumonie, comme
Apelles, ce vieux birbe, peignit la rage [4] !... Tiens !
quand on ne croit ni à Dieu, ni à diable, on devrait

se faire prêtre! On a au moins des hosties à manger!
Toi, imbécile, tu es l'hostie qu'on mange!

Heureusement, j'ai mon ardoise chez Laveur [5],
le père nourricier de quelques vilains jeunes,
comme moi, et de quelques beaux vieux, comme
Toussenel et Considérant [6].

— Nous ne sommes pas inquiets, allez! Vous
nous paierez à la façon de M. Courbet chez Handler [7]...
quand ça lui plaît. Et ne vous gênez pas pour les
extra! Seulement, quand vous serez quelque chose,
vous vous souviendrez de nous, n'est-ce pas?

Les simples ont tous l'air de croire que je serai
« quelque chose » un jour, mais les éduqués haus-
sent les épaules en entendant prononcer mon nom.

— Pourquoi, diable, vous occupez-vous de politique! Avec ce que vous avez dans le ventre, si
vous faisiez seulement de la littérature, l'avenir
serait si beau pour vous! tandis que c'est la misère,
la prison... Tenez, vous êtes toqué!

— Moi d'abord, je rogne les basques! a dit,
avec une moue significative, un tailleur des grands
quartiers qui m'habillait depuis longtemps, et à
qui je donnais de l'argent... quand j'en avais de
trop. Comment! vous pourriez être député, et
vous vous mettez à insulter les Cinq! Je ne travaille
pas pour les barricadiers, je ne coupe pas des redingotes qui vont se salir contre les blouses.

Justement, j'avais besoin d'un *complet* de demi-
saison.

Heureusement, un juif qui habille des camarades — à tempérament — a bien voulu me prendre mesure, et m'offrir toute sa maison. Mais il a
à écouler un stock de velours tramé, et il faut que
j'accepte un costume de charpentier.

J'hésite, je soupire. Le juif en appelle à mes convictions. Un peu plus, il me traitait de renégat!

— Fus gui hêdes pur les hufriers, foyons! Fus ruchiriez te hêdre hapillé gomme eusses! Vaut bas êdre incrat, cheune homme, gui zait se gu'ils veront pur fus!

Lui aussi!

A qui se fier : de l'insurgé, du patron de table d'hôte, ou de ce Shylock à tant par mois?

Lequel croire?

Je n'ai à croire ni ceci, ni cela. J'ai à reprendre, tout connu que je suis, le collier des anciennes détresses.

Mais cette fois, si l'on appelle : « Aux armes! » quand j'apparaîtrai, on me reconnaîtra, et si je suis vêtu en gueux, on saluera ma misère.

Seulement, il faut pouvoir attendre le moment de bien mourir — et c'est dur d'être en complet de commissionnaire, lorsqu'on a été un moment sur le chemin de la fortune et de la gloire.

C'est moi qui l'ai voulu.

Pourquoi n'ai-je pas baissé d'un cran mon pavillon? Pourquoi ai-je défendu les pauvres?

Mais où serait le mérite : si je vivais d'eux — comme leur vermine!

X

On a fait la noce un brin, hier soir, entre camarades, avant de me conduire à Pélago.

J'ai écrit deux articles chez les autres, depuis
que la *Rue* est morte. Les deux tartines m'ont valu
la prison [1].

Je suis entré un peu *parti !*

On m'a cru malade, et on m'a dépêché le pharmacien.

Je me suis fâché. Un révolté avoir recours à
l'apothicaire !

— Mais, monsieur, a fait le Diafoirus, tout le
monde se drogue ici. Pour le moment, le pavillon
des Princes est à ma merci !

C'est un rieur. Il m'a donné des détails.

— Le personnel des politiques est divisé en
deux camps : ceux qui vont et ceux qui ne vont
pas... vous m'entendez ! 89 va à peu près, 93 pas
du tout, 1830 entre les deux. Il y a un ancien
disciple de Pierre Leroux [2] — par exemple, je ne
vous dis que ça !

C'est qu'il touche juste, le pharmacien, et qu'il
a mis le doigt où il fallait !

Non, 93 ne va pas.

Je vois, tous les matins, passer un homme qui porte, comme un calice sous un linge, une urne blanche. On dirait qu'il va dire une messe basse ; mais il entrouvre une porte dérobée qui se referme sur lui, hermétiquement.

Quand il ressort, c'est si vite que je m'y perds, et je puis à peine glisser, sous la serviette, un regard qui dévisage le récipient. Je n⁰ reconnais pas le ventre ordinaire, la panse familiale.

J'ai fini par soulever les voiles.

L'urne mystérieuse est un vase intime qui s'est grimé pour tromper le monde, un Thomas [3] qui a pris des allures d'amphore ; mais le bout de l'oreille passe... en un tuyau vert qui étrangle mes derniers doutes. D'ailleurs, l'homme s'est déboutonné, m'a dit tout, et m'a tout montré.

— J'en prends *un* tous les jours depuis trente ans, et je m'en trouve bien, vous le voyez.

— Oui. Seulement, pourquoi ne pas faire vider l'ostensoir par l'auxiliaire ?

Il s'est redressé, et, me fixant d'un air courroucé :

— Citoyen, dans une République telle que je la veux, chacun vide son pot. Il y a des corvées comme il y a des devoirs !

— Mais vous avez une tasse d'indiscipliné, un bénitier de ci-devant, vous trahissez !

— Non ! je suis centralisateur pour le fond et individualiste pour la forme. La giberne à tous, mais ronde ou ovale, au choix.

— L'exercice du tuyau serait-il obligatoire ?

— Ne plaisantez pas, jeune homme, je suis un vétéran ! Vous êtes trop nouveau, et pas assez mûr, pour avoir le droit de peser mes actions.

— Je ne demande pas à peser !

Trop nouveau ? pas assez mûr ?... Pas mûr
encore pour le narguilé, non ! et pas fou des canules,
l'ancien !

Ne voudrait-il pas que j'en eusse une aussi
et que je m'exécutasse le matin, au commandement — sur un ordre du Comité du salut public.
Artilleurs, à vos pièces !

— Je suis un pur, dit-il toujours.

Ah ! bien ! s'il n'était pas pur, après tant de coups
de piston !

— Je reste à cheval sur les principes.

Il quitte bien les étriers une fois par jour, au
moins.

— Nos pères, ces géants...

Mon père était de taille moyenne, plutôt petit ;
mon grand-père était appelé Bas-du-cul dans
son village. Je n'ai pas de géants pour ancêtres.

— L'immortelle Convention...

— Un tas de catholiques à rebours !

— Ne blasphémez pas !

— Et pourquoi donc ! Est-ce que je n'ai pas
le droit de jeter ma boule dans le jeu de quilles
de vos dieux ? Je croyais que vous étiez pour la
liberté de penser, et de parler, et de sacriléger
— si ça me prenait. Allez-vous me percer la langue
avec un fer rouge, ou m'infliger le supplice de l'eau,
par la bouche, avec le petit outil-là... si je ne demande pas grâce ? Ah ! non ! par exemple !

Peyrat [4] répond par un sourire amer, et renfonce
sur ses oreilles un passe-montagne comme on en
a pour gravir le mont Blanc, lui qui est du mont
Aventin. Car il en est. C'est un Gracque, cet homme
à la cuvette, à la seringue, et au bonnet à menton-
nière !

Le disciple de Pierre Leroux s'en paie!

Une légende court sur lui.

Cantagrel [5] a été, dans un coin de France, membre de la Société du *Circulus*. Chacun devait, pour la prospérité commune, fournir sa part d'engrais — coûte que coûte! L'humanitarisme le perdit, il voulut faire du zèle, prit des herbes qui lui mirent le feu au corps, et dut revenir à Paris, pour tâcher d'enrayer.

— Si encore quelqu'un en profitait! dit-il parfois mélancoliquement.

Il a, paraît-il, écrit à Hugo, à propos du chapitre sur Cambronne, dans *Les Misérables*. Hugo lui a répondu :

« Frère, l'Idéal est double : idéal-pensée, idéal-matière ; envolement de l'âme vers le sommet, chute de l'excrément vers le gouffre ; gazouillements en haut, borborygmes en bas — sublimité partout! Votre fécondité égale la mienne. Frère, c'est assez... relevez-vous! »

— C'est moi qui ai signé Hugo et monté la blague, m'a dit un camarade.

Sont-ils drôles, tout de même!

Ce Circulutin a été condamné comme gérant d'une feuille incendiaire — je m'en doutais!

.L'autre est le rédacteur en chef du seul journal républicain qui ait pu venir au monde, avoir droit à la vie, trouver grâce devant l'empereur. Non pas que l'homme soit un courtisan et ait commis une lâcheté — il est, au contraire, un raide et un inflexible. Mais à la manière des Jacobins, et Napoléon sait bien que Robespierre est le frère aîné de Bonaparte, et que quiconque défend la République au nom de l'autorité est un Gribouille de l'Empire!

Je puis m'isoler, heureusement.

Au *Petit Tombeau*.

J'habite le *Petit Tombeau*.

C'est, au haut de la prison, une chambre étroite et triste ; mais, en grimpant sur la table, on arrive jusqu'à la fenêtre, et, de cette fenêtre, on voit la cime des arbres et une grande bande du ciel.

Je passe des heures entières la tête contre les barreaux, à humer la fraîcheur du vent ou à recevoir, sur le front, ma part de soleil.

Cette solitude ne m'effraie pas. Souvent même, je plante là 89 et 93 pour me trouver simplement en face de moi, et pour suivre ma pensée, blottie dans un coin de la cellule ou baignant, dans l'air libre, au-delà de la croisée grillée.

Cette captivité n'est point pour moi la servitude : c'est la liberté.

En cette atmosphère de calme et d'isolement, je m'appartiens tout entier.

Le club.

Ce calme-là a été tout troublé, parce que des vides se sont produits ; j'ai été appelé à la chambre d'honneur, qui a été envahie, et que j'ai laissé envahir de bon cœur. Mon logis est devenu le salon, la salle à manger, la salle d'armes, et le club de la prison.

On en fait un tapage là-dedans !

Mais le *preu*, pour le boucan, est, hors de marque, l'ancien collaborateur de Proudhon, le père Langlois [6].

— Nom de Dieu! Sacré nom de Dieu!!!

— Ah! c'est vous!... Quel temps fait-il dehors?

— Quel temps?

Il tape sur les meubles, roule des yeux féroces, chasse, d'un coup de botte irrité, une paire de pantoufles qui traînait près du lit.

— Quel temps?... Il fait très beau!

C'est avoué d'un ton furieux et menaçant. Sa main semble chercher le sabre; il a l'air de déchirer une cartouche en se mouchant, de porter une dépêche au général, quand il part avec de vieux journaux dans ses doigts crispés — revenant quelquefois d'un bond, la figure contractée.

— Qu'est-ce qu'il y a?

— Il y a quelqu'un!

Au bout de dix minutes qu'il est là, le chahut devient terrible. On monte sur les chaises; lui, grimpe sur la table de nuit!

C'est une pantomime et des cris d'hystérique! Nous ne sommes que des *choses* de chien!

Comment! moi, Vingtras, j'hésite à pendre le gouverneur de la Banque!

— On a donc parlé de le pendre?

— *Oué! oué!* et vous renaudez, nom de Dieu!

Il a, aujourd'hui, envie de dresser une potence pour le détenteur du numéraire, qui ne vit que sur son portefeuille — le sale bougre!

Il simule l'exécution.

Il pend son mouchoir, se pend un peu lui-même, fait *couic* au grand moment, risque d'avaler sa langue, se décide à redescendre... et se précipite de nouveau sur les chaussons, avec une rage de jeune chien qui fait ses dents.

— Maî il ait tooquaî, çait hôômme! dit Courbet [7], qui fume dans un coin. Il parle de Peurroud-

dhon ? moâ seul l'ai côônnu. N'y avait que nous
deusse de praîts en Quarante-huit ! Haî ! pourquouâ
que vous criaî côômme çââ ? nom d'un paitit bon-
hôômme !

— Je ne crie pas, je suis plus calme que vous,
nom de Dieu ! sacré nom de Dieu ! ! !

Comiques et assommants, ces visiteurs gueulards,
ces détenus qui vont ou qui ne vont pas — des gens
qui ont fait leurs classes, pourtant, des éduqués,
des bourgeois !

Quelquefois, un travailleur vient leur faire honte
de leur bêtise, et refouler leurs bouillons pointus.
Plus fort qu'eux, le manieur d'outils !

Il a conquis un nom, ce Tolain [8], dans les réunions publiques. Il est le chef moral de la classe
ouvrière.

Une face étroite — qu'allonge et amincit encore
une longue barbe coupée ras sur les joues — œil vif
et bouche fine, un beau front.

Il zézaie un peu, lui aussi, comme Vermorel.
Ambitieux redoutables, ceux qui mâchent ou ont
l'air de mâcher le caillou de Démosthène ! C'est
derrière des bégaiements d'enfants que s'embusque
leur énergie d'hommes d'action.

Distingué, sous ses habits vulgaires.

J'ai déjà vu un célèbre qui avait cette allure-là :
le prêcheur blond de la Saint-Barthélemy de Juin,
celui qui, d'un geste bénin et avec du miel sur les
lèvres, décréta le grand massacre — de Falloux [9].

Peut-être n'ont-ils pas le nez fait de la même
façon ; mais je rapproche leurs silhouettes dans le
miroir, parce que leurs aspects se dressent pareils
devant moi et qu'ils ont la même élégance grêle, la
même douceur d'accent, la même lueur de regard...
ce noble et ce roturier !

Il a la marche un peu balancée du plébéien; mais c'est exprès, peut-être! S'il voulait, cela deviendrait la souplesse du gentilhomme. Avec son rire discret, son regard pointu, son profil aiguisé, sa barbe, dont il affine les poils, il me semble ne songer qu'à crever l'atmosphère populaire et l'air sombre dans lequel il vit. Il cisèle avec patience l'outil de son ambition, ex-ciseleur qui a lâché ses outils de métier depuis longtemps.

— Il est même question d'ouvrir une souscription pour les faire repasser, tant ils sont rouillés! a dit un farceur d'atelier.

Mais s'il a la peur du travail qui salit les mains, il n'a pas peur de l'étude solitaire, des longues veillées passées en tête-à-tête avec les Pères de l'Église économique et les Pères de la Révolte sociale. Il a acheté, sur les quais, Adam Smith et Jean-Baptiste Say [10], vendus au bouquiniste par quelque bourgeois tombé, quelque déclassé descendu dans le ruisseau. Ils sont maintenant sur la table de l'artisan qui monte.

Avec quatre ou cinq volumes de Proudhon, cela a fait le compte. Il a la pierre de touche de toutes les monnaies de métal et d'idées, il deviendra un savant — il l'est. C'est lui, le contremaître de l'atelier où se fabrique la révolution ouvrière.

Il gagne sa vie, comme employé, chez un quincaillier tout fier d'avoir pour commis un garçon qui en sait si long.

Il a déjà un clan, ce plébéien émancipé. Un bûcheur *massant* pour de bon, Perrachon [11], qui, lui, n'a pas quitté l'établi, représente le labeur manuel dans ce ménage d'opinions. Il vénère à l'égal d'un dieu celui qui s'est fait teneur de livres et

dévoreur de grimoires. Et il le copie et il le singe,
taillant sa barbe et ses cheveux tout pareil, bou-
tonnant son paletot de même, et plantant son chapeau à semblable inclinaison sur le front ou l'oreille.

C'est encore, je me figure, une habileté de mon
Falloux de faubourg, ce Sosie! Avec les bretelles
de son tablier de travail, Perrachon lie à son patron
d'idées le peuple, qui, sans cela, se défierait peut-
être de cette veste qui s'allonge en redingote.

Pourvu qu'il ne coupe pas ce cordon-là, un matin
— et qu'il ne lâche pas les blousiers comme il a
lâché la blouse!

XI

J'ai entrepris l'histoire des vaincus de Juin. J'en
ai retrouvé plusieurs, tous pauvres, mais presque
tous dignes dans leur misère. Quelques-uns, seulement, ont été gâtés par les habitudes fainéantes des
prisons, et laissent à la femme le poids du travail
et le soin de nourrir le ménage.

Beaucoup de ces femmes ont été héroïques. Elles
ont élevé la marmaille pendant que le père était à
Doullens [1] ou au bagne, se privant de tout pour que
les petits citoyens ne manquassent de rien, dépen-
sant autant de génie que de courage pour faire sortir de terre un métier, une industrie, un truc à pain.
Et les moutards ont poussé — graine d'insurgés !

Quelques filles ont bien disparu, à l'âge où un
ruban bleu affole et où la misère enlaidit. C'est
la douleur des mansardes, où le proscrit n'a retrouvé
que l'image fripée, salie, de l'enfant qu'il avait fait
photographier, pour dix sous, un dimanche de foire,
aux environs de Paris. Ç'avait été le diable pour la
faire tenir tranquille ; il avait fallu que le papa l'em-
brassât dix fois, et lui recommandât d'être sage.

Elle l'avait été.

Depuis longtemps, elle ne l'est plus, et l'on ne
sait où la retrouver. Elle n'ose revenir voir sa mère :
elle craint que le vieux ne se jette sur elle.

— Non! m'a dit l'une d'elles en sanglotant, j'ai trop peur de le voir pleurer!

Je vis dans ce monde en bourgeron, plus ému, certes, que je ne le fus jamais sous l'œil des explicateurs de *Conciones*, dans le monde des héros antiques. Leurs casques, leurs tuniques et leurs cothurnes m'avaient vite embêté [2].

Et voilà que dans le voisinage de mes camarades nouveaux, dans la fréquentation des simples, m'est venu aussi le dédain de la défroque jacobine.

Tout ce fatras de la légende de 93 me fait l'effet du tas de guenilles effrangées et déteintes que l'on vient offrir au père Gros, le chiffonnier, dans son échoppe de la rue Mouffetard, ouverte à tous les vents.

Il me fait l'honneur de m'inviter, de temps en temps, au repas de famille; et je suis tout heureux de me sentir estimé et aimé, moi, le déclassé, par ce régulier de la hotte qui fait ajouter, pour le citoyen Vingtras, un morceau de lard, dans la marmite qui fume et sent bon parmi les odeurs de corroyage de la Bièvre [3].

Et il dit à la bourgeoise :

— Pas besoin de faire d'économies, ma vieille, pourvu que l'on ait la pâtée de chaque jour...

Puis, se tournant vers moi :

— La vie est dure, c'est vrai; mais ça nous console, nous, les ouvriers, de voir que des instruits comme vous passent du côté des prolétaires. Ah! par exemple, vous me le promettez bien : si jamais il faut voir à retrouver le fusil que j'ai enterré, le soir du 24 juin, derrière les Gobelins, vous viendrez à la soupe de la barricade tout comme à celle-ci, n'est-ce pas ?

Et la bourgeoise de répondre, avec un sourire grave :

— Oui, père, j'en suis certaine, monsieur sera avec les malheureux.

Moi, j'ai désigné un bout de flanelle rouge qui tirait la langue par la gueule d'un sac :
— Nous mettrons cela au bout d'une baïonnette.
— Ah! jeune homme! ce n'est pas la Marianne qui est tout, c'est la Sociale! Quand nous l'aurons, on fera de la charpie avec les bannières!

La Sociale, la Marianne — deux ennemies!
Ils m'ont conté, ces vieux de Juin 48, que, dans les prisons où vinrent les rejoindre ceux du 13 juin 49, on menaça les nouveaux venus du regard et du geste, et l'on dressa des retranchements, dès le premier jour de l'arrivée. Il y eut des cognements de tête terribles, sous ce même bonnet de prison, quoique dans les cérémonies en commun, enterrements ou anniversaires, tous eussent à la boutonnière l'immortelle écarlate.
La haine subsista, implacable, entre les partis, saisissant tous les prétextes pour éclater. A propos d'un bout de jardinet mal enclos, d'une branche de fraisier dépassant la ligne de cailloux formant frontière, à propos d'un pied de capucines s'étirant entre deux cellules, on se jetait au nez les malheurs et les fautes de la Révolution!

J'ai beaucoup appris dans la gargote tenue par un ancien de Doullens, où tous mes débris d'insurrection viennent échouer, les soirs de grande paie ou les matins de chômage. Chacun arrive faire sa déposition, témoigner de ce qu'il vit aux heures tragiques, résumer ses souvenirs de la sinistre bataille.
Le beau parleur de la bande est un gaillard aux yeux gris d'acier, brillants et aigus, aux pommettes

comme fardées de rouge, au front trop vaste, comme
celui de quelques cabotins qui l'ont fait raser pour
l'ennoblir, aux cheveux longs et tombant en rou-
leaux, à l'instar des saltimbanques — et des poètes.

Il ne lui manque que le cercle de cuivre qui retient
les tignasses des acrobates, ou la couronne en papier
des Jeux floraux.

On ne devinerait jamais que c'est un ex-menui-
sier qui fut condamné à perpétuité pour avoir, la
serpillière au ventre, donné le coup de fion à la
grosse étagère de pavés qui faisait le coin du Marché noir.

Pour le moment, le métier n'allant pas, il s'est
fait courtier-placier et, s'il faut l'en croire, il gagne
à peu près sa vie. Sa redingote bleue est propre ; il
conserve pourtant la casquette.

— Ça épargne mon chapeau quand je ne vais pas
chez les clients, dit-il. Et puis, camarades, je suis
toujours un ouvrier : ouvrier voyageur au lieu d'être
ouvrier à l'attache, voilà tout.

— Et Ruault [4], qu'est-ce qu'il devient ? Y a-t-il
longtemps que tu ne l'as vu ?

— Non. Pourquoi ça ?

— Tiens, au fait, tu ne sais pas, on a raconté
qu'il était mouchard.

— Parlons d'autre chose, eh ! les amis ! a interrompu le vieux Mabille [5]. Tout le monde en serait,
si l'on écoutait ce qui se dit ! Il n'y a qu'à saigner
ceux pour qui c'est prouvé... ça en dégoûtera les
autres !

Le père Mabille est un ancien ciseleur qui a perdu
le tour de main de son état dans l'oisiveté cruelle de
la détention, et qui s'est fait marchand des rues.

Mais, pendant les années de prison, il a étudié

dans des bouquins empruntés à ses voisins de travée ; il a réfléchi, discuté, conclu. Son grand front
ridé et dégarni raconte ses méditations ; ce vendeur
d'éventails ou d'abat-jour — suivant la saison — a
la face d'un philosophe de combat. S'il avait un
habit noir sur le dos, on s'arrêterait devant ce haut
vieillard et l'on saluerait sa tête grave.

— Qu'enseigne-t-il ? demanderaient les gens de
la Sorbonne ou de la Normale.

Ce qu'il enseigne ? Sa chaire est ambulante comme
sa vie ; elle est faite de la table sur laquelle il s'accoude, dans un cabaret pauvre, pour prêcher la
révolte aux jeunes, ou d'un tonneau enlevé à la
barricade et mis debout, pour qu'il y monte et
harangue de là les insurgés.

Pas mal de ceux que je vois en vêtements misérables, beaucoup de ces crève-la-faim ont lu Proudhon et pesé Louis Blanc.

Chose terrible ! au bout de leurs calculs, à l'extrémité de leurs théories, c'est toujours une sentinelle
d'émeute qui se tient debout !

— Il faut encore du sang, voyez-vous !

Et pourquoi ?

Pourquoi ces hommes qui vivent de rien, qui ont
besoin de si peu, pourquoi ces espèces de vieux
saints à la longue barbe et aux yeux doux, qui
aiment les petits enfants et les grandes idées,
imitent-ils les prophètes d'Israël, et croient-ils à la
nécessité du sacrifice, à la fatalité de l'hécatombe ?

Une gamine de huit ans s'était, l'autre jour, coupé
le doigt — un farouche à poitrail velu s'est évanoui.
Il fallait voir comme tout ce gibier de prison d'État
s'est mis à consoler et à embrasser la fillette ! L'un
a fait un poupon de linge, l'autre a été acheter une
poupée d'un sou. Ce sou-là était pour son tabac, il

n'a pas fumé de la soirée. Et l'on a lié le chiffon
autour du bobo, avec plus d'émotion qu'on n'en eût
eu à bander la plaie d'un combattant, affreusement
mutilé, dans une ambulance de carrefour.

Le garçon aux yeux aigus a voulu faire un livre. Il
écrit ; je m'en doutais.
— Oui, j'ai noté ce que j'ai vu à Toulon. J'en
ai deux cahiers gros comme ça. Je vous les montre-
rai, si vous voulez venir à la maison.
Nous avons pris rendez-vous.
— Vous allez voir ma femme, c'est la fille de
Pornin [6], la *Jambe de bois*.

Une créature frêle et mince, gracieuse et triste
— triste jusqu'à la mort ! — de la distinction, et
une mélancolie sans nom, venant on ne sait d'où,
reflet d'un mal incurable et caché ! Les cheveux sont
gris, d'un gris qui trahit une mue de chagrin ;
quelque révélation douloureuse a dû, un soir, jeter
de la cendre sur cette tête jeune, faner ce visage
tendre, et le griffer de ces rides fines comme des fils
de soie.

Elle a à peine répondu au bonjour banal de son
mari, et m'a accueilli presque avec douleur.
Je lui ai parlé de son père, cette fameuse *Jambe
de bois* qui eut sa minute de résonance dans l'histoire intime des événements de Février.
— Oui, je suis la fille de Pornin. Mon père était
un honnête homme !
Elle a répété cela plusieurs fois : « Un honnête
homme ! » l'œil baissé, serrant ses petits bras sur
sa poitrine, écartant sa chaise, me semblait-il, pour
que l'autre ne la frôlât pas en allant et venant par
la chambre, à la recherche de son manuscrit.

A la fin, il s'est frappé le front et a dit :

— Je me rappelle maintenant, c'est en bas.

Il est descendu — à pas de loup — courbant l'échine, le pied traînant, le geste gauche, mais sa prunelle luisant toujours et perçant l'ombre de l'appartement endormi dans le crépuscule.

Les persiennes étaient restées closes ; elle n'avait point levé le crochet quand nous étions entrés, on aurait dit qu'elle ne voulait pas qu'on vît la couleur de ses paroles.

Pendant que nous étions seuls, elle n'a prononcé qu'un mot :

— Est-ce que vous êtes d'un complot avec mon mari ?

— Je ne conspire pas.

Elle ne répondit rien, et nous demeurâmes muets, dans l'obscurité.

Il revint avec ses cahiers.

— Ce n'est pas rédigé comme par un écrivain de profession, mais il y a beaucoup de souvenirs. Tirez-en profit pour votre travail. Imprimez seulement mon nom, afin que l'on voie que les condamnés au bagne de Juin n'étaient ni de si grands ignorants, ni de si grands scélérats qu'on l'a prétendu.

Elle a relevé ses paupières, et son œil a dirigé vers l'homme une lueur froide qui m'a glacé au passage, tandis qu'il me reconduisait en étouffant sa marche et sa voix comme dans une maison où il est défendu de parler parce qu'il y a une agonie — ou un cadavre.

Je suis descendu dans Paris, par des rues discrètes et noires, le cerveau hanté d'idées troubles, me demandant quel était le drame qui se jouait entre ces deux êtres.

— Ah! vous y êtes allé, alors, me dit le vieil
échappé de Doullens. Sa femme y était-elle ? Une
courageuse, celle-là! Je l'ai vue à l'œuvre quand elle
était jeune fille... fine comme une mouche et gaie
comme une alouette! Il a plus de chance qu'il n'en
mérite.

— Ah! certes, oui! Mais n'a-t-on pas dit de lui
ce qu'on a dit de Ruault : qu'il était de la rousse ?

— Pas possible! Elle le prendrait par les moustaches et nous l'amènerait, toute petiote qu'elle
soit, après l'avoir souffleté. Elle le donnerait à
Mabille pour qu'il le saigne! N'est-ce pas, Mabille ?

— Oui. A moins qu'elle n'ait trop honte; ou
qu'elle l'aime... ça s'est vu!

Quelqu'un est entré.
— De qui donc parlez-vous là ?
— De Largillière [7].

XII

Quelques hommes sont venus me trouver et m'ont sommé, au nom de l'idée révolutionnaire, de me présenter à la députation contre Jules Simon [1]. Je n'ai point refusé.

Pauvre fou!

Ah! ceux qui croient que j'ai accepté par orgueil et envie de me mettre en vue ne savent point quelles pâleurs me prennent et quels frissons me secouent, à la pensée que je vais entamer la lutte!

Mais puisqu'on m'a appelé, je ne reculerai pas.

Et que lui dirai-je, à ce faubourg Antoine? A ces gens de Charonne, à ces blousiers de Puteaux, comment parlerai-je? — moi qui vais jeter, dans la balance, des théories à peine mûres et que je n'ai guère eu le loisir de peser dans mes mains de réfractaire.

Je n'ai jamais eu assez d'argent pour acheter les œuvres de Proudhon. Il a fallu qu'on me prêtât des volumes dépareillés, que je lisais la nuit.

Heureusement, la Bibliothèque était là; et j'ai, de temps en temps, fourré mon nez et plongé mon cœur dans la source. Mais j'ai dû boire au galop et en m'étranglant, parce que j'avais autre chose à faire, rue Richelieu, qu'à étudier la justice sociale.

J'avais à arracher, du ventre des bouquins, le

germe des articles qui me faisaient vivre, et que le
chef du dictionnaire me refusait quand ils avaient
odeur de philosophie belliqueuse ou plébéienne. Or,
cela arrivait parfois, lorsque j'avais avalé une gorgée
de Proudhon — il en roulait des gouttes toutes
rouges sur mon papier.

Je ne sais donc que la moitié de ce qu'il faudrait
savoir, et encore! Et je me trouve exposé à la chute
grotesque, ignorant qui veut heurter de front le
vieux monde, apprenti qui va se dresser contre un
maître, conscrit qui ose engager à fond le drapeau!

C'est à lâcher pied, à se laisser rouler du haut en
bas de l'escalier!... comme les filles enceintes qui ne
veulent pas que l'on connaisse leur faiblesse.

J'en ai eu la tentation, au risque de m'estropier
ou de me défigurer, car je serai bien autrement
meurtri, si je mérite les huées de l'auditoire! Être
blessé ne serait rien; être bafoué serait la ruine de
toute une jeunesse bourrée de douleurs, mais aussi
bourrée d'espérances!

La première réunion a lieu ce soir.

J'essaie de préparer ma harangue... Ah! bien oui!
Il me faudrait des heures et des heures! Je me contente de tracer, pour toute la campagne, deux ou
trois grandes lignes, comme des cordes de piste, en
semant des idées, comme les cailloux du Petit
Poucet. Je suivrai ces lignes-là, et je ramasserai ces
cailloux sur mon passage, lorsque j'irai vers l'ogre.

Tout au moins aurais-je besoin d'une escorte
de dévoués! Mais Passedouet [2] et les hommes de
Juin ne sont plus là. Ils sont repartis dès que j'ai
eu accepté le danger, repartis dans leurs quartiers,
à la recherche d'autres Vingtras.

Personne — par un hasard barbare — n'est de
la circonscription où l'on m'a dit d'aller me faire

tuer, comme Napoléon ordonnait à ses lieutenants
de se camper en travers d'un pont et d'y mourir.
Et je viens de me mettre en chemin, tout seul, pour
la salle du club, sur une banquette d'impériale.

J'entends, sur cet omnibus, encenser le mérite
de celui que je vais combattre.

— Oh! celui-là arrivera haut la main! Il battra
Lachaud [3] comme plâtre.

— Il n'a pas d'autre concurrent?

— Certes non! Qui donc oserait, parmi les républicains?

Eh! malheureux! il y a là, à côté de toi, un pauvre
diable qui en passant ses trois sous avec les tiens,
au conducteur, vient de laisser tomber des bouts
de notes sur lesquels il avait inscrit les deux premières phrases qu'il va prononcer contre ton favori;
plus, quatre ou cinq *effets*, criards comme des
images d'Épinal et qui doivent colorier sa harangue.

Tu es peut-être assis dessus — tu as le derrière
sur mon éloquence!

— Le 105 de la rue?

— C'est ici.

Je dégringole.

Mon comité est pauvre comme Job. C'est dans
une écurie abandonnée qu'a été donné le rendez-
vous. A peine peut-il y tenir trois cents personnes.

Elles y sont.

— *Citoyens!...*

Où ai-je pris ce que je leur ai conté? J'ai attaqué
je ne sais comment, parlant de l'odeur de crottin,
de la bizarrerie du local, de la misère qui nous ridi-
culisait, dès le début. J'arrachais mes paroles aux

murailles suintant le fumier, et où étaient scellés
des anneaux auxquels une discipline républicaine
voulait nous attacher aussi — comme des bêtes de
somme!

Ah! mais non!

Et j'ai rué, et je me suis cabré, trouvant en route
de l'ironie et de la colère!

Quelques bravos ont éclaté et m'ont mis le feu
sous le ventre. Quand j'ai eu fini, on est venu à
moi de toutes parts.

Le président, debout :

— Citoyens, nous allons voter sur la prise en
considération de la candidature Jacques Vingtras.

On a levé les mains.

— Le citoyen Jacques Vingtras est adopté pour
candidat par la démocratie socialiste révolutionnaire
de l'arrondissement.

Une acclamation de ces trois cents pauvres a sou-
ligné la déclaration solennellement prononcée.

J'ai eu froid dans le dos, car ce succès-là ne
prouve rien.

Cette poignée d'acclamants a été triée sur le volet
des logis misérables; et encore, parmi ceux qui
m'ont applaudi, parce que ma voix tonnait, ou
pour ne pas faire « scission ouverte », combien
m'abandonneront demain pour suivre le cortège de
Simon triomphant!

Ma victoire a été trop facile! Je les touchais du
doigt, mon souffle leur brûlait le visage, et je sais
bien que j'ai, dans le geste et l'accent, quelque
chose qui commande, alors que l'on est si près de
moi!

Mais quand je serai devant l'ennemi; dans une
salle immense et bondée?...

Salle du Génie.

J'y suis — la salle est bondée et immense! elle
me paraît telle du moins. Ce sont les adversaires
qui ont préparé la rencontre. Moi, je n'ai eu que
le loisir de ne rien préparer, rien! pas la frimousse
d'un exorde, pas la queue d'une péroraison!

Les ardents de mon comité m'ont tiré à hue et
à dia pour aller, dans les communes, à la chasse
aux influents. J'ai couru ici, là, ailleurs encore, j'ai
fait le tour de la circonscription à pied, en wagon,
en charrette — malade des canons pris sur le zinc
pour trinquer avec les braves gens.

Je me contentais d'humecter mes lèvres, mais
je n'en avais pas moins la nausée du vin; et je pas-
sais pour bien froid ou bien fier auprès de ceux
qui me voyaient accepter en rechignant la tournée
qu'ils offraient de si bon cœur.

Disséminés et rares, les frères à qui l'on rendait
visite et qu'on avait à aller chercher tout au bout
d'un champ, ou à faire demander à l'atelier — dont
on mangeait le temps, que l'on compromettait,
même, auprès des patrons, et sur le compte desquels
on s'était quelquefois trompé.

Ils me toisaient alors, du haut en bas, s'indi-
gnaient qu'on les eût crus capables de m'aider à
semer la division dans le parti.

Émotions mesquines qui tuaient la fleur de la
pensée dans ma tête! promenades éreintantes qui
écrasaient mes idées en chemin!

Imbécile que je suis!

Je me figurais que ma défaite piteuse viendrait
de ce que je n'ai pas assemblé un faisceau de doctrines.

Allons donc!

J'ai, à deux ou trois reprises, vu jour pour les amener, rigides et nettes, devant la foule... Ils ont trouvé que je parlais froid. Ils espéraient des mots qui flambaient — et mes partisans eux-mêmes m'ont tiré par le pan de la redingote pour me souffler qu'il n'y avait, devant ce public, qu'à faire ronfler la toupie des grandes phrases.

Mais moi qui, jadis, avais dans la main le nerf de bœuf de l'éloquence tribunitienne, je n'ai plus l'envie de le faire tournoyer et de casser, avec cela, les reins aux discours des autres! J'ai honte des gestes inutiles, de la métaphore sans carcasse — honte du métier de déclamateur!

Pardieu, oui! j'évoquerais des images saisissantes et qui empoigneraient ce monde-là, si je le voulais!... Or, je ne me sens plus le courage de le vouloir. J'ai perdu, avec l'ardeur de la foi jacobine, le romantisme virulent de jadis... et ce peuple m'écoute à peine! Je n'ai pas encore la charpente d'un socialiste fort, et je n'ai plus l'étoffe d'un orateur de borne, d'un Danton de faubourg — c'est moi-même qui ai déchiré ce chiffon-là! Ce n'est pas décadence, c'est conversion; ce n'est pas faiblesse, c'est mépris.

Une fois, à Boulogne, j'ai failli y passer.

— C'est vous qui voulez empêcher Simon d'être nommé!

On m'a cerné, bousculé, frappé.

J'étais seul, tout seul.

Pour me défendre, il ne m'est venu d'abord que la vieille formule classique :

— On assassine la liberté de parole en ma personne!

— Eh bien, oui! on l'assassine. Et à coups de poing sur le mufle! a vociféré un blanchisseur à encolure de taureau.

Le bureau a eu peur que mon écrabouillage ne fît une tache sale dans l'apothéose du concurrent. Puis j'ai eu un peu de toupet. J'avais au moins de quoi répondre à ces arguments-là, je pouvais ceinturer le blanchisseur, tandis que, pendant toute la campagne, cette anguille de Simon m'avait filé entre les doigts, visqueux et souple, obséquieux à force d'onctuosité, et noyant dans du lait les serpents qui me sifflaient dans la gorge.

Ç'a été une grande minute! Seul! J'avais osé venir seul! — Jamais je n'ai été fier de moi comme en ce jour d'immense humiliation.

Une autre fois encore, cependant, j'ai eu un revenez-y d'orgueil, à la sortie d'une réunion où, l'un après l'autre, le glorieux et moi, nous avions parlé à la foule.

J'entendis un de ceux du comité dire, en me désignant :

— Ça saura se faire écouter de la canaille...

Enfin, la corvée est finie, la période électorale est close! Je suis libre!

Il y a là-bas, du côté de Chaville, une ferme où j'ai passé des journées calmes et heureuses à regarder battre le blé, courir les canards vers la mare, à boire du petit vin blanc sous un grand chêne ombreux, et à faire la sieste dans l'herbe coupée, près des pommiers en fleurs.

J'ai soif de silence et de paix. Je suis allé là — oubliant le vote des sections dans Paris, me roulant sur le foin, écoutant les rainettes qui chantaient dans les roseaux verts. Et, le soir, je me suis endormi entre des draps de toile bise et dure comme ceux où me fourraient mes cousines au village.

Au village!

Ah! j'étais plutôt fait pour être un paysan qu'un politiqueur — quitte à prendre la fourche avec les Jacques une année de disette, un hiver de famine!

7 heures du matin.

Un homme vêtu en entrepreneur cossu, avec une grosse chaîne d'or, un pantalon gris trop court sur des souliers épais, a frappé à ma porte, s'est présenté comme un coreligionnaire et m'a demandé de l'écouter un moment.

— Si vous vouliez, avec vos relations, votre talent...

. . . .

— Tardy, Tardy [4]!

Tardy est un ancien camarade de collège, pauvre, pauvre, plus pauvre que moi! à qui je paie un cabinet garni, près de ma chambre, et qui gagne sa part à la gamelle en recopiant ce que j'écris!

Je l'appelle à mon secours. Il saute en chemise sur le carré.

— Tiens! regarde, regarde bien celui-là! Il venait pour m'acheter... et il m'a cru capable de l'écouter, le misérable!

— Non! non! monsieur, balbutie l'individu pâle comme un mort, et trébuchant dans l'escalier.

— Plus vite! ou je vous crève!

— Non! non! monsieur! répète-t-il en dégringolant.

Mais comment ont-ils osé! Qui l'envoie?

Voyons! C'est mon comité qui a fait les frais — mais avec l'aide d'un homme qui disait donner pour la cause en offrant l'argent des affiches et des bulletins [5]!

Il faut aller le trouver, tirer cela au clair!

J'ai averti les camarades. Ils ont traînassé...

— Vous êtes au-dessus de ça, ont-ils fini par dire en haussant les épaules.

J'ai insisté.

— Laissez-nous donc tranquilles!

Je n'en ai pas moins gardé un frisson, et j'ai peur qu'il n'y ait là-dessous un danger dont je sentirai les griffes un jour!

XIII

Je suis un des dix nommés par une assemblée populaire pour aller poser une question, presque porter une sommation aux députés de Paris [1].

Millière, Trinquet, Humbert, Cournet [2], sont aussi de ces dix-là.

Chez qui ira-t-on d'abord ? Lequel des représentants abordera-t-on le premier ?

On découvre l'adresse de Ferry [3] — quelque part, rue Saint-Honoré — dans le Bottin du petit café où la commission s'est donné rendez-vous.

— Chez Ferry !... Vous êtes de son arrondissement, Vingtras. C'est vous qui lui parlerez.

Entrée spacieuse, paliers solennels, maison silencieuse et grave.

Je monte les étages, aussi ému que si je gravissais les marches de l'échafaud.

— C'est ici.

Une bonne arrive au coup de sonnette.

— M. Jules Ferry ?

— Il est là.

Mes jambes vacillent. Je suis plus blanc que le tablier de la servante... lequel n'est pas très blanc.

— Qui dois-je annoncer ?

Nous nous regardons. Aucun de nous ne vient en son nom personnel ; nous ne nous présentons pas non plus de la part d'un comité reconnu, d'une association républicaine ayant pignon sur rue.

— Dites que ce sont des gens du VI⁰ qui ont une communication à faire.

— Du sixième ? Il n'y a pas de sixième !

On s'explique... difficilement. Elle a peur, cette fille !

— Je m'en fiche ! Nous y sommes et nous y restons ! déclare Trinquet en s'accotant, comme un factionnaire, contre le mur.

Le bourgeois apparaît, en petit veston et le nez allongé.

— Messieurs ?... fait-il en tournant vers nous un œil morne, vraiment morne !

Sa voix tremble un peu, ses doigts aussi.

Une minute de silence. Allons-y !

— Vous connaissez, monsieur, la lettre de M. de Kératry [4] proposant de répondre au décret de prorogation de la Chambre par l'arrivée en masse des députés devant le Palais-Bourbon, au jour et à l'heure où, suivant la loi, la session devrait s'ouvrir. Une réunion publique a décidé qu'on mettrait les représentants de Paris en demeure de se prononcer catégoriquement à ce sujet, et nous a chargés de réclamer leur présence à une séance où le Peuple exprimera sa volonté... Y viendrez-vous ?

Les mains grelottent toujours ; l'homme, qui a pourtant la carrure et la face d'un résolu, semble déconcerté :

— Je ne dis pas non. Mais je dois consulter mes collègues. Je ferai ce qu'ils feront.

— Nous rapporterons vos paroles à qui de droit,

ai-je déclaré d'un ton de greffier aux Septembrisades.
Nous avons salué, et nous sommes sortis.

Place de la Madeleine, maintenant.
— M. Jules Simon?
— Entrez, messieurs.
Voilà le fameux grenier.
Il n'y a trop rien à dire. Ce n'est point un nid à
rats; mais ce n'est pas, non plus, un palais caché
sous les combles.
Patouillard, félin, avec des gestes de prêtre, les
roulements d'yeux d'une sainte Thérèse hystérique,
de l'huile sur la langue et sur la peau, la bouche en
croupion d'oie de Noël — il me reconnaît, et vient
à moi en avançant ses doigts grassouillets et moites
— Mon ancien et cher concurrent...
J'ai mis les mains derrière mon dos et me suis
reculé, laissant à d'autres le soin d'interroger le personnage.
Comme Ferry, il répond je ne sais quoi — que
lui aussi sera au rendez-vous, si tel est l'avis de son
groupe.

Dans l'escalier, on discute mon refus d'accolade.
Millière s'irrite, invoque son titre de doyen,
m'accuse d'avoir été égoïstement blessant, et déclare
qu'il n'entend pas que l'on trouble, par de pareils
incidents, les visites nouvelles.
Il va aller chez M. Thiers « mais il sera respec-
tueux », ajoute-t-il en me regardant.
— Soyez ce que vous voudrez! moi, je garde la
liberté de ne pas chatouiller la paume à l'ennemi!

— Vous avez bien fait! disent tous les jeunes.
J'ai fait ce qui m'a plu. Je ne reconnais à personne, pas même à un ancien, le droit de discipliner
mes poignées de main.

Mais impossible de refuser la patte au gros réjoui à favoris d'acajou, au large bedon et au large rire [5], qui me siffle dans les oreilles, avant même que j'aie pu desserrer les crocs :

— Eh! l'éreinteur, comment va? Vous pouvez vous vanter de nous avoir bien arrangés dans votre *Rue*! Oui, du joli!

Et de me taper sur ce que j'ai de ventre, en demandant ce qui nous amène.

— Enfin, messieurs, que veut le Peuple? Envoie-t-il chercher ma tête? C'est que j'ai la faiblesse d'y tenir! Vous savez... une vieille habitude...

De la bonne humeur à pleines lèvres et à pleine redingote.

Ses doigts ne tremblent pas, à celui-là, mais battent sur la table une réminiscence de la *Mère Godichon*, et sa caboche vire, sur son corps de pingouin, avec des fébrilités d'oiseau-mouche.

— Si j'irai à la manifestation du 26?...
— Deux de vos collègues ont déjà dit oui.
— Ça, je m'en fiche!
— Alors, vous ne viendrez point?...
— Jamais de la vie! Aller exposer Bibi sans qu'on sache de quoi il retourne? Vous n'y pensez pas, mon petit!

Il rit, et l'on ne peut s'empêcher de rire avec lui, car il ne biaise pas, au moins.

— Si Belleville triomphe, j'accours! Mais quant à l'entraîner, jouer les Brutus... non, mes enfants, je n'en suis pas! Je ne m'engage à rien, ne promets rien. Pas ça!

Et il fait claquer son ongle contre ses dents.

— Vous me paraissez tous de bons garçons, et
assez convaincus pour aller vous faire casser la
margoulette. Ces margoulettes, je les salue, mais
j'efface la mienne!... Ah! l'éreinteur, à propos? Le
mot que vous m'avez prêté : « Manuel [6] fut un
héros, seulement il ne fut pas réélu », je ne l'ai pas
dit, mais je le pense... Allons, au revoir! Ma parole,
on dirait que vous ne songez qu'à mourir, vous
autres! Moi, je tiens à vivre, c'est mon goût. Dame,
ça s'explique : vous êtes des maigres, je suis un
gras!... Prenez garde, il y a une marche! Dites
donc, si vous vous faites foutre en prison, j'irai
vous porter des cigares et du bourgogne. Et vous
savez, je ne vous dis que ça!

Il se penche sur l'escalier et fait sonner, sur ses
cinq doigts en faisceau, un baiser plein de promesses.

Une tête d'apôtre : Pelletan [7].

Il a, en effet, prophétisé; c'est un bibliste de la
Révolution, un missionnaire barbu de la Propa-
gation de la Foi républicaine, qui a le poil, le regard,
l'allure d'un capucin ligueur. Il exorcisa, avec le
goupillon de Chabot, les insurgés de Juin, et les
excommunia, à travers les grilles du caveau des
Tuileries. De bonne foi, il les traita — le vision-
naire! — de scélérats et de vendus!

Que va-t-il répondre?

Pas grand-chose... Il en conférera avec ses collègues, lui aussi. Et il étend ses mains velues de
notre côté, comme pour la bénédiction.

— Amen! psalmodie Humbert en nasillant.

Notre tournée est finie.

Et Gambetta?

Gambetta a inventé une angine dont il joue
chaque fois qu'il y a péril à se prononcer.

Cette ficelle ne me va pas, je devine le pantin au bout. Mais ils risquent gros, ceux qui se moquent du Peuple. Ils ont d'abord des angines pour de rire, puis un jour arrive où on leur scie le cou pour de bon.

Jules Favre [8] a déchiré la sommation sans la lire, et a roulé sa grosse lèvre dans une moue de suprême dédain.

Millière a-t-il vu Thiers? Je ne sais. En tout cas, s'il l'a rencontré, il ne lui a pas renfoncé son chapeau gris sur les oreilles — bien sûr!

Bancel [9] était en province.
Viendront-ils?

Salle Biette, boulevard Clichy.

Ils sont venus.

Ils ont monté l'escalier branlant qui conduit à une salle aux murs tout nus, éclairée par des lampes qui fument, meublée, en guise de sièges, par de vieux bancs de classe disloqués.

Dans le fond, on a planté une table et quelques tabourets de paille, sur une estrade construite avec des madriers plâtreux.

C'est là que se tiendront les représentants, comme sur la sellette des assises; c'est de cette tribune mal équarrie que la conscience faubourienne, par la voix de quelques déclassés en paletot ou en cotte, dirigera l'accusation et convaincra le jury — un jury de cinq ou six cents hommes, dont le verdict n'aura point force de loi, mais n'en sera pas moins menaçant pour ceux qu'il aura frappés : le pouce du Peuple les marquera à l'épaule.

Je me trouve dans un groupe qui pérore et gesticule avec passion.

Il s'agit de choisir celui qu'on proposera à l'auditoire pour président.

Germain Casse [10] intrigue, supplie, va, vient — il
veut être en vue...

Millière, qui a mis son chapeau aux plus larges
ailes et pris sa figure de quaker, l'œil tendu et brûlant sous ses lunettes, la bouche crispée, la main
fiévreuse, réclame cette distinction comme un honneur dû à son passé, à son âge, et promet, en
mâchant les mots comme les Aïssaouas mâchent le
verre, d'être le Fouquier-Tinville de la soirée.

On décide que c'est son nom que l'on jettera à
la foule. Le mot d'ordre est donné aux chefs de
bancs, et il n'y a que Casse qui se plaigne et grogne,
et qui mordrait les mollets de Millière, s'il osait !
Mais un forgeron qui l'entend lui rebrousse le poil ;
il redevient couchant et va se pelotonner dans un
coin, la gueule méchante, mais la queue basse.

Les voilà !
Ferry, Simon, Bancel, Pelletan.

Un murmure. Ils doivent deviner, du coup, qu'ils
sont en plein camp ennemi. On se dérange à peine
pour leur livrer passage.

Comme ils sont loin des clairons et des officiers
qui font fanfare et cortège devant le président de
la Chambre, loin des huissiers en habit noir et à
chaîne d'argent !

Ici, il n'y a que des mal-vêtus. Dans le tas, les
députés de Paris peuvent reconnaître les socialistes
qui déjà ont entamé leur procès dans les réunions
publiques, et qui ruminent, pâles et résolus, les
réquisitoires qu'ils vont prononcer au nom du
peuple souverain !

— Millière, Millière!!

Il était prêt, et n'a qu'un pas à faire pour prendre place devant la table verte.

— Parlerez-vous, Vingtras?

— Non!

Je ne suis pas assez sûr de moi, et je n'ai point l'oreille du tribunal en blouse comme ceux qui sont allés, tous les soirs, causer avec lui dans les clubs nouveaux.

Si tout ce qu'il faut dire n'était pas dit, je me hasarderais peut-être! Mais tout sera dit.

Je le vois aux lueurs de quelques yeux; je le sens au frisson qui court dans la salle, je le lis sur le visage même des accusés. Ils sont graves, et échangent, à voix basse, des réflexions inquiètes.

— Citoyens, la séance est ouverte!

L'exécution va commencer! Briosne, prépare ta colère! Lefrançais, arme ton mépris! Ducasse, empoisonne ta langue!

XIV

Briosne [1] : un Christ qui louche — avec le chapeau de Barrabas ! Mais point résigné, s'arrachant
la lance du flanc, et se déchirant les mains à casser
les épines qui restent sur son front d'ancien supplicié
de ces calvaires qu'on nomme les Centrales.

Condamné pour société secrète à cinq ans, renvoyé quelques mois plus tôt parce qu'il crachait
le sang, rentré sans le sou dans Paris, n'ayant pu
cicatriser ses poumons — mais ayant l'âme de la
Révolution chevillée dans le corps !

Voix pénétrante, sortant d'un cœur meurtri
comme d'un violoncelle fêlé ; geste tragique : le
bras tendu comme pour un serment ; secoué parfois,
de la tête aux pieds, d'un frisson de pythonisse
antique ; et de ses yeux, qui ont l'air de trous faits
au couteau, crevant le plafond fumeux des salles
de club, comme un prédicateur chrétien crève, d'un
regard extasié, la voûte des cathédrales et va chercher le ciel.

Ayant trouvé le temps, entre ses maladies et ses
chômages, d'étudier les grands livres, il en a exprimé
le suc et mâché la moelle. Cela le soutient, comme du
sang de bœuf bu chaud à l'abattoir. Vivant de sa
passion — le cœur soutenant la poitrine ; ayant

même tiré de son mal une théorie qui, sans qu'il le
sache, est la fille de sa souffrance et fait peur sur
ses lèvres : « Le Capital mourrait si, tous les matins,
on ne graissait pas les rouages de ses machines avec
de l'huile d'homme. Il faut, à ces bêtes de fonte et
d'acier, le pansage et la poussée de l'ouvrier. »

A lui aussi, il faudrait le pansage de ses bronches,
qui suent rouge, et quelques gouttes de cette huile
qu'on appelle le vin dans sa charpente détraquée.

Il n'y faut point songer ! il mange à peine et boit
de l'eau. Il est feuillagiste, et le feuillage ne va
pas. La manipulation des outils de travail
achève de lui ronger ce qu'il a de vie — le poison
aide la famine.

Mais cet autre poison qu'on appelle le gaz, et
les émanations lourdes qui se dégagent des foules
entassées dans les locaux trop étroits, combattent
le mal par le mal. Il prend la fièvre là-dedans, et la
fièvre le galvanise, le relève, et l'emporte haut.

Après tout, il aura eu son comptant d'existence !
Il vit pendant trois heures, chaque soir, plus que
d'autres pendant une année — élargissant, de son
éloquence, le temps présent ; empiétant, par le rêve,
sur l'avenir ; jetant, ce malade, la santé de sa parole
à une légion d'ouvriers, aux épaules d'athlètes et
aux poitrines de fer, tout émus de voir ce prolé-
taire sans poumons se tuer à défendre leurs droits.

Briosne est toujours avec un camarade plus petit
que lui, vêtu d'une redingote à la proprio, et marchant lentement, la tête un peu de côté et un para-
pluie sous le bras.

Il ressemble — à s'y méprendre — à un homme
qui, en 1848, à Nantes, me frappa en plein cœur
par la hardiesse de son langage. Cette hardiesse-là

le chassait de la modeste situation où il gagnait de
quoi manger. L'autorité qu'il avait prise au club
humiliait et épouvantait ses patrons. On venait
de lui régler son compte, et il faisait ses adieux au
peuple avec simplicité et grandeur.

— Je ne puis plus rester parmi vous ; j'ai dans le
dos la croix des affamés. Je vais à Paris, où je trouverai peut-être à vendre mon temps contre un morceau de pain... où je trouverai aussi à donner ma vie,
moi pauvre, si elle peut boucher une brèche, un
matin de révolte.

Quelque temps après, on apprenait qu'il avait
fait le cadeau promis. On avait ramassé son cadavre,
étoilé de balles, au pied de la barricade du Petit-
Pont — tribune de pierre de ce socialiste acculé
dans la famine et s'échappant dans la mort.

Lefrançais [2] rappelle cet homme, avec son visage
jaune et pensif, troué de deux yeux profonds et
doux. On dirait, au premier abord, un résigné, un
chrétien. Mais le frémissement de la lèvre trahit
les ardeurs du convaincu, et le « prenant » de la voix
dénonce l'âme de ce porteur de riflard. La parole
jaillit, chaude et vibrante, dans un trémolo de
colère ; mais, de même qu'il a l'habit de tout le
monde et le chapeau plat, il a le geste simple. Sa
phrase ne flambe point — quoiqu'elle brûle !

Cette tête de rêveur ne s'agite pas sur le buste
chétif qu'elle surmonte, son poing fermé n'ébranle
pas le bois de la tribune, son geste ne boxe pas la
poitrine de l'ennemi.

Il s'appuie sur un livre, comme quand il était
instituteur et surveillait la classe.

Parfois même il semble, en commençant, faire la
leçon et tenir une férule ; mais, dès qu'il arrive aux
entrailles de la question, il oublie l'accent du magis-

ter et devient, soudain, un frappeur d'idées qui
fument sous son coup de marteau à grande volée.
Il cogne droit et profond! C'est le plus redoutable
des tribuns, parce qu'il est sobre, raisonneur... et
bilieux.

C'est la bile du peuple, de l'immense foule au
front terreux, qu'il a dans le sang, et qui jaunit ses
phrases pleines, et qui donne à ses improvisations
le ton des médailles de vieil or.

Portant la peine de cette jaunisse révolutionnaire,
ayant une sensibilité d'écorché, lui, l'avocat des
saignants! blessant les autres sans le vouloir, ce
blessé! mais plein d'honnêteté et de courage — et
sa vie parlant aussi haut que son éloquence en faveur
de ses convictions. Ce Lefrançais-là est le grand
orateur du parti socialiste.

Ducasse [3] — un écarquillé. Il écarquille ses yeux
tout ronds; il écarquille ses coudes pointus; il
écarquille ses jambes qui tricotent; il écarquille sa
bouche coupée en fente de tirelire, d'où s'échappe
une voix pointue et enchifrenée dont le son ne vous
égratigne pas seulement le tympan, mais la peau.

— Tu ressembles à un chat jaune qui c... dans
de la braise, lui a dit Dacosta [4].

Il ressemble aussi à un chat qui fait grincer ses
griffes après les vitres d'une chambre où on l'a
oublié trois jours, et où il a maigri de famine et de
rage.

C'est bien la double physionomie de ce garçon à
cheveux carotte, qui joue les Marat avec les mines
ahuries de Lassouche, qui prêche la guillotine avec
des gestes de marionnette, qui prend l'accent de
Grassot [5] pour parler « des immortels principes »
et qui dit *Gnouf! Gnouf!* entre deux tirades sur la
Convention.

Sec comme un cent de clous, les bras comme des allumettes, les tibias comme des fuseaux, les jointures en fil de fer, et grimaçant et claquant comme un lot de pantins de bois à la porte d'un bazar. Drôle à tuer, dans ce rôle de bouffon féroce, devant la table du café où il entasse des bocks que le comptoir n'a pu défendre contre ses demandes comiques et menaçantes!

— Si tu mets un faux col, je te mettrai une cravate de chanvre. Si tu n'en apportes pas deux autres, pour moi et la citoyenne — bien tirés! — on te coupe le cou à *la Prochaine.* Arrose le peuple et dépêche-toi!

Le pauvre cafetier se dépêche, en se passant instinctivement le revers de la main sur la nuque.

Gnouf! Gnouf!

Mais, en public, Gnouf-Gnouf arrive avec une tête de décapité parlant. Il monte gravement les marches de l'estrade, riboulant des prunelles, fronçant le sourcil, les trois poils safran de sa barbiche tombant en garde, serré dans une redingote qui l'étrique et dont ses os crèvent le drap, avec un pantalon en amadou brûlé, dont les mollets tirebouchonnent sur des bottines de femme en coutil gris. Son pied de fœtus danse encore là-dedans — tant les orteils en sont menus et décharnés!

Il serre contre ses côtes un portefeuille qui rappelle celui d'un huissier ou d'un professeur de collège communal. L'usure y a plaqué des gales blanches sur la peau noire, mais, tout de même, le peuple regarde cette serviette avec respect.

Il semble qu'il y ait là-dedans les cahiers de la Révolution, la contrainte à délivrer aux riches, l'arrêt de mort des accapareurs, l'affiche à coller sur la porte du Comité de salut public.

Ce portefeuille le fait passer pour un bûcheur austère, absorbé par son travail de bénédictin socialiste ou de terroriste méthodique. Aussi, quand il a planté son petit corps devant la tribune et ouvert cette chemise de cuir lentement, lentement, pour y prendre quelque note qu'il lit comme un prêtre nasille le verset de l'Évangile sur lequel il va gloser, l'assistance fait « Chut! ». On se mouche comme à l'église avant que le sermon commence, et les durs-à-cuire, ceux qui ont pour opinion « qu'il faut que ce soit comme en 93 », écoutent religieusement, tout en regardant de travers les voisins suspects de modérantisme.

— Ce n'est pas lui qui hésiterait à faire tomber les têtes!

C'est dit pour moi, cela... pour moi qui hésiterais, paraît-il. J'ai, à la salle Desnoyers, la réputation d'un homme qui ne ferait pas « comme nos pères », qui reculerait devant les grands moyens, qui, au troisième tombereau, dirait à l'exécuteur d'aller casser une croûte et boire une chopine.

Mais Ducasse ferait « comme nos pères », lui, et apporterait en personne le déjeuner sur l'échafaud, pour qu'il n'y eût pas de temps perdu.

— Oui, citoyens, je n'aurai vraiment rempli mes devoirs civiques, je ne me croirai digne de mon titre auguste de révolutionnaire que le jour où j'aurai, de ma propre main, fait faire *couic* à un aristocrate.

Et il fait *couic*, d'abord avec un geste de polichinelle rigoleur — le peuple aime la grimace burlesque et hardie — puis avec la majesté d'un tueur de Stuart ou de Capet, qui tire son épée au clair, l'abat sur un cou royal, et fait sauter une tête jusqu'alors inviolable et sacrée.

Il lichotte le couteau de la guillotine avec sa langue; il en repasse le fil contre l'eustache d'une éloquence sanguinaire et farceuse; il se pend, en riant, à la ficelle, comme un singe s'accrochant par la queue au cordon de sonnette du bourreau.

11 heures du soir.

Oui, certes, tout ce qu'il fallait dire a été dit! Je viens de sentir qu'il était un parti inconnu qui minait le sol sous les pas de la République bourgeoise, et j'ai deviné la tempête prochaine. Des mots irréparables ont flamboyé, sous le plafond, comme des éclairs de chaleur courent dans un ciel qui va se fendre.

Et les députés de Paris ont quitté la salle, diminués et meurtris, blêmes devant l'agonie de leur popularité.

XV

Nous sommes à la Bibliothèque Richelieu.

— Mince de rigolade! on dit que Pierre Bonaparte vient d'assassiner son tailleur!

Celui qui parle a des lunettes, le nez long, une
barbe épaisse, la bouche moqueuse, la voix éraillée :
il s'appelle Rigault [1].

— Chouette! chouette! un Bonaparte au bloc
et les tailleurs n'osant plus réclamer leur *bedide
node!* Mais pas de blague! il faut savoir si c'est sûr,
et faire du boucan!

— Qui t'a donné la nouvelle?

— Un ancien mouchard dégommé qui fournit
de notes, Machin, tu sais, celui qui a la commande
d'un livre contre la Préfecture. Viens-tu à *La
Marseillaise?*

— Au galop!

En route, des camarades nous accostent.

— Ce n'est pas un fournisseur qui a été tué...
C'est un de chez vous...

— Un du journal?

— Oui, tué raide! Allons ensemble rue d'Abou-
kir.

— Dis donc, Vingtras, c'est malheureux pour le

copain, mais, nom de Dieu! comme c'est bon pour
la Sociale!

Ce sera bon. C'est bien un copain qui a étrenné.
C'est Victor Noir [2].

— Oui, il paraît que l'autre gredin lui a flanqué
une balle dans la poitrine; mais on dit qu'il n'est
pas mort.

— Pas mort!... Qui est-ce qui m'accompagne?

— Où donc?

— Chez le Bonaparte!... A Auteuil, à Passy, je
ne sais trop... enfin, où est allé Noir ce matin...
Habeneck, donnez-nous cent francs.

— Ce n'est pas seulement des sous qu'il faut,
mais des armes! crient Humbert et Maroteau.

Habeneck, le secrétaire de rédaction, n'est que
médiocrement rassuré.

— Tenez? voilà cinquante francs. Prenez un
fiacre, courez là-bas... mais pourquoi des armes?
C'est bien assez d'une victime. Vous pouvez tout
perdre, compromettre la situation... Laissez l'assassinat sur les bras de l'assassin!

— Faut-il aussi lui laisser l'assassiné?

— Les voyageurs pour Auteuil, en voiture!

Nous sommes riches: cinquante balles en argent,
dix en plomb.

Le sapin roule cahin-caha. Le soir descend; il fait
frais sur les quais.

— Où m'avez-vous dit d'arrêter? demande le
cocher qui ne se souvient plus et fouille d'un œil
inquiet la tristesse du chemin.

Nous avions donné une adresse banale, désigné
un but quelconque.

— On vous indiquera quand vous rentrerez dans
le pays.

Nous y sommes.

Nulle trace de drame! Nous abordons les rares passants, un à un. Ils ne savent rien.

— Où est la maison du prince Pierre?...

— Ici!... Non!... Plus loin!...

Mais voilà une lanterne rouge : un commissariat.

Ni une, ni deux, allons-y!

— Monsieur, nous sommes rédacteurs de la *Marseillaise*. On dit que M. Victor Noir...

— Est blessé... Oui, monsieur.

— Grièvement blessé?...

Il fait un geste navré et disparaît.

C'est chez son frère [3] que Noir a été porté, dans une rue de Neuilly, calme, muette, où quelques arbres dressent leurs branches noires et nues, au-dessus de maisons neuves qui respirent la tranquillité et sentent le plâtre.

— Passage Masséna : c'est ici!

L'aîné vient à nous. Nos yeux l'interrogent, son silence nous répond.

Sans mot dire, il nous conduit dans une chambre qu'envahit l'ombre, et nous met en présence du mort.

Il est étendu sur le lit non défait, le visage presque souriant. Il a l'aspect d'un énorme poupon qui dort [4]; l'air aussi, avec ses mains encore gantées de chevreau noir, d'un garçon d'honneur monté pour faire la sieste, tandis que la noce s'amuse au jardin.

La taille est prise dans un pantalon de casimir qu'il avait acheté à la Belle Jardinière — le faraud! — pour les grandes cérémonies; et le plastron de sa chemise colle sur son large torse, sans une cassure, mais moucheté dans un coin d'une tache

bleue. C'est la balle qui a fait cette tache-là en
entrant dans le cœur.

— Il n'a pas eu l'agonie terrible?
— Non, mais il faut lui faire de terribles funérailles.

Et les mots de sortir, pressés et brûlants, de nos
lèvres sèches d'angoisse.

— Si nous l'emportions?... Ce sera le pendant
de Février!... On l'assoira sur un tombereau comme
les fusillés du boulevard des Capucines et on criera
aux armes le long des rues!...

— Ça y est!

Les voix sont étranglées, mais l'accent résolu.

— Le cocher voudra-t-il recevoir le cadavre?...

— Il n'y verra que du feu; remettons-lui sa
redingote sur le dos, descendons-le comme un
malade; on lui plantera, au bas de l'escalier, son
chapeau sur la tête et on le tassera dans le fiacre...

Louis même n'hésite pas, il nous livrera son cadet.

Mais un effroi nous prend.

— Nous ne pouvons pourtant pas, à nous quatre,
engager le peuple!

Et, pour le malheur de la Révolution, nous
avons été modestes — ou lâches! Nous avons
abandonné notre atout; nous n'avons pas osé
risquer le coup sur cet enjeu sanglant.

On a repris le chemin de la ville.

Il ne faisait plus clair et quand nous nous re-
tournâmes pour regarder encore, à travers la
portière, le pavillon où gisait notre ami, il nous
sembla le voir, accoudé à la fenêtre et nous fixant
de ses yeux agrandis.

C'était son frère qui exposait au vent du soir
son front moite et ses paupières rougies.

Nous avions la gorge serrée. Ils se ressemblaient comme deux gouttes de sang.

A la *Marseillaise.*

Paris connaît le crime!

Au journal, les rédacteurs sont en permanence et, de tous côtés, accourent les républicains.

Fonvielle [5] arrive, le pardessus troué — une balle lui a fait une boutonnière neuve. Il dit ce qu'il a vu : le pistolet tiré de la poche, Noir visé, atteint et fuyant, son chapeau rivé à ses doigts crispés, la mort dans la poitrine!

— Et vous? nous demande-t-on.

Nous contons notre voyage, l'idée qui nous est venue.

— Mais où l'aurait-on mis?

— Ici!... — Dans un faubourg!... — Chez Rochefort! Son domicile est inviolable!

Cette thèse est défendue avec passion.

— En tant que député, il a le droit de faire repousser, à coups d'épée et à coups de fusil, ceux qui franchiraient son seuil. Et qui sait? La rue de Provence n'est pas si loin des Tuileries!...

Je voudrais, moi, que ce fût sur notre table de travail même que l'on étendît Victor Noir, cette nuit, comme sur une dalle de la Morgue, et que ceux qui sont les favoris de la foule, en paletot ou en bourgeron, montassent la garde autour de l'assassiné!

— Il faudrait l'avoir, pour ça!

— Allons le chercher!

Mais le mot des révolutions est jeté : *Il est trop tard!*

La maison de là-bas doit être surveillée et cernée maintenant.

Journalistes que nous avons été!

Et cependant la partie se présentait si belle! Est-ce que, dans la guerre civile, il faut laisser geler l'audace! Qui est prêt à jouer carrément sa vie n'a-t-il pas le droit de construire sa barricade à sa façon, et de la faire commander par un cadavre — si un tué fait plus peur qu'un vivant!

Il avait justement une taille de géant, et une tête si grosse qu'il aurait fallu vingt décharges avant qu'elle fût émiettée sur ses épaules d'hercule.

En attendant, Paris s'agite. Il y a une réunion à Belleville. Dans la grande salle des Folies [6], le peuple s'entasse, frémissant.

Au-dessus du bureau, un voile funèbre, et, à l'ombre de cette guenille, les explosions de fureur contre le meurtrier et le rendez-vous de combat pris autour du cercueil.

— *Il faut en finir!*

Encore une phrase qui fut lancée, jadis, aux heures tragiques, une parole ramassée dans le lointain de l'histoire, qui sort du cimetière des insurgés d'autrefois, pour devenir la devise des insurgés de demain.

Des femmes partout. — Grand signe!

Quand les femmes s'en mêlent, quand la ménagère pousse son homme, quand elle arrache le drapeau noir qui flotte sur la marmite pour le planter entre deux pavés, c'est que le soleil se lèvera sur une ville en révolte [7].

12 janvier.

On doit se retrouver à l'enterrement.

Mais il aurait fallu que le convoi partît de la *Marseillaise*; que le ralliement eût lieu dans la rue du journal; que le quartier en émoi fût envahi par les manifestants irrités, et qu'on attendît d'être des milliers pour se mettre en route!

Qui sait si cette trombe humaine n'aurait pas entraîné les régiments et l'artillerie, noyé la soute aux poudres de l'Empire et emporté, comme charognes, les Napoléon?

Peut-être bien!

Sous l'Odéon.

C'est Rigault qui commande la manœuvre; comme un sergent qui gourmande des recrues, comme un chien de berger qui harcèle un troupeau, il aligne les uns et aboie après les autres.

— Quatre par quatre, en serre-file. A votre rang, nom de Dieu!...

Des mots graves :

— Ceux qui ont des pistolets, en tête!

Des mots drôles :

— Les taffeurs [8] au centre!

A la queue ceux qui n'ont que des bistouris, des compas, des eustaches à virole qui, d'ailleurs, feraient d'épouvantables blessures — tronçons d'acier ou de fer cachés sous des vestes d'ouvriers... car il y a des ouvriers plein cette colonne du Quartier latin.

Ils ont été voisins et sont devenus camarades des étudiants dans le complot de la *Renaissance* ou autre conspiration avortée et poursuivie. Ils ont fait partie des comités socialistes avec les partisans des candidatures Rochefort et Cantagrel. On a bu des glorias ensemble, les jours d'élection, on a mangé, au même moment, la boule de son de Mazas.

Rigault est plus sûr de ces gars d'atelier que des

garçons des Écoles; voilà pourquoi il les a mis à
l'arrière-garde. Ils piqueront le centre aux reins
pour le faire avancer; ils le larderont s'il essaie de
fuir.

Il me conte cela en prisant, prisant toujours,
le menton souillé, le gilet sali, les narines grillées,
mais avec quelque chose de fier dans le front et
le regard.

Il fait grincer sa tabatière, à la Robert-Macaire;
il me fait aussi — le mâtin — songer à Napoléon,
pinçant son tabac dans son gousset, tout en dictant
le plan de bataille.

Il n'y a pas à barguigner, il a du chien!

Quand il dit à son revolver en le caressant,
comme on tapote la joue d'un môme : « Do, do,
l'enfant do ! » pour ajouter ensuite, en le menaçant
gaiement du doigt : « Faudra voir à te réveiller,
moucheron ! et à péter sur les cipaux », cela rassure
le centre, qui ne croit pas qu'on blague ainsi quand
on doit y aller pour tout de bon.

Et cela ne déplaît point aux résolus qui sentent
que ce gavroche à lunettes et à barbe crachera des
balles aussi bien que des ordures au nez des soldats,
et qu'il leur offrira sa poitrine comme il leur mon-
trerait son derrière — héroïque ou ignoble suivant
que la situation sera tragique ou bouffonne.

En route.

— En avant !

Ce sont cinq ou six porte-lorgnons qui se sont
mis au premier rang, jeunes gens à l'air réfléchi.

Rigault est le seul évaporé de la bande, et encore
aurait-il la mine sérieuse s'il ne hérissait pas exprès
son poil, s'il n'avait pas éraillé et *hiroutisé* sa voix,

et adopté, pour traduire son opinion sur le clergé,
l'aristocratie, la magistrature, l'armée, la Sorbonne,
le geste du toutou qui, la patte en l'air, déshonore
les monuments.

Breuillé [9], Granger [10], Dacosta, eux, ressemblent
à des professeurs de sciences dont les yeux se sont
brûlés sur les livres.

Les traditionnels de la colonne se demandent
pourquoi ces binoclards « s'érigent en chefs ? »

Ils ne rappellent ni Saint-Just, ni Desmoulins,
ni les Montagnards, ni les Girondins! Avec cela,
on les entend qui traitent de sots et de traîtres les
députassiers de la Gauche!

De qui relèvent-ils ?... Ce sont les hommes de
Blanqui.

De tous côtés, par petits groupes, ou en bataillon
comme nous, Paris monte vers Neuilly. On marche
au pas dès qu'on est cent, on se donne le bras dès
qu'on est quatre.

Ce sont des morceaux d'armée qui se cherchent,
des lambeaux de République qui se sont recollés
dans le sang du mort. C'est la bête que Prudhomme
appelle l'hydre de l'anarchie qui sort ses mille têtes,
liées au tronc d'une même idée, avec des braises de
colère luisant au fond des orbites.

Les langues ne sifflent pas; le chiffon rouge ne
remue guère. On n'a rien à se dire, car on sait ce
qu'on veut.

Les cœurs sont gonflés d'un espoir de lutte —
les poches sont gonflées aussi.

Si l'on fouillait cette cohue, on trouverait sur
elle tout l'attirail des établis, toute la ferraille
des cuisines : le couteau, le foret, le tranchet, la
lime, coiffés d'un bouchon, mais prêts à sortir du

liège pour piquer la chair des mouchards. Que
l'on en découvre un... on le saigne !

Et gare aux sergots ! S'ils dégainent, on ébréchera
les outils de travail contre les outils de tuerie !

Les oisifs aussi ont leur affaire ; des crosses de
pistolets riches suent sous des mains fiévreuses et
gantées.

Parfois, un de ces museaux affilés en dague,
la gueule d'un de ces revolvers sort d'un paletot
ou d'une redingote mal fermée. Mais personne
n'y prend garde. Au contraire, on indique, avec
un sourire orgueilleux, que soi aussi l'on est en
mesure, et en goût, de répoudre à la police —
même à la troupe.

Muette la police ! invisible la troupe !

C'est bien là ce qui me fait réfléchir ! Qui sait
si, tout à l'heure, nous ne serons pas pris en écharpe
par une fusillade partie d'une maison aux portes
closes, aux volets fermés, dès le premier cri contre
l'Empire que jettera un ardent ou un vendu !

— Mais tant mieux ! me dit un voisin à masque
de carbonaro. La bourgeoisie est sortie de ses
boutiques, s'est jointe au peuple. La voilà notre
prisonnière, et nous la retiendrons devant la bouche
des canons jusqu'à ce qu'elle soit étripée comme
nous. C'est elle, alors, qui hurlera de douleur et
donnera, la première, le signal de l'insurrection.
A nous d'escamoter le mouvement et de mitrailler
toute la bande : bourgeois et bonapartistes mêlés !

Une figure grave s'est tournée vers nous, une
main ridée s'est posée sur mon bras. C'est Mabille,
qui vient d'arriver, juste à temps pour entendre la
théorie de l'algébriste du massacre et qui, de sa face
grise, approuve.

Je lui demande s'il est armé.

— Non. Il vaut bien mieux qu'on m'assassine sans que j'aie de quoi me défendre. Les sentimentalistes feront des phrases sur le vieillard sans armes, tué par des soldats ivres! Ce sera bon, croyez-moi!... Ah! si le sang pouvait couler! a-t-il conclu, avec de la douceur plein ses yeux bleus.

— Nous n'avons qu'à tirer les premiers.

— Non! non! Il faut que ce soient les chassepots qui commencent.

Passage Masséna.

Rigault, moi, quelques autres, nous avons fait trou dans la multitude, qui s'est ouverte devant nous.

Elle n'y met pas d'orgueil et ne se plaint pas d'être dépassée. Aux heures de décision suprême, elle aime à voir marcher en avant d'elle, écriteaux vivants, les personnalités connues qui portent un programme attaché, comme une enseigne, entre les syllabes de leur nom.

Que se passe-t-il?

Un colosse, debout sur une chaise de paille, défend, de sa parole et de ses poings, la grille du passage contre l'avant-garde du cortège.

C'est l'aîné, celui qui, l'autre soir, consentait à livrer son frère tout chaud pour chauffer l'insurrection.

Il s'est refroidi en même temps que le cadavre.

Et aujourd'hui il refuse le cercueil à Flourens [11] qui, pâle et la flamme aux yeux, le réquisitionne pour le service de la Révolution et veut que le convoi traverse tout Paris — parce qu'avec le timon du corbillard on pourra battre en brèche,

comme avec un bélier à tête de mort, les murailles
des Tuileries.

Elles peuvent s'écrouler avant la nuit si l'on
empoigne l'occasion, si l'on retourne, du côté du
Père-Lachaise, la bride des chevaux tournée du
côté du cimetière de Neuilly.

— Monsieur Vingtras, croyez-vous que l'on va
se battre ?

Je ne connais pas celui qui m'interpelle.

Il se nomme.

— Je suis Charles Hugo [12]... Vous êtes mal avec
mon père (question d'école !) mais vous me semblez
bien avec les énergiques d'ici. Pourriez-vous me
rendre un service de confrère et me placer aux premières loges ? Cela ne vous sera pas difficile, vous
commandez un peu tout ce monde...

— Personne ne commande, détrompez-vous !
Pas même Rochefort et Delescluze [13], qui seront
peut-être débordés tout à l'heure, si dans un
discours d'orateur de borne passe un éclair qui
éblouisse, ou seulement, si dans ce ciel nuageux
luit, à l'improviste, une reflambée de soleil !... Enfin,
je vais voir.

Voir qui, voir quoi ?

— Etes-vous pour Paris ou pour Neuilly ? me
demande, la fièvre dans le regard et dans la voix,
Briosne, qui me prend au collet.

— Je suis pour ce que le peuple voudra.

                                Avenue de Neuilly.

Le peuple n'a pas voulu la bataille, malgré
les supplications désespérées de Flourens, malgré
l'entêtement de quelques héroïques qui essayèrent
de le prendre aux entrailles et saisirent les rosses
aux naseaux.

— Là rédaction de *La Rue* en tête! ont crié, deux ou trois fois, des pelotons révolutionnaires.

— Ne conduisez pas ces gens à la tuerie, Vingtras!

Croyez-vous donc que l'on conduise personne à la tuerie, pas plus qu'on n'impose à des foules la sagesse ou la lâcheté?

Elles portent en elles leur volonté sourde, et toutes les harangues du monde n'y font rien!

On dit que lorsque les chefs prêchent l'insurrection, elle éclate.

Ce n'est pas vrai!

Deux cent mille hommes qui ont au ventre la fringale de la bataille n'ont pas d'oreilles pour les capitaines qui leur disent : « Ne vous battez pas! » Ils passent par-dessus le corps des officiers, si les officiers se mettent en travers, et sur leur carcasse brisée montent à l'assaut!

Mabille, seul, avait raison. Si les chassepots faisaient merveille sans provocation, si un ordre insensé amenait un régiment et une fusillade autour de cette maison, ah! les tribuns populaires n'auraient qu'un mot à dire, un geste à faire, et le drapeau de la République surgirait d'entre les pavés, quitte à être effiloché par les boulets sur des milliers de cadavres!

Mais ni chez le peuple, ni chez ceux de l'Empire il n'y a l'envie sincère de se rencontrer et d'en venir aux mains sur la tombe d'un petit journaliste assassiné — terrain mauvais pour la victoire des soldats, trop étroit pour la mise en ligne de l'idée sociale.

A un moment, on est venu me prendre dans mon groupe.

— Rochefort est en train de s'évanouir. Allez
voir ce qu'il devient... lui arracher le dernier mot
d'ordre.

Je l'ai trouvé, pâle comme un mort, assis dans
l'arrière-boutique d'un épicier.

— Pas à Paris! a-t-il dit en frissonnant.

Au-dehors, on attendait sa réponse. Je me suis
juché sur un tabouret et je l'ai donnée, telle quelle.

— Mais vous! m'a crié Flourens, vous, Vingtras,
n'êtes-vous pas avec nous?

Il nous rattrape à l'instant, débraillé, l'œil
en feu, beau de douleur, ma foi, et s'est pour ainsi
dire jeté sur moi.

— Pas avec vous? Je suis avec vous si la foule
y est.

— Elle s'est décidée!... voyez le corbillard, il
marche vers nous.

— Eh bien, marchons vers lui.

— A la bonne heure! merci, et en avant!

Flourens me serre la main et nous dépasse. Il
a la foi et la force d'un saint. Il écarte la cohue de
ses maigres épaules et la fend, comme un nageur
qui court à un sauvetage fend l'Océan.

Mais en arrière, tout d'un coup, une rumeur,
des cris...

C'est Rochefort qui nous rejoint en voiture.
Qu'y a-t-il?

Une idée vient d'être jetée dans l'air.

— Au Corps législatif!

Je saute là-dessus, Rochefort aussi.

— Au Corps législatif! C'est dit.

Et le fiacre, qui allait vers le cimetière, fait
volte-face et roule vers Paris.

J'ai pris place aux côtés de Rochefort, Grousset [14] également ; et nous voilà muets et songeurs, traînés Dieu sait où !

Pour mon compte, je me dis tout bas que si l'on nous laisse arriver jusqu'à la Chambre, elle sera envahie, que nous allons assister à un 15 Mai accompli par deux cent mille hommes — dont un quart de bourgeois.

Car ils sont deux cent mille !

Quand nous mettons la tête à la portière, nous apercevons la chaussée débordante et houleuse, comme le lit d'une rivière envahi par un torrent.

On cache encore les pistolets et les couteaux, mais on a tiré des poitrines l'arme de la *Marseillaise*.

La terre tremble sous les pieds de cette multitude qui a l'air de marcher au pas, et le refrain de l'hymne va battre le ciel de son aile.

— Halte-là !

La troupe nous barre la route.

Rochefort descend :

— Je suis député et j'ai le droit de passer.

— Vous ne passerez pas !

Je regarde en arrière. Sur toute la longueur de l'avenue, le cortège s'est égrené, cassé. Il se faisait tard, on était las, on avait chanté...

La journée est finie.

Un petit vieux trottine près de moi, seul, tout seul, mais suivi, je le vois, par le regard d'une bande au milieu de laquelle je reconnais des amis de Blanqui.

C'est lui, l'homme qui longe cette muraille, après avoir rôdé tout le jour sur les flancs du volcan, regardant si, au-dessus de la foule, ne jaillissait pas une flamme qui serait le premier flamboiement du drapeau rouge.

Cet isolé, ce petit vieux, c'est Blanqui [15]!

— Que faites-vous donc là ?

J'étais resté cloué sur place, stupéfait de voir soudain ce calme et ce vide.

— Vous allez vous faire empoigner! m'a dit le peintre Lançon [16] en m'entraînant.

Dans les flaques d'eau qu'avait faites la pluie sur la place, nous avons trouvé des camarades éreintés et crottés.

On a dîné ensemble chez le mastroquet.

Quelques-uns ont reçu le conseil de ne pas coucher à domicile.

L'artiste m'a pris et emmené chez lui.

Mais ils n'ont osé arrêter personne, trop heureux qu'hier il n'y ait pas eu de grabuge.

Mauvais signe pour l'Empire! A défaut de soldats, il n'a pas lancé de mouchards. Il hésite, il attend — ses jours sont comptés! Il a sa balle au cœur comme Victor Noir [17]!

15 juillet.

Gare au bouillon rouge!

Ils en ont besoin, ils *la* veulent! La misère les déborde, le socialisme les envahit.

Sur les bords de la Sprée aussi bien que sur les rives de la Seine, le peuple souffre. Mais, cette fois, sa souffrance a des avocats en blouse, et il n'est que temps de faire une saignée, pour que la sève de la force nouvelle s'échappe par l'entaille, pour que l'exubérance des foules se perde au bruit du canon, comme le fluide qui tue va mourir dans la terre au bruit de la foudre.

On sera vainqueur ou vaincu, mais le courant populaire aura été déchiqueté par les baïonnettes en ligne, brisé par le zigzag des succès et des défaites!

Ainsi pensent les pasteurs de la bourgeoisie française ou allemande, qui voient de haut et de loin.

D'ailleurs, les pantalons garance et les culottes courtes de Compiègne ne doutent pas de la marche triomphale des régiments français à travers l'Allemagne conquise.

A Berlin! A Berlin!

J'ai failli être assassiné, au coin d'une rue, par une poignée de belliqueux devant lesquels j'avais hurlé mon horreur de la guerre. Ils m'appelaient

Prussien et m'auraient probablement écharpé si
je ne leur avais jeté mon nom.

Alors ils m'ont lâché... en grognant.

— Ça n'en est pas un, mais il n'en vaut guère
mieux ! Ça ne croit pas à la Patrie, les frères et amis,
et ils s'en fichent bien que les cabinets de l'Europe
nous insultent !

Je crois que je m'en fiche, en effet.

Tous les soirs, ce sont des disputes qui finiraient
par des duels, si ceux-là mêmes qui s'acharnent
contre moi ne disaient pas qu'on doit garder sa
peau pour l'ennemi.

Et les plus chauvins dans la querelle sont souvent
des avancés, des barbes de 48, d'anciens combattants, qui me jettent à la tête l'épopée des quatorze
armées, de la garnison de Mayence [1], des volontaires
de Sambre-et-Meuse et de la 32e demi-brigade ! Ils
me lapident avec les sabots du bataillon de la
Moselle ; ils me fourrent dans l'œil le doigt de Car-
not et le panache de Kléber !

Nous avons pris des bandes de toile, sur lesquelles
on a écrit avec une cheville de bois trempée dans
une écuellée d'encre : « Vive la paix ! » et nous avons
promené cela à travers Paris.

Les passants se sont rués sur nous.

Il y avait des gens de police parmi les agresseurs,
mais ils n'avaient pas eu à donner le signal. Il leur
suffisait de suivre la fureur publique et de choisir
alors, dans le tas, ceux qu'ils reconnaissaient pour
les avoir vus dans les complots, aux réunions, le
jour de la manifestation Baudin ou de l'enterrement
de Victor Noir. Sitôt l'homme désigné, la canne
plombée et le casse-tête s'en payaient ! Bauër [2] a
failli être assommé, un autre jeté au canal !

Il me prend parfois des repentirs lâches, des remords criminels.

Oui, il m'arrive au cœur des bouffées de regret — le regret de ma jeunesse sacrifiée, de ma vie livrée à la famine, de mon orgueil livré aux chiens, de mon avenir gâché pour une foule qui me semblait avoir une âme, et à qui je voulais faire, un jour, honneur de toute ma force douloureusement amassée.

Et voilà que c'est sur les talons des soldats qu'elle marche à présent, cette foule! Elle emboîte le pas aux régiments, elle acclame des colonels dont les épaulettes sont encore grasses du sang de Décembre — et elle crie « A mort! » contre nous qui voulons boucher avec de la charpie le pavillon des clairons!

Oh! c'est la plus grande désillusion de ma vie.

A travers mes hontes et mes déceptions, j'avais gardé l'espoir que la place publique me vengerait un matin... Sur cette place publique, on vient de me rosser comme plâtre; j'ai les reins moulus et le cœur las!

Si demain un bâtiment voulait me prendre et m'emporter au bout du monde, je partirais — déserteur par dégoût, réfractaire pour tout de bon!

— Mais vous n'entendez donc pas la *Marseillaise* [3]?

Elle me fait horreur, votre *Marseillaise* de maintenant! Elle est devenue un cantique d'État. Elle n'entraîne point des volontaires, elle mène des troupeaux. Ce n'est pas le tocsin sonné par le véritable enthousiasme, c'est le tintement de la cloche au cou des bestiaux.

Quel est le coq qui précède de son cocorico clair les régiments qui s'ébranlent? Quelle pensée fris-

sonne dans les plis des drapeaux ? En 93, les
baïonnettes sortirent de terre avec une idée au
bout — comme un gros pain !

          Le jour de gloire est arrivé ! ! !

Oui, vous verrez ça !

                              Place du Palais-Bourbon.

Nous sommes devant le Corps législatif, tous les
trois, Theisz [4], Avrial [5] et moi, le jour de la déclaration.
    Il fait grand soleil, de jolies femmes apparaissent
en fraîches toilettes, avec des fleurs au corsage.
    Le ministre de la Guerre, ou quelque autre, vient
d'arriver tout fringant, dans une voiture à caisse
neuve, traînée par des chevaux au mors d'argent.
    On dirait une fête de la Haute, une cérémonie
de gala, un *Te Deum* à Notre-Dame ; il flotte dans
l'air un parfum de veloutine et de gardénia.
    Rien ne dénote l'émotion et la crainte qui doivent
tordre les cœurs quand on annonce que la patrie
va tirer l'épée.

Des vivats ! des cris !...
Le sort en est jeté — ils ont passé le Rubicon !

                                        6 heures.

Nous avons traversé les Tuileries, silencieux,
désespérés.
    Le sang m'était sauté à la face et menaçait de
m'envahir le cerveau. Mais non ! ce sang que je
dois à la France est sorti bêtement par le nez.
Hélas ! je vole mon pays, je lui fais tort de tout ce
qui coule, coule et coule encore !

J'ai le museau et les doigts tout rouges, mon mouchoir a l'air d'avoir servi à une amputation, et les passants, qui reviennent enthousiastes du Palais-Bourbon, s'écartent avec un mouvement de dégoût. Ce sont les mêmes, pourtant, qui ont applaudi le vote par lequel la nation est condamnée à saigner par tous les pores.

Mon pif en tomate les gêne!... Bande de fous! Viande à mitraille!

« Il devrait cacher ses mains! » fait, avec une moue de répugnance, un barbu qui tout à l'heure criait à tue-tête.

Je me suis débarbouillé dans le bassin.

Mais les mères s'en sont mêlées.

— Est-ce qu'il a le droit de faire peur aux cygnes et aux enfants? ont-elles dit, en rappelant leurs bébés dont trois ou quatre étaient harnachés en zouaves.

Croix de Genève.

Tous les journalistes sont en l'air. C'est à qui ira à l'armée.

On a organisé un bataillon d'ambulanciers. Ceux qui ont été, rien qu'un quart d'heure, étudiants en médecine, qui ont quelque vieille inscription dans leur poche de bohème, s'adressent à une espèce de docteur philanthrope qui met la chirurgie à la sauce genevoise. Il a inventé un costume de chasseur noir, de touriste en deuil, sous lequel les enrôlés prennent des airs religieux ou funèbres.

Je viens de les voir sortir du Palais de l'Industrie. Le sergent, marchant en tête, est le secrétaire de rédaction de la *Marseillaise* — celui-là même qui voulait bien nous accorder quelques sous, mais nous refusait des pistolets, le jour de l'assassinat

de Victor Noir — un brave garçon, belliqueux
comme un paon, qui fait la roue avec un harnache-
ment de tous les diables en éventail sur le dos.

Dans ces équipes d'infirmiers qui viennent de
partir du pied gauche pour les champs de bataille,
bien des dévoués, mais aussi que de romantiques
et de cabotins!

Les jardins et les squares sont couverts de pelotons d'hommes vêtus moitié en civils, moitié en
militaires, qu'on fait courir, piétiner, former le
carré, former le cercle...

— Contre la cavalerie, croisez! En garde contre
l'infanterie! A cinq pas, prenez vos intervalles!...
Rentrez donc les coudes!... Le 9, vous sortez des
rangs!... Gauche, droite! Gauche, droite!

Et les coudes rentrent, et le 9 renfonce sa bedaine!
Gauche, droite! Gauche, droite!

Et après?

Croyez-vous que l'on garde ainsi les distances,
qu'on manœuvre la baïonnette avec ce geste de
métronome, quand on se trouve au fort des mêlées,
dans le pré, le champ ou le cimetière, où l'on rencontre l'ennemi tout d'un coup?

Chaque jour, des détachements prennent le chemin des gares, mais c'est plutôt une cohue qui se
débande que des régiments qui défilent! Ils roulent
en flots grossiers, avec des bouteilles en travers de
leur sac.

Et moi je sens, à l'hésitation de mon cœur, que la
défaite est en croupe sur les chevaux des cavaliers, et je n'augure rien de bon de tous ces bidons
et de ces marmites que j'ai vus sur le dos des
fantassins.

Ils s'en vont là comme à la soupe... J'ai idée qu'il

y pleuvra des obus, dans cette soupe, pendant qu'on
pèlera les pommes de terre et qu'on épluchera les
oignons.

Ils feront pleurer, ces oignons-là !

Personne ne m'écoute.

C'est la même chose qu'en Décembre, lorsque
je prédisais la dégringolade. On me répondait alors
que je n'avais pas le droit de décourager ceux qui
auraient pu vouloir se battre.

On me crie à présent :« Vous êtes criminel et vous
calomniez la Patrie ! »

Un peu plus, on me conduirait à la Place comme
traître !

Place Vendôme.

On vient de m'y conduire !

On m'a empoigné à la tête d'un groupe désespéré
des vraies défaites, furieux de la fausse victoire et
qui hurlait : « A bas Ollivier ! »

Reconnu et signalé, j'avais été porté en avant.
C'était beaucoup d'honneur, mais quelle dégelée !
Rien n'y a manqué : coups de bottes dans les reins,
coups de pommeau de sabre dans les côtes... et
allez donc, l'insurgé !

Ils se sont mis à dix pour me traîner jusqu'à l'état-
major de la garde nationale.

— C'est un espion ! beuglait-on sur mon passage.

Et parce que je répondais : « Imbéciles ! » quelques baïonnettes bourgeoises se disputaient la joie
de me larder, quand un lieutenant, qui commandait
le poste, m'a arraché à l'appétit des compagnies.

Il me connaît, il a vu ma caricature en chien,
avec une casserole à la queue.

— Quoi ! c'est vous !... mais vous êtes un gaillard

que je gobe, un gaillard qui me va! On a failli vous
écharper?... Affaire ratée! mais ils sont fichus de
vous envoyer à Cayenne! Ah! mais oui!

Il a raison! Du ministère de la Justice vient d'arriver l'ordre de me livrer aux agents.

Ils m'ont encadré de leurs quatre silhouettes
noires et nous sommes partis avec des allures d'ombres chinoises.

On entend nos pas dans le silence de la nuit;
les noctambules s'approchent et regardent.

Station au commissariat.—Interrogatoire, fouille,
mise au violon!

Une estafette apporte, à galop de cheval, une
dépêche qui me concerne.

Transfert au Dépôt.

Je viens de m'abattre sur une planche de lit
de camp, entre un mendiant à moignons qui renou-
velle ses ulcères avec des herbes, et un garçon à
mine distinguée, mais éperdue, qui me voyant à
peu près bien mis, se blottit contre moi et me dit
tout bas, les dents serrées, la respiration haletante :

— Je suis sculpteur... Je n'ai pas mouillé ma
terre... Je n'ai pas donné à manger à mon chat...
J'allais lui acheter du mou... on m'a pris avec les
républicains...

Le souffle lui manque.

— Et vous? achève-t-il péniblement.

— Je n'allais pas acheter du mou... Je n'ai pas
de chat, j'ai des opinions.

— Vous vous appelez?
— Vingtras.
— Ah! mon Dieu!

Il s'écarte, se roule dans son paletot, y rentre sa
tête comme une autruche.

Il la ressort pourtant, au bout d'un moment, et, avec un trémolo dans la gorge, m'embrassant presque l'oreille :

— Quand les gardiens viendront, vous ferez semblant de ne pas me connaître, n'est-ce pas ?

— Non, non ; bonne nuit ! Eh ! l'estropié, rentrez donc vos ailerons !

C'est le lever : l'artiste fait peine à voir.

On l'interroge le premier.

— Je n'ai rien fait... J'allais acheter du mou pour mon chat... Je suis sculpteur... Je n'ai pas mouillé ma terre... On va me mettre en liberté ?... je suis pour l'ordre.

— Pour ou contre, on s'en fiche ! Enlevez-le !

Moi, je suis un cheval de retour.

Le porte-clefs le devine, et nous causons, en allant vers la cellule.

— Vous êtes déjà venu ?... oh ! j'ai compris ça tout de suite ! Avec Blanqui ? Delescluze ? Mégy [6] ?... j'ai connu tous ces messieurs... En usez-vous ?

Et il me tend sa tabatière.

On m'a laissé sortir pour respirer — entre quatre murs toujours, mais à ciel ouvert.

Le tumulte du moment retient les geôliers ailleurs, les prisonniers sont abandonnés à mi-chemin du promenoir.

Un homme s'approche de moi et me touche l'épaule... point un homme, un spectre ! un revenant !

— Vous ne me reconnaissez pas ?

Il me semble bien avoir vu cette redingote flétrie, qui a pris des airs de sac vide.

— Je suis sculpteur.

— Oui, bien... la terre... le chat... le mou...

— Que croyez-vous qu'ils vont faire de nous ?

— Ils vont nous fusiller.

— Nous fusiller !... J'avais pourtant quelque chose là !

— Où ça ?

— Je ne vous ai donc pas dit mon nom ?

— ?...

— Je m'appelle Francia [7].

Francia ! Ah ! bien ! elle est forte, celle-là ! C'est lui qu'on a chargé de faire la statue de la République guerrière — flamberge au vent !

J'attends toujours qu'on m'interroge ; j'attends, plein d'angoisse !

Un gardien m'a fait des confidences, et j'apprends que devant la Chambre il y a eu une manifestation orageuse, l'autre jour. Cet après-midi, prétend-il, il y en aura une autre, Rochefort en tête ; on doit aller le prendre à Pélagie.

A l'instruction.

— Monsieur, vous êtes accusé d'excitation à la guerre civile.

Je veux m'expliquer.

Le magistrat m'arrête d'un regard et d'un geste.

— Depuis que vous êtes ici, monsieur, de grands malheurs ont frappé la France, elle a besoin de tous ses enfants. L'officier même qui a ordonné votre arrestation m'a demandé que les portes de la prison vous fussent ouvertes : vous êtes libre.

Il avait dit cela simplement, et sa voix avait tremblé en parlant des « grands malheurs ».

Je suis sorti du Dépôt plus triste que je n'y étais entré.

J'ai couru vers les affiches. Ces grands placards blancs, étalés sur les murs, m'ont fait peur, comme le visage pâle de la patrie.

Qu'est-ce donc ?...

Tu avais été au fond, avoue-le, plus malheureux que content quand on t'avait appris que l'Empereur avait un triomphe à son actif. Tu avais souffert quand tu croyais la victoire vraie, — presque autant que Naquet [8], le bossu, qui en pleurait de rage !

Et voilà qu'un nuage glisse sur tes paupières et qu'il y vient des larmes !

Je suis resté deux jours les yeux et le cœur dans les nouvelles de là-bas, écoutant l'écho du canon lointain et les bruits de la rue.

Rien ne bouge [9] !

XVII

Dix heures du matin. On frappe.
— Entrez.

Devant moi, un grand gaillard, à figure toute
blême enfouie dans une grosse barbe noire, des
lunettes d'étudiant allemand, un chapeau de bandit
calabrais.
— Vous ne me reconnaissez pas ?
— Ma foi, non !
— Brideau [1]... un de vos élèves de Caen.
Eh ! oui, je me rappelle ! j'avais un garçon qui
s'appelait ainsi dans la division à qui je conseillais
de ne rien faire, lors de mon avènement provisoire
à la chaire de rhétorique.

— Eh bien, qu'êtes-vous devenu ?
— J'ai crevé la faim !... Une fois mon bachot
en poche, j'ai voulu faire mon droit. Mon père a
pu me payer trois inscriptions : pas davantage !
C'est un petit notaire de campagne que je croyais
à peu près riche et qui m'a avoué en pleurant
qu'il était pauvre, bien pauvre... Confiant dans
ma réputation de fort en thème, j'ai couru les
bahuts... Ah ! bien, oui ! Ceux qui ont fait leurs
classes à Paris ont encore des relations, sont protégés
par leurs anciens maîtres ; mais le fort en thème de

province, qui rêve d'exercer entre Montrouge et
Montmartre, celui-là ferait mieux de se flanquer
à l'eau, sans hésiter!... J'ai eu plus de courage...
Je me suis fait ouvrier, ouvrier graveur. Je n'ai
jamais été bien habile, mais je suis parvenu, avec
mon burin maladroit, à gagner à peu près ma vie...
Que de fois j'ai songé à vous, à ce que vous nous
disiez de l'éducation universitaire! Je croyais que
vous plaisantiez, dans ce temps-là! Oh! si je vous
avais écouté!... Mais ce n'est pas tout ça! Je ne suis
pas venu pour larmoyer mon histoire. Depuis trois
ans, j'appartiens à une section blanquiste. *Les sections vont marcher!*

Je lui ai empoigné les mains.

— Les sections vont marcher, dites-vous?... Eh
bien, ne me le racontez pas; gardez votre secret!
Je ne veux pas avoir ma part de responsabilité
dans une tentative qui avortera, et dont le seul
résultat sera d'envoyer de braves gens à Mazas et
aux Centrales.

— C'est une mission que je remplis. Hier, on a
parlé de ceux qui sont hommes à dresser l'oreille,
si un coup de pistolet part dans un coin. Votre nom
est venu l'un des premiers sur les lèvres de Blanqui;
il vous connaît par les camarades, et a décidé qu'on
vous avertirait... Maintenant, vous ferez ce qui vous
plaira. Je sais qu'on ne vous entraîne point où vous
ne voulez pas aller, mais cet après-midi, à deux
heures, soyez devant la caserne de la Villette, et
vous verrez commencer l'insurrection.

1 heure 1/2.

J'y suis.

Ils y sont aussi, ventrebleu! Quatre pelés : Brideau, Eudes [2], qui me fait un signe de tête, auquel
réponds par un clignement d'yeux, un garçon

brun en casquette, le lorgnon sur le nez, et un vieux
à tête longue et douce, un peu voûté — plus un tondu.

Blanqui est là-bas, près du bateleur.

Rataplan, plan, plan !...

— Mesdames et messieurs, je vends du poil à
gratter !... Vous êtes chez la femme d'un ministre,
vous mouchez la chandelle. Alors, vous jetez de ma
poudre...

Et le paillasse de dévider son boniment en allant,
de temps à autre, à son tambour tanné pour en tirer
un *rra* ou un *fla*, dans un jonglé de baguettes.

Est-ce sur cette caisse de foire qu'on va battre
la charge, dis-moi, Brideau ?

— Ah ! il y a assez longtemps que nous avons un
compte à régler, citoyen Vingtras ! Je vous tiens...
et ne vous lâche plus.

Le hasard m'a jeté dans les jambes un mécanicien du quartier avec lequel nous nous sommes pris
aux cheveux quelquefois. Il est communiste ; je ne
le suis pas.

Oh ! non, il ne me lâche plus ! Et il me force à lui
faire un bout de conduite.

Il m'entreprend ; je lui réponds. Mais j'ai l'esprit
ailleurs. Malgré moi, j'écoute si dans la brise chaude
qui court sur nos têtes, ne résonne pas l'écho des
fusillades, et au moment où l'autre me demande
carrément quelles sont mes objections contre la
propriété collective je songe à Brideau, à Eudes et
à Blanqui.

Pourquoi donc s'est-il tu, le tambour du pitre ?

— Vous êtes collé, avouez-le donc ! fait le mécanicien, en choquant gaiement son verre contre le
mien. Ah ! si nous tenions jamais le pouvoir !

Le pouvoir? Ils sont six là-bas, près du saltimbanque, qui sont en train de s'en emparer!

Mais je ne préviens point le camarade; je ne
me reconnais pas ce droit-là.

Je me contente de lui demander s'il pense qu'un
mouvement commandé par des hommes d'attaque
entraînerait le peuple contre l'Empire.

Il prend une allumette et la frotte lentement
contre sa culotte.

— Il n'y aurait qu'à faire ça, tenez, et tout
flamberait. Rien que ça!

— Vous croyez, l'ami?

Et pourtant, s'il y avait eu quelque chose, nous
le saurions ici... mais, rien!

Ils ont dû être enlevés dans la foule, sans avoir
le temps de dire ouf, au moment où le bateleur esca-
motait la muscade, et les mouchards sont en train
de dévisager les suspects.

                                        4 heures.

Pas un bruit, pas une rumeur!

Les ouvriers, qui ont mis leurs frusques neuves,
promènent la bourgeoise, qui s'est attifée aussi, et
les grandes sœurs traînent leurs petits frères devant
les boutiques d'images ou de sucreries. Il y a des
fleurs dans des mains calleuses, et l'envie du repos
sur tous les fronts de ces gens de labeur.

Mauvaise date que le dimanche pour les insurrections!

On ne veut pas salir ses beaux habits, on a mis
quelques sous de côté pour une fête au cabaret, on
n'a que cet après-midi-là pour rester avec les siens,
pour aller voir le vieux père et les amis.

Il ne faut pas appeler aux armes les jours où les
pauvres font de la toilette, alors qu'ils ont, durant

la semaine et du fond des logis sombres, rêvé une
partie dans une guinguette cravatée de verdure.

C'est Gustave Mathieu [3], le poète, et Regnard [4],
le chevelu, qui, m'abordant à une table de Bouillon
Duval où je viens de m'asseoir, m'apprennent qu'une
trentaine d'individus se sont jetés sur la caserne
des pompiers de la Villette, et ont fait feu sur les
sergents de ville.

Ils ont bien dû en descendre un ou deux.

— Les criminels! dit Mathieu.

— Les imbéciles! dit Regnard, qui est blanquiste
et qui devait en être.

Imbéciles! Criminels! ces honnêtes et ces braves!..
Faudra voir à discuter ça un de ces matins.

Une imprudence a fait arrêter Eudes et Brideau.
Conseil de guerre. Verdict : la mort.

Comment les tirer de là ?

Peut-être une lettre écrite par un homme populaire et glorieux pèserait-elle sur l'opinion publique.

Et l'on cherche quel est celui qui doit rédiger
et signer cette lettre suprême.

Elle est difficile à faire.

Les condamnés ont proclamé qu'ils repousseraient
tout recours en grâce présenté à l'Empire, et nous
ne tenons pas, non plus, à commettre une faiblesse
en leur nom — même pour les sauver.

Les convaincus sont terribles.

Mais l'on pense que si un grand, tel que Michelet,
parle, sa voix sera entendue... et peut-être écoutée.

On s'est rendu chez lui : Rogeard [5], Humbert,
Regnard, moi, et quelques autres.

Il s'est bien montré à nous tel qu'il est : solennel
et féminin, éloquent et bizarre [6].

Il a accueilli d'emblée la proposition, et il ne

s'est plus agi que de savoir à qui serait envoyée cette missive, qui ne doit point ressembler à une supplique, et qui a pour but, cependant, de tuer l'arrêt de mort.

— *Aux chefs de la Défense!* ai-je proposé.
— Bien, très bien!

Mais, en même temps, il se lève, passe dans la pièce voisine et nous laisse seuls un moment.

Puis il revient, et reprend place à la table autour de laquelle nous nous tenons, silencieux et émus.

— Monsieur, fait-il en se tournant vers moi et du ton d'un homme qui rapporte un oracle, madame Michelet est de votre avis.

Et l'on passe à la rédaction.

Il n'aime pas Blanqui, et à la première ligne qu'il brouillonne, rejette sur lui la responsabilité de l'attaque et de la condamnation.

— Nos camarades, déclare l'un de nous, ne consentiraient pas à renier leur chef, fût-ce pour échapper à la mort.

Il pince les lèvres, fait : « Hum! » et de nouveau disparaît; mais il ne reste pas longtemps, et quand il rentre, c'est pour dire encore :

— Vous avez les femmes pour vous, messieurs, décidément; Madame Michelet comprend votre scrupule et l'approuve. Biffons la phrase.

Enfin, quand tout est terminé, il veut consulter encore une fois son Égérie, et nous en sourions, mais avec une larme d'émotion aux yeux.

Il a interrogé le cœur de celle qui est la compagne de sa vie et le compagnon de ses idées. Ce cœur a parlé, comme parle le nôtre, pour le salut et l'honneur de nos amis.

Michelet se promène de long en large.

— Ils n'oseront pas les tuer, je ne crois pas, il
fait si beau!... Par ce soleil, du sang éclabousserait
le gazon d'une tache trop laide... le bourgeois ne
mange pas sur l'herbe là où cela sent le cadavre.
Il sera de notre avis, vous verrez. Je les défie, en
tout cas, de fusiller un dimanche!

L'appel se termine par ces mots, ou d'autres
du même sens :

Dieu qui regarde les nations.

Dieu!... cela ne va pas à notre quarteron d'athées :
il y a une moue et un silence.

Michelet regarde les physionomies et, haussant
les épaules, il dit :

— Sans doute!... Mais ça fait bien.

Nous sommes allés porter la lettre dans les journaux, on s'est même disputé cet honneur!

Ah! sacrebleu! que j'ai donc bien fait de n'être
d'aucune coterie, d'aucune Église, d'aucun clan, et
d'aucun complot!

Il paraît qu'il y a deux courants de blanquisme,
et chaque secte, de son côté, refuse à l'autre le droit
de sauver la tête des condamnés.

Ils y passeraient, si on laissait faire tel groupe
qui ne veut se mêler de désarmer le peloton d'exécution que s'il est seul à avoir la gloire de mettre
la sentence en joue.

Les indépendants de mon acabit ont fini par
être acceptés, heureusement, et nous avons fait
le tour de la presse.

Aux *Débats*, un homme qu'on désigne comme
Maxime Du Camp [7] a hoché la face d'un air irrité,

en nous écoutant. Il est dur pour les vaincus,
celui-là !

Presque partout, on a pris ça pour de la bonne
copie et on l'a publié, mais sans une ligne de sympathie ou de pitié.

On a couru chez les députés de Paris qu'on a
rejoints à grand-peine, et qui ont fait des promesses
vagues ; quelques-uns ajoutant des mots lâches
qu'on a dû arrêter sur leurs lèvres.

Gambetta s'acharne [8] sur les condamnés, et a
demandé à la tribune qu'on les frappât comme
complices de l'ennemi !

Ah ! bandit ! il sait mieux que personne que ce
sont des gens de cœur qui ont fait le coup ! Mais les
gens de cœur l'inquiètent ; c'est une menace pour
l'avenir. Qui sait s'il n'y aura pas à pêcher une
dictature dans le sang trouble de la défaite ? Il
serait bon d'être débarrassé de ces insoumis par les
troupiers de l'Empire.

Et les collègues de Gambetta hésitent, tant il est
leur maître. Pourtant, ils ne nous ont pas fermé
la porte au nez, parce que l'horizon devient sombre
et qu'ils ne veulent pas, pendant la tourmente qui
peut éclater demain, traîner leur refus cousu à leur
écharpe, comme la lanterne collée, dans les ténèbres
de la nuit, sur la poitrine du duc d'Enghien, pour
qu'on vît clair à le fusiller.

XVIII

3 septembre. Nouvelles de Sedan·

On s'est réuni quelques-uns et l'on a monté les
escaliers des journaux d'opposition bourgeoise
où déjà ont eu lieu, ces jours-ci, des conciliabules
auxquels n'assistaient point des irréguliers comme
moi.

Je ne suis bien qu'avec les révolutionnaires bons
garçons. Je suis mal avec les pontifiards, dont j'ai
blagué les catéchismes, et qui ne me pardonnent
pas l'article sur les Cinq.

Mais, aujourd'hui, les délégations prennent le
droit de forcer toutes les portes à écriteaux libérâtres.

D'ailleurs, les dissidences s'effacent devant la
gravité des événements, et ceux mêmes qu'on a
traités de gueulards sont recherchés, à cette heure,
par les doctrinaires en quête d'hommes d'action.

C'est bon, les gueulards, devant les régiments
muets et hésitants. Ce sont les indisciplinés qui
font plier la discipline.

Donc on se servira d'eux, quitte à les acculer,
demain, dans le coin des gens à tenir en joue, lorsqu'ils auront arraché les fusils aux soldats ou leur
auront fait lever la crosse en l'air.

Ah! je sais bien ce qui nous attend!

On continue à se raccommoder avec une poignée
de main, avec un coup de chapeau, dans le tohu-
bohu général, sur la nouvelle d'une manifestation
en germe ou d'une protestation en marche.

Le mot d'ordre est donné.

« A onze heures, rendez-vous au café Garin, côté
des femmes — chut! c'est pour dépister la police!»
On recevra communication d'une proclamation
républicaine. A minuit, elle sera imprimée, et chacun en emportera des exemplaires... pour les coller.

Voilà ce que chuchotent les initiés des feuilles
jacobines, et voilà aussi ce qui me fait prendre
mes jambes à mon cou.

Allez vous faire lanlaire!

Je file, moi, en pleine foule; je plonge dans le tas.
Où y a-t-il du grabuge, la cohue sans nom, le courage sans chef?

Dix heures du soir.

Du côté du Gymnase, une bande a attaqué un
poste.

Ils n'attendent pas minuit, ceux-là; ils ne savent
pas s'il y aura une circulaire à plaquer aux murs.
Ils sont l'affiche vivante qui va se coller, d'elle-
même, en face du danger, que les agents ont déjà
tenté de lacérer avec leur sabre et qui vient d'être
timbrée par les balles.

On a fait feu!

C'est Pilhès [1] qui a été visé; c'est lui qui a répondu.
Coup pour coup. On a tué un des nôtres. Il a tué
un des leurs.

C'est bien!

Je cours de ce côté, mais un flot de peuple me

submerge et m'emporte dans sa course vers le
Palais-Bourbon.

Y a-t-il quelque célèbre en tête ? Pas un !

Du reste, on ne distingue pas grand-chose dans
le flux et le reflux ; la poussée des incidents brise
et confond les rangées humaines, comme la marée
roule et mêle les cailloux, sur le sable des plages.

Plusieurs m'ont reconnu.

— Vous n'êtes donc pas à la conférence des
députés, Vingtras ?

— Vous voyez bien que non ! Pas besoin de leur
avis, ni de leur permission pour crier : « Vive la
République, à bas Napoléon ! »

— Chut ; chut !!! ne soyez pas séditieux !

— Pas séditieux !... moi qui aime tant ça !

— C'est que les représentants doivent nous recevoir sur les marches du Corps législatif, nous donner
la consigne. D'ici là, motus !

Toujours des consignes à attendre — comme
le diamant du nègre — sous le derrière des états-
majors.

Mais croient-ils donc, ceux qui m'entourent, que
parce qu'ils ne diront rien, les troupes ou la police
les ménageront ? Ils peuvent mettre leur langue
dans leur poche, on leur cassera la gueule tout de
même, si le pouvoir se sent encore assez solide pour
se payer ça.

Hurler « Vive la République ! », camarades, mais
c'est plutôt sauvegarder sa peau ! Quand une émeute
a un cri de ralliement, un drapeau qui a vu le feu,
elle est à mi-chemin du triomphe. Chaque fois que
les fusils se trouvent en face d'une idée, ils tremblent dans la main des soldats, qui voient bien que
les officiers hésitent avant de lever leur épée pour
commander le massacre.

C'est qu'ils sentent, les porte-épaulettes, que l'Histoire a les yeux sur eux.

Une heure du matin.

Je me suis arrêté place de la Concorde dans un groupe qui prêchait l'insurrection tout haut.

Qu'ont-ils fait, les autres ? Ont-ils continué jusqu'à la Chambre, ont-ils vu les députés ? Je n'en sais rien.

Toujours est-il que la foule se morcelle et s'émiette.

Le serpent se tord dans la nuit. La fatigue le hache en tronçons qui frémissent encore. Deux ou trois saignent ; il y a par là quelques blessés, gens de courage qui ont attaqué isolément, au début de la soirée, alors que la rousse osait encore sortir et tirer.

La nuit est fraîche, le calme descend d'un ciel tranquille et bleu.

4 septembre. Neuf heures du soir.

Nous sommes en République depuis six heures ; « en République de paix et de concorde». J'ai voulu la qualifier de Sociale, je levais mon chapeau, on me l'a renfoncé sur les yeux et on m'a cloué le bec.

— Pas encore!... Laissez *pleurer* le mouton! La République tout court, pour commencer... Petit à petit l'oiseau fait son nid! *Chi va piano va sano*... Songez donc que l'ennemi est là ; que les Prussiens nous regardent!

Je laisse *pleurer* le mouton! mais il me semble que depuis que je suis au monde il ne fait que sangloter devant moi, ce mouton, et je suis toujours condamné à attendre qu'il ait fini.

Vas-y, mon gros! Pourvu qu'on me laisse y aller de ma larme aussi!... C'est moins sûr, ça.

Alors, nous sommes en République ? Tiens! tiens!!

Pourtant, quand j'ai voulu entrer à l'Hôtel de Ville, on m'a écrasé les pieds à coups de crosse, et comme je me faisais reconnaître :

— Ne laissez pas passer ce bougre-là, surtout, a crié le chef de poste. Savez-vous ce qu'il disait tout à l'heure ? « Qu'il faudrait fiche par les fenêtres ce gouvernement de carton et proclamer la Révolution! »

Ai-je dit cela ?... c'est bien possible. Mais pas dans ces termes-là, toujours!

Ce n'est pas moi qui grimperai sur une chaise pour faire pst! pst! à la Sociale. Par exemple, si elle avait montré son nez, je ne lui aurais certes pas refusé un coup de main pour faire passer toute cette députasserie par les croisées — sans défendre pourtant d'étendre des matelas dessous, pour qu'ils ne se fissent pas trop bobo.

Dans plusieurs endroits, on avait attrapé les policiers et on les houspillait. Quelques bourgeois, à mine très honnête, avec des têtes à la Paturot [2] et d'un ton très calme, conseillaient de les jeter à la Seine. Mais les blousiers ne serraient pas bien fort, et il n'y avait qu'à parler de la femme et des petits du roussin pour leur faire lâcher prise.

J'ai aidé — sans suer — à la délivrance de deux officiers de paix, en uniforme tout flambant neuf, qui m'ont assuré, en s'époussetant et en refaisant leur raie, qu'ils avaient toujours été républicains et *avancés* en diable.

— Plus avancés que vous, peut-être, monsieur.

Avancé ?... Je ne le suis pas trop, pour le moment. J'ai perdu mon chapeau dans la bousculade, et la voix aussi à force de beugler : « A bas l'Empire! »

J'ai usé mes poumons, épuisé mes forces, je ne puis plus parler, à peine marcher, aussi las ce soir de triomphe que le soir de défaite, il y a dix-neuf ans.

Toujours enroué et éreinté, toujours menacé et crossé — les jours où la République ressuscite, comme les jours où on l'égorge!

Mais de quoi vais-je me plaindre? Les députés de Paris ne sont-ils pas à l'Hôtel de Ville... après avoir, bien entendu, failli faire rater le mouvement!

Le plus capon a été Gambetta. Il a fallu que Jules Favre l'appelât, et encore il n'est pas venu tout de suite, le Danton de pacotille!

A la fin, pourtant, ils se sont décidés, et ils se sont empilés dans les fiacres et se sont partagé les rôles, sur la banquette. Celui qui était en lapin, près du cocher, a été volé : on ne lui a laissé que des résidus.

En route, un homme a voulu attaquer un des sapins. On s'est jeté sur lui.

— A bas le bonaparteux!

— Je suis garçon de café, a-t-il dit. Il y en a deux, dans cette voiture, qui me doivent des cigares et des roues de derrière.

On a ri. Pourtant, dans le cortège, deux ou trois types à mine de pion voulaient lui faire un mauvais parti, disant que Baptiste insultait le gouvernement.

Baptiste a riposté.

— S'ils ne me paient pas mes soutados, au moins qu'ils me donnent une place!

Tu l'auras, mais cours plus vite! Tous les trous vont être bouchés; la curée, commencée au trot du cheval, monte au galop des cupidités et des ambitions.

Le bon peuple fait la courte échelle à tout ce
monde de politiqueurs qui attendaient, depuis
Décembre 51, l'occasion de revenir au râtelier et
de reprendre des appointements et du galon.

Ils font la parade sur les tréteaux des grandes
tables, dans la salle Saint-Jean, se penchent à
la fenêtre et tapent, à tour de bras et à tour de
phrases, sur l'Empire qui n'en peut mais, comme
Polichinelle sur le commissaire assommé.

Et le brave chien d'aboyer en leur honneur,
ne se doutant pas, le malheureux, que déjà l'on
s'arme contre lui, que ces harangues ne sont que
gâteaux de miel où se cache le sale poison, qu'on
ne songe qu'à lui couper les pattes et à lui casser
les crocs. Aujourd'hui, l'on se fait défendre et
garder par lui : demain, on l'accusera de rage pour
avoir prétexte à l'abattre.

— Pas de proscrits avec nous! a hurlé Gambetta,
qui a entendu lancer le nom de Pyat [3].

Mais il a proposé lui-même Rochefort, qui n'a
pas de passé social, dont le nom signifie guerre à
Badinguet seulement, et point encore guerre à
Prudhomme.

Ils ont leur plan. Ils l'annihileront entre eux,
le compromettront, s'ils le peuvent, puis le rejet-
teront, dépouillé de sa popularité, entre les bras
de la foule!

En attendant, cette popularité sera leur manteau.
— Rochefort! Rochefort!
Parbleu! il pourrait entrer en ennemi!

On a ouvert aux détenus les portes de Pélagie,
et les prisonniers d'hier descendent les boulevards,

la boutonnière fleurie de rouge, l'écrivain de *La Lanterne* en tête.

Ils passent au milieu des vivats, entrent sous la voûte.

C'est fini, Rochefort est leur otage! Les Gambetta et les Ferry vont l'étouffer dans le drapeau tricolore!

5 septembre.

J'ai vingt sous pour toute fortune, aujourd'hui, 5 septembre 1870, IIe jour de la République!

Ranvier [4], Oudet [5], Mallet [6] en ont trente, à eux trois.

Nous sommes devant l'Hôtel de Ville, où chacun est venu d'instinct, sans qu'on se soit rien dit.

Sous la pluie, quelques réfractaires comme moi et quelques artisans comme les camarades rôdent, se cherchent, et causent, de la patrie sociale, qui seule peut sauver la patrie classique.

Nous avons le dos trempé. Ranvier surtout a froid, parce que ses souliers sont percés et que ses pieds gèlent dans la boue.

Et il tousse!

Avec cela, un sabre d'agent a fait, le 3 au soir, un accroc à sa culotte trop mûre. On l'a inutilement rapiécée; le vent passe quand même par ce trou-là. Il rit... mais il frissonne, pas moins!

La République ne l'habille pas plus qu'elle ne le nourrit. La victoire du peuple, c'est le chômage; et le chômage, c'est la faim — après comme avant, tout pareil!

Comment avons-nous dîné?... Je ne sais plus! Avec du pain, du fromage, un litre à seize, une saucisse sur le pouce, debout au comptoir.

Des confrères en journalisme, des copains de métier passent devant le mastroquet, nantis déjà d'une place, et courant au café commander un gueuleton qu'on mettra sur l'ardoise de la Mairie, ou, chez les tailleurs militaires, un frac à collet tout galonné.

Ils me jettent un regard de pitié, m'adressent un salut de riche à pauvre, de chien repu à chien pelé. Et je vois luire dans leurs yeux toute leur joie de me retrouver affamé, et en compagnie de mal vêtus.

Sommes-nous encore perdus, bafoués, invisiblement garrottés, dès le lendemain de la République proclamée, nous qui, par nos audaces de plume et de parole, au péril de la dèche et de la prison, avons mâché le triomphe aux bourgeois qui siègent derrière ces murailles et qui vont, viennent, jouent les mouches du coche sur le char que nous avons tiré de l'ornière et désembourbé?

On m'a déjà traité de trouble-fête, de fauteur de désordre, parce que j'ai arrêté par les basques un de ces appointés du régime nouveau, lui demandant ce qu'on faisait dans la boutique.

Je le secouais... C'est moi qu'on a secoué à la fin!

— Parce que nous sommes en République, ce n'est pas une raison pour que chacun veuille gouverner!

Je n'en ai pas envie.

XIX

6 septembre [1] — Blanqui.

Réunion à dix heures du matin, rue des Halles.

Un petit vieux, haut comme une botte, perdu dans une lévite au collet trop montant, aux manches trop longues, au jupon trop large, est en train de ranger quelques papiers sur la table.

Tête mobile, masque gris; grand nez en bec, cassé bêtement au milieu; bouche démeublée où trottine, entre les gencives, un bout de langue rose et frétillante comme celle d'un enfant; teint de vitelotte.

Mais, au-dessus de tout cela, un grand front et des prunelles qui luisent comme des éclats de houille. C'est Blanqui.

Je me nomme. Il me tend la main.

— Il y a longtemps que je voulais vous connaître. On m'a beaucoup parlé de vous. Je serais désireux de vous tenir dans un coin, et de causer... en camarades. Tout à l'heure, quand ce sera fini ici, venez chez moi. C'est entendu, n'est-ce pas?

Il me glisse son adresse, me congédie d'un signe amical, et demande si les hommes de la Villette sont là.

Sitôt la séance levée, j'ai couru chez lui.

Il loge chez un ancien transporté du Coup d'État, près duquel il s'est caché après l'échauffourée de la Villette.

Au moment où j'arrive, il tient un crayon à la main et s'occupe à rédiger une proclamation qu'il me lit.

C'est une trêve signée, au nom de la Patrie, entre lui et le Gouvernement de la Défense.

Je relève le nez.

— Vous trouvez que j'ai tort ?

— Dans un mois, vous serez à couteaux tirés !

— Alors, c'est qu'ils l'auront voulu !

— Au moins, soulignez d'une phrase à accent votre déclaration tranquille.

— Peut-être bien... Que mettre, voyons ?

J'ai pris une plume, et ajouté : « Il faut dès aujourd'hui sonner le tocsin ! »

— Oui, c'est une fin.

Mais il s'est ravisé, et se grattant la tête :

— Ce n'est pas assez simple.

Voilà donc le fantôme de l'insurrection, l'orateur au gant noir, celui qui ameuta cent mille hommes au Champs-de-Mars, et que le document Taschereau [2] voulut faire passer pour un traître.

On disait que ce gant noir cachait une lèpre ; que ses yeux étaient brouillés de bile et de sang... il a, au contraire, la main nette et le regard clair. Il ressemble à un éduqueur de mômes, ce fouetteur d'océans humains.

Et c'est là sa force.

Les tribuns à allure sauvage, à mine de lion, à cou de taureau s'adressent à la bestialité héroïque ou barbare des multitudes.

Blanqui, lui, mathématicien froid de la révolte

et des représailles, semble tenir entre ses maigres doigts le devis des douleurs et des droits du peuple.

Ses paroles ne s'envolent pas comme de grands oiseaux, avec de larges bruits d'ailes, au-dessus des places publiques qui, souvent, ne songent pas à penser, mais veulent être endormies par la musique que font, sans profit pour les idées, tous les vastes tumultes.

Ses phrases sont comme des épées fichées dans la terre, qui frémissent et vibrent sur leur tige d'acier. C'est lui qui a dit : « Qui a du fer a du pain. »

Il laisse, d'une voix sereine, tomber des mots qui tranchent, et qui font sillon de lumière dans le cerveau des faubouriens, et sillon rouge dans la chair bourgeoise.

Et c'est parce qu'il est petit et paraît faible, c'est parce qu'il semble n'avoir qu'un souffle de vie, c'est pour cela que ce chétif embrase de son haleine courte les foules, et qu'elles le portent sur le pavois de leurs épaules.

La puissance révolutionnaire est dans les mains des frêles et des simples... le peuple les aime comme des femmes.

Il y a de la femme chez ce Blanqui qui, accusé de félonie par les classiques de la Révolution, amena sur la scène, pour sa défense, les souvenirs de son foyer lâché pour la bataille et la prison, et le fantôme de l'épouse adorée, morte de douleur [3] — et pourtant assise toujours en face de lui, dans la solitude de son cachot contre lequel pleurait le vent de la mer.

Cinq heures. — La Corderie.

Cet après-midi, le peuple a tenu ses assises.

La vieille politique doit crever au pied du lit où la France en gésine agonise — elle ne peut nous donner ni le soulagement, ni le salut.

Il s'agit de ne pas se vautrer dans ce fumier humain, et, pour ne pas y laisser pourrir le berceau de la troisième République, de revenir au berceau de la première Révolution.

Retournons au Jeu de Paume.

Le Jeu de Paume, il est, en 1871, situé au cœur même de Paris vaincu.

Connaissez-vous, entre le Temple et le Château-d'Eau, pas loin de l'Hôtel de Ville, une place encaissée, tout humide, entre quelques rangées de maisons. Elles sont habitées au rez-de-chaussée par de petits commerçants, dont les enfants jouent sur les trottoirs. Il ne passe pas de voitures. Les mansardes sont pleines de pauvres!

On appelle ce triangle vide la *place de la Corderie*.

C'est désert et triste, comme la rue de Versailles où le Tiers État trottait sous la pluie; mais de cette place, comme jadis de la rue qu'enfila Mirabeau, peut partir le signal, s'élancer le mot d'ordre que vont écouter les foules.

Regardez bien cette maison qui tourne le dos à la Caserne et jette un œil sur le Marché. Elle est calme entre toutes. — Montez!

Au troisième étage, une porte qu'un coup d'épaule ferait sauter, et par laquelle on entre dans une

salle grande et nue comme une classe de collège.
Saluez! Voici le nouveau parlement!

C'est la Révolution qui est assise sur ces bancs,
debout contre ces murs, accoudée à cette tribune :
la Révolution en habit d'ouvrier! C'est ici que
l'Association internationale des travailleurs tient
ses séances, et que la Fédération des corporations
ouvrières donne ses rendez-vous.

Cela vaut tous les forums antiques, et par les
fenêtres peuvent passer des mots qui feront
écumer la multitude, tout comme ceux que Danton,
débraillé et tonnant, jetait par les croisées du
Palais de Justice au peuple qu'affolait Robespierre!

Les gestes ne sont pas terribles comme ceux
qu'on faisait alors, et l'on n'entend pas vibrer
dans un coin le tambour de Santerre. Il n'y a pas
non plus le mystère des conspirations, où l'on jure
avec le bandeau sur les yeux et sous la pointe d'un
poignard.

C'est le Travail en manches de chemise, simple
et fort, avec des bras de forgeron, le Travail qui
fait reluire ses outils dans l'ombre et crie :

— On ne me tue pas, moi! On ne me tue pas,
et je vais parler!

Et il a parlé!

Des hommes de l'*Internationale*, tous les socialistes qui ont un nom — Tolain dans le tas — se
sont réunis. Et d'un débat qui a duré quatre heures
vient de surgir une force neuve : le Comité des
Vingt arrondissements.

C'est la section, le district, comme aux grands
jours de 93, l'association libre de citoyens qui se
sont triés et groupés en faisceau.

Chaque arrondissement est représenté par quatre délégués que vient de nommer l'assemblée, et je suis un des élus qui auront à défendre, contre l'Hôtel de Ville, les droits d'un faubourg de là-haut.

Nous venons d'étendre sur toute la cité le réseau d'une fédération qui en fera bien d'autres que la fédération du Champ-de-Mars... si grand tapage que celle-là ait soulevé dans l'histoire.

Ce sont quatre-vingts pauvres descendus de quatre-vingts taudis, qui vont parler et agir — frapper, s'il le faut — au nom de toutes les rues de Paris, solidaires dans la misère et pour la lutte.

Sept heures. — Belleville.

Nous sommes montés à Belleville au pas de charge.

Nous allons organiser un club.

Mais, d'abord, il a fallu qu'un de nous s'adressât à un camarade qui tient un cabaret, pour avoir, à *l'œil*, un broc et un veau braisé, sur lequel nous nous sommes jetés à belles dents.

C'est qu'on ne s'est pas collé grand-chose dans le fusil, depuis deux jours, et l'on a beaucoup crié : ça creuse !

— Est-ce qu'on est en révolution, papa ? demandent les enfants du marchand de vin, qui croient qu'il s'agit d'une fête pour laquelle on s'habille, ou d'une batterie pour laquelle on retrousse ses manches.

Ma foi ! ça n'en a pas l'air... on ne dirait pas que quelque chose comme un empire s'est écroulé.

Maintenant, il s'agit de rassembler le peuple.
— Comment faire ?

— J'ai mon idée! dit Oudet.

Il a vu un reste de régiment échoué au soleil d'une caserne. Il enfile la rue, va aux soldats épars, cherche un clairon dans le tas, le traîne vers une borne et lui dit :

— Monte là-dessus, et sonne pour la Révolution!

Et le clairon a sonné!

Taratata! Taratata!

Tout le quartier accourt.

— Retiens tout le monde à la parade, pendant que nous allons chercher un cirque.

— Où ça?

— Aux Folies-Belleville, propose quelqu'un; on peut y tenir trois mille.

— Le directeur?

— C'est moi.

— Citoyen, nous avons besoin de votre salle.

— Me la paierez-vous?

— Non. Le peuple demande crédit; mais on fera la quête. Si cela ne vous suffit pas, tant pis! Préférez-vous que l'on enfonce les portes et que l'on casse les banquettes?

Le proprio se gratte le crâne.

Taratata! Taratata!

Le clairon se rapproche. La foule est en marche. Il a accepté — il fallait bien!

En séance.

On a constitué le bureau. Oudet, qui est du voisinage, préside.

En quatre mots, il remercie l'auditoire, et me donne la parole, pour expliquer pourquoi nous sommes venus, et au nom de qui nous parlons.

Enlevée, la salle!

J'ai dit ce qu'il fallait dire, il paraît.

Et l'assemblée acclame le programme de la Commune, ébauché dans l'affiche de la Corderie.

Un coup de feu.

— A l'assassin !

Des hommes se ruent à la tribune et crient qu'à leurs côtés, là, sur le trottoir même, on vient de tuer un des leurs.

— C'est un sergent de ville en bourgeois qui a tiré! Toute la brigade du quartier, qui se cachait depuis le 4, a repris l'offensive!... Nous allons être attaqués!

Une panique dans les coins; mais l'immense majorité se lève :

— Vive la République!

Et au-dessus des têtes luisent et s'agitent des armes de tout métal et de tout calibre.

Sous un rayon de gaz éclate un tranchant de hache prise on ne sait où. Dans une embrasure, un homme sort de sa poche des bombes qui ressemblent aux pommes de terre d'Orsini [4].

— Qu'ils y viennent!

Personne n'est venu. Le meurtrier s'est enfui.

Le retrouvera-t-on ? On ne sait.

Mais, séance tenante, il est voté que tous nous assisterons à l'enterrement.

On me pousse en avant du convoi, le jour des funérailles, et l'on réclame un discours du citoyen Vingtras.

Le fossoyeur vient de s'accouder sur sa bêche, un silence profond plane sur le cimetière.

Je m'avance, et j'adresse un dernier salut à celui qui a été frappé au milieu de nous, et dont la tombe touche de si près le berceau de la République.

— Adieu, Bernard!

Des murmures... Je me sens tiré par les basques.

— Il ne s'appelle pas Bernard, mais Lambert, me disent les parents à voix basse.

Pauvres gens! Je reste déconcerté, un peu ému, mais cette émotion même me sauve du ridicule et élargit ma parole.

— Combien plus profond doit être notre respect devant ces cercueils d'inconnus tombés sans gloire, exposés à recevoir un hommage qui ne s'adresse point à leur personnalité, restée modeste dans le courage et la peine, mais à la grande famille du peuple, dans laquelle ils ont vécu et pour laquelle ils sont morts!

Ça ne fait rien, j'ai tout de même attristé la maison Lambert!

Le club veut avoir ses délégués assis à la table des municipalités. Il nous a donné l'ordre de nous installer illico à la mairie, et cinq hommes armés — pas un de moins — pour nous prêter main-forte.

On nous a envoyé promener.

Les cinq hommes voulaient nous maintenir quand même sur l'escalier : se faire tuer au besoin! Ils nous ont trouvés mous, je crois, parce que nous ne leur avons pas dit de charger.

— Pendant que nous les tiendrons en respect, nom de Dieu! l'un de vous ira chercher du renfort! criait le caporal en tordant ses moustaches.

Du renfort?... Trouverions-nous une compagnie tout entière pour nous suivre jusqu'au bout, nous qui sommes pourtant applaudis tous les soirs ?

Trois ou quatre fois, il a été décidé qu'on descendrait en masse sur l'Hôtel de Ville.

La moitié de la salle avait levé les mains ; on avait proféré des menaces ; nous avions déjà peur d'être entraînés trop loin.

Trop loin !... Jusqu'au coin de la rue seulement, où le faisceau s'éparpillait, nous laissant à trois ou quatre pour aller faire peur au gouvernement.

Nous prenions l'omnibus — trois sous de fichus ! — et promenions mélancoliquement notre requête ou notre ultimatum à travers les corridors mal éclairés : trouvant visage de bois quand nous arrivions au cabinet d'Arago [5], visage de fer quand nous nous fâchions. Les sentinelles remuaient, dans l'obscurité, sur le signe de quelque civil à écharpe et à grandes bottes.

J'ai cru qu'être chef de bataillon, cela doublerait ma force de tribun, qu'il serait bon qu'à la fin de mes phrases on vît le point d'exclamation des baïonnettes.

Et j'ai posé ma candidature guerrière, moi qui n'ai jamais été soldat, que les galons font rire, et qui m'empêtrerai à chaque pas — j'en ai une peur atroce — dans le fourreau de mon sabre.

Il y a eu entrevue avec quelques gros bonnets du quartier, chez le fabricant Melzezzard qui me croyait une mine de bandit et qui a trouvé que j'avais l'air bon enfant... ce qui a fait grincer des dents un maratiste dont le désir serait que tous ceux qui auront à couper des têtes en eussent une qui fît peur, mais ce qui a rassuré les notables et m'a fait élire à la presque unanimité !

C'est cher, les honneurs! Il m'a fallu un képi avec quatre filets d'argent : huit francs, pas un sou de moins, et encore pris chez Brunereau [6], l'ami de Pyat, qui me l'a laissé au prix coûtant.

Je voulais m'en tenir là pour mes frais d'uniforme, mais j'ai des souliers tournés, et je m'aperçois, au bout de deux jours, que le bataillon en souffre dans son amour-propre.

J'ai soumis les talons à un comité qui s'est réuni, a tenu séance en dehors de moi, puis m'a fait solennellement appeler.

— Citoyen, l'on vient de vous voter une paire de bottes à doubles semelles. C'est vous dire, a ajouté le rapporteur, en quelle estime le peuple vous tient!

Il y a des jaloux partout! Ces doubles semelles ont fait grogner.

Je ne pouvais pourtant pas les arracher. Puis elles me tiennent chaud, et mes pieds sont bien contents.

Malgré tout, l'on murmure, non dans le camp des avancés, braves gens qui savent que j'ai usé cuir et peau à leur service, mais une cabale organisée par le maire a payé des orteils qui montrent les ongles.

— Et qui vont même montrer les dents, dit, en un langage imagé, le secrétaire de la deuxième compagnie, qui m'avertit au rapport du matin.

— Ah! c'est ainsi! Attendez!

Un roulement.

— Les hommes sans chaussures n'ont qu'à se présenter, pieds nus, à l'état-major, et le commandant les mènera lui-même à la mairie. Ils auront mis la baïonnette au canon et des cartouches dans la giberne.

On est venu au rendez-vous, petons au vent.

La foule rit, s'étonne, et braille.

— En avant, marche!

La municipalité s'émeut.

Le maire, un opticien de son état, a pris une lorgnette marine et la braque de notre côté.

Il voit la horde des pieds tannés se crispant pour l'assaut, les uns à peu près blancs d'espoir, les autres tout noirs de colère...

Ça n'a pas tiré en longueur!

Quand nous nous sommes rangés sous ses fenêtres, tout d'un coup l'air a été obscurci par des souliers qui voltigeaient comme des touffes de roses. On se serait cru à Milan, quand les femmes jetaient des bouquets sur les shakos de nos troupiers — seul, le parfum était différent.

Mais le chausseur malgré lui a juré de se venger.

Il veut se débarrasser de moi, à tout prix, en tant que chef de bataillon.

Il a trouvé le moyen!

Ce matin, par une averse à noyer une armée, mes hommes ont été envoyés au diable, hors des murs, sur un prétendu ordre du commandant, qui devait présider à l'exercice à feu et qu'on trouverait sur le terrain.

Je ne suis pour rien dans la promenade et j'écoute tranquillement, chez moi, tomber la pluie!

Voilà que sous ma croisée l'émeute gronde; des cris « A bas Vingtras! » se font entendre. Et il y en a qui tapent sur leurs fusils et parlent de monter.

— Ne montez pas, je descends!

Ils ont envahi la salle Favié [7] et sont là, cinq ou six cents, qui me montrent le poing quand je passe au milieu d'eux en me dirigeant vers la tribune.

Mais ce sont d'honnêtes gens et, malgré leurs imprécations et leur colère, ils ne m'ont pas sali, ni meurtri d'un geste. Ils ont même fini par m'écouter, quand j'ai mis le doigt sur la trahison! La houle s'abat, la colère s'apaise...

Mais j'en ai assez! Je rends mon képi et mon sabre, je donne ma démission.

Bonsoir, camarades!

J'ai vite arraché mes quatre galons qui faisaient
pitié, les pauvres, tant ils étaient fanés, rougeâtres,
pisseux... et me voilà libre!

C'est maintenant que je suis le vrai chef du
bataillon. Oh! il ne faut point accepter de commandement régulier dans l'armée révolutionnaire! Je
croyais que le grade donnait de l'autorité — il en
ôte.

On n'est qu'un zéro devant le numéro des compagnies. On ne devient réellement le *preu* que pendant
le combat, si l'on a sauté le premier dans le danger.
Alors, parce qu'on est en avant, les autres suivent.
Et pour cela le baptême du vote est inutile : il n'y
a que le baptême du feu!

Oui, à présent que ma coiffure n'a plus ses petits
asticots d'argent, tous ceux dont j'étais le captif et
qui se changeaient en ennemis viennent à moi la
main ouverte, et je préside les délibérations de tous
les groupes, sans être président de rien. Ah! mais
non! Simple soldat, mes trente sous, et le droit de
beugler à mon tour : « A bas les chefs! »

— Gare à vous, capitaine, qui me voulez dans
votre compagnie!

Et le capitaine de rire, ou de faire semblant, car
il sait bien que, désormais, c'est moi qui vais tenir

en échec les officiers, et souffler tout bas le mot
d'ordre insurrectionnel.

Mon grade m'a servi, pourtant, lorsque nous
allions en corps, comme commandants, porter à
l'Hôtel de Ville la volonté de Paris, demander qu'on
ne fatiguât pas son désespoir, mais qu'on l'armât
pour de bon contre l'ennemi.

J'ai vu, un matin, tout le gouvernement de la
Défense nationale patauger dans la niaiserie et le
mensonge, sous l'œil clair de Blanqui.

D'une voix grêle, avec des gestes tranquilles, il
leur montrait le péril, il leur indiquait le remède,
leur faisait un cours de stratégie politique et militaire.

Et Garnier-Pagès [2], dans son faux col, Ferry,
entre ses côtelettes, Pelletan, au fond de sa barbe,
avaient l'air d'écoliers pris en flagrant délit d'ignar-
dise.

Il est vrai que Gambetta n'était pas là, et que
Picard n'est arrivé qu'au milieu de l'entrevue.

Lorsque Blanqui s'est tu, Millière a pris la parole,
demandant, au nom des révolutionnaires, que l'on
envoyât des commissaires hors Paris « pour représenter le Peuple aux armées ».

— Dites donc, Vingtras, a fait le gros Picard en
m'attirant dans une embrasure de fenêtre et en
taquinant le bouton de mon habit, vous savez, moi,
je ne m'oppose pas du tout, mais pas du tout, à ce
que vous filiez au diable avec votre diplôme de
plénipotentiaire faubourien. Ça me ferait même un
sensible plaisir... Mais les autres, là, regardez-les
donc! Sont-ils assez godiches, mes collègues! Comment, ils peuvent se débarrasser de vous, et ils ne
le font pas! Je signerais plutôt des pieds, pour mon

compte, afin de voir les cramoisis ficher le camp!...
Des cramoisis? des cramoisis? a-t-il ajouté, en
imitant les habitués de bastringue qui appellent
« Un vis-à-vis? un vis-à-vis? »
Et de rire!

Puis se penchant à mon oreille, et me mettant
le doigt sous le nez :
— Mais vous, malin, vous ne partiriez pas! Je
parie un lapin que vous ne partiriez pas!

Je ne parie pas de lapin... ils sont trop chers par
le temps qui court! Puis je perdrais. Pas plus que
lui, je ne comprends ces candidatures soumises au
visa du gouvernement.
Il ne faut pas lâcher la ville par ce temps de
disette, par ces trente degrés de froid — parce que
cette disette et ce froid préparent la fièvre chaude
de l'insurrection! Il faut rester là où l'on crève.
Sans compter aussi que les provinces, qui ne sont
pas venues à notre secours, ne bougeront pas davantage, parce que des gens de Paris seront arrivés
du matin et auront clubaillé le soir!
Mais c'est pour faire « comme en 93 ».
Les convaincus le pensent, et les roublards se
disent que lorsqu'on a mis le pied à l'étrier des
fonctions, on n'est désarçonné ni par les coups de
poing des émeutes, ni par les coups de fusil des
restaurations.

— Mais, saperlipopette! crie Picard à ses collègues, commissionnez-les donc, qu'ils aillent se
faire pendre ailleurs, ou qu'ils passent d'eux-mêmes
leur tête dans le collier! Une fois la nuque prise, ils
ne pousseront plus votre caboche, à vous, sous la
lunette de la guillotine... pas de danger! Ils vous
demanderont de les conserver après l'orage, et de

régulariser leur mandat d'irréguliers! C'est toujours comme ça que ça se passe!

Seulement, cette philosophie ne fait pas le compte des autoritaires, qui ne veulent pas avoir l'air de céder à la populace et qui ont envie de jouer au Jupiter tonnant, lançant des *Quos ego* devant lesquels se retireraient, la crête basse, les flots qui moutonnent.

Ils moutonnaient dur, un soir. Nous étions un tas d'officiers de faubourg qui étions montés, en grand uniforme, pour demander si l'on se moquait du peuple.

Ferry et Gambetta sont arrivés. Et patati, patata, au nom de la patrrrie, du devoirrr... Gambetta nous a apostrophés et morigénés.

Mais on a riposté froidement et durement.

Lefrançais a donné, d'autres aussi : on a crevé la peau d'âne de leurs déclamations.

Ils ne savaient plus que répondre... ils ont menacé.

— Je vais vous faire arrêter, m'a dit Ferry.

— Osez donc!

Ils n'osent pas, et les voilà qui reculent piteusement. Gambetta a filé en sourdine, après un dernier moulinet d'éloquence.

Ferry, qui joue les crânes, reste. On l'entoure, on le presse... Qui sait comment la soirée va finir, et s'il couchera dans son lit?

Quelques commandants se sont parlé à l'oreille dans un coin, et on a vu leur main serrer la poignée de leur sabre.

— Vingtras, en êtes-vous?

— Qu'y a-t-il?

— Nous sommes ici une centaine, représentant

cent bataillons. Sur cette centaine, il y en a huit
au plus pour Gambetta et Ferry. Si les quatre-
vingt-douze autres disaient à ces huit et à ces deux :
« Vous êtes nos prisonniers ? »

L'idée a mordu. Il va y avoir du nouveau dans
une heure!

Mais on a deviné sur nos lèvres et dans nos yeux
ce que nous complotons.

Vont-ils prendre les devants, appeler les compagnies de garde et nous faire cerner et désarmer?

Non; ils ne sont même pas sûrs de ceux qu'ils
ont chargés de les défendre!

Il faut pourtant parer au danger.

Qui les sauvera?

Deux hommes : Germain Casse qui fait le farouche, mais a un pied dans leur camp, et Vabre [3]
qui a toujours été avec eux!

Ils se sont écartés un moment, pour reparaître
une minute après, échevelés et haletants.

— Aux remparts! aux remparts!!

On accourt.

— Aux remparts! L'ennemi vient de percer les
lignes! Les bastions sont pris!

Personne ne pense plus à la conjuration, ou si
quelques-uns y pensent encore, ils sentent bien que
cette manœuvre les tue!

Et voilà comment, un soir de la semaine dernière,
l'Hôtel de Ville a échappé à quelques commandants
résolus qui voulaient s'en emparer.

Mais, patience!... Ils n'auront rien perdu pour
attendre!

XXI

Oudet et Mallet sautent dans ma chambre. Ils
m'apprennent le massacre, la défaite du Bourget.
— Oudet, repêche un clairon!... Mallet, pro-
cure-toi une hache!... Tambours, battez le rappel!...
La rue est en feu! Les sonneries et les batteries
font rage! Mallet a sa hache à la main.

Voici des centaines d'hommes qui, sous la fenêtre
même au pied de laquelle on hurlait : « A bas le
commandant! » attendent que Vingtras leur crie
pourquoi il a proclamé le tumulte.
— Citoyens, je reprends ma démission, et vous
demande de marcher à votre tête et, sur-le-champ,
à l'aide des nôtres, qu'on laisse égorger sans secours,
là-bas, au Bourget!
Frémissements! exclamations!
— Au Bourget! Au Bourget!

On serre les mains d'Oudet et de Mallet mes
grands camarades, qui sont toujours là pour me
frayer la voie par leur courage.
— Et pourquoi la hache?
— Pour défoncer le tonneau de cartouches qu'il
m'est défendu de livrer sans un ordre du maire,
sans tous les sacrements de l'état-major, mais que
j'ai fait rouler dans la rue pour que vous y puisiez

le pain de vos gibernes. Fais sauter le couvercle!
— Vive la République!

Tous en ligne... pas un qui manque à l'appel!
Les officiers s'approchent de moi. Il se forme
autour de mon képi découronné comme un conseil
de guerre.
— On va partir, c'est dit! Mais il faudrait auparavant s'entendre avec la Place pour combiner notre
entrée en bataille, savoir quelles sont les mesures
déjà prises...
Ce sont d'anciens soldats qui mettent cette barre
en travers du chemin.

Chez Clément Thomas [1].
— Le général?
— Vous ne pouvez pas le voir.
— Il le faut!
— Halte-là!
Mais à bas la consigne! Les factionnaires marchent
sur elle et l'écrasent sous le piétinement de leur
colère, quand nous leur lançons dans l'oreille les
nouvelles sinistres, et notre résolution.

Clément Thomas arrive au bruit.
Il se fâche, me reconnaît, m'interpelle.
— Que voulez-vous encore?
Ce que nous voulons, je le lui crie, les autres le
lui crient aussi.
— Je vous fais empoigner si vous gardez ce
ton-là!
Nous le gardons... les empoigneurs se font attendre.
Mais il nous bouscule de son autorité et de sa pré-
tendue expérience de stratégie — le général qui fut
marchef pour tout potage, il y a trente ans!

Il nous jette à la tête un plan qui vient d'être

élucidé par l'Hôtel de Ville avec les chefs de corps,
et que notre expédition irrégulière ferait manquer.

— Des forces ont été échelonnées suivant les lois
de la guerre, et doivent intervenir à des moments
précis, suivant des signaux connus. Des surprises
savantes sont ménagées pour écraser l'ennemi et
venger nos morts... Consentez-vous à accepter la
responsabilité de la défaite, à vous exposer aux
reproches de folie ou même de trahison?

J'ai baissé la tête, effrayé, et j'ai repris le chemin
du boulevard Puebla ² où les hommes m'attendaient, drapeau au centre.

Un officier du secteur nous avait accompagnés.
Il a promis que s'il y avait du renfort à diriger sur
le Bourget, c'est le 191ᵉ qui serait lancé le premier.

Ah! bien, oui! On s'est couché, les larmes aux
yeux, et l'on a remisé le drapeau trempé par la
pluie et puant la laine mouillée — alors qu'il aurait
dû embaumer la poudre!

31 octobre.

Autres nouvelles plus affreuses encore! Bazaine
a trahi!

Le gouvernement de la Défense le savait et le
cachait.

— A l'Hôtel de Ville!

De quartier à quartier, on s'est entendu pour
descendre ensemble.

On descend!

Mais devant la Corderie, des amis sont groupés,
qui me confisquent, prétendant que les compagnies
peuvent aller de l'avant sans moi, tandis qu'il y a
à délibérer au nom du peuple.

— Il s'agit de savoir comment on conduira le
mouvement.

Seulement, nous ne sommes que sept. Les célèbres
manquent. Blanqui est venu, puis reparti ; Vaillant [3]
de même. Les plus populaires sont noyés dans les
bataillons qui ont voulu les avoir avec eux, et ne
les lâchent pas. Jusqu'à moi, que l'on réclame,
là-bas, et qu'on vient reprendre.

— Vingtras! Vingtras!

Ah! ceux qui croient que les chefs mènent les
insurrections sont de grands innocents!

Émietté, dispersé, déchiré, noyé, ce qu'on appelle
l'état-major dans le tumulte des vagues humaines!
Tout au plus, la tête d'un de ces chefs peut-elle
émerger, à un moment, comme les bustes de femmes
peintes, sculptés à la proue des navires, et qui
paraissent et disparaissent à la grâce de la tempête,
au hasard du roulis!

Nous avons décidé quand même, sur le bord du
trottoir, à cinq ou six, que ce soir il fallait que la
Commune fût proclamée.

— La Commune... entendu!

— Mais venez donc! crie l'homme chargé de me
ramener.

En route, j'ai été arraché au sergent et retenu
par les arracheurs comme je l'avais été par lui,
séparé du gros de la foule, hissé sur une chaise de
marchand de vins, forcé de pérorer, chargé par un
comité déjà improvisé autour du billard de rédiger
une proclamation, et de discuter, entre deux mêlés-
casse, ceux qu'on va « porter au pouvoir ».

Une détonation!

Les enfants piaillent et se sauvent.

Le comité de chez le mastroquet, qui est composé
de braves, dit que c'est le moment de se montrer,
et nous essayons de refouler les fuyards en nous

dirigeant vers l'Hôtel de Ville, qu'il s'agit de prendre.

— Il est à nous, me dit Oudet qui en revient. Tu ne veux rien être, n'est-ce pas ?

— Eh bien, retournons au quartier, et restons avec les inconnus dans les faubourgs.

Je n'ai pas osé passer outre! J'aurais voulu pourtant aller à l'Hôtel de Ville, peut-être bien y avoir un poste de combat, être quelque chose dans l'insurrection!

Oudet m'a fait rougir de mes prétentions, ou plutôt j'ai manqué de courage. C'est à regret que j'ai rebroussé chemin.

Mais Oudet, que j'estime et qui m'aime, a dû voir clair. Laissons la place aux autres, et remontons là-haut.

Pas avant d'avoir grimpé l'escalier de la Corderie.

Ils sont là sept ou huit que je déconcerte en leur apprenant ce que je tiens d'Oudet : à savoir que le gouvernement *nouveau* est constitué.

Ils étaient en train de faire leur liste... comme chez le mannezingue.

— Mais notre devoir est d'en être! dit, en se drapant dans un pet-en-l'air bleu, un jeune avocat communiste, prêt à mourir au besoin sous le pavillon de l'émeute, mais prêt aussi à avoir les bénéfices de son ambition comme il en a le toupet — un toupet soutenu par une tignasse noire, telle qu'en ont les tribuns dans les gravures, et qu'il secoue à la Mirabeau sur ses épaules de Gringalet!

J'ai gâché là du temps, parce que, peu à peu, quelques-uns sont revenus, et qu'on s'est interrogé, chamaillé et insulté en Byzantins à propos de la conduite à tenir vis-à-vis du peuple — comme si ce peuple nous regardait par le trou de la serrure, et

nous attendait sur le palier pour nous supplier d'être
les maîtres.

Décidément, je retourne chez mes Sarmates.

— Vous savez qu'à la mairie de la Villette sont
restés des gardes nationaux qui, ce matin, n'ont
pas voulu participer au mouvement ?

— Allons occuper la mairie de la Villette!

Je suis en sabots, mes bottes d'honneur me
faisaient mal. J'ai pris des souliers de bois que j'ai
trouvés dans un coin.

Par-dessus ma vareuse, j'ai jeté un macfarlane
usé, râpé, qui fut bleu et qui a verdi... mais j'ai
mon sabre au ceinturon.

Je le tire au clair. Et sous la pluie qui tombe
d'un ciel brouillé et triste, pataugeant dans les
mares de boue, je mène une trentaine d'hommes du
côté de la rue de Flandre.

Nous faisons pitié avec nos cheveux ruisselants,
nos culottes crottées. Mon coupe-chou a déjà des
gales de rouille, et mon macfarlane les ailes aplaties
et veules. J'ai l'air d'une poule qui s'échappe d'un
baquet.

— Halte-là!... l'éternel « halte-là! » qui m'attend
à toutes les portes, depuis que je suis au monde.

Mais les trempés qui me suivent ont été rangés
en bataille derrière le macfarlane qui se secoue et
se raidit.

— Place au Peuple, maître du pouvoir!

La grille s'ouvre, et nous laisse passer.

— Du moment que l'Hôtel de Ville est à vous!...

Grand bruit dans la cour bondée de soldats,
hérissée de fusils.

— L'écharpe! l'écharpe!

Deux ou trois officiers se précipitent sur moi, m'étreignent et me ficèlent.

— Au nom de la Révolution, nous vous nommons maire de l'arrondissement! disent-ils en serrant la ceinture... en la serrant trop fort.

On desserre un peu ; mais c'est le tour de la tête, maintenant.

— Au nom de la Révolution, recevez l'accolade!

Et je reçois quelques baisers bruyants : des baisers du bon coin, qui sentent l'oignon, voire l'ail!

Et maintenant, à l'œuvre!

— A l'œuvre! Mais qu'est-ce qu'il faut que je fasse?

Et des harangues, donc! Est-ce qu'on va rester sans parler au peuple, sans lui dire qu'on mourra pour lui?

— Car enfin, vous mourrez pour lui, n'est-ce pas?

— Certainement!

— Eh bien, dites-le-lui. Il aime à ce qu'on le lui dise... Montez sur la table. Attention!... Là!... Vous pouvez y aller, maintenant.

Et j'y vais.

Quand je sens que je n'ai plus de salive, je conclus:

— Citoyens, le temps des discours est passé!

— J'ai à faire maintenant ce que doivent faire les hommes à sous-ventrière.

— Que font-ils? Voyons!

— Dame! je ne sais guère, murmure un voisin que l'on a nommé adjoint du coup, et qui attend également qu'on lui apprenne son métier.

— Il faut signer des bons, c'est bien simple! dit un vieux qui paraît ahuri de mon ignorance.

— Signer des bons, je veux bien, mais des bons de quoi?

— Des bons pour les voitures, pour les lampes, pour de l'huile, du papier, pour toutes choses généralement quelconques, pardi! comme ça se fait toujours en révolution!

Diable! Je croyais qu'on allait seulement me demander des cartouches, et j'aurais paraphé des deux mains. Mais pour le reste...

— Et les nouvelles à aller chercher à l'Hôtel de Ville, au secteur? Il faut des fiacres. Avec votre griffe, on en réquisitionnera de force. Ils viendront se faire payer demain.

Demain! je ne sais pas trop où nous serons, demain.

Or, je viens non seulement de signer des bons, mais de « voler la caisse »! Car ils m'accuseront de l'avoir volée, s'ils reprennent l'offensive! Je les connais, les procès de lendemain d'émeute, et ce n'est pas ma vie seule que je joue. Elle ne m'a pas l'air bien en danger. C'est bel et bien mon honneur qui est sur le tapis où roulent ces quelques pièces de cent sous, prises sous la responsabilité de celui qui commande en ce moment et qui s'appelle Jacques Vingtras.

Ah! bah! le sort en est jeté! Ça tournera comme ça voudra!

Mais je vais tâcher que ça tourne au grave, et ne pas passer mon temps à signer des bons de fourrage et des papiers de factures.

Ça ne tourne pas au grave — au contraire!

Je viens d'entendre, dans l'escalier, un boucan de tous les diables.

C'est Richard, l'ancien maire, qui vient de l'Hôtel de Ville où il est allé chercher des ordres près de ses patrons, et qui traverse le bataillon des envahisseurs.

Il se précipite sur l'écharpe dans laquelle on m'a saucissonné.

— Rendez-moi ça! Vous violez la loi. Je vous ferai fusiller demain!

Il me tient au ventre et essaie de m'arracher la ceinture tricolore qui s'est enroulée en nœud coulant. Ce nœud m'écrase le nombril... ma langue devient bleue.

— On étouffe nos frères! crie un vieux de 48, quoique je ne lui sois aucunement parent.

Et on fait lâcher prise au bonhomme qu'on serre de très près à son tour. Il renverse déjà les yeux!

Heureusement, j'ai retrouvé ma respiration :

— Citoyens, qu'on ne touche pas un cheveu de cette tête vide, qu'on respecte l'écorce de ce coco sans jus!

On rit. Le coco écume!

— Vous pouvez me torturer, je vous dis que demain vous serez châtié!

— Nul ne songe à vous torturer, mais pour que vous n'embêtiez plus le monde, on va vous coller dans une armoire.

Et je l'ai fait porter dans un placard... un placard énorme où il est très à l'aise, ma foi, s'il veut rester debout, et où il peut faire très bien un somme, s'il veut s'étendre sur la planche du milieu, en chien de fusil.

La révolution suit son cours.

Une heure du matin.

Un des gardiens demande à parler au Maire en exercice, au nom du Maire sous les scellés.

— Qu'arrive-t-il? S'est-il tué? A-t-il été asphyxié là-dedans?...

Non! Le parlementaire reste muet.

— Parlez! parlez!

Il n'ose pas, mais, se penchant à mon oreille :

— Pardon, excuse, mon officier... mais c'est qu'il

se tortille depuis un bon moment... quoi, suffit !...
Vous comprenez, faut-il le laisser aller, citoyen ?

— Le laisser aller dans l'armoire, oui, a dit
Grêlier [4], l'adjoint, dans l'armoire, entendez-vous !

— Vous êtes dur !

— Eh ! mon cher, s'il sort, la moitié des hommes
est fichue de se rallier à lui et de venir nous enlever !
Il est rageur, le gars, et résolu !... laissez-le donc
mouiller sa poudre !

Qu'il la mouille !

Moins d'une heure après, un sergent se présente,
un intraitable, celui-là ! On l'appelle le sapeur, à
cause du poil qui lui couvre la face. Il se ferait tuer
de bon cœur à la place de « son » commandant.

— Même que pour lui je couperais ma barbe !
dit-il, la flamme du dévouement aux yeux.

Il apporte des nouvelles de l'armoire.

— Elle est inondée, sauf votre respect, mon
commandant ! Mais c'est pas seulement ça !

— Qu'y a-t-il ?

Il ne sait trop comment s'expliquer, lui aussi.

— Il y a que le particulier ne se gêne plus... et
il demande...

— Il demande quoi ?

— Eh bien, mon commandant, il demande à
sortir une minute pour... quelque chose de sérieux !

— La réaction relève la tête, vous voyez, dit
Grêlier en branlant le chef... Tout à l'heure une
chose, maintenant une autre !...

Se tournant vers le sapeur :

— Et que disent les hommes de garde ? Que
pensent-ils de sa prétention ?

— Dame ! ils disent que ça ne sera pas si drôle,
si on le tient trop...

— Lâchez-le-moi pour de bon! Passez du chlore
dans l'armoire, et donnez-lui la clef des champs avec
la clef des lieux!

Il ne se l'est pas fait dire deux fois et est parti
comme une fusée.
Il s'est égratigné contre la ferrure d'un des
battants.
— Au Prussien! ont crié quelques rigoleurs, qui
ont failli faire prendre les armes à tout le bataillon
et les présenter au derrière écorché du maire.
Et dire que demain, si nous sommes vaincus,
on hurlera que j'ai poussé au massacre et mené la
tuerie! Jusqu'à présent, c'est pourtant tout le sang
que j'ai fait répandre, le sang de ce Prussien-là.

Vaincus! voilà que ça m'en a tout l'air!
Les nouvelles qui arrivent de l'Hôtel de Ville
sont noires.
Il paraît que le gouvernement retrouve des
forces, que l'on est venu le sauver; un bataillon de
l'ordre est parti, Ferry en tête, et marche contre
l'insurrection.
Est-ce vrai?...
— En tout cas, debout, camarades! Il faut aller
au-devant de ce bataillon-là.
— Nous avons faim! nous avons soif!
— Vous mangerez et boirez dans Paris.

Mais ils prétendent énergiquement qu'ils auront
plus de cœur au ventre s'ils mettent quelque chose
dans ce ventre-là.
— Allons! défoncez les tonneaux de la cave!
Tonneaux de harengs et tonneaux de vin... un
hareng et un verre par homme!
Et sac au dos! Je vais reprendre mon sabre et
lâcher mon écharpe. Qui la veut?

— Non, non! vous ne sortirez pas!

Et l'on s'oppose sournoisement et traîtreusement à mon départ.

Les commandants qui, depuis deux mois, ont tenu ouvertement ou secrètement pour l'ex-maire, et qui me haïssent à cause de ma popularité dans le club, se sont enhardis en apprenant le retour offensif des bourgeois. Et leurs émissaires sèment la révolte dans les groupes qui ont eu le demi-canon et le gendarme.

— Maintenant qu'il a amené le désordre, il s'en va! Ne le laissez pas filer. C'est vous qu'on arrêtera et qu'on rendra responsables. Savez-vous d'ailleurs où il vous conduit, et ce qui vous attend?... Il s'est emparé de la mairie; qu'il en reste le prisonnier!

Et, quand j'ai insisté, les Bellevillois ont fait la sourde oreille; seuls, quelques simples et braves gens sont partis en peloton, du côté du danger.

Notre étoile baisse!

On annonce que le 139e avance et va nous livrer assaut.

— On ébranle les grilles! vient me dire un capitaine.

— Par ces grilles-là, descendez leur avant-garde! Feu!

— Ce sera le carnage!

— Nous serons bien autrement massacrés, s'ils croient que nous avons peur. Allez leur dire que vous tirez, s'ils bougent!

Ils ont gardé leurs distances, point par crainte, je le veux bien, mais parce que, tout en n'étant pas de notre bord, ils ont de la douleur comme nous, et portent aussi au flanc la blessure des patriotes.

N'importe! J'ai envoyé chercher des cartouches

au poste des francs-tireurs, que commande un lieutenant qui a été mon compagnon dans la vie de
misère, avec qui nous avons mangé de la vache
enragée.

De celui-là au moins je suis sûr : il ne refusera pas
les munitions.

Pardieu si! il les a refusées.

Depuis qu'il a l'épaulette, il est devenu un
régulier, ce réfractaire! Il attend peut-être la croix
ou le brevet d'officier pour de bon dans l'armée!
Et s'il s'est battu comme un lion, c'est comme un
lion qui a assez du jeûne dans le désert, et veut la
pâtée de la ménagerie et les bravos de la foule!

Oh! c'est à se casser la tête contre les murs!

On a attendu en musulman la fin du drame, au
milieu des parfums de harengs et des fumées de vin
bleu.

Oh! ce hareng! mon écharpe le sent. Un drapeau
rouge, que l'on a tiré de je ne sais où pour le planter
devant mon pupitre, le sent aussi. Ce que nous
avons de poudre, ce qui nous reste d'argent, tout a
pris l'odeur des barils défoncés dans la cour.

On se croirait dans la rue aux Poissons de Londres,
et non pas dans la citadelle des insurgés de la
Villette.

1er novembre.

Elle s'est désemplie peu à peu, cette citadelle.
Ceux qui sont partis aux nouvelles ne sont pas
revenus, soit qu'ils aient été faits prisonniers, soit
qu'ils ne veuillent pas rentrer dans ce guêpier signalé
à la colère des bataillons bourgeois.

Et nous restons là quelques-uns, sans savoir rien
de ce qui se passe dans Paris.

Une dépêche vient d'arriver.

« Au maire du XIXᵉ. »

C'est moi, le maire — puisque j'ai l'écharpe!

Je décachète et je lis : « Tout est rentré dans l'ordre, sans effusion de sang. »

C'est le moment de détaler. Je tombe de faim, je crève de soif.

J'entre, écrasé, las, sommeillant, dans le restaurant où nous allions casser une croûte avec les collègues, vers midi. Je retrouve ceux qui n'ont pas paru de la nuit — ayant peur de moi ou attendant la fin pour se décider.

La fin, c'est mon arrestation à bref délai, sans doute. Peut-être vais-je être cueilli avant d'avoir mangé mon omelette.

Oh! les pauvres gens! Ils plongent leur nez dans leur assiette, font mine de ne pas me voir, me ferment la table en serrant les chaises.

Je les aborde.

— On va venir m'empoigner comme insurgé, comme voleur. Je vous prendrai à témoin.

Ils ne me laissent pas terminer.

— Hé!... Hum!... Dame!... Quoi!... Enfin!... Après tout, vous n'étiez pas forcé de vous emparer de la mairie. Vous avez peut-être sauvé Richard en l'écartant de la foule, mais si vous n'aviez pas pris sa place elle n'aurait pas pensé à l'étrangler... On dit que vous aviez ordonné de fusiller Louis Noir, et lui l'affirme!...

Ils me font lever le cœur. Je siffle un verre de vin, et je dégringole vers l'Hôtel de Ville.

Pas trace d'une nuit d'émeute, à peine des sentinelles; pas une cicatrice faite par les balles sur la peau des murs! Maison muette! place vide!

— Pour dix sous de savon noir, s'il vous plaît ? Oui, pour dix sous !

Et j'ai couru chez moi, et j'ai transformé ma chambre en baignoire, et j'ai emprunté à une camarade de palier son eau de Cologne pour en inonder ma vareuse. J'ai mis mes pieds dans l'eau et ma tête dans mes mains !

Me voilà propre, et si une baïonnette m'égratigne en route, j'arriverai à l'hôpital avec une chemise blanche et des chaussettes fraîches.

Il y a quelques chances pour qu'on me picote la peau. Je vais remonter vers la mairie. Après, j'aurai gagné le droit de disparaître et de me dérober aux poursuites.

Mais encore un peu d'eau de Cologne, s'il vous plaît ! Est-ce que ça sent toujours le hareng, ma voisine ?... Au revoir !

— On va vous arrêter, monsieur Vingtras !

— Je crois que oui.

— Restez donc !

— On viendrait me prendre ici, voilà tout.

Elle rougit un peu. Nous sommes bien ensemble.

— Je vous cacherai chez moi, dit-elle, en frottant son museau qui embaume contre ma barbe qui empeste encore !

— Impossible ! Mais si je ne reviens pas vous m'enverrez du linge. Et de l'eau de Cologne... beaucoup d'eau de Cologne ! Merci d'avance !

Mon concierge m'a prêté cinq francs.

Cinq francs ! J'avais vidé mes poches et laissé tout ce que j'avais entre les mains du caissier de la nuit — même ce qui était à moi. Avec cent sous, je puis attendre les événements !

Me voici dans la cour, où je suis entré sans sabre, et comme dans une prison, cette fois.

La grille s'est refermée sur l'ordre d'un commandant, que je n'ai pas vu pendant la bagarre, et qui arrive maintenant que je suis perdu.

C'est vrai pourtant qu'il a cru que je voulais le faire fusiller, le malheureux!

Et c'est le frère de Victor Noir même, celui qui me reçut au lit de mort de son cadet, tiède encore, c'est celui-là qui prend contre moi la parole, m'interpelle et m'accuse, devant des hommes de garde que je reconnais pour appartenir à un bataillon qui a un bonapartiste pour chef.

Heureusement, il reste des gens à nous, Bouteloup [5] et les siens, qui faisaient un somme, la tête sur le sac, et qui se réveillent au bruit et disent:

— On n'arrêtera pas Jacques Vingtras!

Louis Noir a eu honte, n'a pas osé décidément appeler à son secours le badingueusard, un familier peut-être de la maison d'Auteuil! — et m'a laissé passer.

A part cet ingrat enragé et les déjeuneurs de ce matin, les autres font leur devoir. Et quand je suis entré dans la salle où ils sont réunis, comme en conseil de guerre, ils m'ont tous accueilli à bras ouverts.

— Mais filez vite, partez! Il va être lancé un mandat d'amener contre vous, on nous l'a dit dans le cabinet du Gouvernement.

Je suis sorti, escorté de camarades courageux, sorti en singeant l'insouciance et la tranquillité. Au détour de la rue, un fiacre m'attendait, avec un cocher qui est des nôtres.

Ce cocher-là a fouetté sa rosse à faire venir le sang et m'a emporté au galop loin de cette mairie

d'où c'est presque un miracle que je sois sorti.
Hue! Cocotte!

Quand nous avons été loin, bien loin, il a fait
claquer son fouet, a demandé pardon à son cheval
et m'a dit :

— Sacré nom de Dieu! embrassez-moi!

XXII

Passedouet, qui est maire du XIIIe, m'a caché trois jours.

Le troisième jour, j'ai pris son rasoir, travaillé ma barbe, coupé les favoris, gardé les moustaches et la mouche, et je suis sorti pour me rendre chez un ami qui ne fait pas de politique, et m'offre une hospitalité commode et sûre, dans un quartier paisible et clérical. Là, je puis défier la police et échapper au conseil de guerre.

Mais veulent-ils nous arrêter?

Au bout d'une semaine, en ayant assez de la vie d'évadé qui reste caché dans son trou, je suis retourné à la Corderie.

S'ils tiennent à nous prendre, ils n'ont qu'à avoir des agents en bas...

Ils en ont.

Ils savent alors que je reviens, que d'autres reviennent aussi, qui sont poursuivis pour le 31 octobre, et sur qui on aurait le droit de mettre le grappin, qu'on démasquerait d'un revers de main, tant ils sont mal déguisés par leur cache-nez à trois tours et leurs lunettes de carnaval.

Et, cependant, le Gouvernement fait le mort, et nous laisse grimper et dégringoler cinquante fois par jour l'escalier de la Corderie.

Elle est devenue un forum, cette Corderie!

Elle arme la Révolution, elle rédige les cahiers de l'insurrection future — elle serait capable de sauver la Patrie!... Elle m'a sauvé l'honneur, il n'y a pas longtemps!

C'était quand j'avais mon képi à quatre galons! J'étais de garde au bastion. Un officier m'aborde :

— Vous ne savez pas le bruit qui court? On prétend que vous étiez d'accord avec l'Empire dans votre campagne électorale contre Jules Simon.

— On dit cela!

— Tout haut.

Je plante là le bataillon. Je saute dans un fiacre.

Oui, on dit cela tout haut dans les cafés; on l'a hurlé hier dans les réunions publiques.

C'est Germain Casse, le créole, qui a colporté la nouvelle.

Si j'allais lui casser la gueule, pour commencer, à celui-là?...

— Soyez donc calme, me dit Blanqui, chez lequel j'ai couru, et ne cassez rien. *C'est votre popularité qui commence.*

Ma popularité? Est-ce qu'il se moque de moi?

Calme! je ne puis l'être. Et la tête en feu, le cœur gonflé jusqu'à crever, la gorge sèche, les yeux troubles, je bondis d'un quartier à l'autre, lâchant ma voiture quand elle languit dans les carrefours, et courant comme un fou jusqu'aux maisons amies où sont ceux de mon ancien Comité dont je suis sûr et à qui je crie de ma voix éraillée : « Au secours! Au secours!! »

Je les traîne avec moi; j'en ramasse d'autres en route, qui ont connu ma misère et mon courage, et

le soleil n'est pas encore tombé que déjà la Corderie
est saisie de ma sommation d'enquête. Les Quatre-
vingts sont convoqués pour demain, toutes Chambres
du peuple siégeant.

Oh! c'est long! Quelle nuit j'ai passée!
Enfin, le jour est venu!
Briosne, Gaillard [1], un autre encore, sont accusés
comme moi. Nous sommes descendus ensemble,
le matin, vers la Préfecture de police, et nous avons
sommé les gens qui sont là de nous montrer les
pièces qui nous calomnient, les armes qu'on a
empoisonnées pour nous tuer.
Rien! on ne nous montre rien!

La salle est pleine; le grand jury est au complet.
Le bureau vient d'être élu.
J'ai la parole.

J'ai conté tout, depuis A jusqu'à Z : comment
un Comité est venu me prendre, le camarade Passedouet en tête — Passedouet que nul ne soupçonne,
n'est-ce pas?...
J'étais en train de manger un ordinaire chez un
marchand de vins. On m'a mis l'épée dans les reins.
On m'a répété sur tous les tons que moi, l'historien
futur des héros de Juin, je devais représenter ces
vaincus contre les républicains qui les maudirent,
et redresser devant eux le cadavre mutilé de la
guerre sociale.
J'ai accepté, mais j'ai dit : « Voyez, je déjeune à
trente sous. Je suis pauvre, je n'ai pas un centime
à donner pour mon élection. »
— Un homme est venu qui a offert d'aider pour
les affiches, m'a répondu le Comité.
— Vous êtes juges, ai-je conclu.

— S'il était payé par l'Empire, pourtant!

Dans quel but?... Nous ne faisions pas la campagne pour vaincre. Numériquement, nous étions sûrs d'une honteuse défaite.

Cinq cents voix! Les aurait-on seulement, cinq cents voix?

On les a eues [2]. Mais est-ce que c'était cette misère qui pouvait empêcher Simon de passer?...

Et voilà pourquoi je suis devant vous, accusé de trahir! Mais regardez-moi donc! Est-ce que j'ai les yeux d'un vendu?

Faut-il vous dire ce que j'ai terrassé de souffrances dans le cours de ma vie? Vais-je conter combien de fois je me suis colleté avec la faim pour rester libre?

Et après des années de cet héroïsme, dans un moment où je n'avais qu'un peu de patience à avoir pour être presque célèbre, et même heureux, c'est alors que je me serais annihilé, enchaîné, vendu!

Ce n'est pas à moi à vous dire que je vaux quelque chose, mais ne sentez-vous pas que, dix fois déjà, j'aurais pu devenir riche, si j'avais voulu?

Oh! je sais bien que vous allez m'acquitter!... seulement, je n'en garderai pas moins dans le cœur la honte de l'accusation.

Mon honneur?... il va sortir d'ici plus clair que jamais! Mais mon orgueil! qui pourra en laver les plaies, qui en retirera le pus que le doigt de Casse y a mis?

. . . .

Ils ne m'ont pas laissé achever.

De tous les coins de la salle, des mains se sont tendues vers moi. Quelques-unes m'ont embrassé; deux ou trois avaient les larmes aux yeux.

N'importe! Il se trouvera bien, dans l'avenir,
quelques misérables pour ramasser cette ordure
dans la boue et la rejeter contre moi, le jour
où je serai désarmé par la défaite, la proscription — ou la mort.

XXIII [1]

Allons, je me trompais, quand je croyais que ceux de l'Hôtel de Ville n'oseraient point nous poursuivre!

Ils l'ont osé.

Le 31 octobre passera devant un tribunal de soldats! Les officiers d'une armée prisonnière jugeront des hommes libres!

Ils arriveront là, Lefrançais, Tibaldi [2], Vermorel, Vésinier [3], Jaclard [4], Ranvier et d'autres peut-être qu'on reprendra; ils arriveront entre deux haies de fusils chargés, baïonnette au canon, qui s'abaisseront sur les poitrines, si quelqu'un voulait fuir ou se révolter.

Ils s'assiéront sur un banc, maigre comme un banc d'école; enterrés entre une table et un vieux poêle, on ne verra même pas leur tête — cette tête que visent les articles d'un Code sanglant.

Il n'est pas, cette fois, question de leur tête, je le sais, et pas même de leur liberté. Qui donc oserait, s'il a du cœur, les condamner?

Les condamner!... parce que voyant le navire courir à l'écueil, ils ont sauté vers le capitaine et lui ont crié:

— La France sombre! Tirez le canon d'alarme!

Les condamner!!... Pourquoi pas les souffleter

avec le chapeau à barbe de Trochu, ou les larder
avec l'épée de Bazaine ?

Ce n'est pas tout. Le sergent de service aura de
l'ouvrage cette semaine, et le commissaire de la
République n'a qu'à préparer des réquisitoires.

Ils vont juger encore un morceau de papier. Cela
s'appelait *L'Affiche rouge* — collée sur les murs au
moment où le pain manquait et où pleuvaient les
bombes.

Quelles transes elle nous a données, cette affiche...
à Vaillant, à Leverdays [5], à Tridon [6] et à moi !

La Corderie, dans sa séance du 5 janvier, nous
avait désignés pour servir d'interprètes à la pensée
commune.

Il fut convenu que nous apporterions le lendemain,
avant dix heures, une proclamation qui, si elle était
admise par l'assemblée, devait avoir l'honneur
d'être placardée, la nuit suivante, dans tous les faubourgs de Paris.

Mais il s'agissait de la faire.

Il fallait prêter au peuple un langage à la fois
simple et large. Devant l'histoire, il prenait la parole,
dans le plus terrible des orages, sous le feu de
l'étranger. On devait songer à la Patrie, en même
temps qu'à la Révolution.

Et dans le petit logis de la rue Saint-Jacques où
ils s'étaient enfermés, ces quatre hommes de lettres
s'arrachaient les cheveux à chaque ligne qu'ils
allongeaient sur les feuilles blanches, craignant de
verser dans la platitude ou la déclamation.

Nous avions honte de nous, et chaque sonnerie
de la pendule nous tintait douloureusement dans
le crâne.

La besogne fut enfin aux trois quarts achevée.
Il était cinq heures du matin.

Tridon, malade, et qui devait mourir du mal qui le rongeait, proposa de faire un somme — quitte à donner ensuite un coup de collier.

Nous nous étendîmes tous deux sur un lit improvisé... que je quittai pour lui laisser plus de place, à lui, le pauvre! qui avait le cou en charpie, la peau en lambeaux, et qui se recroquevillait dans l'unique drap qu'on nous avait abandonné, les camarades ayant pris l'autre.

Sa chair était déjà à l'agonie, sa pensée restait robuste et saine.

Quand on se leva, on entendit le canon tonner d'une voix qu'on ne connaissait pas. C'était le bombardement qui commençait.

Et notre manifeste était là... transi comme nous!

Je ne saurais dire notre douleur : nous avions peur d'avoir été indignes des nôtres, et les obus nouveaux nous sifflaient aux oreilles comme, au théâtre, la colère d'un public déçu.

Il fallait une phrase, rien qu'une, mais il en fallait une où palpitât l'âme de Paris; il fallait un mot à Paris aussi pour prendre position dans l'avenir.

On se traîna vers la Corderie sans avoir conclu, ne se souciant pas du péril, ayant plutôt le secret désir d'être tué avant d'arriver.

A une détonation plus forte, cependant, Tridon se secoua, et regardant le ciel, fronçant le sourcil, il essaya dans l'air gelé une phrase, un mot...

Il avait trouvé!

La proclamation, lue dans un silence solennel, fut couverte d'applaudissements.

Elle se terminait ainsi :

« Place au Peuple! Place à la Commune! »

C'est cette proclamation-là qu'ils vont poursuivre.
Ce n'était pas un appel à la rébellion, pourtant
c'était un cri échappé à des cœurs en fièvre, et
moins un cri d'indignation qu'un cri de désespoir.

On arrêta des signataires — la foule alla leur
ouvrir, tambour en tête, les portes de Mazas. Et
voilà que l'huissier du Cherche-Midi les convoque!

Ils se souviennent de ce placard, à l'Hôtel de
Ville! Il a pourtant passé sous les ponts, depuis
ce temps, la fange de la capitulation et le sang du
22 Janvier.

Mais le 22 Janvier est cité, lui aussi! Ils veulent en
faire un jour criminel.

Et qui donc fut criminel?...

Pauvre Sapia [7]! Il avait un jonc de treize sous à
la main, quand il tomba. Il criait : « En avant! »
mais sans épée et sans fusil.

L'enfant de neuf ans qu'on releva mort n'avait
pas tiré, n'est-ce pas? Et le vieillard, dont la cervelle sauta sur le candélabre, avait dans sa poche,
non pas une bombe, mais un paroissien.

Le 22 janvier, combien d'innocents massacrés!

Ceux qui n'avaient pu fuir assez vite s'étaient
affaissés derrière des tas de sable, ou allongés derrière les réverbères abattus, et restaient là, accroupis
dans la boue jusqu'aux lèvres.

Quelquefois, un de ces accroupis se détachait
de la grappe saignante et roulait sur le ventre vers
un coin plus sûr... il s'arrêtait tout à coup et ne
roulait plus. Mais on lui voyait au flanc une tache
écarlate, comme à la bonde d'un tonneau.

Parmi ceux qu'amèneront demain les gendarmes,
il y en a qui étaient venus seulement relever les
blessés, ou couvrir de leur mouchoir le visage
horrible des morts.

Et les féroces maladroits qui sont au pouvoir n'ont pas compris qu'il valait mieux faire comme ces derniers, et jeter sur ces journées sombres le voile de l'oubli.

8 mars.

Le 31 octobre est jugé.

Un tribunal de soldats a acquitté la plupart de ceux qui, au nom du traité conclu dans cette nuit au dénouement sinistre, n'auraient jamais dû être arrêtés, ni poursuivis.

L'épée des juges du Conseil de guerre a cloué les parjures de l'Hôtel de Ville au pilori de l'Histoire.

Il ne reste plus sur la sellette que Goupil [8], moi, et quelques autres, cités à la barre pour des faits que ne pouvait couvrir la convention.

Car *L'Affiche rouge*, elle aussi, est sortie victorieuse des débats.

Il y a eu deux séances au Cherche-Midi, deux fournées d'accusés, deux verdicts semblables d'absolution. Les gens de la Défense en sont, jusqu'à présent, pour leur courte honte.

Le Ferry s'était montré enragé pourtant : crossant les vaincus, et jurant sur l'honneur qu'il m'avait parfaitement reconnu — oui, moi, Vingtras! — la nuit du 31 octobre, à l'Hôtel de Ville : que j'étais parmi ceux qui braillaient le plus fort, et qui parlaient de l'expédier à Mazas.

Pour lui mettre la trompe dans son mensonge, il a fallu que j'aille déclarer :

1º Que moi qui ai tâté de Mazas, je préférerais faire guillotiner un camarade que d'y envoyer un ennemi;

2º Que je le crois lui, Ferry, plus digne de la
fessée que du martyre ;

3º Qu'il m'a été impossible, à mon grand regret,
d'injurier le gouvernement sur sa chaise curule,
puisque je suis poursuivi pour avoir, à la Villette,
à cette heure-là, séquestré le père Richard, maire
légitime, et rendu toute une population malade en la nourrissant de harengs « destinés aux
blessés ».

Il a bien fallu se rendre à l'évidence, mais Ferry
a dû me recommander au prône ; et pour peu que
le président du Conseil de guerre ait des attaches
avec le gouvernement, mon affaire est claire... ils
vont me soigner ça !

                              11 mars. Au Cherche-Midi.

— Toi, Vingtras, tu en auras bien pour six mois.

J'en aurai peut-être pour six mois, ça, c'est
possible ; seulement je vous fiche mon billet que je
m'arrangerai pour ne pas les faire !

⁹ Être pris en ce moment et coffré, ce serait peut-
être la transportation à bref délai, l'enlèvement un
soir de révolte au faubourg, et le départ en catimini
pour Cayenne — si ce n'était tout simplement la
mort, sous le coup de pistolet d'un municipal las
d'une journée d'émeute, ou même l'exécution en
règle contre un mur du chemin de ronde.

Le vent est aux fusillades, et dans la soûlaison du
triomphe, pendant la fureur d'une lutte indécise,
gare aux prisonniers !...

Il serait dur de disparaître ainsi.

La porte n'est encore qu'entrebâillée pour ces
abattages sommaires — mais, en dehors du néant,
la claustration serait déjà trop pesante !

Qui sait si les bruits de la ville parviendraient jusqu'à moi ; si, à travers les barreaux de ma cellule, glisseraient les éclairs de la tempête ? Je ne saurais donc rien ? je n'entendrais rien ?... pendant que se déciderait le sort des nôtres, qu'ils joueraient leur vie et qu'on les décimerait !

Aussi, fera qui voudra son Silvio Pellico [10], moi, je vais tâcher de leur filer entre les doigts !

Ça ne sera pas difficile.

Nous sommes accusés libres. C'est de nous-mêmes que nous sommes venus nous offrir à la condamnation. Aussi nous garde-t-on mollement.

Il y a, à ma gauche, une vieille brisque de sergent, droit comme un chêne, avec des moustaches terribles qui, à deux ou trois reprises, ont failli m'éborgner ; il a la tête de plus que moi.

Mais il me regarde — d'en haut — sans colère, et presque avec bonhomie, quoiqu'en mâchant rageusement des bouts de phrases comme s'il chiquait des cailloux.

Le Conseil s'est retiré pour délibérer.

Dans les coins, on jase, on discute. Je n'ai plus que quelques minutes de liberté, peut-être ; j'en vais profiter pour jaser et discuter comme les autres... pour regarder surtout si la porte est ouverte ou fermée.

Vlan ! dans l'œil ! C'est la moustache du voisin qui m'aveugle pour la quatrième fois. Seulement, ce coup-ci, j'ai compris ce qu'il me grognonne aux oreilles depuis un bon quart d'heure.

— Mais, nom de Dieu ! mon garçon, foutez donc le camp !

— Merci, l'ancien ! On va tâcher.

Le seuil est franchi, me voilà dans la rue. Tout
comme à la Villette, je m'éloigne avec nonchalance,
je fais celui qui se promène, puis prends ma course
au tournant du premier carrefour.

Et j'ai trouvé asile à deux pas de là, non loin de
la prison où je devrais être.

Le lendemain, un camarade que j'ai fait avertir
m'apporte le verdict. J'en ai pour six mois, bel et
bien — et de cela je me soucie comme d'une guigne !

Mais les soudards de l'état de siège ont, d'un
trait de plume, biffé six feuilles socialistes, dont *Le
Cri du peuple* qui en était à son dix-huitième numéro, et qui marchait rudement, le gars !

Le Ferry s'est vengé. Je suis libre, mais mon
journal est mort [11].

Il ne s'est pas vengé que de moi, par malheur !
La clémence du conseil de guerre était une feinte,
le 31 octobre vient d'être frappé de la peine capitale : — Blanqui et Flourens sont condamnés à mort.

Tant mieux !... puisqu'ils sont hors d'atteinte.

Dans ma retraite, je ne vois personne et je ne sais
rien. Mais je n'en sens pas moins couver l'orage, et
je vois l'horizon qui s'obscurcit. Qu'ils lui fassent
donc perdre patience, à ce peuple, — et que jaillisse
le premier coup de tonnerre !

18 mars.

— Pan, pan !

— Qui est là ?

C'est un des trois amis qui savent ma cachette ;
il est essoufflé et pâle.

— Qu'y a-t-il ?

— Un régiment de ligne a passé au peuple !

— Alors, on se bat ?

— Non, mais Paris est au Comité central. Deux
généraux ont eu, ce matin, la tête fracassée par les
chassepots.

— Où ?... Comment ?...

— L'un [1] avait commandé le feu contre la foule.
Ses soldats se sont mêlés aux fédérés, l'ont entraîné,
et massacré : c'est un sergent en uniforme de fantassin qui a tiré le premier. L'autre, c'est Clément
Thomas qui venait espionner, et qu'un ancien de
Juin a reconnu. Au mur aussi !... Leurs cadavres
sont maintenant étendus, troués comme des écu-
moires, dans un jardin de la rue des Rosiers, là-haut
à Montmartre.

Il s'est tu.

Allons ! C'est la Révolution !

La voilà donc, la minute espérée et attendue dc-

puis la première cruauté du père, depuis la première
gifle du cuistre, depuis le premier jour passé sans
pain, depuis la première nuit passée sans logis —
voilà la revanche du collège, de la misère, et de
Décembre!

J'ai eu un frisson tout de même. Je n'aurais pas
voulu ces taches de sang sur nos mains, dès l'aube
de notre victoire.

Peut-être aussi est-ce la perspective de la retraite
coupée, de l'inévitable tuerie, du noir péril, qui m'a
refroidi les moelles... moins par peur d'être compris
dans l'hécatombe, que parce que me glace l'idée
que je pourrai, un jour, avoir à la commander.

— Vos dernières nouvelles sont de quand?
— D'il y a une heure.
— Et vous êtes sûr qu'on ne s'est point battu,
qu'il n'a surgi rien de nouveau, ni de tragique, depuis
la fusillade de tantôt?
— Rien.

Comme les rues sont tranquilles!

Nul vestige n'indique qu'il y ait quelque chose de
changé sous le ciel, que des Brutus à trente sous par
tête aient passé le Rubicon contre un César nabot!

Qu'est-il devenu, à propos, le Foutriquet? Où
est Thiers?...

Personne ne peut répondre

Les uns pensent qu'il se cache et s'apprête à fuir;
d'autres, qu'il se trémousse dans quelque coin et
donne des ordres, pour que les forces bourgeoises
se rassemblent et viennent écraser l'émeute.

La place de l'Hôtel-de-Ville est déserte; je
croyais que nous la trouverions bondée de foule et
frémissante, ou toute hérissée de canons la gueule
tournée vers nous.

Elle est, au contraire, muette et vide; il n'y a pas

encore de gars d'attaque là-dedans — pas même le
téméraire qui, avec l'audace de sa conviction, fait
prendre feu à tout le Forum, comme l'allumeur à
tout un lustre !

La cohue se tient sur les bords, en cordon de curiosité et point en cercle de bataille.

Et les propos d'aller leur train !

— La cour est pleine d'artillerie, les canonniers
attendent, mèche allumée... Souvenez-vous du
22 Janvier ! Si l'on fait un pas en avant, portes et
fenêtres s'ouvrent, et nous sommes foudroyés à bout
portant !

Voilà ce qui se dit autour de la place que la nuit
envahit déjà, et où je crois voir se dresser, sanglantes, les silhouettes des deux généraux.

Mais un citoyen accourt :

— La rue du Temple est occupée par Ranvier...
Brunel [2] a massé son bataillon rue de Rivoli...

Ranvier et Brunel sont là ! J'y vais !

— Longez donc les murs ! En cas de décharge,
il y a moins de danger.

— Ma foi non ! s'il y a des mitrailleuses dans le
préau et des mobiles bretons derrière les vitres, on le
verra bien !

Et nous brisons, à quelques-uns, le cordon ; nous
enlevons trois grains au chapelet des hésitants,
d'autres grains nous suivent, quittent le fil et
roulent avec nous.

Voici, en effet, Brunel en grande tenue, mais il
est déjà sous la porte, avec ses hommes.

Je cours à lui.

Il m'explique la situation.

— Nous sommes maîtres du terrain. Même s'ils
se reforment sur quelque point que nous ne
connaissons pas et s'ils nous attaquent, nous pour-
rons tenir assez longtemps pour que le Comité
central arrive avec du renfort... Ranvier est, en effet,
à côté, ainsi qu'on vous l'a dit. On assure que
Duval [3] est descendu avec les gens du Ve et du
XIIIe sur la Préfecture : si ce n'est pas vrai, on doit
lui intimer l'ordre de se mettre en marche... Par
exemple, il faut que la rue du Temple soit gardée
sur le pied de guerre toute la nuit. J'ai été soldat,
et je suis pour la discipline des émeutes contre celle
des casernes... Allez donc trouver Ranvier, vous qui
êtes son meilleur ami, et transmettez-lui, en camarade, ces observations. Moi, je ne puis guère, j'aurais l'air de vouloir jouer au commandant.
— Entendu !

Il est là, le pâle, faisant construire une barricade.
— Eh bien, ça y est ! Regarde.
Une ligne noire de baïonnettes, toute une file
d'hommes muets ! C'est l'armée de Duval, silen-
cieuse comme l'armée d'Annibal ou de Napoléon,
après la consigne donnée de passer inaperçue le
Saint-Gothard ou les Alpes.
Le peuple est sur ses gardes — la nuit est sûre.

Mais demain, au lever du soleil, il lui faudra un
furieux coup de clairon.
Et j'ai été réveiller un copain.
— *Le Cri du peuple* va reparaître !... Allez avertir
Marcel, voyez pour le papier à l'imprimerie... Vite
une plume, que je fasse mon premier article !
Et je me suis attablé.

Mais non ! je n'ai point écrit.
Le sang bouillonnait trop fort dans mes veines ;

la pensée brûlait les mots dans ma cervelle; mes phrases me paraissaient ou trop déclamatoires ou indignes, dans leur simplicité, du grand drame sur lequel vient de se lever le rideau, qui a, comme un rideau de théâtre, deux trous — faits par les deux balles qui, paraît-il, ont frappé en plein front chacun des exécutés.

Quand mes artères ont été plus froides, quand, la croisée ouverte, je me suis accoudé et ai plongé mon regard dans la cité, son sommeil et son calme m'ont fait peur!

La Ville ne serait-elle pas d'accord avec la Révolte? La fusillade des généraux aurait-elle, en traversant les cibles humaines, atteint au cœur le Paris qui n'est pas sur la brèche? L'insurrection serait-elle seulement l'œuvre de quelques chefs et de quelques bataillons audacieux?

Pourquoi n'y a-t-il pas un tressaillement, un bruit de pas, un froissement d'armes?

Si je descendais et retournais du côté des rebelles, vers le troupeau noir de Duval, vers la barricade grise de Ranvier?...

Allons! j'ai encore, moi, le défenseur des humbles, l'inquiétude des redingotiers devant les noms obscurs!

Et j'ai fermé ma fenêtre sur la Ville impénétrable et qui semble morte, alors qu'on la dit ressuscitée! J'ai fermé ma fenêtre, et mon cerveau s'est muré également — les idées ne venaient plus!

J'ai passé sur un canapé qui montrait ses entrailles de crin, les heures que j'aurais dû passer debout, ou couché en chien de fusil, prêt à la détente, sur un lit de camp.

Au matin, j'ai couru chez les intimes.

Eux aussi, ils ont attendu — stupéfiés par le coup de foudre de Montmartre.

Et cependant, parmi ces compagnons, il en est de braves comme des épées. Cela me rassure, et me raccommode avec ma conscience inquiète.

Ce n'est pas devant le péril que mes amis et moi nous avons reculé toute une nuit, c'est devant une moitié de victoire gagnée sans nous, et que nous pouvions perdre en entrant en ligne trop tard.

Je me dirige vers l'Hôtel de Ville.
— Où siège le Comité central?
— En haut. Et à droite.

Je marche en enjambant par-dessus les hommes endormis et affalés, comme des bêtes fourbues, sur les marches de l'escalier. Ils me rappellent les bœufs tombés dans les rues, pendant le siège, et dont la lune éclairait les grands corps roux.

Plusieurs de ceux qui, depuis la veille, à l'aube, étant sur pied, ont fait leur devoir et la corvée : qui, après avoir harcelé de leur baïonnette le poitrail des chevaux montés par les gros épauletiers de Vinoy, ont, le soir, taillé le pain, distribué les vivres : plusieurs de ceux-là ont arrosé leur charcuterie et leur lassitude d'un peu de vin qui les a ragaillardis — et ils ont une pointe.

Mais pas un qui ne puisse sauter sur son fusil, viser, et faire feu, si Moreau [4], ou Durand [5], ou Lambert — voilà les noms de leurs généraux! — se mettait à crier que Ferry revient avec un Ibos [6] et un 106e, comme au 31 octobre.
— Aux armes!
Tous laisseraient le gobelet d'étain pour prendre l'écuelle à cartouches, et piqueraient, non plus dans

le petit-salé de faubourg avec leur couteau de treize sous, mais dans le gras-double des bourgeois, avec la fourchette à une dent qui est au bout du flingot.

Mais, pour l'instant, rien qui sente la colère, ni même qui embaume l'enthousiasme!

On dirait d'un régiment qui a reçu permission de pioncer sur le perron d'une préfecture, faute d'assez de billets de logement, et à qui on a dit de s'organiser, tant bien que mal, pour la soupe, le feu et la chandelle.

XXV

Où est le Comité central?

Le Comité?... Il est égrené dans cette pièce. L'un écrit, l'autre dort; celui-ci cause, assis à moitié sur une table; celui-là, tout en racontant une histoire qui fait rire les voisins, rafistole un revolver qui a eu la gueule fendue.

Je n'en connais aucun, On me dit leurs noms: je ne les ai pas encore entendus. Ce sont les délégués de bataillons, populaires seulement dans leur quartier. Ils ont eu leurs succès d'hommes de parole et d'hommes d'action dans les assemblées, souvent tumultueuses, d'où est sortie l'organisation fédérale. Je n'ai point assisté à ces réunions, étant forcé de me cacher avant et après ma condamnation.

Ils sont six ou sept, pas plus, en ce moment, dans cette grande salle où l'Empire, en uniforme doré et en toilette de gala, dansait, il n'y a pas déjà si longtemps!

Aujourd'hui, une demi-douzaine de garçons à gros souliers, avec un képi à filets de laine, vêtus de la capote ou de la vareuse, sans une épaulette ni une dragonne, sont sous ce plafond à cartouches fleurdelisés, le Gouvernement.

A peine ils s'aperçoivent qu'un étranger est entré!
Ce n'est qu'au bout de cinq minutes de rôderie que
je me décide à approcher du récureur de pistolet
qui, du reste, ne rit plus et dit, d'une voix ferme,
à un nouvel arrivé :

— Ah! mais non! On veut encore escamoter la
Révolution! J'aimerais mieux me faire sauter le
caisson que de signer... je ne signe pas!

Il me voit, et m'interpellant brusquement :
— Est-ce que vous êtes aussi un délégué des
mairies, vous?
— Je suis le rédacteur en chef du *Cri du Peuple*.
— Et vous ne disiez rien! Et vous restiez là
comme le dernier venu!...

Je suis le dernier venu, en effet; je n'ai été ni
avec les fusilleurs hier matin, ni avec les barricadiers
hier soir.
Je lui avoue mes hésitations, comment je suis
resté sur la défensive.
— Je comprends, dit-il, notre obscurité nous
rend suspects!... Mais il y a derrière nous un demi-
million d'obscurs — armés! — et ceux-là nous
suivront!

— En êtes-vous sûr? reprend l'interlocuteur qui
a été lâché pour moi, Bonvalet, maire du IIIe, un
petit boulot qui paraît très animé et élève le ton,
comme un parlementaire qui pose des conditions
ou transmet un défi. Êtes-vous sûr que la population vous suivra comme vous le dites?... Nous
venons vous proposer, nous, *Ligue des droits de
Paris* [1], de mettre le pouvoir en dépôt dans nos
mains (rien qu'en dépôt) pour qu'on ait le temps
de voir venir!
— Les copains feront ce qu'ils voudront. Moi je

retourne dans mon arrondissement, je me cantonne dans votre boîte, et je vous défends d'y entrer... Voilà !

— Sans nous, vous ne serez rien !

— Mais vous-mêmes, qu'êtes-vous donc ? Vous croyez que toute la municipaillerie et toute la députasserie pèsent une once aujourd'hui ?... Certes oui, si elles s'étaient mises à la tête du mouvement ! Elles nous auraient même volés, fourrés dedans ! Nous étions fichus ! nous, les socialistes. Si les élus de la Ville étaient entrés dans le branle... flambée, la Commune !

Puis, se mettant à rire :

— Mon cher, allez dire à vos patrons que nous sommes ici par la volonté des gens de rien, et nous n'en sortirons que par la force des mitrailleuses.

— Alors, c'est votre dernier mot ?

— Vous pouvez consulter les autres, si ça vous plaît ! Mais je ne vous répète là que ce que nous avons dit cette nuit... tous en bloc !

Au même moment, un peloton d'hommes sans armes est entré : quelques-uns bâillant, tout ébouriffés ; d'autres agitant des paperasses l'œil allumé, tapant sur les feuillets, comparant les pages.

C'était le noyau du Comité qui venait de recevoir des nouvelles, et de décider la réponse aux députés.

— La paix ou la guerre ?... a demandé Bonvalet.

— Cela dépend de vous. Ce sera la paix si vous n'êtes pas des entêtés et des orgueilleux, si les représentants du peuple acceptent qu'on en appelle au peuple. Nous consentons à rester dans les souliers de votre tradition, mais ne barguignez pas, ne biaisez pas et ne trahissez pas ! — vous avez l'air de ne faire que ça !... Et maintenant, mon gros, laissez-nous tranquilles ; nous avons à fouiller nos poches. Il faut un million pour nos 300 000 fédérés... j'ai dix francs !

— Eh bien, il n'y a qu'à défoncer les caisses !
— Pour qu'on nous accuse de pillage, de vol !...
Et des exclamations de frayeur, un mouvement d'hésitation, un effroi de pauvres, un tremblement de ces mains noires qui n'ont jusqu'ici touché que l'argent du travail, aux sous de paie, et qui ne veulent pas toucher à des billets de banque en tas, à des monceaux d'or mis sous clef !

— Il faut pourtant bien fournir la solde aux gardes nationaux, leur conserver leurs trente sous ! Que diraient les femmes ? Si la bourgeoise se met contre nous, le mouvement est enrayé, la Révolution est perdue.
— C'est vrai !
— Et le pire, ce qui est plus à craindre encore, c'est qu'il y aura des indisciplinés qui iront en bandes prendre le pain qu'il leur faut, et plus de vin qu'il ne faudra. Ils forceront les portes, au gré de leur appétit ou de leur soif, à la suffisance de leur colère... et il y aura trois cents canailles ou étourneaux qui feront passer les communards pour un ramassis de trois cent mille coquins !

— Mais il n'y a peut-être pas de quoi régler deux journées dans ces malheureux coffres !
— Quand il n'y en aurait que pour vingt-quatre heures, c'est ce temps-là qu'il faut gagner. Tout nous retombera sur la tête... mais elles tiennent si peu aux épaules, nos têtes ! Pour mon compte, j'accepte de faire la première pesée. Qu'en dis-tu, Varlin [2] ?
— Allons chercher les pinces !

L'abîme est définitivement creusé comme avec
une pioche de cimetière. Ce crochetage de serrures
engage le Comité autant que la fusillade des généraux. Toute la race de ceux qui ont quatre sous,
les « honnêtes gens » de toute classe et de tout pays,
vont lancer sur ce foyer de pilleurs, malédictions,
bombes et soldats.

Je rencontre Ferré [3].
— Tu sais ce qu'ils viennent de décider ?
— Oui ! Et tu trouves qu'ils marchent !... Ils ont
osé rédiger un procès-verbal pour renier l'exécution
de Lecomte et de Thomas ! Déjà, le peuple est dé-
savoué ; et c'est toi qui as imprimé le désaveu dans
ton canard ! Tu es aussi un de ceux qui ont réclamé
l'élargissement de Chanzy [4] !... Tu vas bien ! a-t-il
ajouté avec amertume.
— Alors, tu cries à la trahison ?
— Non ! Mais les trahisons se châtient, tandis
que les faiblesses s'excusent. Mieux vaudrait des
criminels, et point des hésitants. Le jardin de
l'Hôtel de Ville est bien aussi grand que celui des
Rosiers... qu'ils prennent garde !

Le Cri du Peuple a reparu.

— Demandez *Le Cri du Peuple* par Jacques
Vingtras!

Il est deux heures de l'après-midi, et déjà quatre-
vingt mille pages se sont envolées de l'imprimerie
sur cette place et sur les faubourgs.

— Demandez *Le Cri du Peuple* par Jacques
Vingtras!

On n'entend que cela, et le marchand n'y peut
suffire.

— Voulez-vous mon dernier, citoyen?... Pour
vous, ce sera deux sous, fait-il en riant : vrai, ça
les vaut!

— Voyons!

26 mars.

« Quelle journée!

« Ce soleil tiède et clair qui dore la gueule des
canons, cette odeur de bouquets, le frisson des
drapeaux, le murmure de cette révolution qui passe,
tranquille et belle comme une rivière bleue; ces
tressaillements, ces lueurs, ces fanfares de cuivre,
ces reflets de bronze, ces flambées d'espoir, ce parfum
d'honneur, il y a là de quoi griser d'orgueil et de
joie l'armée victorieuse des républicains.

« O grand Paris!

« Lâches que nous étions, nous parlions déjà de
te quitter et de nous éloigner de tes faubourgs
qu'on croyait morts!

« Pardon! patrie de l'honneur, cité du salut,
bivouac de la Révolution!

« Quoi qu'il arrive, dussions-nous être de nouveau
vaincus et mourir demain, notre génération est
consolée! Nous sommes payés de vingt ans de
défaites et d'angoisses.

« Clairons! sonnez dans le vent! Tambours! battez
aux champs!

« Embrasse-moi, camarade, qui as comme moi
les cheveux gris! Et toi, marmot, qui joues aux
billes derrière la barricade, viens que je t'embrasse
aussi!

« Le 17 mars te l'a sauvé belle, gamin! Tu pouvais,
comme nous, grandir dans le brouillard, patauger
dans la boue, rouler dans le sang, crever de honte,
avoir l'indicible douleur des déshonorés!

« C'est fini!

« Nous avons saigné et pleuré pour toi. Tu re-
cueilleras notre héritage.

« Fils des désespérés, tu seras un homme libre [1]!»

J'ai du bonheur pour mon argent! Par-dessus
mon épaule, un ou deux fédérés essaient de lire, en
disant d'un air entendu :

— Il a tout de même le fil, ce sacré Vingtras!
Vous ne trouvez pas, citoyen?

Je ressens une ivresse profonde, perdu dans cette
multitude qui me jette aux oreilles tout ce qu'elle
pense de moi.

Ma réserve, quand on frappe sur le journal en
disant : « Est-ce tapé! là, voyons?... » me vaut
même de la part des enthousiastes qui me trouvent

tiède, des moues de colère, et aussi des bourrades sournoises — qui me cassent les côtes, mais me rapiècent le cœur.

Il me semble qu'il n'est plus à moi, ce cœur qu'ont écorché tant de laides blessures, et que c'est l'âme même de la foule qui maintenant emplit et gonfle ma poitrine.

Oh! il faudrait que la mort vînt me prendre, qu'une balle me tuât dans cet épanouissement de la résurrection!

Je mourrais aujourd'hui en pleine revanche... et qui sait ce que demain la lutte va faire de moi!

Jadis, mon obscurité masquait de noir mes faiblesses d'inconnu; maintenant, le peuple va me regarder à travers les lignes qui, comme les veines de ma pensée, courent sur la feuille de papier gris. Si ma veine est pauvre, si j'ai le sang bleu, mieux valaient les coups de pied de vache de la misère, les portions à quatre sous, les faux cols en carton, les humiliations innombrables!

On avait, au moins, une âpre jouissance à se sentir le plus fort dans le pays de la détresse, à être — pour pas trop cher de vaillance et parce qu'on avait appris du latin — le grand homme de la gueuserie sombre.

Et voilà qu'à cette heure d'évasion, je me trouve comme tout nu devant un demi-million de braves gens qui ont pris les armes pour être libres, et pour qu'on ne crevât plus de faim... malgré le travail ou faute de travail!

Tu as crevé de faim, Vingtras, et tu as presque chômé pendant quinze ans. Tu as dû alors, pendant les moments durs, tu as dû songer au remède contre la famine, et ruminer les articles frais d'un code de justice humaine!

Qu'apportes-tu de nouveau, du fond de ta jeunesse affreuse?

Réponds, pauvre d'hier!

J'ai à répondre en montrant mes poignets cerclés de bleu, et ma langue tuméfiée par les coups de ciseaux de la censure impériale.

Réfléchir! Étudier!

Quand?...

L'Empire tombé, le Prussien est venu : le Prussien, Trochu, Fabre, Chaudey [2], le 31 Octobre, le 22 Janvier!... On avait assez à faire de ne pas mourir de froid ou d'inanition, et de tenir en joue la Défense nationale, tout en tenant tête à l'ennemi! Toujours sur la brèche, aux aguets, ou en avant!...

Allez donc peser les théories sociales, quand il tombe de ces grêlons de fer dans le plateau de la balance!

Où sont les autres camarades ? Qui occupe les postes importants ?

Pas un homme connu. — C'est celui-ci ou celui-là, pris au hasard dans le Comité central. On n'a pas eu le temps de choisir, dans le branle-bas du combat. Il ne s'agit que de planter le drapeau prolétarien, là où flottait le drapeau bourgeois... le premier moussaillon venu peut faire cette besogne tout aussi bien que le capitaine.

— Qui est à l'Intérieur ? Savez-vous ?

— Je n'en sais fichtre rien ! dit un des chefs. Allez donc voir par là, Vingtras ; restez-y s'il n'y a personne, ou aidez les camarades s'ils sont dans le pétrin.

— Place Beauvau, l'Intérieur, n'est-ce pas ?

Je n'en suis pas sûr. Il me semble pourtant que c'est là qu'on est allé, au lendemain du 4 septembre, voir Laurier, à propos de je ne sais qui, arrêté par la nouvelle République pour je ne sais quoi.

C'est un maître de lavoir qui a la « signature » à l'Intérieur ; Grêlier, un brave garçon que j'ai connu sur les hauteurs de Belleville et qui s'improvisa mon adjoint, dans la nuit du 31 octobre, à la mairie de la Villette.

Il signe des ordres pavés de barbarismes, mais pavés aussi d'intentions révolutionnaires, et il a organisé, depuis qu'il est là, une insurrection terrible contre la grammaire.

Son style, ses redoublements de consonnes, son mépris des participes et de leur concubinage, ses coups de plume dans la queue des pluriels lui ont valu un régiment et une pièce de canon.

Tous les employés qui n'ont pas filé sur Versailles, depuis le chef de bureau en redingote râpée jusqu'au garçon en livrée cossue, ont peur de cet homme qui fusille ainsi l'orthographe, qui colle Noël et Chapsal [1] au mur. Il a peut-être — qui sait! — le même mépris de la vie humaine!

Il m'embrasse quand j'arrive.

— Heureusement, mon vieux, que Vaillant va venir, me dit-il, j'en ai mon sac! Que c'est embêtant d'être ministre!... Tu ne l'es nulle part?

— Ah! mais non!

J'allais partir quand, entre les battants d'une porte qui vient de s'ouvrir, j'ai vu se glisser la tête d'un type du *Figaro*, Richebourg, qui était secrétaire de l'administration quand j'étais chroniqueur, et qui, une fois ses chiffres alignés, bâtissait des plans de romans qu'il comptait bien vendre, un jour, trois sous la ligne.

Il est envoyé par Villemessant pour demander que l'on veuille bien revenir sur l'arrêté de suspension dont est frappé le journal.

Il invoque la liberté de la Presse, et fait appel à ma clémence.

Je n'ai pas tant de pouvoir que ça, mon garçon!
La force anonyme qui s'est emparée de Paris et

qui rédige les proclamations et les décrets n'obéit
pas à M. Vingtras, journaliste, et partisan du laisser
dire à outrance. Certes, je suis d'avis que, même
dans le brouhaha du canon et en pleine saison
d'émeute, on devrait permettre aux mouches d'imprimerie de courir à leur guise sur le papier, et je
voudrais que *Le Figaro* qui longtemps me laissa
libre le fût aussi.

Mais le maître de lavoir s'est levé :
— Libre, *Le Figaro* ? Allons donc! Il n'a fait que
blaguer et salir les socialistes et les républicains,
alors qu'ils ne pouvaient pas se défendre. Il a toujours été pour les mouchards et les sabreurs, pour
l'arrestation et l'écrasement de ceux qui viennent
de faire la révolution.

Le Bellevillois s'anime et s'emporte :
— Tenez! je me rappelle un jour où Magnard [2]
écrivit que, pour avoir la tranquillité, il faudrait
choisir cinquante ouvriers ou bohêmes parmi les
agitateurs, et les envoyer à Cayenne en convoi de
galériens... Mais aujourd'hui, si je pensais comme
ça, si j'étais un gueux aussi, c'est Villemessant, lui,
vous, toute la bande, que je ferais coller à Mazas!
Vous demandiez qu'on empoignât les nôtres, et
qu'on assassinât nos journaux. On n'exécute que
la moitié de votre programme... et vous réclamez!
Fichez-moi le camp, et plus vite que ça! d'autres
seraient peut-être moins généreux. Filez, c'est
prudent!

Le figarotier a disparu. J'ai essayé de défendre
ma thèse.
— Toi, Vingtras, motus là-dessus! Ces fédérés
qui t'entendent vont te suspecter, et s'indigner.
Le journal qui les a traités de viande à bagne aurait

le droit de reparaître pour les injurier de nouveau!
Y penses-tu?... Mais un sergent et une compagnie,
sans nous demander d'ordres et bousculant nos
résistances, iraient sauter sur les rédacteurs et les
fusilleraient d'autor et d'achar... Aimes-tu mieux
ça?

Il s'exaltait, et autour de lui on s'exaltait aussi.

La sentinelle, dont on voyait par la fenêtre luire
la baïonnette, s'était arrêtée pour écouter; et quand
le *ministre* eut fini, je vis l'arme bouger et se profiler
en noir sur le mur inondé de soleil. L'homme muet
faisait le geste de viser et d'abattre ceux qui par-
leraient de délier la langue aux insulteurs de pauvres.

— Et à l'Instruction publique? Sais-tu qui est
là?

— Eh! oui, le grand Rouiller.

Rouiller [3] est un fort gaillard de quarante ans,
à charpente vigoureuse, et dont le visage est comme
barbouillé de lie. Il se balance en marchant, porte
des pantalons à la hussarde, son chapeau sur l'oreille,
et le pif en l'air. Il semble vouloir faire, avec ses
moulinets de bras et de jambes, de la place au
peuple qui vient derrière lui. On cherche dans sa
main la canne du compagnon du Devoir ou celle
du tambour-major, qu'il fera voltiger au-dessus
d'un bataillon d'irréguliers.

Il est cordonnier, et révolutionnaire.

— Je chausse les gens et je déchausse les pavés!

Il n'est guère plus fort en orthographe que son
collègue de l'Intérieur. Mais il en sait plus long en
histoire et en économie sociale, ce savetier, que
n'en savent tous les diplômés réunis qui ont, avant
lui, pris le portefeuille — dont il a, avant-hier, tâté

le ventre, avec une moue d'homme qui se connaît plus en peau de vache qu'en maroquin.

Tandis qu'il cire son fil ou promène son tranchet dans le dos de chèvre, il suit aussi le fil des grandes idées, et découpe une république à lui dans les républiques des penseurs.

Et, à la tribune, il sait faire reluire et cambrer sa phrase comme l'empeigne d'un soulier, affilant sa blague en museau de bottine, ou enfonçant ses arguments, comme des clous à travers des talons de renfort! Dans son sac d'orateur, il a de la fantaisie et du solide, de même qu'il porte, dans sa « toilette » de serge, des mules de marquise et des socques de maçon.

Tribun de *chand de vin*, curieux avec sa gouaillerie et ses colères, maniaque de la contradiction, éloquent devant le zinc et au club, toujours prêt à s'arroser la dalle, défendant toutes les libertés... celle de la soûlaison comme les autres!

— G'nia qu'deux questions! Primo : l'intérêt du Cap'tal!

Il ne fait que deux syllabes du mot. Il avale l'*i* avec la joie d'un homme qui mange le nez à son adversaire.

— Segondo : l'autonomie! Vous devez connaître ça, Vingtras, vous qui avez fait vos classes ? Ça vient du grec, à ce qu'ils disent, les bacheliers!... Ils savent d'où ça vient, mais ils ne savent pas où ça mène!

Et de rire en sifflant son verre!

— Expliquez-moi un peu ce que c'est que l'autonomie, pour *ouar!* fait-il, après s'être essuyé la barbe.

Tous d'attendre la réponse.

Au milieu du silence, il répète :

— Moi, je suis pour l'autonomie *quelconque*, des quartiers, des rues, des maisons...

— Et des caves ?

— Ah ! ça !...

Je suis curieux de le voir en fonction, et prends le chemin de la rue Saint-Dominique.

— Vous demandez M. le Grand Maître ? me dit un huissier à chaîne d'argent qui me voit errant à travers les couloirs.

Le Grand Maître ! Est-ce qu'il se moque de moi ?

Néanmoins, je m'incline avec des airs de personnage.

Il me précède dans l'escalier.

Une odeur de tabac, des cris.

— Quand je vous dis que je ne fais jamais de partie à quatre ! Alors, je serai le galérien d'un monsieur dont je deviendrais le *solidaire* ? Non, non !... Chacun pour soi : l'autonomie !

Bruit de carambolage.

— Votre partenaire l'aurait fait, celui-là !

— Oui, et je lui aurais dû de la reconnaissance ! Du sentiment alors ? J'aime mieux être autonome, mon bonhomme !

— Et puis, où serait l'intérêt ?... l'intérêt du Cap'tal ! ai-je fait en entrant.

On m'a tapé sur le ventre, et on a rempli de rhum les petits verres.

— Vous devez l'aimer, celui-là, car il sent rudement la semelle !

— Vous préféreriez téter votre écritoire, hein ? buveur d'encre !... Et qu'est-ce que vous venez faire ? Nous fiche à la porte, peut-être ?

Il a lampé une autre lichée, et a dit :

— Je m'en bats l'œil! Ça n'en aura pas moins été un *gniaf* qui sera entré ici le premier, comme un sorbonniot, et que toute la valetaille de bureau ou d'office aura salué! Nous aurons introduit le *cuir* dans le Conservatoire de la langue française, et flanqué un coup de pied au derrière de la tradition!

— Dites-moi donc, Rouiller, qui vous a donné votre délégation?

— Ah ça, mais! vous croyez donc que je reçois des ordres et que je m'enrégimente!... J'avais des chaussures à rendre dans le quartier. C'est en voyant l'enseigne que l'idée m'a pris de monter. Le fauteuil était vide, je m'y suis assis — et j'y suis encore!... Eh! là-bas, l'homme à la chaîne, ça vous contrarierait-il d'aller nous chercher de la charcuterie : un pied pour moi et de la hure pour Theulière?... Nous mangerons ici. Allons, Vingtras, vous allez bouffer avec nous; mettez votre part!

Il a tendu un képi pour faire la quête du déjeuner.

— C'est que nous avons épuisé les quatre sous donnés par le Comité : cinq francs par tête. Maintenant, faut y aller de sa monnaie.

On a boulotté dans le cabinet du ministre, et là, comme on était cinq ou six, et qu'on avait arrosé le cochon, on a discuté chaudement les événements.

Réussira-t-on? Ne réussira-t-on pas?

— Et qu'importe! a grogné Rouiller. On est en révolution, on y reste... jusqu'à ce que ça change! Il s'agit seulement d'avoir le temps de montrer ce qu'on voulait, si on ne peut pas faire ce qu'on veut!

Puis se tournant vers moi, presque grave :

— Vous croyez peut-être que nous n'avons fait

que caramboler et que soiffer depuis que nous
sommes ici ? Non, mon cher ! nous avons essayé de
bâcler un programme. Voilà de quoi j'ai accouché...
Tenez !

Il a tiré de sa poche quelques papiers pleins de
taches, sentant la colle, et me les a remis.

— Pourrez-vous lire ? C'est poissé de fautes,
n'est-ce pas ? Mais dites-moi tout de même ce que
vous en pensez !

Ce que j'en pense ! Je pense, en toute conscience,
que cet « autonome » *généralement quelconque* à la
trogne comique, que cet orateur de mastroquet, a
l'intelligence plus nette, l'esprit plus haut, que les
savants au teint jaune, à l'allure vénérable, que j'ai
vus pâlir sur les vieux livres, et chercher dans les
bibliothèques les lois de la richesse, la raison de la
misère.

Il en sait plus long qu'eux, plus long que moi !
Il y a, dans les feuillets froissés et sales qu'il m'a
donnés, tout un plan d'éducation qui renverse par
sa sagesse les catéchismes des Académies et des
Grands Conseils.

Rouiller me suit des yeux.

— Avez-vous vu le passage où je demande que
tous les enfants aient leur chopine dès quinze ans ?
Eh ! bien, mon cher, voulez-vous que je vous dise ?...
Si j'ai pu me faire quelques idées et les aligner en
rangs d'oignons, c'est que j'ai toujours gagné assez
pour boire mon litre, et prendre mon café avec la
consolation ! On dit que j'ai tort de me piquer le
nez ? Mais, sacré nom ! c'est quand ce nez-là me
chatouille que ma pensée se ravigote, c'est quand
j'ai l'œil un peu allumé que j'y vois le plus clair !...
C'est pas pour la vertu, croyez-le bien, jeune
homme, qu'on recommande aux pauvres de ne pas

licher; c'est parce qu'on a peur que cela leur dé-
brouille un peu la cervelle, et leur graisse les
muscles, et leur chauffe le cœur! Êtes-vous content
de ce que j'ai fait ?... Oui... Eh bien, j'ai écrit cela
avec la suée de mes cuites!

XXVIII

La liste de la Commune est sortie, en vingt morceaux, de vingt quartiers de Paris.

Je suis un des trois élus de Grenelle.

C'est que j'ai été jadis petit employé dans la bicoque de la mairie ; c'est qu'on m'y a vu, au bureau des naissances, pâlir et écraser des larmes, quand le nouveau-né était apporté dans une blouse qu'avait enlevée de ses épaules le père misérable, grelottant sous le froid de l'hiver. J'en avais connu qui en moururent, et j'étais allé à leur enterrement.

On se l'est rappelé, dix ans après. Mon nom, jeté par un de ces pères venus en bras de chemise sous la neige, a été ramassé et porté comme l'enfant dans le bourgeron des ouvriers.

— Te voilà content, j'espère !

— Oui, content que le peuple ait pensé à moi. Mais cette nomination-là, tu entends bien, c'est la condamnation à mort !

— Sérieusement, tu crois qu'on y laissera sa peau ?

— Guillotinés ou fusillés, au choix ! Si nous sommes fusillés, nous aurons de la veine.

— Brr !... ça fait tout de même froid dans le dos, l'idée d'avoir le cou coupé !

Il n'a pas l'air enchanté de la perspective non plus, le camarade ; seulement, il garde au fond de

lui-même l'espérance que je cabotine et que je la lui
fais à l'*hécatombe*.

Allons, il faut me rendre à mon poste.

— Où siège la Commune, s'il vous plaît ?

Je demande cela à tous les échos de l'Hôtel de
Ville. Je traverse des salles vides, des salles pleines,
sans qu'on puisse me renseigner.

Je rencontre des collègues qui ne sont pas plus
avancés que moi, mais qui sont plus en colère. Ils
se plaignent du Comité central, qui a l'air de se
moquer d'eux et leur fait faire le pied de grue
devant des portes closes.

Enfin, nous avons trouvé !

C'est dans l'ancien local de la Commission dépar-
tementale qu'on a allumé les lampes, et que nous
allons délibérer.

On cherche sa place, on cherche ses amis, on
cherche son attitude et son accent.

La voix ne sonnera point ici comme dans les
salles de bal, faites pour les coups de grosse caisse
ou les coups de gueule — il n'y a pas l'acoustique
des tempêtes oratoires.

Le parleur n'aura point le piédestal de la tribune,
du haut de laquelle on laisse tomber son geste et son
regard.

Dans cet amphithéâtre à gradins chacun causera
de son banc, debout, dans la demi-lune de sa travée.
D'avance, la déclamation a du plomb dans l'aile !

Il faudra des faits, non des phrases ! — la meule
de l'éloquence qui écrase du grain, et non le moulin
que le vent des grands mots fait tourner !

Quand tous ont été casés, que la Commune a eu
pris place, il s'est fait un grand silence.

Mais, tout à coup, j'ai eu le tympan écorché.

Un individu, placé derrière moi, vient de se lever
et agitant, comme un pianiste allemand, de longs
cheveux plats qui graissent le collet de sa redingote,
roulant des yeux mourants derrière les verres de
son lorgnon, il proteste, d'un accent fébrile, contre
ce que vient de dire je ne sais qui.

Ce je ne sais qui est peut-être moi, qui ai demandé
comment les élus de Paris qui étaient en même
temps députés à Versailles allaient manigancer leur
petite affaire.

Il faut savoir à quoi s'en tenir, pourtant.

L'homme à la tignasse en saule a déclaré que,
devant des sommations faites sur ce ton, il se
retirait. Il a jeté son paletot sur son bras, et il est
sorti en faisant claquer la porte !

C'est commode, cela !

Mais est-ce que j'ai songé à partir, en secouant
la poussière de mes souliers, quand j'ai vu, clair
comme le jour, que nous serions dévorés, nous
autres, par la majorité des Jacobins ?

Plus le danger est grand, plus le devoir de rester
est sacré !

Pourquoi ne demeure-t-il pas à la disposition
de ceux qui l'ont nommé, ce Tirard [1], afin de les
représenter et de les défendre ?

— Je vais rejoindre le Gouvernement ! Allez-
vous m'arrêter ? a-t-il crié avec des regards furibonds
sous ses conserves.

Eh non ! on ne t'arrêtera pas ! Tu le sais bien,
lâcheur ! toi qui n'as pas même le courage de suivre
des yeux Paris en fièvre. D'autres donneront peut-
être leur démission, mais continueront à vivre sur
le pavé d'où a jailli la Révolution, au risque d'être
dévorés par elle !... Bon voyage !

Que s'est-il passé encore ce jour-là ? Rien. Séance d'installation!

Mais, en sortant, quelqu'un s'approche de moi.

— Vous avez vraiment fait de la peine à Deles-cluze, tout à l'heure. Il se figure que vous l'avez visé, désigné même, pendant que vous parliez de ceux qui hésitaient entre Paris et Versailles.

— Et il est furieux?

— Non, il est triste.

C'est vrai, son masque n'est plus creusé par le pli du dédain ; il y a dans ses yeux de l'inquiétude, et sur ses lèvres détendues de la mélancolie!

Il est dérouté dans ce milieu de blousiers et de réfractaires. Sa République, à lui, avait ses routes toutes tracées, ses bornes militaires et ses poteaux, sa cadence de combat, ses haltes réglées de martyre.

On a changé tout cela.

Il s'y perd et rôde, sans autorité et sans prestige, dans ce monde qui n'a encore ni un programme, ni un plan — et qui ne veut pas de chef!

Et lui, le vétéran de la révolution classique, le héros de la légende du bagne qui, ayant été à la peine, voulait aussi être à l'honneur, et se croyait droit à deux pouces de socle, voilà qu'il se trouve au ras du sol, et qu'on ne le regarde pas davantage, et qu'on l'écoute peut-être moins que Clément [2], le teinturier, qui arrive en galoches de Vaugirard.

Je me sens pris d'une respectueuse pitié devant ce chagrin qu'il ne peut cacher. On souffre à le voir essayer de faire les enjambées doubles pour suivre le pas accéléré des fédérés : sa conviction s'essouffle et saigne, à rejoindre la Commune en marche.

Cet effort est toute une confession, une pénitence, un aveu muet et héroïque de trente ans d'injustice

272   *L'Insurgé*

vis-à-vis de ceux qu'il accusait d'être des trouble-
fête, voire des traîtres, parce qu'ils allaient plus
vite que son comité de Vieux de la Montagne [3].

De son cœur, jusqu'alors bronzé par la discipline,
ont jailli de vraies larmes, qu'il a étouffées, mais qui
sont allées tout de même mouiller le métal de son
regard et rouiller sa voix, quand il m'a remercié de
l'explication que je lui ai portée, avec les égards
qu'un jeune doit à un ancien qu'on a, sans le vouloir,
blessé... et fait pleurer.

Terribles les sectaires! Conscrits ou grognards, marguilliers de la Convention ou démocsocs de l'Église.

Vermorel : un abbé qui s'est collé des moustaches ;
un ex-enfant de chœur qui a déchiré sa jupe écarlate
en un jour de colère — il y a un pan de cette jupe
dans son drapeau.
Son geste garde le ressouvenir des messes servies,
et son air de jeunesse ajoute encore à la ressemblance.
On voit, en effet, derrière les processions de province, de ces grands garçons montés en graine, avec
une tête mignonne, ronde et douce sous la calotte
coquelicot, qui effeuillent des roses ou secouent l'en-
censoir en avant du dais où le prélat donne la bénédiction.
Le crâne de Vermorel appelle le petit couvercle
pourpre, quoiqu'il y ait mis le bonnet phrygien.
Il zézaie presque, ainsi que tous les benjamins de
curé, et sourit éternellement, du rire de métier
qu'ont les prêtres — rire blanc dans sa face blanche,
couleur d'hostie! Il porte, sur tout lui, la marque et
le pli du séminaire, cet athée et ce socialiste!

Mais il a tué, de son éducation religieuse, ce qui
sent la bassesse et l'hypocrisie; il a arraché, en

même temps que ses bas noirs, les vices de dessous
des dévots, pour en garder les vertus féroces,
l'énergie sourde, la tension vers le but, et aussi le
rêve inconscient du supplice.

Il est entré dans la Révolution par la porte des
sacristies, comme un missionnaire allant au-devant
de la cangue en Chine ; et il y apportera une ardeur
cruelle, des besoins d'excommunier les mécréants,
de flageller les tièdes — quitte à être, lui-même,
percé de flèches, et crucifié avec les clous sales de la
calomnie !

Lisant tous les jours son bréviaire rouge, commen-
tant, page par page, sa nouvelle *Vie des Saints*,
préparant la béatification de l'Ami du peuple et de
l'Incorruptible, dont il publie les sermons révolutionnaires et dont il envie tout bas la mort.

Ah ! qu'il voudrait donc périr sous le coup de
couteau de Charlotte ou le coup de pistolet de Ther-
midor !

Nous bataillons quelquefois là-dessus.

Je hais Robespierre le déiste, et trouve qu'il ne
faut pas singer Marat, le galérien du soupçon,
l'hystérique de la Terreur, le névrosé d'une époque
sanguine !

Je joins mes malédictions à celles de Vermorel,
quand elles visent les complices de Cavaignac dans
le massacre de Juin, quand elles menacent la bedaine de Ledru [4], la face vile de Favre, la loupe de
Garnier-Pagès, la barbe prophétique de Pelletan...
mais, plus sacrilège que lui, je crache sur le gilet
de Maximilien et fends, comme l'oreille d'un cheval
de réforme, la boutonnière de l'habit bleu barbeau
où fleurit le bouquet tricolore, le jour de la fête de
l'Être suprême.

Dire que c'est pour cela peut-être que, sans le dire
ou sans le savoir, Vermorel défend le tueur d'Hébert
et de Danton !... parce que les défroqués ne font que
changer de culte et que dans le cadre de l'hérésie
même, ils logent toujours des souvenirs de religion !
Leur foi ou leur haine ne fait que se déplacer ; ils
marcheront, s'il est utile, comme les jésuites — leurs
premiers maîtres ! — par des chemins de scélérats,
au but qu'ils ont juré d'atteindre.

Il aurait fallu que Vermorel naquît dans un Quatre-
vingt-treize. Il était capable d'être le Sixte Quint [5]
d'une papauté sociale. Au fond, il rêve la dictature,
ce maigre qui est venu trop tard ou trop tôt dans un
monde trop lâche !

Parfois une rancœur lui prend.

Pour ceux qui ont cru au ciel, souvent la terre est
trop petite ; et, ne pouvant frapper ou être frappés
sur les marches de quelque Vatican de faubourg, en
plein soleil, ils se dévorent les poings dans l'ombre,
ces déserteurs de la chaire ! Ayant ruminé la vie
éternelle, ils agonisent de douleur dans la vie étroite
et misérable.

Le spleen ronge, avec la gloutonnerie d'un cancer,
la place où jadis ils croyaient avoir une âme, et fait
monter la nausée du dégoût jusqu'à leurs narines,
qui palpitèrent aux odeurs d'encens. Faute de ce
parfum, il leur fallait le parfum de la poudre... or,
l'air n'est chargé que de torpeur et de couardise !
Ils se débattent quelque temps encore ; un beau
soir, ils avalent du poison pour crever comme les
bêtes — qui n'ont pas d'âme !

C'est ce qu'il a fait, lui, jadis !

Il s'est donné six mois. Il a essayé de dépenser sa
fièvre, de distribuer son mal, successivement éditeur, marchand de livraisons, romancier, courriériste

du Quartier latin, lâchant un livre sur Bullier, fondant une gazette de semaine, puis écrivant un roman : *Desperanza* [6]. Son activité a mordu à tout, et s'y est cassé les dents. Alors, il a acheté une drogue qui tue, a voulu mourir... puis s'est cramponné à l'existence, ayant rendu un peu de sa tristesse dans le vomissement de l'arsenic.

On dit que l'amour a été pour quelque chose dans cette tentative.

L'amour, non! — Une femme, peut-être.

Ce vouleur terrible, ce travailleur à outrance, se bat nuit et jour avec une créature qui est sa compagne de foyer et de lit!

Sa tête, faite pour les grandes blessures, — plaie de barricade ou saignée d'échafaud! — se montre quelquefois griffée et ridicule. Une mégère le tient sous ses ongles et l'escorte de ses injures, en pleine rue.

Il doit se passer chez lui des scènes affreuses : la gouvernante de cet abbé laïque l'assassine à coups d'épingle. Il aime peut-être cet envoûtement, ayant la nostalgie du cilice entrevu, la soif du vinaigre — offert au bout d'un balai de ménagère, faute de la lance du Golgotha!

Il n'a jamais entendu frissonner une source, jamais regardé babiller un oiseau — portant son ciel en soi, jamais il n'a contemplé l'horizon pour y suivre une nuée folle, une étoile d'or, le soleil mourant.

N'aimant pas la terre, il s'irrite de m'y voir enfoncer mes pieds, comme si je transplantais un arbre, chaque fois que je trouve une prairie qui ressemble à un lambeau de Farreyrolles.

Il n'admet le sol qu'à la façon d'un échiquier sur

lequel il y a des fous à conduire, des cavaliers à désarçonner, des rois à faire mat. Il ne voit les fleurs que si elles sont dans la gueule des fusils, avant le tir ; et il écoutera le bruit des feuilles quand il en poussera aux hampes des drapeaux !

Aussi me méprise-t-il. Il me tient pour un poète et m'appelle un fainéant, parce que j'écrivis mes articles, même de combat, là-bas, à la campagne, dans un bateau, au fond d'une crique sous les saules, et que le soir je restais, les coudes à la fenêtre, devant un champ où il n'y avait, pour faire relief dans l'ombre, que le squelette d'une charrue — dont le soc jetait parfois, sous la lune, des éclairs de hache.

Combien ils sont plus simples, ceux qui sont du peuple pour de bon !

Ranvier. Un long corps maigre au haut duquel est plantée, comme au bout d'une pique, une tête livide, qu'on croirait coupée s'il baissait les paupières.

Cette tête-là semble avoir déjà perdu tout son sang, le long du mur aux fusillades ou dans le panier du bourreau ; les cheveux même retombent comme la chevelure emmêlée d'un supplicié ; les lèvres sont blanches et gardent, au coin, la moue de détente des agonies.

Telle est, au repos, la physionomie de Ranvier — destiné par sa précoce pâleur au martyre, portant d'avance la marque d'une vie de douleur et d'une fin tragique !

Mais qu'il ouvre la bouche et qu'il parle, un sourire d'enfant éclaire son visage et la voix, éraillée par la phtisie, est sympathique, avec son

reste d'accent berrichon et son arrière-goût de
lutrin. Il a dû entonner les vêpres, dans son village,
quand il était jeune, car il a conservé un peu de la
mélopée du répons, au fond de sa gorge brûlée par
l'air vicié des villes.

Il a été petit patron; la faillite lui a mangé ses
quelques sous. Il n'en parle jamais, capable de
croire qu'il a entaché le blason du parti — mais la
blêmeur qui lui enfarine la face est peut-être venue
le matin où le syndic a prononcé la déchéance.

Ceux qui le connaissent savent qu'il en souffre...
mais combien savent également qu'il a été et qu'il
est un homme de bien et d'honneur!

Sobre, buvant des sirops — le grand cadavre! —
pour trinquer avec les buveurs de vin; mangeant
mal pour laisser sa part aux autres; pouvant à
peine, en passant les nuits, arriver à nourrir six enfants qui poussent autour de lui, sans mère.

Elle est morte, après avoir été l'éducatrice de
son mari — femme de cœur vaillant à qui les petits
qui sont là doivent une éternelle reconnaissance
pour son dévouement; et aussi, peut-être, l'éternelle
détresse, pour le levain de colère sociale qu'elle fit
fermenter dans leur cœur, leur prêchant la solidarité
avec les humbles et le droit de révolte des meurtris,
même du haut de son grabat d'agonie!

7 . . . .
  . . . .
  . . . .

XXIX

Dimanche, 21 mai.

La dernière séance avait été chaude. Trois membres de la minorité s'étaient présentés pour déclarer qu'avant tout ils voulaient la lutte sans merci contre l'ennemi, et qu'ils revenaient sur leur résolution de ne pas reparaître à l'Hôtel de Ville si le peuple pouvait croire que leur colère contre le Comité de Salut public n'était qu'un prétexte à fuir les responsabilités sanglantes.

Ah! mieux vaut sombrer sous le pavillon fait avec les guenilles de 93, mieux vaut accepter une dictature renouvelée du déluge et qui nous a paru une insulte à la révolution nouvelle, mieux vaut tout! — que paraître abandonner le combat!

Et la paix s'est faite; on l'a signée verbalement, et sur un coup de canon qui a, soudainement, fait trembler les vitres et fait sauter les cœurs. Il a éclaté à l'improviste, et a retenti formidable et lugubre.

La main dans la main, camarades!

Aujourd'hui, la séance est plus solennelle encore.

Pour sceller la réconciliation d'avant-hier, on vient de nommer président Vingtras, celui dont le

journal a été l'organe des dissidents depuis le com-
mencement de la lutte.

Et ceux de la minorité qui, comme Tridon,
avaient mis leur courage à ne pas venir, restant
fidèles quand même à la résolution votée, ceux-là
ont, cette fois, regagné leur place, parce qu'il est
écrit, dans la Déclaration blâmée par les faubourgs,
que s'il y avait, un jour, à juger l'un des nôtres,
on rendrait la justice tous guidons réunis, toutes
haines éteintes, dans la salle de la Commune re-
peuplée et érigée en tribunal suprême.

Or, Cluseret [1], l'accusé, va être amené.

Le voici ! Son sort va se décider.

Qu'a-t-on dit ?...
Les rancunes se sont apaisées, les défiances
assoupies.

On devine que la liberté est au bout du débat,
mais il se déroule imposant. Les orateurs sont ré-
fléchis et l'auditoire muet.

A ce moment, une porte s'ouvre, celle par où
entrent d'ordinaire les membres du Comité de
Salut public, et Billioray [2] apparaît.

Il demande la parole.

— Quand Vermorel aura terminé, ai-je répondu.

— Il s'agit d'une communication à faire à l'Assemblée... d'une communication des plus graves !

— Parlez !...

Il lit le papier qu'il tient à la main.

C'est une dépêche de Dombrowski [3] :

— Les Versaillais viennent de forcer l'entrée...

Comme une nappe de silence.

Cela a duré le temps pour chacun de faire ses
adieux à la vie!

Il m'a semblé, à moi, que tout mon sang des-
cendait vers la terre, tandis que mes yeux deve-
naient plus clairs et plus grands dans ma face pâlie.

Il m'a semblé entrevoir loin, bien loin, une
silhouette grotesque et défigurée. Je me suis vu
couvert de boue!

Oh! la peur de la torture n'y est pour rien! mais
pour rien!! — C'est mon orgueil qui râle. Vaincu!
tué! avant d'avoir rien fait!...

En une seconde, ces pensées m'ont sabré l'esprit

Président de l'agonie de la Commune, comment
vas-tu sonner le glas de sa mort?

Laissant le silence planer — le temps de montrer
à l'histoire que le calme n'avait pas déserté les âmes
à la nouvelle de la défaite et devant les premières
affres du supplice — j'ai repris d'une voix que j'avais
armée de sérénité, en m'adressant à Cluseret:

— Accusé, vous avez la parole pour vous défendre!

Il me semble que c'est bien de finir sur un mot
de justice, de paraître oublier tout le danger pour
ne pas retarder un verdict d'où dépendent l'honneur
et l'existence d'un homme.

C'est fini. — Acquitté!
La séance est levée!

Je vais à mon banc chercher des paperasses qui
traînent, et sur lesquelles j'avais griffonné les premières lignes d'un article pour demain.

XXX

Demain!

Je m'imagine que nous n'avons plus que quelques heures devant nous pour embrasser ceux que nous aimons, bâcler notre testament, si c'est la peine, et nous préparer à faire bonne figure devant le peloton d'exécution.

Corrompu que je suis! Je voudrais dîner royalement avant de partir! Il m'est bien permis de me gargariser la gorge et le cœur avec un peu de vin vieux, avant qu'on me lave la tête ou qu'on me rince les entrailles avec du plomb!

La Commune ne sera pas perdue pour si peu!... Et j'aurai eu la veine de finir comme un viveur, après avoir vécu comme un meurt-de-faim!

— Madame Laveur! une bouteille de Nuits, du boudin aux pommes, une frangipane de quarante sous — j'en emporterai! — et des confitures de la grand-mère, de celles-là, en haut, sur l'armoire, vous savez!... Messieurs, à votre santé!

J'ai bien traîné là une heure. J'ai trouvé le bourgogne si chaud, le boudin si gras, et la frangipane si sucrée!

— Encore un verre de fine...

— Ah! mais non! Pas la caboche lourde!

Je jette la serviette et prends mon chapeau.

Avec Langevin [1], nous filons du côté où l'on nous dit qu'est Lisbonne [2].

                              Porte de Versailles.

— Présent, colonel!

— Tant mieux! Les trente sous seront contents de voir des gouvernants à côté d'eux. Tout est en ordre, mes mesures sont prises, et comme je tombe de fatigue, je vais piquer un somme dans ce coin. Faites-en autant, croyez-moi; mieux vaut ne pas s'esquinter d'avance.

Nous suivons le conseil, et nous nous étendons chacun sur une vareuse, avec une giberne pour oreiller, pas bien loin d'un lit où est allongé, hideux dans son costume bleu de ciel, un turco, l'ordonnance de Lisbonne, qui hier a été mis en capilotade par un obus, et dont le crâne défoncé a l'air d'avoir été rongé par les rats.

Je ne dors pas! J'écoute, l'oreille contre terre, les bruits qui peuvent venir du lointain.

Y a-t-il un lien de défense, un plan d'ensemble? C'est le général La Cécilia [3], m'a-t-on dit, le commandant de ce rayon de Paris, qui porte ces secrets dans les fontes de sa selle. Il doit venir donner à Lisbonne les dernières instructions.

Nous ne savons rien, nous autres!

Quand, à la Commune, nous voulions toucher aux choses de guerre, le Comité militaire faisait sonner ses éperons, et l'on nous renvoyait à l'Instruction publique, ou ailleurs — chacun dans son trou!

— Avez-vous été soldat ? Qu'y connaissez-vous ?
Il y a une commission nommée, ne lui mettez pas
votre porte-plume dans les jambes... Laissez faire
les spécialistes !...

Ah! maintenant, je m'en ronge les poings!

Où est-il, La Cécilia ? Je n'entends pas approcher
son fameux cheval noir, qu'il aime à faire piaffer,
dit-on.

J'ai envie de me lever, de prendre la première
rosse venue, de l'enfourcher, et de descendre au
galop sur Paris, pour aller hurler ma rage et en
appeler au peuple.

Mais ce serait déserter quand l'ennemi approche!...

Dans la matinée, des femmes trop en guenilles,
des individus à mine louche, ont été surpris par les
éclaireurs. Ils se réclament de la misère pour expliquer leur rôderie nocturne, et comme l'un d'eux a
dit qu'il allait arracher de quoi manger dans un
champ, j'ai, au nom de mes faims d'autrefois, empêché qu'on le fusillât. Les mains sont bien blanches,
pourtant... le langage bien pur!

Voilà que le sommeil arrive... Je jette un dernier
regard lourd et morne, sur ce rez-de-chaussée mal
éclairé, où nous sommes cinq ou six affalés sur le
carreau, s'arrêtant de ronfler quand un obus est
tombé tout près, mais ne se dérangeant pas pour
si peu.

Lundi. Aux armes!

— Debout!

C'est Lisbonne qui nous secoue.

— Il y a du nouveau ?

— Presque rien... Un régiment de ligne est là!
Tiens, d'ici, tu peux voir les pantalons rouges!

Un peu de fièvre — d'avoir dormi! Un frisson
dans le dos — c'est le frais du matin! Un flot de
mélancolie au cœur — c'est la vue du ciel blêmissant!

Où est mon écharpe?...

Les hommes se massent autour de nous.

— Dis-leur un mot! me souffle Lisbonne qui
défripe sa tunique et achève de boucler son ceinturon.

J'ai prononcé un bout de discours et j'ai été
prendre place à l'angle de la barricade, en élargissant ma ceinture sur mon paletot. Langevin en
fait autant.

Lisbonne, lui, est monté sur les pavés... on peut
le viser en plein du fond de la rue.

A son tour, il parle en révolutionnaire, et termine
par un geste d'orateur romain rejetant sur l'épaule
le pan du peplum. Seulement, sa vareuse est bien
courte, et il a beau tirer, ça ne se retrousse pas plus
haut que le nombril.

Langevin s'étonne de me voir sourire. En effet,
il a passé un éclair de gaieté sur mes lèvres en
retrouvant l'acteur dans le héros, et je n'ai vu que
cela pendant un moment, dans le paysage de combat
qu'éclaire la pâleur de l'aube.

Drapage à part, il a été simple, franc et crâne,
le colonel Lisbonne!

Il a grimpé encore d'un cran, a élevé son chapeau
tyrolien, et se tournant du côté des Versaillais, a
crié : « Vive la Commune! »

A la besogne, maintenant!

— Il manque quelque chose ici... fait observer
un garde.

— Les pierres ne sont pas bien étayées par là!...
prétend un autre.

— Est-ce que nous avons assez de cartouches ?...
demande un troisième.

Voilà que de divers côtés des plaintes s'élèvent !
Un murmure monte.

Ce ne sont pas les fantassins qui font feu. Ce
sont les fédérés qui tirent sur nous avec des paroles
de reproche et de colère.

— Nous sommes las ! Il y a des semaines que
nous traînons ici... Nous voulons revoir nos
femmes !... Pas une précaution n'est prise...

A l'envi, on montre le bâillement de la barricade,
le trou fait par le manque de sacs — sacré trou,
placé juste assez haut pour que la lumière naissante
passe à travers, éclairant le vide d'une blancheur
crue ! Par ce trou-là va s'évader tout le courage du
bataillon !

— Est-ce le courage qui manque ?...
Eh ! non ! c'est l'amour du foyer qui les reprend
aux entrailles ! On veut embrasser l'enfant, caresser
la bourgeoise, avant de plonger dans l'inconnu de
la suprême bataille, sur le pavé de ce Paris où l'on
préfère mourir, si c'est la fin.

Ce ne sont pas des gens de caserne, des coucheurs
de chambrée ! Ils ont de la famille, ces irréguliers,
mauvais hommes de camp et de bivouac !

Puis ils ont peur de notre ignorance, ils ne croient
pas que ces deux gouvernants, un mécanicien et un
journaliste, même ce colonel — qui fut comédien —
soient de force à commander contre des officiers
pour de bon, sortant de Saint-Cyr, venus d'Algérie,
aguerris, bronzés, disciplinés, matés !

Nous sommes débordés : on nous pousse jusque
sous un hangar, où l'on délibère à mots hachés,
avec des gestes furieux.

— Où sont les ordres ? Quel est le plan ?...

On crie cela tout haut, comme je me le disais
tout bas, l'oreille à terre, attendant le cheval de
La Cécilia.

— Vous feriez mieux de filer, dit Lisbonne ; ils
sont capables de vous fiche au mur ! Moi, ils me
connaissent, m'aiment un peu, je vais tâcher de les
retenir !

— Une voiture !
— Voici, patron !
— Vous n'avez pas peur sur votre siège, l'ami ?
— Peur !... je suis de Belleville ! Et je vous
connais bien, allez. Hue ! Cocotte !

Les balles sifflent, Cocotte secoue l'échine, le
cocher se penche et bavarde.

— Ils n'entreront pas, citoyen... si chacun défend
bien son quartier.

C'est ce qui va nous tuer, cette idée ! Quartier
par quartier !... La Sociale reculera !

Du Trocadéro, la troupe a tiré sur le Champ de
Mars. L'École Militaire s'est vidée : le ministère de
la Guerre aussi !

Je viens de grimper les escaliers, d'enfoncer les
portes.

Personne !

En bas, la galopade de la défaite !

— Tout le monde est à l'Hôtel de Ville, me crie
un capitaine sous la voûte.

— C'est là qu'on va ! disent les officiers en roulant
vers la place de Grève.

Quelques résolus se sont mis en travers du chemin.
— Vous ne passerez pas ! hurlent-ils.

L'un d'eux, cheveux au vent, bras nus, poitrail
à l'air, a du sang qui gomme dans les poils. Il vient

de recevoir un coup de baïonnette lancé de loin,
mais il a croisé la sienne contre la multitude.

— Halte-là!

Et il va piquer dans le tas!

Ah bien, oui! L'inondation humaine l'a emporté,
lui et son arme, comme une miette de chair, comme
un fétu de limaille, sans qu'il y ait eu un cri, même
un geste, qui ait déchiré l'air. L'on n'a entendu que
le fourmillement de la foule, comme la marche dans
la poussière d'un troupeau de buffles.

Hôtel de Ville.

Ils y sont en effet, La Cécilia et vingt autres :
chefs de corps ou membres de la Commune.

Les visages sont mornes; on parle presque à
demi-voix.

— Tout est perdu!

— Rentrez ces mots dans votre gorge, Vingtras!
Il faut, au contraire, crier au peuple que la cité
sera le tombeau de l'armée, lui donner du cœur au
ventre, et lui jeter l'ordre d'élever les barricades.

Je conte ce que j'ai vu.

— A la porte de Versailles, ils ont hésité, c'est
possible; mais, dans Paris, vous verrez qu'ils tiendront contre les soldats tant qu'ils auront des cartouches et de l'artillerie.

Dans Paris! Mais que dit ce Paris?...

Je n'ai eu que le spectacle de la déroute, depuis
que le soleil est levé!

Midi.

Où avais-je la tête! Je croyais que la Ville allait
sembler morte avant d'être tuée. Et voici que

femmes et enfants s'en mêlent! Un drapeau rouge
tout neuf vient d'être planté par une belle fille, et
fait l'effet, au-dessus de ces moellons gris, d'un
coquelicot sur un vieux mur.

— Votre pavé, citoyen!

Partout la fièvre, ou plutôt la santé! On ne crie
pas, on ne boit point. A peine, de temps en temps,
une tournée sur le zinc, et vite on se balaie les
lèvres du revers de la main et l'on retourne à l'établi.

— Nous allons tâcher de faire une bonne journée,
me dit un des piaillards de ce matin. Vous avez
douté de nous tout à l'heure, camarade! Repassez
quand ça chauffera, et vous verrez si vous aviez
affaire à des lâches!

La moisson de coquelicots frissonne... on peut
mourir maintenant!

Point de chef! Personne avec quatre filets d'argent
à son képi, ou même ayant aux flancs la ceinture à
glands d'or de la Commune.

J'ai presque envie de cacher la mienne, pour
n'avoir pas l'air de venir une fois la besogne faite;
d'ailleurs, on ne la salue guère.

— Votre place n'est pas ici, m'a même dit bru-
talement un fédéré à visage ridé. Allez rejoindre
les autres; constituez-vous en Conseil, décidez
quelque chose! Vous n'avez donc rien préparé?
Ah! nom de Dieu!... Par ici le canon, François!
Femme, mets là les dragées!

Je ne vaux pas cette rouleuse de boulets et ce
pousseur de canon! Comme écharpier, je ne compte
pas!

XXXI

Mais peut-être ceux qui m'ont coudoyé depuis que je me défends contre la vie seront-ils contents de revoir, debout au milieu d'eux, en ce moment suprême, l'ancien camarade de misère et de travail, le pauvre diable qui se promena si longtemps, en habits élimés, au Luxembourg.

Ce Pays latin, où a langui ma jeunesse douloureuse, n'a jamais dépêché de combattants, dans les guerres sociales, d'un autre côté que du côté des assassins. Les neveux de Prudhomme ont toujours renâclé devant les batailles où leurs paletots frôleraient des blouses, où le contremaître de la barricade brutaliserait les bacheliers — s'ils embarrassaient la manœuvre et gênaient le tir.

Qui sait s'ils ne seront pas plus décidés, ayant un des leurs pour capitaine!

J'ai couru à l'Hôtel de Ville.

— Gambon [1], mets le cachet là-dessus.

— Bonne idée! ils te connaissent tous, là-haut, autour de la Sorbonne. Seulement, tu es mal avec Régère [2], je crois? Enfin, voilà ton papier... Et maintenant, embrasse-moi! On ne sait pas ce qui peut arriver!

Il m'a embrassé, en paraphant, comme membre

19

du Comité de Salut public, ma commission d'envoyé pour présider à la direction de la défense au Panthéon.

Je ne suis guère fort en stratégie. Comment fortifie-t-on un quartier ? Comment met-on des pièces en batterie ?

Est-ce que ça sait quelque chose, un éduqué ?

En passant devant le collège Sainte-Barbe, puis Louis-le-Grand, je leur ai montré le poing — écolier aux moustaches grisonnantes qui en veut à ces casernes de ne lui avoir rien appris qui puisse lui servir maintenant contre la troupe !

Régère était de la majorité, et un des enragés. On se dit bonjour tout de même. Mais il veut garder le commandement... tout le commandement !

Allons ! Jacques, fourre la paperasse dans ta poche ; n'invoque que ton passé de Bibliothèque et d'Odéon, des semaines de dèche et de prison, auprès des vieux copains.

J'en ai retrouvé plusieurs en pleine rue. La moitié fuyait, allait se cacher, mais le reste a mis la main à la pâte — bravement !

J'ai dû, par exemple, signer des tas de nominations de délégués, au nom de ma délégation à moi, que j'ai retirée fripée de mon gousset.

Il en faut, de ces chiffons-là, pour ceux qui ont un orgueil de vingt ans. Ils s'exposent à être fusillés ce soir, pour avoir, ce matin, un brevet d'officier à montrer.

Pourtant, ils se sont mis à l'œuvre, matelassant, approvisionnant, munitionnant — et se compromettant jusqu'à la mort.

C'est ce qu'il faut !

Si quelques-uns de ces fils de famille sont, demain,

massacrés ou transportés, c'est de la graine d'insurrection jetée dans le champ des bourgeois.

Je prends pied et langue dans le bivouac qui s'est installé autour du Panthéon. Ah! l'on ne dit pas de bien de la Commune!

— Si elle avait été plus énergique!...

— Et si vous n'aviez pas endormi le peuple avec votre journal de modérés, vous, Vingtras! fait un lieutenant, me prenant presque à la gorge.

Dans cette compagnie-là, on n'aime pas la minorité.

Une détonation!

— Tiens! il faudra faire mettre une pièce à mon pardessus.

Un peu plus bas, c'était ma peau même qu'il y aurait eu à recoudre.

Un pistolet est parti... par mégarde.

On s'est raccommodé.

Les rancunes se taisaient devant l'ennemi qui approche.

Il est gare Montparnasse déjà!

Va-t-il sauter sur le quartier?

— Si l'on sautait sur lui?...

Cette idée est jetée, le soir, dans le conseil des commandants réunis, par un compagnon d'autrefois, un lettré aussi, mais qui ne croit point à la stratégie classique et à la défense derrière des pierres.

— Marchons en avant, et délogeons-les!

— C'est une folie! ripostent à l'unanimité ceux qui ont été soldats.

Folie hardie, en tout cas, qui peut déconcerter l'adversaire, et ne sera guère plus dangereuse que la résistance passive! Mais nous restons, seuls avec notre projet de fous, le camarade et moi, nous jurant d'aller jusqu'au bout, côte à côte, coûte que coûte.

— Si je recevais une blessure trop cruelle, promettez-moi de m'achever ?

— Oui, à condition que vous me rendrez le même service, si c'est moi qui étrenne ?

— Entendu !

C'est que la souffrance me fait une peur du diable ; par lâcheté, j'aimerais mieux la mort. Quoique, cependant, crever d'un dernier *gnon* donné par un copain, au coin d'un mur, ce ne soit pas précisément gai !

— Et être lardé vivant par les baïonnettes, vous trouvez que ce serait drôle ?

— Lardé !...

— Mon cher, ces lignards nous auraient déjà hachés s'ils avaient pu, quand nous prêchions la guerre à outrance. Ils nous arracheront cette fois les yeux avec le tire-bouchon de leur sabre, parce que c'est à cause de nous qu'on les a fait revenir de leurs villages.

Un combattant m'aborde.

— Citoyen, voulez-vous voir comment c'est fait, le cadavre d'un traître ?

— On a exécuté quelqu'un !

— Oui, un boulanger qui a nié d'abord, qui a avoué ensuite.

Le fédéré m'a vu blêmir.

— Vous auriez peut-être voté l'acquittement, vous ! Ah ! vingt dieux ! ne pas comprendre que casser la tête d'un Judas, c'est sauver la tête de mille des siens ! J'ai l'horreur du sang et j'en ai plein les mains : il s'est accroché à moi au coup de grâce !

Seulement, s'il n'y en a pas qui tuent les espions, alors quoi ?

Un autre est intervenu dans le débat.

— C'est pas tout ça ! Vous voulez garder vos pattes nettes pour quand vous serez devant le tribunal ou devant la postérité ! Et c'est nous, c'est le peuple, l'ouvrier, qui doit toujours faire la sale besogne... Pour qu'on lui crache dessus après, n'est-ce pas ?

Il dit vrai, cet irrité !

Oui, l'on veut paraître propre dans l'histoire, et n'avoir pas de fumier d'abattoir attaché à son nom.

Avoue-toi cela, Vingtras ; ne mets pas à ton acquit la pâleur qui t'a envahi la face devant le geindre fusillé !

                    Mardi, 5 heures du matin.

La bataille est engagée du côté du Panthéon. Ah ! que c'est triste, par ce soleil levant, cette descente des civières toutes barbouillées de pourpre humaine ! Ce sont les blessés de là-haut — de la rue Vavin et du boulevard Arago — qui sont apportés aux ambulances.

J'ai dormi dans je ne sais quel endroit de la mairie ; voisin d'un mort, cette nuit comme l'autre.

Le boulanger est là, derrière ces planches, et des brins de paille humide ont été roulés, par une rigole d'eau, jusqu'à mes pieds.

On m'a réveillé au petit jour, et j'ai pris le chemin des barricades.

Mais, en route, commandants et capitaines m'arrêtent, me saisissent les mains, les basques, demandant des munitions, du pain, un conseil... quelques-uns un discours.

Il en est qui menacent :
— Avec ça que la Commune a le droit d'élever
la voix !

Ah ! je m'y perds ! Et personne n'est avec moi
pour me renseigner et me soutenir, pour partager
le fardeau ! Des membres de la Commune qu'a élus
le quartier, je n'ai encore vu que Régère, assailli,
dérobé, noyé à la municipalité — et Jourde [3], qui
est apparu un moment, mais qui a bien d'autres
responsabilités sur les épaules.

C'est lui qui tient les derniers écus qui vont
alimenter l'insurrection, payer les vivres que les
plus résolus réclament si haut. Il a, en plus, son
ministère qui brûle, grâce aux obus de Versailles.

Et je suis seul.

De temps en temps, on me colle contre une
maison et l'on parle de me régler mon compte.

Würtz, l'Alsacien, un des juges d'instruction
de Ferré, vient de m'en sauver d'une belle à
l'instant.

— Vous n'êtes pas Vingtras !
On s'est rassemblé.
— Un mouchard ! Abattez-nous ça !
— A la mairie ! A la mairie !
— Pourquoi à la mairie ? Là, contre la palissade !
— Jacques Vingtras a de la barbe. Vous n'êtes
pas Jacques Vingtras !
— Au mur ! Au mur !!
Ce mur est la devanture d'un café de la rue
Soufflot.

J'ai essayé de m'expliquer.
— Mais, sacrelotte ! depuis mon évasion du Cherche-Midi, j'ai gardé le menton ras !...

Malgré tout, j'allais quand même y passer, je
crois bien, lorsque Würtz [4] a sauté dans le groupe
en fureur.

— Qu'allez-vous faire là!

On le connaît, si on ne me reconnaît pas. Et il
jure que j'ai droit à mon nom.

— Pardon, excuse, citoyen!

Je me suis secoué comme un chien mouillé, et
l'on est allé prendre un verre... tous en chœur!

Maintenant qu'on est bien sûr que je suis Vingtras, je suis prisonnier de tous ces bataillons qui
arrivent, et dont les gradés veulent serrer la pince, —
ou la vis — au rédacteur en chef du *Cri du peuple*,
la seule écharpe écarlate qui traîne dans l'arrondissement.

Et les détails m'empoignent, m'étranglent! C'est
à moi qu'on s'adresse pour tout. Pour tout — et
pour rien.

J'ai à peine eu le temps, depuis qu'on lutte, d'aller
voir comment on se défend. Deux ou trois fois, j'ai
voulu remonter du côté où Lisbonne et Henry
Bauër tiennent comme des enragés...

Mais j'ai été retenu, rappelé, repris; la plupart
du temps, parce qu'on parlait de trahison, et qu'un
homme se débattait aux mains de défiants et d'exas-
pérés qui étaient pour la justice sommaire.

Il n'y a eu cependant de tué, à ma connaissance,
que le mitron. On dit bien qu'on a fusillé le commandant Pavia dans une cour, sans crier, de peur que
je ne le sauve, mais on n'a pas vu le corps.

Une estafette.

— La rue Vavin demande du secours!

Le roulement veut que ce soient les *Enfants du
Père Duchêne* qui se portent vers la barricade en
détresse.

Ils ne se le font pas dire deux fois.

— Vermersch [5] en tête!

L'appel est parti de divers points.

Mais Vermersch n'est pas là.

— Ah! les gendelettres, les journalistes!... Dans les caves, quand il s'agit de se battre!

— Les journalistes! Vous en voulez un?... Me voilà.

En route!

Le tambour bat. Je suis près de lui, et les vibrations de la caisse résonnent dans mon cœur : ma peau frémit autant que la peau d'âne.

A mi-chemin, des hommes accourus au bruit m'attirent à eux.

— Il faut que vous veniez... Versailles a des gens qui travaillent en dessous à la mairie du VIe; ils ont des connivences avec le génie, qui tient Montparnasse. Je m'appelle Salvator; vous devez me connaître, vous m'avez entendu au club de l'École de médecine. Croyez-moi, suivez-nous... Carrefour Bréa, le premier venu fera votre ouvrage, tandis qu'à Saint-Sulpice on vous écoutera sûrement.

— Si cela est utile, quittez-nous, m'a dit le capitaine même des Enfants du Père Duchêne.

Il y a, en effet, dispute, et presque bataille.

Je tâche d'y voir clair.

Mais voici venir Varlin — Varlin, qui est l'idole du quartier, devant qui l'on s'est tu, dès qu'il est entré.

J'ai ma liberté!

Pas encore. Un officier qui campe au Ve me cherche partout. Dès qu'il m'aperçoit :

— Vingtras, voulez-vous remonter tout de suite
là-haut ? On parle de faire sauter le Panthéon.
Je remonte.

Une douzaine d'obus éclatent autour de la fon-
taine Saint-Sulpice, et lancent jusque sous nos
semelles leurs éclats qui puent.
Un profil de prêtre derrière un rideau! Si les
fédérés qui sont avec moi l'aperçoivent, il est mort!
Non! Ils ne l'ont pas vu!... Passons vite.

Elle est vide et lugubre, cette rue, pleine seulement des tessons de fonte qui courent, devant et
derrière nous, comme des rats rentrant dans l'égout.
Les maisons sont closes. On dirait de grands
visages d'aveugles, toutes ces façades sans regards.

Dans une encoignure, un aveugle pour tout de
bon, son caniche aux pieds, dit lamentablement :
— La charité, s'il vous plaît!
Je le connais depuis trente ans. Il est venu là
avec des cheveux noirs; il a maintenant des cheveux
blancs. Il me semble qu'il était à cette même place
le 3 décembre 1851, quand Ranc, Arthur Arnould [6]
et moi, nous vînmes pour nous emparer de cette
même mairie où sont les nôtres aujourd'hui — avec
des traîtres en surplus!

Une autre bombe, d'autres tessons chauds et
sentant mauvais.
— La charité, s'il vous plaît!

Oh! mendiant, qui ne lâches pas ta sébile, même
sous le canon! Mécanique montée pour la lâcheté,
qui as l'impassibilité d'un héros! et dont le cri
guttural sort, monotone parmi cette tempête humaine, impitoyable dans cette lutte sans pitié!

Il est là, contre la colonne de l'église, comme une statue — la statue de l'Infirmité et de la Misère —, debout au milieu d'un monde qui avait rêvé de guérir les plaies et d'affranchir les pauvres!

On lui donne! Les gens qui vont se battre jettent les sous et mendient les cartouches.
— Merci, mes bons messieurs!

XXXII

Oh! la première impression a été terrible ce matin, quand, descendant vers la Croix-Rouge pour examiner où en étaient les combattants, j'ai vu des femmes fuir, emportant leurs hardes dans un mouchoir et tirant leurs mioches par la main.

— On met le feu partout!

Ces femmes crient ou pleurent. Il y a aussi quelques isolés qui filent en courant, et me crachent des malédictions.

J'ai voulu tendre, comme une chaîne, ma ceinture rouge en travers de la panique. Mais on n'arrête pas les affolés — pas plus rue de Buci que porte de Versailles!

Une crémière qui m'a fait crédit, dans les temps durs, de quelques *quatre de riz* et *trois de chocolat*, s'accroche à moi en poussant des hurlements de désespoir :

— Vous n'allez pas laisser flamber le quartier! Vous êtes un honnête homme! Vous vous jetterez avec un bataillon, s'il le faut, sur les pétroleurs!...

J'ai, un instant, été enveloppé par elle et d'autres, par des vieillards et des enfants, un groupe de vingt éplorés se tordant les bras et demandant où il fallait qu'ils aillent, qu'on disait que tout allait périr...

J'ai pu m'échapper à la fin. J'enfile le premier passage, et je cache mon écharpe.

Je sais, sur mon chemin, rue Casimir-Delavigne, un cabinet de lecture où je suis allé travailler et lire les journaux pendant dix ans. On me recevra là, et j'aurai deux minutes, cinq — le temps de juger, dans ma conscience, l'incendie.

J'ai cogné.

— Entrez!

Je voulais être en tête-à-tête avec moi un moment... A peine si je le puis!

Les gens qui sont là me supplient d'abandonner la partie.

— C'est l'abattage sans merci... peut-être le supplice affreux, si vous persistez!

— Je le sais pardieu bien!

— Songez à votre mère que votre mort tuera...

Ah! les gueux! ils ont trouvé le joint... Et voilà que, comme un lâche, j'oublie la rue en feu, mon rôle, et mon devoir. Cœur et cervelle, tout cela s'emplit des souvenirs du pays, et je vois, comme si elle venait d'entrer là, une femme en robe de veuve, en bonnet de tulle blanc. Ses grands yeux noirs me fixent comme ceux d'une folle, et ses mains sèches et jaunies se lèvent avec un geste d'indicible douleur!

Une décharge!

Deux ou trois fédérés passent devant la vitre, en courant, et lâchent leur chassepot qui tombe sur le pavé.

— Regardez!... ils s'enfuient!

— Ils s'enfuient! Mais moi, je n'ai pas le droit

de m'enfuir! Laissez-moi, je vous en prie!... J'ai
besoin de penser tout seul.

. . . .

C'est tout pensé! Je reste avec ceux qui fusillent
— et qui seront fusillés!

Que disaient-elles donc, ces éperdues « que tout
allait périr » ? On a bien livré deux ou trois bâtisses
au pétrole. Et après ?

Voyons! Au collège, tous les livres traitant de
Rome glorieuse ou de Sparte invincible sont pleins
d'incendies, il me semble! — d'incendies salués
comme des aurores par les généraux triomphants,
ou allumés par des assiégés que se chargeait de
saluer l'Histoire. Mes dernières narrations étaient
en l'honneur de résistances héroïques... de Numance
en ruine, de Carthage en cendres, de Saragosse en
flammes.

Et le capitaine Faillard, qui avait été décoré dans
la campagne de Russie, levait son chapeau chaque
fois qu'il parlait du Kremlin, que ces mâtins de
Russes avaient allumé comme un punch! « Des
crânes! ces Kaiserlicks », disait-il en tordant sa
moustache.

Et le Palatinat saccagé et rôti! Et cent coins
du monde brûlés au nom des rois ou des républiques,
au nom du Dieu des juifs ou du Dieu des chrétiens ?

Et les grottes de la Zaatcha!... Pélissier n'a-t-il
pas des lambeaux de peau grillée collés au talon de
ses bottes [1] ? — le Pélissier de Malakoff!

Nous n'avons pas encore, que je sache, enfourné
de Versaillais dans une cave pour les y cuire tout
vivants!

Ah! je ne me suis pas rendu, je ne suis pas devenu incendiaire, sans avoir embrassé du regard tout le passé, sans avoir cherché des ancêtres!

Nous avons pioché cela à deux, Larochette [2] et moi qui avons fait nos classes, puis à quatre, à dix. Tous ont voté pour la flambée — en masse!

L'un d'eux écumait de colère.

— Et ce sont des pauvresses qui ont demandé grâce pour leurs quatre meubles, quand c'est pour les pauvres qu'on se bat, quand des centaines d'artilleurs ont eu, non pas leur chemise, mais leur poitrail roussi par le feu du canon, du canon ennemi!... Eh! sacrebleu! moi qui parle, j'étais riche avant d'entrer dans la politique sociale — il y a dix ans! Est-ce que je n'ai pas jeté tout ça dans la fournaise?... Et aujourd'hui, parce qu'un peu de bois et quelques briques sont atteints par la stratégie des désespérés, ceux pour qui l'on s'est ruiné et pour qui l'on va mourir vont-ils nous jeter leur paquet de frusques à travers les jambes?

Il a eu comme un rire de fou!

— Ah! je comprends la fureur des bourgeois, a-t-il repris en se tournant du côté d'où partait la canonnade régulière! Dans l'éclair de la torche, ils viennent de voir reluire l'arme invincible, l'outil qu'on ne peut casser, et que les révoltés se passeront de main en main, désormais, sur le chemin des guerres civiles... Qu'est-ce que ceci, auprès de cela? a-t-il conclu en repoussant son fusil, et en nous montrant une fumée sanglante qui coiffait tout un quartier du bonnet rouge.

— Vous disiez donc, lieutenant, qu'il s'agit de brûler un morceau de la rue Vavin?

— Oui, deux maisons dont le génie de Versailles

a percé les murs, et par où les lignards nous tomberont dessus, à l'improviste. Vous savez bien, les deux maisons du coin ?... dans celle de droite, au rez-de-chaussée, il y a une boulangerie.

Drôle de chance !

C'est contre le cadavre d'un pétrisseur de miches que je me suis heurté tout d'abord : c'est maintenant un monceau de farine que je vais faire exécuter.

A feu et à sang, le pays du pain ! Il va griller plus de blé moulu qu'il n'en fallait pour me nourrir pendant toutes mes années de famine !

— Allons ! mettez votre nom là, Vingtras !

— Le voilà !... et flambez une bicoque en plus, s'il le faut !

Je donne un bon en blanc.

— Eh ! nous le savions bien, que vous ne renauderiez pas !

En riant, un fédéré a tiré de sa poche un vieux numéro du *Cri du Peuple* et mis le doigt sur une ligne : « *Si M. Thiers est chimiste, il comprendra* [3]. »

— Hein ? vous y aviez pensé déjà !...

— Non ! et ce n'est pas moi qui ai écrit cette phrase si chaude. Je l'ai lue un matin dans l'article d'un collabo. Je l'ai trouvée raide, mais je n'allais pas faire un erratum, sûr ! Et les journaux de Versailles n'ont pas manqué de dire qu'on reconnaissait bien ma griffe et mes instincts de bandit !

— Oui, déclare Totole, nous voulons faire sauter le Panthéon !

Totole est un chef de bataillon qui a une influence sans bornes sur ses compagnies, quoiqu'il soit gavrochien au possible ; mais il a fait des pieds

de nez et dit *zut* aux Allemands avec tant de
crânerie, pendant le siège, il a été si rigolo et si
héroïque, qu'on l'a élu à l'unanimité.

Son idée a été accueillie par des hurrahs d'enthousiasme.

— Ce n'est pas vous qui défendrez le monument,
m'a dit Totole; les monuments, pour Vingtras...
oh! là! là! C'est lui qui s'en fiche, des temples de
la gloire et des boîtes à grands hommes! Pas vrai,
citoyen?... Allons, voyons à faire écarter tout ce
monde-là!...

J'ai eu une peine terrible à retenir Totole et
à lui expliquer que, quoique n'aimant pas les
monuments, je ne demandais pas qu'on se servît
d'eux pour tuer la moitié de Paris.

Mais ils sont têtus en diable, et, malgré tout ce que
je puis leur raconter, la mort du Panthéon est
résolue. Au mur, le Panthéon!

Et, pendant qu'on y est, au mur aussi Saint-
Étienne-du-Mont et la Bibliothèque Sainte-Gene-
viève!... ça ne coûtera pas plus!

Nous avons dû nous mettre à quatre ou cinq
— et des gros bonnets — le maire en tête, quelques
commandants sages et un noyau de fédérés plus
rassis, pour empêcher ces cerveaux brûlés de se
jeter sur le Panthéon comme sur un réac. On lui
mettait déjà la ficelle aux pattes, soufrée de salpêtre
et baignée de pétrole.

— Mais, en croyant terrifier les ruraux, vous
allez terrifier les nôtres! C'est alors que les com-
mères vous traiteront de brigands, et que les
autres quartiers reculeront jusqu'aux Prussiens...
peut-être bien jusqu'à Versailles!

Il a fallu leur rabâcher ça, les prendre par le
bouton de leur tunique, les chapitrer une heure!

Il a fallu aussi trouver des raisons contre un petit
vieux qui s'était gratté le crâne avec persistance
pendant la discussion, et qui a fini par dire, d'une
voix très douce :

— En vérité, citoyens, il me semble qu'il vaudrait mieux, pour l'honneur de la Commune, ne
pas nous retirer pendant l'explosion... Ça n'est
une bonne affaire que si nous restons là, et si nous
sautons en même temps que les soldats. Je ne suis
pas orateur, citoyens, mais j'ai ma petite jugeote...
Pardon de ma timidité... je n'ai jamais parlé en
public. Mais pour la première fois que je l'ose,
je crois que je fais une excellente proposition.
Seulement, pressons-nous ; si nous bavardons longtemps encore, nous ne sauterons jamais ! Jamais !
a-t-il conclu avec un énorme soupir.

C'est lui qui a sauvé le condamné ! On a ri de
sa crainte de ne pas s'écrabouiller contre le ciel, et
on n'en a plus reparlé.

                         Hôtel des Grands Hommes.

Je suis là depuis minuit.

Nous sommes nombreux. Il y a presque tous
les chefs du Ve et du XIIe qui n'avaient pas un
commandement militaire.

On taille un jambonneau, et une bavette.

— Chaudey, tu sais ?... a fait mon voisin de
gauche, avec un geste qui explique tout.

Je n'ai encore été mêlé à aucune tuerie. C'est
de la veine !

Mais quelques autres étaient du poste de Pélagie
et racontent l'exécution.

— Comment est-il mort ?

— Pas mal.

— Et les gendarmes ?

— Pas bien.

Les soupeurs causent de cela comme d'une pièce dont ils auraient été spectateurs, et où ils n'auraient pas eu de rôle !

Au matin, quand le feu reprendra, il sera bien temps d'aller à son poste en s'étirant et en bâillant.

Puisqu'on est sûr de la défaite, on peut bien boire le coup de l'étrier, avant de recevoir le coup du lapin.

Mercredi matin.

Lisbonne arrive désespéré.

— Toutes nos positions sont prises. Le découragement s'en mêle... il faut se décider à une manœuvre, s'arrêter à un parti.

— Que faire ?

— Chercher ! chercher ensemble, Régère, Sémerie [4], toi, moi, Longuet [5]...

Longuet est avec nous, en effet ; il est revenu, lui aussi, au pays latin.

Nous sommes montés dans le cabinet du maire, poussant le verrou pour qu'on n'entendît pas nos paroles d'angoisse, notre consultation *in extremis*.

. . . .

Oh ! je viens d'être frappé en plein cœur, j'ai ressenti le mal qui envahit soudain les veines des déshonorés !

Le chef de légion jugeant, comme Lisbonne, la défense vaine, le docteur Sémerie, chef des ambulances, étant de l'avis du chef de légion, le maire s'est levé :

— Nous allons signer l'ordre de mettre bas les armes !

Cela m'a rappelé le jour où Cluseret fut décrété d'accusation.

— Vous n'allez pas dire que je suis un traître! fit-il, enfonçant les poings dans ses cheveux, secouant sa tête comme si on l'avait souffletée.

Et, tournoyant sur lui-même, il alla s'abattre assommé sur un banc!

Je viens d'avoir le même vertige.

— Nous rendre! Longuet, ferez-vous cela! Et vous autres?

— Moi, je le ferai, a dit froidement le chef de légion.

Le médecin s'est indigné.

— Vous voulez donc que le quartier soit jonché de cadavres et inondé de sang? vous prenez cela sur vous!...

— Oui, je prends sur moi de ne pas signer un ordre auquel, d'ailleurs, les fédérés n'obéiraient point... Je ne veux pas que mon nom soit honni dans le camp des révoltés! Je ne le veux pas! Ma présence ici déjà me rend votre complice, et, si vous capitulez, il faudra que vous me tuiez ou que je me tue!

— Nous nous sommes mal compris! a dit Régère, effrayé de mon émotion, et qui a bien des torts, mais qui n'est pas un lâche.

Sémerie a paru apaisé aussi.

Mais j'ai peur d'eux.

— Longuet, courons retrouver les nôtres! Où est la Commune?

— A la mairie du XIe. C'est là qu'est Delescluze; c'est là d'où ne part rien, si vous voulez, mais où tout aboutit. C'est là qu'il faut aller!

— Allons!

Une détonation formidable a retenti, faisant éclater les vitres.

Ce doit être le Luxembourg !

Mais le Luxembourg est debout. Ce n'est que la poudrière qui a sauté... Totole voulait son explosion, il se l'est payée.

Je le vois revenir en se frottant les mains.

— Que voulez-vous ! Je ne serais pas mort content. Mais ça n'a servi à rien, il n'y avait pas encore de lignards. Coup raté !

A côté de lui, un bonhomme s'arrache les cheveux.

— Si seulement on était resté !

Ils finiront par l'avoir, leur Panthéon, ce farceur et ce désolé ! Ils ont la folie de la défaite, et tout ce qu'on peut faire ne les arrêtera pas.

Il fait grand soleil, un temps doux!

Dans les rues calmes où nous nous engageons, des bouts de treille pendent par-dessus les murs sur les moellons des barricades. Des pots de fleurs couronnent la crête des digues de pierre.

La Seine roule, scintillante et bleue, entre les quais déserts, mais tout inondés de lumière.

Dès la rivière traversée, la résistance prend un aspect robuste. A chaque tas de pavés est attachée une poignée d'hommes qui nous saluent, et qui répondent à nos mauvaises nouvelles :

— Par ici, on aura peut-être plus de chance... Et puis, tant pis!... On fera ce qu'il faudra, voilà tout!

Et les sentinelles se rassoient, avec des airs de paysans qui se reposent vers midi, et à qui l'on a porté la soupe dans les champs.

Des robes à côté des vareuses, des petites blouses aussi. La bourgeoise et le moutard sont venus avec du bouillon et un rata; on a mis la nappe sur la dure.

Nous offrons quelques rasades. Ils disent : « *Pas trop !* » Nous n'en avons pas trouvé un qui eût un grain, un vrai grain, parmi tous ceux avec qui l'on a voulu trinquer.

Place Voltaire. Mairie du XIe.

La Commune siège en ce moment.
— Où donc ?
— Là-hau   dans la grande salle.

C'est faux ! la Commune ne siège pas !

Tout le monde est mêlé, officiers, simples gardes, porteurs de képis à un ou plusieurs filets, ceintures à glands blancs ou à glands jaunes, membres de chez nous ou du Comité central — et c'est tout ce monde qui délibère.

Un lieutenant, debout sur une table, demande qu'on établisse un cordon d'outranciers autour de l'arrondissement et qu'il soit décrété que personne ne le franchira.

— Il y a déjà des désertions, crie-t-il d'une voix menaçante ; il y en aura encore...

Et étendant la main du côté d'une porte où quelques galonnés s'étouffent :

— Douze balles pour qui voudra fuir !

La prise de Montmartre a exaspéré les plus sages, et semé le vent du soupçon.

Montmartre, qui devait être armé pour la lutte jusqu'aux dents, Montmartre, que ne laissait pas approcher l'état-major du quartier, sorti on ne sait d'où, Montmartre, dont le délégué à la Guerre éloignait lui-même les pékins, Montmartre a été livré, vendu ! — les munitions n'étaient pas de calibre, les pièces ne tenaient pas sur leurs jambes, des mots d'ordre menteurs avaient été donnés... le drapeau tricolore flotte sur la butte !

Cette trahison a décapité la défense. Elle a aussi culbuté dans la mort tous ceux sur qui, depuis deux jours, s'est abattue la poigne d'un fédéré ou contre qui s'est levé le pouce d'une femme — dans ce cirque ourlé de sang d'où le César nabot est parti et où il veut rentrer.

Il n'a pas ménagé le boursicot de la République pour avoir raison des républicains : il faut bien qu'il ait présenté le mulet chargé d'or pour que certaines issues aient été ouvertes, pour que le Mont sacré qui avait vomi Vinoy et *gardé* deux généraux ait été violé si vite par les soldats!

Des suspects ont déjà passé devant nous, roulés par la foule; nous av ns plongé dans le flot, mais sans pouvoir repêcher l'individu!

L'un a été crâne. Il avait fait feu d'une fenêtre; il s'en est vanté au dernier moment, et est tombé en hurlant : « A bas la Commune!»

L'autre s'est défendu d'avoir trahi, et a demandé à être conduit *auprès des autorités*. Il parle en rentier du Marais.

— Je ne me suis jamais occupé de politique!

— C'est pour cela que je te tue! a répondu un combattant qui avait reçu dans la patte gauche une balle, une heure avant, mais qui, de la patte droite, a braqué son revolver sur celui qu'on traînait.

Et il allait tirer, quand on a décidé qu'on ne pouvait pourtant pas exécuter sans preuves, et qu'il fallait mener l'autre au Salut public, comme il le réclamait en pleurant.

— Ceux du Comité le laisseront... aussi sûr que j'ai cinq doigts de perdus! a grogné le blessé en agitant son moignon ganté de rouge. Les gens qui ne s'occupent pas de politique!... Mais ce sont les plus lâches et les plus coquins! Ils attendent, ceux-là, pour savoir sur qui ils baveront ou qui ils lécheront, après la boucherie!

Et il a couru, blême de rage, vers l'escorte du

prisonnier — perdant en route les chiffons qui
entouraient sa plaie et ne les ramassant pas, dé-
posant seulement sa main, comme un gros caillot
de sang, dans la poche de sa vareuse.

Terrible à voir, cette noyade d'un homme
dans des vagues humaines!... Il lève quelquefois
la face au-dessus du tourbillon, comme un noyé,
et regarde le ciel... Le dernier même en appelait
à Dieu! Mais un coup de poing ou un coup de
crosse l'atteint, et il sombre de nouveau pour
reparaître encore, la tête meurtrie et ballottant
sur le col!

— S'il n'était pas coupable, pourtant!
— Est-ce que la police prend des mitaines
pour assommer ses victimes? Est-ce que la justice
regarde à deux fois si le prévenu a vraiment fait
ce dont on l'accuse... quand elle envoie en cour
d'assises, après le ligotage, après le passage à tabac,
après le Dépôt, après Mazas, des innocents que le
jury acquitte? Et quand il les condamne donc!...
Alors c'est la camisole de force, la toilette, l'échafaud — ou le bagne!
Il s'est interrompu pour se mettre à compter,
fiévreusement, les cartouches de sa giberne!

Varlin arrive en char à bancs.
— Tu ne sais pas où j'ai pris ce carrosse? C'est
la voiture du bourreau.

— De quoi causez-vous donc?
Près de lui, dans un groupe qui crie et gesticule,
j'ai reconnu Malezieu [1] le forgeron.
— De Dombrowski. Figure-toi que c'est moi
qui l'ai arrêté à Saint-Ouen. Je croyais qu'il voulait
s'échapper. On s'y serait trompé à moins, vois-tu!

Des chevaux sellés dans un coin, ses aides de camp
regardant du côté des Prussiens!... Ah! il ne prenait
pas le chemin de Paris, sûr! lui qui devait se faire
tuer si bien!

— Je vous dis, moi, que c'était louche! soutient
avec énergie un fédéré. Sans compter que d'avoir
transmis les propositions de Versailles, c'est joli-
ment loin de prouver qu'il ne s'entendait pas avec
Thiers!

Le mort est encore intact dans son cercueil, et
sa mémoire tombe déjà en pourriture. Vermorel
a perdu son temps et sa peine à faire l'oraison
funèbre du Polonais.

Après une tournée avec Lefrançais, Longuet
et quelques camarades, dans les bivouacs des combattants, nous remontons vers la mairie.

On me frappe sur l'épaule. C'est Genton [2],
le blanquiste.

— Comment va?

— Peuh! pas trop bien! Nous venons de faire
une sacrée besogne; il a fallu fusiller l'archevêque
de Paris, M. Bonjean [3], trois à quatre autres!

Une sorte d'avorton tout noir dit son mot :

— Darboy a voulu me donner sa bénédiction...
c'est moi qui lui ai envoyé la mienne!

J'ai eu déjà l'occasion de le voir, ce gringalet!
Il était un farouche dans les réunions — et partisan acharné surtout de l'union libre.

Il avait femme illégitime, mais qu'il adorait,
et qui le faisait tourner comme un toton; il répondait aux bourrades par des tendresses d'enfant!
On se raccommodait vite, la commère n'étant pas
méchante, et il était touchant à voir, ce petit merle
roucoulant sous l'aile de cette grosse poule.

C'est ce merle-là qui vient de se hérisser, et de

siffler à l'oreille du prélat, dans le chemin de ronde,
la chanson blagueuse de son impiété.

Lefrançais, Longuet, moi, nous sommes devenus
pâles.

— Et de quel droit, au nom de qui a-t-on tué ?
La Commune tout entière sera responsable de cet
égorgement ! Nous avons des éclaboussures de leur
cervelle sur nos écharpes !
— Ferré a signé l'ordre ; Ranvier aussi, dit-on.
— Est-ce bien vrai ?...

De Ferré, cela ne m'étonne point. Je l'ai rencontré, après qu'il venait de faire justicier Vaysset [4]
et de regarder le macchabée exécuter, du haut du
Pont-Neuf, un plongeon dans la Seine. Il était
tranquille et souriant.

C'est un fanatique. Il croit à la force et en use,
sans se soucier d'être cruel ou généreux.

Il « nivelle » les désarmés comme les autres,
indistinctement : coup pour coup, tête pour tête —
tête de loup ou de mouton — timbrant mécanique-
ment, avec son cachet de délégué, tout papier qui
aboutit à la suppression de l'ennemi.

L'ennemi, c'est le prêtre et le sénateur, accroupis
dans leur cellule de prison. Bons ou mauvais,
qu'importe ! Ils ne comptent pas ; on ne leur en
veut point. Ce sont des mannequins qu'il faut
jeter bas devant l'histoire : Juin a tué Affre [5],
Mai tuera Darboy.

Pauvre homme ! J'ai vu ce Ferré, qui vient de le
condamner sans pitié, faire un geste de douleur
quand je lui parlais, après une visite à Mazas, de
ce captif blême qui rôdait fiévreux, presque libre,

dans la grande cour et qui, à notre vue, s'était
enfui comme une bête traquée et visée.

Mais le délégué à la Préfecture a cru devoir
écraser son cœur comme un traître, complice
de la bourgeoisie, et, au nom de la Révolution,
il a obéi à la foule.

— Mais cette boucherie est horrible! Ces gens
étaient âgés, prisonniers, sans armes! On criera
que c'est une lâcheté!

— Une lâcheté!... Dites donc, le lettré, et les
massacres de Septembre? C'était donc une blague
quand vous nous disiez de faire comme en 93!

Un classique se lamente et se désole.

— Vous avez joué le jeu de l'adversaire; Thiers
ne demandait que ça, et va s'en lécher les babines,
la petite hyène!... Flotte [6] ne vous a donc point
conté la scène de Versailles? L'autre n'a pas rendu
Blanqui parce qu'il pressentait ce dénouement,
parce qu'il l'espérait, parce qu'il avait miaulé à la
mort... il lui fallait ce stock de dirigeants, ces cadavres de pieux, ces corps de martyrs pour en caler
son fauteuil de président...

— C'est possible! a riposté un gars du peloton.
Mais, en attendant, on saura que si la Commune
faisait des décrets pour de rire, le peuple les exé-
cutait pour de bon... Ma balle a tout de même fait
un trou dans le ciel!

Jeudi. Mairie de Belleville.

J'ai rejoint Ranvier à la mairie de Belleville.

Il vient de parcourir toute la ligne de défense,
et il est rentré éreinté.

Les obus pleuvent! Le toit en est criblé, le plafond
s'écaille sur nous. On amène, à chaque minute, des
arrêtés qu'on veut fusiller.

Dans la cour, du bruit.

Je me penche à la fenêtre. Un homme, sans chapeau, en bourgeois, choisit une place commode, le dos au mur. C'est pour mourir.

— Suis-je bien là ?

— Oui.

— Feu !

Il est tombé... il remue.

Un coup de pistolet dans l'oreille. Cette fois, il ne remue plus.

Mes dents en claquent.

— Tu ne vas pas te trouver mal pour une mouche qu'on écrase, me dit Trinquet qui remonte en essuyant son revolver.

Vendredi. Rue Haxo.

— On va en descendre une nouvelle fournée !

— Qui ?

— Cinquante-deux calotins, gendarmes ou mouchards !

Encore une tuerie en dehors de la bataille !

Je les comprenais abattant l'archevêque comme on décapita le roi. L'idée le voulait, ils pensaient qu'il fallait l'Exemple. Mais c'est fait ! La Bible plébéienne a son signet et ses tranches rouges, comme un missel gothique...

Les voilà !

Ils avancent silencieux, un haut et vieux brigadier en tête, droit devant lui, militairement... des prêtres suivent, gênés par leur jupe, forcés de trotter, à intervalles, pour reprendre leur rang. L'inégalité des allures n'empêche pas la cadence, et comme le : *une! deux!* d'une compagnie en marche.

La foule leur emboîte le pas, sans tumulte ni fièvre encore.

Mais voici qu'une mégère glapit!... ils sont perdus, ils n'en réchapperont pas!

— A nous ceux de la Commune! Au secours!

Ceux de la Commune accourent, se tassent et font tampon contre la multitude. Ils crient, ils jurent... il y en a qui pleurent!

On envoie promener la Commune!

En arrière, essayant de rejoindre, un vieillard sans képi, ses cheveux blancs suants et mêlés, monte, du plus vite qu'il peut, avec ses jambes de soixante ans.

Je le reconnais.

Ce traînard au chef branlant, je l'ai vu, à la fin de l'Empire et pendant le siège, chez le père Beslay [7]. On se chamaillait : ils me traitaient d'indiscipliné et de sanguinaire.

Je le hèle.

— Plus vite, venez à notre aide, dans cinq minutes on va les massacrer!

La fureur commence à courir sur le flanc du troupeau! On entend une cantinière clamer : « A mort! »

L'ancien s'est arrêté pour reprendre haleine et, brandissant son fusil de ses mains ridées, il répète à son tour : « A mort! à mort! »

— Comment! vous aussi!...

Il me bouscule comme un fou.

— Allons! laissez-moi passer! Ils sont une soixantaine?... C'est mon compte! c'est juste soixante hommes que je viens de voir fusiller, après qu'on leur avait promis la vie sauve!

— Écoutez-moi!
— Foutez-moi la paix ou je vous tire dessus!

. . . .

Un feu de peloton, quelques coups isolés d'abord,
puis une décharge longue, longue... qui n'en finit
plus...

. . . .

Des fédérés reviennent en causant.

Devant la table d'un petit café, le vieux est assis,
s'épongeant le front. Il m'appelle.

— Je vous ai brutalisé tout à l'heure, mais maintenant que c'est fait, on peut se dire bonjour tout de
même. Oh! mon cher, je me suis revanché! Si vous
aviez vu Largillière!... il sautait comme un lapin.

Largillière!... Ah! je l'avais bien deviné!

— Mais les autres!
— Les autres! ils ont payé pour la trahison de la
rue Lafayette. Ce n'est plus de la politique, ça, c'est
de l'assassinat! Je n'y entends rien, moi, à votre
machine, c'est Galliffet [8] qui m'a jeté là-dedans!
Je ne suis pas avec les communards, mais je suis
contre les bourreaux à épaulettes... Qu'on m'indique
encore un coin où il y a à canarder, et j'y vais!

Son œil flambait de colère sous la neige de ses
sourcils.

Une femme a passé, qu'il a retenue.

— Ah! vous prendrez un verre avec nous!
— Volontiers, mais laissez-moi demander un
peu d'eau pour laver mes manches.

Une créature de trente ans, point laide, l'air
souffrant.

Elle est revenue, et l'on a causé.

Elle n'a pas d'idées sur la Sociale, celle-là non plus ; mais sa sœur a été la maîtresse d'un vicaire prêtre, puis, enceinte, a quitté les siens en volant leurs épargnes.

— Voilà pourquoi je suis descendue en voyant de ma croisée passer les soutanes ; pourquoi j'ai tiré la barbe à un capucin qui ressemblait à l'amant de Céline ; pourquoi j'ai crié : « A mort ! à mort ! » ; pourquoi mes poignets sont rouges !

Elle nous a dit aussi l'histoire de la vivandière qui a donné le signal de la tuerie [9].

Cette vivandière est la fille d'un homme qui a été arrêté à la fin de l'Empire sur une dénonciation d'agent provocateur, et qui est mort en prison. Quand elle a entendu dire qu'il y avait des mouchards dans le tas, et qu'on allait les saigner, elle a suivi, puis commandé l'escorte.

C'est elle qui a envoyé la première balle à Largillière.

XXXIV

Samedi. Place des Trois-Bornes.

On est resté debout toute la nuit. A l'aube,
Cournet, Theisz, Camélinat [1] et moi, nous sommes
redescendus vers Paris.

La rue d'Angoulême tient encore. C'est le 209ᵉ,
le bataillon dont Camélinat est le porte-drapeau,
qui se défend là en désespéré.

Quand ils ont vu le camarade arriver, ils lui ont
payé une vraie tranche d'ovation. Moi, on m'aime
bien aussi, mais avec une nuance de dédain. D'abord,
je suis du « gouvernement », puis je n'ai jamais rien
su porter de ma vie, pas même mon écharpe que je
ficelle toujours trop haut ou trop bas, et qu'avant
le danger je promenais mélancoliquement sous mon
bras, roulée dans un journal — comme un homard.

— Eh! dites donc, sacré poseur, c'est trop
commode de faire son Baudin [2] là-haut, les bras
croisés, pendant que nous sommes à quatre pattes
à chiquer de la vase!

Ils sont en effet, depuis une heure, le ventre dans
la boue, le nez crotté, les habits gras de fange, tirant
à travers les meurtrières à ras du sol et faisant un
mal cruel à l'ennemi.

Le membre de la Commune est debout, adossé à
l'encoignure de la barricade. Son front dépasse

même les pierres, et les balles le cerclent d'une
auréole qui commence à se rétrécir. Les masseurs
ne sont pas contents : il prend sa part du péril,
oui, mais il faut qu'il masse aussi, qu'il avale du
sable, se barbouille le mufle, se fiche par terre comme
les copains!

— Poseur, va!

Bah! Ils m'embêtent, à la fin! Puisqu'ils ne
m'écoutent plus, je reprends ma liberté et choisis
mon terrain.

Jadis, quand j'étais commandant du 191e, je
sauvais mes airs de garde champêtre et mon inca-
pacité militaire en jurant qu'au moment suprême
je serais là avec le bataillon ou ce qui en resterait.

J'y vais.

Il n'en reste pas lourd du bataillon, mais ce reste-
là est content de me revoir.

— Alors, vous ne quitterez pas ?...
— Non ?
— C'est bien, ça, citoyen!

Dimanche 28 mai, 5 heures du matin [3].

Nous sommes à la barricade géante qui est au
bas de la rue de Belleville, presque devant la salle
Favié. On a tiré au sort, avec le galonné qui m'a
remplacé, à qui irait se coucher un instant.

J'ai eu le bon numéro, et je m'étire dans un vieux
lit, au fond d'un appartement abandonné. J'ai mal
dormi. Des vers qui mangeaient la vie du matelas
m'ont tout à coup grouillé sur la peau — ils sont
vraiment pressés!...

Je vais relayer le collègue.

J'ai plus lutté contre les confédérés que contre
Versailles, jusqu'à présent. Maintenant qu'il n'y a
plus que ce faubourg de libre, et qu'il ne reste ni
traîtres ni suspects à juger, la besogne est plus
facile. Il s'agit seulement de tenir pour l'honneur,
et d'aller se mettre près du drapeau, comme les
officiers près du grand mât, quand le navire sombre.

M'y voici.

Nous répondons par le fusil et le canon au feu
terrible dirigé contre nous.

Aux fenêtres de *la Veilleuse* [4], et de toutes les
maisons de l'angle, les nôtres ont mis des paillasses,
dont le ventre fume sous la trouée des projectiles.

De temps en temps, une tête fait Guignol sur une
balustrade.

Touché !

Nous avons une pièce servie par des artilleurs
silencieux, vaillants. L'un d'eux n'a pas plus de
vingt ans, les cheveux couleur de blé, les prunelles
couleur de bluet. Il rougit comme une fille, quand on
le complimente sur la justesse de son tir.

Un moment de calme.

— Un parlementaire, peut-être ?

— Pour nous demander de nous rendre.

— Nous rendre ! Laissez-le venir !...

— Vous voulez le faire prisonnier ?

— Pour qui donc nous prenez-vous ? C'est
réservé aux Versaillais, ces infamies-là ! Mais ça me
ferait plaisir de lui lâcher le mot de Cambronne !

On entend des cris vers la rue Rebeval.

— Seraient-ils venus par-derrière tandis que
leur messager détournait l'attention ?... Vingtras,
allez donc voir !

— Qu'y a-t-il ?

— Il y a que voici un particulier qui est au milieu de nous, et qui refuse sa part d'ouvrage.

— Oui, je refuse... Je suis contre la guerre !

Et le bonhomme : quarante ans, barbe d'apôtre, aspect tranquille, s'avance vers moi et me dit :

— Oui, je suis pour la paix contre la guerre ! Ni pour eux, ni pour vous... je vous défie de me forcer à me battre !

Mais ce raisonnement-là n'est pas du goût des fédérés.

— Tu crois donc qu'on n'aimerait pas mieux faire comme toi ! Tu te figures donc que c'est pour la rigolade qu'on échange des prunes ! Allons ! prends cette tabatière et éternue, ou je te fais renifler moi-même... et ferme !

— Je suis pour la paix contre la guerre !

— Sacré nom d'animal ! Veux-tu la tabatière... ou le tabac ?

Il a renâclé devant le tabac, et a suivi l'autre en traînant son flingot comme une béquille.

Le parlementaire s'éloigne.

— M...! gueule encore le commandant, debout sur son estrade de pavés.

Soudain les croisées se dégarnissent, la digue s'effondre.

Le canonnier blond a poussé un cri. Une balle l'a frappé au front, et a fait comme un œil noir entre ses deux yeux bleus.

— Perdus ! Sauve qui peut !

. . . .

— Qui veut cacher deux insurgés ?

Nous avons crié cela dans les cours le regard

braqué sur les étages, comme des mendiants qui attendent un sou.

Personne ne nous fait l'aumône! cette aumône demandée l'arme à la main!

A dix pas de nous, un drapeau tricolore!

Il est là, propre, luisant et neuf, ce drapeau, insultant de ses nuances fraîches le nôtre, dont les haillons pendent encore d'ici, de-là, roussis, boueux, et puant comme des pavots écrasés et flétris.

Une femme nous accueille.

— Mon homme est à l'ambulance voisine. Si vous voulez, je vous y conduis!

Et elle nous guide, sous les grêlons de plomb qui sifflent devant nous, derrière nous, cassant les cages des réverbères, coupant les branches des marronniers.

Nous y voici! Il était temps!

Un chirurgien s'avance, la croix de Genève au bras.

— Docteur, donnez-nous asile?

— Non, vous feriez massacrer mes malades!

Encore dans la rue!

Mais le mari connaît un autre poste de blessés, pas trop loin.

On s'y rend.

— Voulez-vous de nous?...

— Oui!

C'est répondu tout net, et cavalièrement, par une cantinière en grand uniforme — superbe créature de vingt-cinq ans, le buste riche et la taille fine dans sa cuirasse de drap bleu. Elle ne cane pas, la gaillarde!

— Voyez, j'ai là quinze entamés. Vous passerez pour le médecin ; votre ami pour le carabin.

Et elle nous attache aux reins la serpillière de clinique.

On se refait. Elle bat des œufs, trousse l'omelette, nous verse du vin de convalescent. On oublie le danger au dessert... on a la peau chaude et les prunelles vives !

Mais, de la chambre des amputés, un soupir arrive qui nous gonfle le cœur.

— Ah ! venez me parler avant que je meure !

Nous nous levons de table... il est trop tard !

Près de ce cadavre encore tiède, dans cette pièce sombre — les lucarnes sont matelassées — des pensées tristes nous reprennent. Nous restons muets, essayant de regarder par une fente sur le trottoir.

Un marin y rôde, avec des airs de chacal. Derrière lui, un marin encore, puis un fantassin ; une compagnie, un lieutenant à visage imberbe.

— Faites descendre tout le monde !

Je descends le premier.

— Où est le chef de l'ambulance ?

— C'est moi.

— Vous vous appelez ?

On m'a fait la leçon. Je la récite.

— Pourquoi cette voiture ?

C'est la vivandière qui l'a fait atteler pour que nous sautions dedans et filions, s'il y a une éclaircie.

Je réponds sans broncher :

— Vous venez faire votre métier, je vais faire le mien : aller soigner et recueillir des éclopés.

Il a froncé le sourcil, et m'a fixé.

— Faut-il dételer ?...

Il m'a regardé encore et a, du bout de sa badine,
esquissé un geste qui libérait le chemin.

— Venez-vous, Larochette?
— Non, vous ne ferez pas vingt mètres. Vous
allez à la mort!

J'y trotte même, car je pousse la bête.
J'ai failli être pris dix fois, et j'allais l'être pour
de bon, quand un officier de la ligne m'a sauvé à
son insu. Il s'est jeté au-devant du cheval.
— Pas de ce côté! ces crapules tirent encore de
là-haut.
— Eh bien! alors, ma place est ici; mon bistouri
peut servir à quelque chose.
Et j'ai dégringolé de la carriole.
— Vous n'avez pas la frousse, pour un pékin,
a dit le militaire en riant.
— Capitaine, je n'en peux plus de soif. Y aurait-il
moyen de dénicher un verre de champagne, dans ce
pays de sauvages?
— A ce café, peut-être!...

Nous avons sablé la bouteille, et j'ai regrimpé sur
le marchepied.
— Au plaisir de se revoir, docteur!
Cet au revoir-là a rasséréné quelques figures
louches qui rôdaillaient autour du véhicule, et
m'avaient décidé à ce cabotinage et à cette trin-
querie.
— Fouette, cocher!

Mon cocher ne semble point savoir qui il mène,
et paraît seulement fouetter le pourboire.
Il faut avancer, pourtant!
— Service d'ambulance!

Je me croise avec des confrères qui promènent le collet violet et les agréments d'or au milieu d'hommes qui font la soupe ou lavent les affûts des canons.

Plus d'un se retourne sur mon passage. Mais qui reconnaîtrait Jacques Vingtras ?... j'ai le menton ras et des lunettes bleues !

Tout à l'heure, j'ai aperçu dans une glace de devanture une tête glabre, osseuse, et blême comme une face de prêtre, les cheveux rejetés en arrière, sans raie ! Physionomie d'impitoyable ! Mine de partisan cruel ! Ils doivent me prendre pour un fanatique qui recherche les blessés moins pour les secourir que pour les achever.

— Des blessés ? nous n'en faisons pas ! m'a dit un adjudant, et les nôtres ont les chirurgiens du régiment qui les dirigent sur des points spéciaux. Mais si vous voulez enlever ces charognes, vous nous rendrez un vrai service ; elles nous empuantent depuis deux jours.

Il s'est tu... heureusement ! Je voyais rouge.

— Une ! deux !

Nous hissons les « charognes » dans la charrette.

Voilà que les soldats eux-mêmes tirent notre rosse par la bride, et poussent à la roue, pour que nous emportions vite les macchabées qui vont leur flanquer la peste.

Sur un de ces macchabées-là, que nous avons ramassé derrière un tas de bois, dans un chantier, les mouches bourdonnaient comme sur un chien crevé !

Nous en avons sept. Il n'en peut plus tenir ; et mon tablier n'est qu'une grande plaque de sang

caillé! Les lignards mêmes détournent les yeux, et
nous galopons libres dans un sillon d'horreur.

— Où allez-vous? interroge une dernière sentinelle.

— Là, à l'hôpital Saint-Antoine!

C'est plein de porte-brassards.

Je marche droit à eux, et leur signale mon lot
de chair humaine.

— Versez vos corps dans cette salle!

Elle est pavée de cadavres; un bras me barre le
passage, un bras que la mort a saisi et fixé dans un
héroïque défi, tendu, menaçant, avec un poing
fermé qui a dû effleurer un nez d'officier devant le
peloton d'exécution!

On est en train de fouiller les victimes. Sur l'une,
on trouve un cahier de classe : c'est une fillette de
dix ans qu'un coup de baïonnette a saignée comme
un cochon, à la nuque, sans couper un petit ruban
rose qui retient une médaille de cuivre.

Sur une autre, une queue de rat, des besicles,
quatre sous, et un papier qui indique qu'elle est
garde-malade, et qu'elle a quarante ans.

Par ici, un vieillard dont le torse nu émerge
au-dessus du charnier. Tout son sang a coulé, et
son masque est si pâle que le mur blanchi contre
lequel on l'a adossé en paraît gris. On dirait un
buste de marbre, un fragment de statue tombée aux
gémonies.

Celui qui fait l'inventaire est inopinément appelé
pour reconnaître un suspect. Il me prie de le rem-
placer un moment.

— Mettez-vous au coin de la table.

Cela m'a permis de cacher mon regard; mais il

faut répondre parfois à une question, et *montrer* sa voix!

L'inscriveur rentre et se rassied.

— Vous voilà libre, merci!

Libre! je ne le suis pas encore; mais ça ne tardera pas... ou j'y passerai!

— Venez! venez de suite! murmure mon guide avec épouvante. On s'inquiète de savoir qui vous êtes.

Heureusement, on tue pas loin de là; ils ne veulent point perdre une bouchée du spectacle, et ils y courent.

La bousculade nous protège. Nous repartons.

— Halte-là! Qui êtes-vous?

J'exhibe mon reçu macabre.

— Bien! Passez... Arrêtez!

— Quoi donc?

— Voulez-vous prendre et porter à l'ambulance un troupier endommagé?

Si je veux!

Nous sommes des bons, maintenant! Nous tenons notre lignard. Je l'embrasserais!

Il demande un pansement. Ah! sacré nom!

— Mauvais, mauvais! les pansements, mon garçon! Ça ne guérit pas!

Il y tient. Tant pis, je vais le panser... il en mourra!

On finit par le dissuader. Mais qu'est-ce qu'il veut encore?

— Docteur! docteur! voici notre colonel et mon commandant. Je voudrais bien leur dire adieu.

— Mauvais, mauvais! les émotions, mon garçon! Ça donne la fièvre!

Nous trottons sur le velours maintenant.

Chaque fois qu'on a à doubler un cap plein de soldats, je fais l'ange gardien avec mon fantassin. Il va mal!... pourvu seulement qu'il dure jusqu'à la Pitié!

Malheur! Le cheval s'est déferré et s'éclope. Il ne veut plus aller; on lui a donné trop de besogne.

— Voyez-vous, dit le cocher, nous aurions dû lui faire boire du sang!

Oh! cette fois, je suis perdu!

Un homme est là, qui a plongé ses yeux dans les miens, et qui m'a deviné, je le sens! N'est-ce pas celui qui, aux *Débats*, fronça le sourcil en lisant la lettre de Michelet pour nos amis de la Villette, et qui semblait désirer l'abattage des condamnés?... Aujourd'hui, il n'a qu'à faire un signe, et ses bourreaux me charcutent.

Ce n'est pas encore pour cette fois.

L'autre a-t-il cru à une erreur? A-t-il eu horreur d'une délation?... Il s'éloigne [5].

— C'est M. du Camp qui s'en va là-bas, a dit un épauletier en le montrant.

Cet épauletier-là s'est, à son tour, planté devant moi. Mon cœur sautait dans ma poitrine...

Mais soudain la bâche s'est écartée, l'agonisant a avancé son visage exsangue, et étendu le bras d'un mouvement vague, en balbutiant :

— Que je serre votre main avant de claquer, mon officier!

Il a fait : « Oh! » et est retombé. Son crâne a rebondi contre les parois du char à bancs.

— Pauvre diable! Merci, docteur!

Vite, allons! Oh! ce carcan! Hue donc! hue!

Il faut remiser notre cadavre : nous nous en-gouffrons sous la porte de la Pitié.

Le directeur est dans la cour... il me reconnaît illico.

Je suis allé à lui.

— Comptez-vous me livrer?

— Dans cinq minutes je vous répondrai.

Je les ai trouvées presque courtes, ces cinq minutes. A peine ai-je eu le temps de défriper ma chemise, de redresser mon col, et de me peigner avec mes doigts. Tant de choses à faire! la toilette à rafistoler, la phrase à léguer, l'attitude à prendre!

Le directeur reparaît et s'adresse au gardien :

— Rouvrez la grille.

Il a tourné les talons, à bout d'efforts, et ne voulant pas que mon geste le remerciât.

Le dada boiteux se remet en route.

— Où allons-nous?

— Rue Montparnasse.

Chez le secrétaire de Sainte-Beuve [6]! Il me cachera, si je peux arriver jusqu'à lui.

Mais nous traversons, avec notre rosse qui râle, les coins où j'ai vécu vingt ans, où j'ai passé mardi avec le bataillon du *Père Duchêne*, où l'on n'a vu que moi pendant les trois premiers jours de la semaine...

Voilà que le courage du cocher est fourbu.

— Je veux sauver ma peau... j'en ai assez! Descendez... adieu!

Il a enlevé la bête d'un terrible coup de fouet, et a disparu.

Où me blottir?

Voyons! il y a, passage du Commerce, à dix pas,
un hôtel que j'ai habité autrefois; le chemin désert
est par la rue de l'Éperon et la ruelle!

Il y a déjà cinq jours que le quartier est pris;
peu de pantalons de garance.

Je monte l'escalier. On beugle dans la maison.

— Oui, c'est moi, le capitaine Leterrier, qui
vous dis que votre Vingtras a crevé comme un
lâche! Il s'est traîné par terre! a pleuré! a demandé
grâce!... Je l'ai vu [7]!

Je tape doucement, la logeuse vient ouvrir.

— C'est moi, ne criez pas! Si vous me chassez,
je suis mort...

— Entrez, monsieur Vingtras.

Voilà des semaines que j'attends, du fond de
mon trou, une occasion de leur filer entre les doigts.

Leur échapperai-je ?... je ne crois pas.

Par deux fois, je me suis trahi. Des voisins
ont pu voir sortir ma tête, blême comme celle
d'un noyé.

Tant pis ! si l'on me prend, on me prendra !

Je suis en paix avec moi-même.

Je sais, maintenant, à force d'y avoir pensé dans
le silence, l'œil fixé à l'horizon sur le poteau de
Satory [1] — notre crucifix à nous ! — je sais que
les fureurs des foules sont crimes d'honnêtes gens,
et je ne suis plus inquiet pour ma mémoire, en-
fumée et encaillotée de sang.

Elle sera lavée par le temps, et mon nom restera
affiché dans l'atelier des guerres sociales comme
celui d'un ouvrier qui ne fut pas fainéant.

Mes rancunes sont mortes — j'ai eu mon jour.

Bien d'autres enfants ont été battus comme moi,
bien d'autres bacheliers ont eu faim, qui sont arrivés
au cimetière sans avoir leur jeunesse vengée.

Toi, tu as rassemblé tes misères et tes peines, et
tu as amené ton peloton de recrues à cette révolte
qui fut la grande fédération des douleurs.

De quoi te plains-tu ?...

C'est vrai. La Perquisition peut venir, les soldats peuvent charger leurs armes — je suis prêt.

. . . .

Je viens de passer un ruisseau qui est la frontière.

Ils ne m'auront pas! Et je pourrai être avec le peuple encore, si le peuple est rejeté dans la rue et acculé dans la bataille.

Je regarde le ciel du côté où je sens Paris.

Il est d'un bleu cru, avec des nuées rouges. On dirait une grande blouse inondée de sang.

Dossier

CHRONOLOGIE

1832 — *11 juin*. Naissance au Puy de Jules Vallès (ou Vallez),
fils d'une paysanne et d'un maître d'études, Jean-Louis
Vallès, qui fut renvoyé, puis réintégré en 1839.
A Paris, émeutes en 1832 et en 1834 : le peuple, qui a
aidé la bourgeoisie à faire la révolution, en 1830, se sent
dépossédé de cette révolution.
1840 — Jean-Louis Vallès est maître de septième au collège
de Saint-Étienne. Désunion des parents, scènes familiales.
Louis Blanc publie *L'Organisation du travail*.
1845 — Jean-Louis Vallès professeur de sixième à Nantes.
1846 — Michelet, *Le Peuple*.
1847 — Jean-Louis Vallès est reçu à l'agrégation.
Jules Vallès a le prix d'excellence en classe de rhétorique.
A Londres, création de la Fédération communiste. Engels
a écrit *Les conditions de vie de la classe ouvrière* en 1844.
1848 — *24 février*. Après la fusillade du boulevard des Capucines, les morts sont promenés dans Paris ; la Révolution
éclate.
25 février. Vallès se joint aux manifestations de Nantes.
Par la suite, il siège dans les clubs avec son camarade
Ch.-Louis Chassin, et prend le parti des vaincus de Juin.
Depuis la « journée » manquée du 15 mai, Louis Blanc
est en exil, Barbès en prison.
Septembre : à Paris, élève du lycée Bonaparte. Il voit la
cohorte des « transportés », condamnés après Juin, tra-
verser Paris.
1849 — A Nantes.
Le 13 juin 1849, « journée » qui, organisée à Paris, échoue :
les bataillons non ouvriers de la Garde nationale et les
membres de la Montagne s'opposent à l'intervention
armée de la France à Rome.
1850 — Refusé au baccalauréat à Rennes.

Paris. Il lit les journaux de Proudhon (*Le Peuple*, devenu *La Voix du peuple* en 1850), suit les cours de Michelet au Collège de France, et manifeste lors de leur interdiction, les 14 et 20 mars 1851.

1851 — *2 décembre.* Coup d'État. Vallès et quelques-uns de ses amis tentent en vain de susciter dans Paris une résistance. Les ouvriers se souviennent de Juin 1848, et se méfient. Vallès, rappelé à Nantes, est enfermé à l'asile de fous le 31 décembre, car son père craint pour sa situation universitaire.

1852 — Le 2 mars, Vallès, grâce à l'intervention de Ranc et d'Arnould, est libéré de l'asile. En avril, il est reçu au baccalauréat à Poitiers, non sans user de l'influence du père d'Arnould, professeur à la Sorbonne.

1853 — *5 juillet.* Complot « de l'Opéra-Comique » contre l'Empereur. Vallès et Ranc en font partie. Du 16 juillet au 30 août, il est enfermé dans la prison de Mazas.

Son père ayant été nommé professeur à Rouen en septembre, Vallès passe quelque temps auprès de lui ; puis, de retour à Paris, il vit dans la misère, collaborant à des journaux de hasard (*La Naïade*, *Le Pierrot*). C'est en 1853 que la sœur de Vallès, seule survivante avec lui des six enfants du ménage de Jean-Louis Vallez, devient folle.

1856 — Duel avec son ami Poupart-Davyl.

1857 — *18 avril.* Mort du père de Vallès.

Vallès publie *L'Argent.*

Août-novembre. Collabore au *Présent* sous le pseudonyme de « Max » (article sur Planche repris dans *Les Réfractaires*).

1858 — Il collabore à *La Chronique parisienne* de Rochefort, et donne cinq articles sur la Bourse au *Figaro* de Villemessant (« Figaro à la Bourse »).

1860 — Il est reçu au concours d'expéditionnaire dans l'administration municipale, et entre à la mairie de Vaugirard.

1er novembre. Le Figaro publie « Le Dimanche d'un jeune homme pauvre » (repris dans *Les Réfractaires*).

1861 — *31 janvier.* Enterrement de Murger.

3 novembre. Le Figaro, « Les Morts » (repris dans *Les Réfractaires*).

7 novembre. Le Figaro, « Lettre de Junius » signée « Casaque blanche » : premier crayon de *L'Enfant.*

1862 — *9 octobre. Le Figaro*, « Les Victimes du livre » (repris dans *Les Réfractaires*).

Octobre ou novembre (27 novembre, d'après une lettre à Arnould). Vallès, chargé de dettes, quitte Paris pour le collège de Caen où il entre grâce à une lettre d'Hector Ma-

lot. Celui-ci s'entremet d'autre part auprès du maire du
XVᵉ arrondissement pour que Vallès, placé en position
de congé, puisse réintégrer éventuellement son poste.

1863 — Vers février, Vallès quitte le collège pour une pension
de Caen. Une lettre à Arnould fait mention de Joséphine,
sa maîtresse, qui ne le quittera pas durant la Commune,
et le rejoindra au début de l'exil.

Mai — Retour à Paris.

8 juillet. Article sur Maurice et Eugénie de Guérin dans
Le Moniteur du Calvados, sous le pseudonyme de « Jean
Max ».

1864 — Collaboration au *Progrès de Lyon* (février 1864 —
janvier 1865).

25 mars. Loi qui rend légales les coalitions, mais non les
associations permanentes.

Juillet-août. Le Figaro, « Le Bachelier géant » (repris
dans *Les Réfractaires*).

2 octobre. Le Figaro, article sur Leclerc (repris dans *Les
Réfractaires*).

19 octobre. L'Époque, article sur Cressot (repris dans
Les Réfractaires).

1865 — *15 janvier.* Conférence sur Balzac pour la Société
« Entretiens et lectures ». Vallès parle rue Cadet, salle du
Grand-Orient. Scandale ; rapport de l'inspecteur d'Aca-
démie Gréard, et décision du ministre Victor Duruy :
Vallès est renvoyé de la mairie de Vaugirard.

13 avril. Vallès a l'exclusivité du numéro du *Figaro*, avec
« Les Irréguliers de Paris ».

Publication des *Réfractaires*.

5 décembre. Représentation d'*Henriette Maréchal* au
Théâtre-Français.

14 décembre. Vallès prend dans *Le Figaro* la défense des
Goncourt, sifflés à la première d'*Henriette Maréchal*, à
cause de leur sympathie pour la princesse Mathilde.
Leurs adversaires étaient les blanquistes et « Pipe-en-
Bois » (Georges Cavalier).

1866 — Vallès « joue » Girardin contre Villemessant.

26 mars. Dans *La Liberté* de Girardin, article contre le
général Yousouf.

Publication de *La Rue* (articles de *L'Époque*, du *Figaro*
et de *L'Événement* parus en 1865 et 1866).

1867 — Après le congrès de Lausanne, le gouvernement
dissout la section française de l'Internationale, dans laquelle se trouvent Malon, Humbert, Theisz, Avrial,
Varlin. Insistons sur le fait que l'Internationale comporte
alors toutes sortes de tendances socialistes. Les partisans

de Bakounine y sont nombreux. Les marxistes ne les élimineront qu'après 1872.

Juin. Vallès fonde *La Rue*, hebdomadaire qui meurt en janvier 1868.

14 juillet. Caricature de Vallès par Gill, dans *La Lune.*

1868 — *11 février.* Attaque de Vallès contre la police impériale, dans *Le Globe.* Il est enfermé un mois à Sainte-Pélagie.

8 septembre. Il publie « Un chapitre inédit de l'histoire du Deux Décembre » dans *Le Courrier de l'Intérieur.* Il passe décembre 1868 et janvier 1869 à Sainte-Pélagie. Il collabore au *Journal de Sainte-Pélagie,* manuscrit, joint au *Paris* d'H. de Pène.

1869 — Vallès dirige *Le Peuple* (4-18 février), puis *Le Réfractaire* (10-12 mai).

23 mai. Candidature aux élections législatives à Belleville, contre Jules Simon qui recueille 30 305 voix, et Lachaud. Vallès a quelques centaines de voix.

17 juin. Fusillade de La Ricamarie : treize morts.

Été : un vaste local est trouvé à la Corderie pour les délégués des chambres syndicales, qui en sous-louent une partie à la Fédération internationale des travailleurs.

Septembre-octobre. Un gentilhomme paraît dans *Le National.*

Octobre-décembre. Le Testament d'un Blagueur paraît dans *La Parodie.*

8 octobre. A Aubin (Aveyron), quatorze grévistes tués et cinquante blessés par la troupe.

Novembre-janvier 1870. Pierre Moras paraît dans *Paris.*

1870 — *10 janvier.* Assassinat de Victor Noir.

11 janvier. Séance houleuse au Corps législatif. « Sommes-nous sous les Bonaparte ou sous les Borgia ? », s'écrie Rochefort.

12 janvier. Enterrement de Victor Noir.

7 février. Arrestation de Rochefort et de Flourens.

Février. Acquittement par la Haute Cour, à Tours, du prince Bonaparte.

17 mars. Vallès dirige *La Rue,* quotidien.

8 mai. Plébiscite triomphal pour l'Empire (7 358 000 voix contre 1 572 000).

En juillet, appel pour la paix et pour les États-Unis d'Europe, signé par certains socialistes français.

15 juillet. Déclaration de guerre à la Prusse.

Juillet-août. La cour de Blois fait passer en jugement soixante-douze blanquistes.

10 août. Retour de Blanqui à Paris.

14 août. Affaire de la Villette. Granger et Eudes auraient voulu attaquer le fort de Vincennes. Blanqui trouvant l'affaire trop risquée, on se décide pour la caserne des pompiers de la Rotonde à la Villette. Échec. Arrestation de quelques conjurés.

3 septembre. La nouvelle de Sedan vient à Paris. Manifestation près du Gymnase.

4 septembre. Gouvernement de la Défense nationale : Arago, Crémieux, Favre, Ferry, Gambetta, Garnier-Pagès, Pelletan, Picard, Simon, et Rochefort que l'on fait sortir de Sainte-Pélagie.

5 septembre. Fondation du Comité central des Arrondissements à la Corderie.

10 septembre. Vallès parle aux Bellevillois, salle Favié.

15 septembre. Première « Affiche rouge » demandant une meilleure organisation de la défense. (L'affiche blanche était réservée aux proclamations du gouvernement.)

19 septembre. Adresse publique des blanquistes, critiquant la défense nationale. Chute de Châtillon.

20 septembre. Paris est cerné par les Prussiens.

1er octobre. Calomnié par le gouvernement de Jules Ferry à propos de sa candidature de 1869, Vallès est lavé de toute suspicion par la Commission d'enquête du Comité central, qui obtient une entrevue du représentant du Préfet de police Kératry.

Octobre. Chef de bataillon de la Garde nationale, Vallès assiste aux manifestations pour la levée en masse, qu'organisent Flourens le 5, Blanqui le 7. On crie « Vive la Commune quand même ».

31 octobre. A la nouvelle de la reddition de Metz et de la défaite du Bourget, soulèvement blanquiste. Les gardes nationaux occupent l'Hôtel de Ville. Chaos politique, division entre Blanqui et Flourens. Les mobiles bretons reprennent l'Hôtel de Ville. Vallès a occupé, lui, la mairie de la Villette avec une trentaine d'hommes. Le public ne suit pas les révolutionnaires, puisque :

3 novembre. Les Parisiens acceptent le gouvernement de la Défense nationale par 321 373 voix contre 53 584.

En décembre, cesse de paraître *La Patrie en Danger*, fondée en septembre par Blanqui.

1871 — *7 janvier.* La seconde « Affiche rouge » est placardée. Bombardement de Paris assiégé. Famine.

21-22 janvier. Flourens est délivré de la prison de Mazas par soixante-quinze hommes.

22 janvier. Une foule de manifestants, formée surtout de gardes nationaux de Montmartre et conduite par Sapia,

Duval, Rigault, Ferré, Malon, est fusillée place de l'Hôtel de Ville. Malézieux riposte jusqu'au bout. Sapia est tué.

28 janvier. Capitulation, négociée par Jules Favre (indemnité de deux cents millions, occupation par les Prussiens des forts qui entourent Paris, entrée symbolique des troupes prussiennes à Paris).

29 janvier. Le drapeau prussien flotte sur les forts.

8 février. Élections législatives. Louis Blanc, Hugo, Gambetta, Garibaldi sont élus à Paris. Mais la majorité va aux députés conservateurs de province, les « ruraux ».

22 février. Vallès fonde *Le Cri du peuple.*

23 février. Thiers est à Paris.

24 février. Manifestation à la Bastille.

1er-2 mars. Entrée des Prussiens à Paris. Rochefort, Malon, Ranc, Hugo, Tridon, Garibaldi, députés à l'Assemblée, donnent leur démission.

9 mars. Blanqui est condamné à mort par contumace.

10 mars. L'Assemblée décide de se transférer à Versailles. Elle déclare que les loyers et les effets de commerce sont exigibles.

11 mars. Vallès est condamné, pour l'affaire du 31 octobre 1870, à six mois de prison, par le Conseil de Guerre siégeant au Cherche-Midi. Il s'échappe et se cache. Le général Vinoy, gouverneur de Paris, suspend six journaux, parmi lesquels *Le Cri du peuple.*

12 mars. L'Assemblée s'installe à Versailles.

17 mars. Blanqui, arrêté, est emprisonné à Cahors.

Nuit du 17 au 18 mars : *Le Drapeau,* qui remplace *Le Cri du peuple,* est saisi.

18 mars. Les canons de Montmartre, que Thiers veut faire reprendre par les troupes, sont défendus par le Comité de Vigilance du XVIIIe arrondissement. Le 88e se rallie aux Parisiens, puis l'ensemble de la troupe. Les généraux Lecomte et Clément Thomas sont fusillés rue des Rosiers. A 10 heures du soir, le Comité central s'empare de l'Hôtel de Ville évacué par Jules Ferry.

21 mars. Le Cri du peuple reparaît.
Clemenceau, Arnould, Millière signent un manifeste appelant à une entente avec l'Assemblée de Versailles.

22 mars. Proclamation de la Commune : place de l'Hôtel de Ville, buste de la République et drapeaux rouges ; tambours, canons, musiques militaires.

26 mars. Élections à la Commune. 222 167 votants sur 484 569 : abstentions nombreuses. Vallès est élu du XVe arrondissement (4 303 voix) avec V. Clément

(5 025 voix) et Langevin (2 417 voix). Il y a quatre-vingt-douze élus parisiens.

29 mars. Fête place de l'Hôtel de Ville, unissant bourgeois et peuple. Les Communes de province ont été écrasées (Lyon : 22-24 mars ; Saint-Étienne : 24-28 mars ; Le Creusot : 26 et 27 mars ; Marseille : 23-26 mars).

30 mars. Le *Journal Officiel* de la Commune donne la composition de la commission de l'Enseignement : Vallès, les docteurs Goupil et Robinet ; Lefèvre, Urbain, A. Leroy, Verdure, Demay. Vallès restera dans la commission refondue le 22 avril, qui comprendra, outre lui, Courbet, Verdure, Miot et J.-B. Clément.

3 avril. Séparation des Églises et de l'État. Réserves de Vallès. Mort de Flourens.

4 avril. Défaite des troupes de la Commune à Châtillon. Mort de Duval.

5 avril. Promulgation de la loi des otages par la Commune.

6 avril. Suppression de la guillotine ; l'échafaud est brûlé, les dalles arrachées.

26 avril. Membre de la loge écossaise 133 (depuis 1868 ou 1869), scindée en partisans (Lefrançais, Eudes, Raspail), « centristes » (Ranc) et adversaires de la Commune (Brisson, Floquet), Vallès est de ceux qui accueillent au nom de la Commune une délégation de maçons. Un grand nombre de membres de la Commune sont francs-maçons : Assi, Beslay, Camélinat, Chauvière, Clément, Flourens, Grousset, Jourde, Lucipia, Pyat, Ranvier, les frères Reclus. Suppression des journaux « réactionnaires » publiés à Paris. Vallès est opposé à cette suppression.

29 avril. Manifestation des francs-maçons qui traversent Paris en cortège et plantent leurs bannières sur les remparts.

1er mai. Le projet Miot de Comité de salut public est voté par quarante-trois voix contre vingt-trois (Vermorel, Tridon, Courbet, Vallès, Arnould sont parmi les opposants). Ce Comité remplace la commission de la guerre. Il comprend notamment Delescluze et Eudes.

8 mai. Évacuation du fort d'Issy.

10 mai. Jules Ferry signe à Francfort la cession de l'Alsace-Lorraine.

15 mai. Vingt-deux minoritaires quittent l'assemblée communale et font paraître un manifeste contre le jacobinisme. Vallès compte parmi les minoritaires.

16 mai. Destruction de la colonne Vendôme.

21 mai. Dernière séance de la Commune à l'Hôtel de Ville. Des minoritaires ont rejoint la Commune. Vallès préside.

On juge Cluseret, accusé de trahison. Les Versaillais entrent fort aisément dans Paris par le Point-du-Jour. Billioray annonce la nouvelle à la Commune vers 16 heures selon Arnould, 19 heures selon Lissagaray. La séance est levée à 20 heures. On s'en est tenu à l'ordre du jour.

22 mai. La bataille commence.

23 mai. Dernier numéro du *Cri du peuple*. Dombrowski est tué.

24 mai. La poudrière du Luxembourg saute. Le Panthéon et Montmartre sont pris par les Versaillais. Mgr Darboy est fusillé à la Roquette.

25 mai. Dernière réunion de la Commune, à la mairie du XIe arrondissement. Les Dominicains d'Arcueil, prisonniers, sont fusillés avenue d'Italie. Toute la rive gauche est aux mains des Versaillais.

26 mai. Massacre de cinquante otages de la Commune, rue Haxo.

27 mai et 28 mai. Les journaux versaillais annoncent la mort de Vallès. Celui-ci, le 28, quitte la dernière barricade de la rue de Paris, se déguise en chirurgien-major, va à Saint-Antoine et à la Pitié. Il se réfugie ensuite pour peu de temps passage du Commerce, chez une de ses anciennes logeuses ; puis 38 rue Saint-Sulpice ; puis rue Campagne-Première, chez le sculpteur Roubaud. Pierre Denis l'y rejoint.

La répression immédiate de la Commune est très cruelle. Les estimations moyennes vont à 30 000 exécutions. En outre, vingt-quatre conseils de guerre vont, durant quatre ans, juger 43 000 prisonniers. Il y a des exécutions, et 4 586 condamnations au bagne.

Août. Vallès passe à Chauny (Aisne), chez un cousin de l'éditeur Chevalier.

Septembre. En Belgique.

Octobre. Londres.

1872 — *Juin.* Vallès apprend que sa mère est morte le 9 mars.

Juillet. Il est condamné à mort par contumace par le VIe conseil de guerre. Il faisait partie d'un « Cercle d'études sociales » fondé à Londres pour aider les communards. Il donne sa démission le 3 août.

A la fin de l'année, quelques mois en Suisse. Il écrit à Lausanne *La Commune de Paris* avec la collaboration d'H. Bellenger.

1874 — Trois numéros d'un journal, *The Coming P.*

Dans la *Revue anglo-française*, article sur *Quatrevingt-treize* réhabilitant Hugo.

1875 — *2 décembre.* Mort de Jeanne-Marie, fille de Vallès et

d'une femme dont il se sépara rapidement. La liaison
s'était nouée en l'absence de Joséphine Lapointe, forcée
de regagner la France.

1876-77 — *La Rue à Londres*, signée Z, à *L'Événement*.

1877 — *16 mai*. « Coup d'État » conservateur du Président
Mac-Mahon, qui prend un ministère d'extrême droite
hors de la majorité, et qui ajourne la Chambre. Vallès ne
peut faire paraître au *Radical* son feuilleton, *Les Désespérés*.

1878 — « Notes d'un absent » dans *Le Voltaire*.
Juin-août. *Jacques Vingtras*, signé « La Chaussade »,
paraît dans *Le Siècle*. C'est Hector Malot qui a négocié
cette publication.
Maxime Du Camp, *Les Convulsions de Paris*.

1879 — *Janvier-mai*. *Les Mémoires d'un révolté* (*Le Bachelier*)
paraissent dans *La Révolution française*.
10 février. « Au président de la République », adresse à
Jules Grévy dans laquelle Vallès fait allusion à la possi-
bilité d'écrire sur son expérience d'exilé. De telles allusions
existent d'autre part dans sa correspondance. Le journal
La République française, qui a publié cette adresse agres-
sive, est poursuivi.
Publication chez Charpentier de *Jacques Vingtras*, signé
« Jean La Rue ».
29 novembre. A Bruxelles, Vallès relance une *Rue* qui
compte cinq numéros.
Décembre-février 1880. « Le Candidat des Pauvres » publié
dans *Le Journal à un sou*, signé « Jean La Rue ».
Fin de 1879 ou début de 1880: rencontre de Séverine
(Caroline Rémy).

1880 — « Notes d'un Absent » dans *Le Voltaire*, signées
« Vingtras ».
Juin-juillet. « Les Blouses », dans *La Justice*.
11 juillet. Amnistie.
14 juillet. Retour à Paris.
Août. « Jacques Damour », de Zola, conte le retour d'un
amnistié.

1881 — *Le Bachelier* est publié chez Charpentier.
5 janvier. Obsèques de Blanqui, auxquelles assiste Vallès.
Mais il refuse de se ranger dans un parti parlementaire,
et d'être candidat aux élections : « Le Député des fusillés »,
5 août, *Le Citoyen de Paris*; préface au *Nouveau Parti*
de Benoît Malon.
Février-mai. « La Dompteuse », dans *Le Citoyen de
Paris*.

1882 — *5 janvier*. Chute du « grand ministère » Gambetta.

Vallès publie dans *Le Réveil*, toute l'année, des « Chroniques » et des souvenirs.

Gil Blas : janvier-mai : *Le Tableau de Paris*, et, d'autre part, les articles du « Journal d'Arthur Vingtras ».

La Nouvelle Revue : 1ᵉʳ et 15 août, 1ᵉʳ septembre, 15 septembre : *L'Insurgé*.

La France : juin 1882-août 1883 : *Le Tableau de Paris*.

1883 — Rédaction de *La Rue à Londres*.

28 octobre. Lancement du *Cri du peuple*. *L'Insurgé* y paraît en feuilleton, jusqu'au 6 janvier 1884.

1884 — *Janvier-mars. Souvenirs d'un étudiant pauvre.*
Publication de *La Rue à Londres*.

Vallès collabore au *Cri du peuple* et au *Matin*. Le diabète le ronge.

En novembre, il est transporté chez Séverine et le docteur Guebhardt. Il écrit son testament, et nomme Hector Malot exécuteur testamentaire.

1885 — Vallès meurt le 14 février. Peu de jours auparavant, la police avait perquisitionné à son domicile, à la suite du scandale suscité par *Le Cri du peuple* à propos de l'affaire Ballerich.

16 février. Obsèques, qui sont une manifestation socialiste.

1886 — *Mai.* Édition par Séverine de *L'Insurgé* chez Charpentier.

1889 — Georges Darien, *Bas les cœurs! 1870-72*.

1890 — Claudel, la première version de *La Ville*.

1892 — Zola, *La Débâcle*.

1904 — Gustave Geffroy, *L'Apprentie*.

1913 — Lucien Descaves, *Philémon vieux de la vieille*.

Indiquons que *Le Cri du peuple* fit paraître, après *L'Insurgé*, plusieurs feuilletons sur la Commune : en 1886, de janvier à la fin de l'année, se succèdent *Le Drame de la Croix-Rouge*, d'A. Matthey ; *La Revanche des Communaux*, de J.-B. Clément ; *Souvenirs d'un Communard*, de Gustave Lefrançais. C'est l'année même où *L'Insurgé* paraît en librairie. La comparaison du roman de Vallès avec les autres feuilletons est écrasante pour ces derniers. Non qu'ils manquent toujours d'intérêt ; mais la langue de Vallès est incomparable à la leur, et, aussi, les thèmes de l'autobiographie vallésienne sont autrement fondés.

NOTE SUR CETTE ÉDITION

Nous publions *L'Insurgé* comme il fut publié en 1886 chez Charpentier. Nous signalons en note l'état du texte dans *La Nouvelle Revue* et dans *Le Cri du peuple*, mais en disant ici une fois pour toutes, afin de ne pas alourdir l'appareil de notes, que les noms y sont travestis de manière d'ailleurs assez transparente. Parfois ce travestissement est opéré dans le manuscrit, parfois sur les épreuves de *La Nouvelle Revue*. Séverine a rétabli les noms véritables. Voici la liste :

Nom véritable	*Nom travesti*
Arnould	Renoul (ainsi nommé dans *Le Bachelier*, ce qui rend discutable la restitution de Séverine).
Poupart	Legrand (comme ci-dessus).
Rochefort, chap. VII	est désigné par « Il ».
Yusuf, chap. VII	n'est pas nommé (« Ce général, un barbare »).
Chassaing	Matoussaint.
Ranc	Rock (ainsi nommé dans *Le Bachelier*).
Lepère, chap. VIII	n'est pas nommé.
Gambetta	Charonnas (il était député de Belleville).
Peyrat, Cantagrel, chap. X	ne sont désignés que par « Ils ».
Langlois	Jérômois (d'après son prénom).
Jules Simon	Jules Iscariot.
Lachaud	Lecimont.

Humbert	Maubert.
Cournet	Gournot.
Ferry	Faminy (on l'avait surnommé « Fer- ry-Famine » durant le Siège).
Pelletan	Pénitan (Vallès lui trouve une allure cléricale).
Germain Casse	Séné le Créole.
Lefrançais	Legallois.
Ducasse	Macasse.
Da Costa	Lacosta.
Breuillé	Trouillé.
Granger	Granget.
Grousset	Crousset.
Lançon	Rançon.
Baüer	Blauair.
Avrial	Abrial.
Francia	Gallia.
Naquet	Maquet.
Brideau	Bridal.
Eudes	Trieudes.
Regnard	Traignard.
Rogeard	Labienus.
Tolain	Bolain.
Oudet	Oudrait.
Mallet	Malbeau.
Bonvalet, chap. xxv	est nommé « le petit boulot ».
Grêlier, chap. xxvii	n'est pas nommé
Richebourg	Rupinbourg.
Rouiller	Chartier.
Langevin	Rangevin.
Régère	Légère.
Larochette	Larochois.
Longuet	Languet.
Sémérie	Sanichal.
Malezieux	Malzieu.

Rien n'est plus délicat à interpréter que le manuscrit de *L'Insurgé*, que Lucien Scheler a bien voulu nous laisser consulter lors de notre commune préparation des *Œuvres complètes*. Nous lui en disons notre très amicale gratitude. Les dossiers comprennent en effet : 1) des manuscrits de Vallès, dont on ne peut savoir s'ils sont postérieurs ou non à l'édition en revue. Ils ne portent pas de traces de mise au marbre, non plus que 2) la copie de Séverine, qui n'existe pas pour tous les passages, et qui est parfois corrigée de la main de Vallès (ainsi, dans le passage sur Victor Noir) ; 3) des pages de la main de Séverine, sans premier jet de Vallès (ainsi pour les chapitres XXVIII à XXXIV). On ne peut cependant en tirer la certitude que ce premier jet n'exista pas, naturellement. Quelques passages autographes de Vallès du chapitre XXVIII et du chapitre XXXIV tendraient à prouver le contraire ; 4) des feuilletons du *Cri du peuple;* 5) quelques épreuves de *La Nouvelle Revue,* corrigées de la main de Vallès. La plus intéressante est celle qui témoigne de la suppression sur épreuves, le 18 mars 1871, d'un long passage où Vallès parle de ses occupations dans sa cachette, et se montre faisant rôtir un poulet, au moment où il va être averti des événements de Montmartre ; 6) trois listes de titres projetés pour les différents chapitres, qui ne comportent de titre ni dans *La Nouvelle Revue,* ni dans *Le Cri du peuple,* ni dans l'édition de 1886.

Il faut ajouter que l'écriture de Vallès, de déchiffrement toujours fort malaisé, est altérée en outre par la maladie. Les suppressions par de grands traits au crayon bleu, les retouches et les repentirs sont nombreux.

Notons que le brusque passage, dans *La Nouvelle Revue,* du chapitre XIX à un chapitre XXVII devenu XX dans *L'Insurgé* de 1886, semble indiquer que le projet initial de Vallès était de développer la période de l' « avant-Commune », qui va de l'affaire de la Villette au 18 mars.

La première édition de *L'Insurgé* parue chez Charpentier porte sur la couverture ces indications :

Jacques Vingtras

———————

L'INSURGÉ

par

Jules Vallès

Paris, G. Charpentier et Cie, éditeurs,

13, rue de Grenelle.

1885

Le titre de *L'Insurgé* est repris page III. La page IV mentionne la publication des deux premiers volumes de *Jacques Vingtras* et des *Réfractaires.* La page V est blanche. La page VI présente un portrait de Vallès, gravure signée « E. Clair-Guyot ». La page VII porte ces indications :

Jacques Vingtras

———

L'INSURGÉ

- 1871 -

par

Jules Vallès

Paris, G. Charpentier et Cie, éditeurs,

1886.

Curieusement, le titre et le faux titre comportent donc deux dates différentes. La page VIII est blanche et la page IX comporte la dédicace : « Aux morts de 1871... » La page X est blanche et le texte est ensuite paginé 1, 2, 3, etc.

ORIENTATION BIBLIOGRAPHIQUE

ŒUVRES DE VALLÈS

A) *Œuvres complètes*, en cours de publication sous la direction de Lucien Scheler aux Éditeurs Français Réunis depuis 1950. Préfaces de divers commentateurs. A noter :
la correspondance avec Arthur Arnould, par L. Scheler, 1950 ;
la correspondance avec Hector Malot, par M.-C. Bancquart, 1968 ;
les lettres à Séverine, par L. Scheler, 1973 ;
Le Cri du peuple, par L. Scheler, 1953 ;
Le Tableau de Paris, par M.-C. Bancquart, 1971 ;
les *Souvenirs d'un étudiant pauvre*, *Le Candidat des Pauvres*, la *Lettre à Jules Mirès*, par L. Scheler et M.-C. Bancquart, 1972 ;
Littérature et Révolution, par R. Bellet, 1970 ;
La Commune de Paris, par L. Scheler et M.-C. Bancquart, 1970 ;
La Rue, par Pierre Pillu, 1970.

B) *Œuvres complètes* en quatre tomes, au Livre Club Diderot, notes et introductions par M.-C. Bancquart et L. Scheler, 1969-1972. (On y trouvera en particulier les « crayons » de la Trilogie que sont *Pierre Moras, Le Bachelier géant, Le Dimanche d'un jeune homme pauvre*) C'est à cette édition que nous nous référons dans les Notes, sauf naturellement quand nous citons des articles de journaux encore non recueillis en volume.

C) *L'Insurgé* a paru aux Éditeurs Français Réunis en 1967 (réédition 1973), avec préface de M. Cachin et notes de L. Scheler ;
aux éditions Rencontre à Lausanne (éd. H. Guillemin) ;
en format de poche Garnier-Flammarion (éd. É. Carassus).

Pierre Pillu a donné aux éditions Bordas (« Univers des Lettres »), en 1974, des extraits commentés de la Trilogie.

D) La collection « Folio » a publié *L'Enfant* (préface et notes de B. Didier) en 1973, et *Le Bachelier* (préface de Michel Tournier, notice et notes de J.-L. Lalanne) en 1974.

Le tome I des *Œuvres* de Jules Vallès, édition de R. Bellet, a paru en avril 1975 dans la « Bibliothèque de la Pléiade ».

OUVRAGES SUR VALLÈS

U. ROUCHON, *La Vie bruyante de J. Vallès*, Saint-Étienne /Le Puy, 1935-1939.

G. GILLE, *Jules Vallès (1832-1885)*, Jouve, 1941.

G. DELFAU, *Jules Vallès, l'exil à Londres, 1871-1880*, Bordas, 1971.

M.-C. BANCQUART, *Jules Vallès* (« Écrivains d'hier et d'aujourd'hui »), Seghers, 1971.

É. CARASSUS, « Variations de Vallès sur la commune », *Ricerca sulla Commune*, 1974.

Une thèse d'État, encore dactylographiée, de Roger BELLET, *Jules Vallès journaliste*, a été soutenue en 1974 devant l'Université de Clermont-Ferrand.

Numéros spéciaux d'*Europe* sur Vallès : décembre 1957 ; mai-août 1968.

Consulter aussi, à propos de *L'Insurgé*, V. BROMBERT, « The pathos of rebellion », dans *The Intellectual Hero*, Londres, 1961 ; J. DUBOIS, *Romanciers français de l'Instantané au XIXe siècle*, Bruxelles, 1963 ; M. NADEAU, « Jules Vallès, écrivain moderne », dans *Littérature présente*, 1952.

Paul BOURGET avait en 1886 consacré à Vallès un article recueilli dans *Études et portraits*, I, Plon, 1903.

SUR LE JOURNALISME DU SECOND EMPIRE

R. BELLET, *Presse et journalisme sous le second Empire*, Colin, coll. « Kiosque », 1967.

SUR LA COMMUNE ET L'ÉPOQUE QUI A PRÉCÉDÉ

A. ARNOULD : *Histoire populaire et parlementaire de la Commune de Paris*, Bruxelles, 1878.

G. BOURGIN : *La Guerre de 1870 et la Commune*, rééd. 1971.

J. Bruhat, J. Dautry, E. Tersen : *La Commune de 1871*, 1960, rééd. 1970.

L. Campion : *Les Anarchistes et la franc-maçonnerie*, Marseille, 1969.

P. Chevallier : *Histoire de la franc-maçonnerie en France*, 1974.

M. Choury : *Le Paris Communard*, 1970.

G. Coulonges : *La Commune en chantant*, 1970.

J. Dautry et L. Scheler : *Le Comité central républicain des vingt arrondissements de Paris*, 1960.

M. Dommanget : *Blanqui. La Guerre de 1870-71 et la Commune*, 1947.

— *Hommes et choses de la Commune*, Marseille, s.d.

Victor Hugo : *Choses vues*, « Folio » n° 141, 1972.

E. Jeloubovskaia : *La Chute du second Empire et la naissance de la Troisième République*, Moscou, 1959.

P. de La Gorce : *Histoire du second Empire*, 1903.

P. O. Lissagaray : *Histoire de la Commune de 1871*, 1876, rééd. 1967.

J. Maitron : *Dictionnaire biographique du mouvement ouvrier français*, 1964-1971.

Karl Marx : *La guerre civile en France*, 1872, rééd. 1968.

Catulle Mendès : *Les 73 journées de la Commune*, 1871.

Louise Michel : *La Commune*, 1898, rééd. 1970.

J. Rougerie : *Procès des communards*, 1964.

· — *Paris libre 1871*, 1971.

M. Vuillaume : *Mes Cahiers rouges au temps de la Commune*, 1909, rééd. 1971.

A. Zévaès : *L'Affaire Pierre Bonaparte*, 1929.

Colloque organisé par la Société d'Histoire littéraire de la France, 1972 : *Les Écrivains français devant la guerre de 1870 et devant la Commune*.

et :

J. Dubois : *Le vocabulaire politique et social en France de 1869 à 1872*, 1962.

CHAPITRE I

Page 41.

1. Dans le numéro de *La Nouvelle Revue* où parut pour la première fois *L'Insurgé* (1er août 1882), une note précise : « *La Nouvelle Revue* n'engage en aucune façon sa responsabilité, en laissant à l'auteur de *L'Insurgé* une complète indépendance de langage, d'opinions et d'appréciations. » Une sorte de « lettre ouverte » de Juliette Adam avait circulé au mois de juillet, lettre dans laquelle elle précisait : « Vous m'avez déclaré que ce livre serait la défense absolue de ceux qui ont été vaincus en 1871. J'ai accepté. Il m'appartenait à moi, qui, dans le *Journal d'une Parisienne*, ai écrit avec sincérité l'état des esprits à la fin du siècle, de vous offrir de défendre, avec une liberté pleine et entière, les idées, les actes et les hommes pour lesquels et avec qui vous avez combattu. » Paul Alexis, dans *Le Réveil* du 30 juillet (« A Jules Vallès ») avait mis en doute l'annonce d'une réhabilitation totale des Communards, disant que Vallès était trop sincère et trop artiste pour l'écrire : « En somme, me disiez-vous l'autre soir, ils n'ont rien fait, les chefs de la Commune, mais là, rien. Une assemblée de *mollassons!* » Et Vallès de répondre dans *Le Réveil*, le 1er août même (« Ingrats! ») : « Vous me reprochez d'avoir promis la défense absolue des vaincus. Défendre ne signifie pas glorifier. » On voit que, dès l'abord, c'est le « roman communard » que l'on retenait dans *L'Insurgé*. A l'époque, il est vrai, le projet pouvait paraître fort audacieux.

Quand *L'Insurgé* parut dans *Le Cri du peuple*, ce feuilleton porta en sous-titre dès le second numéro : « Souvenirs de 1871. » Et le faux titre de l'édition Charpentier de 1886 porte : *L'Insurgé-1871.*

Cependant, on voit ici que le chapitre I commence en 1862,

en relation directe avec les derniers mots du *Bachelier* : « Sacré lâche! »

2. Le restaurant Richefeu se trouvait 1, rue de la Gaîté. Il avait été fondé en 1802, comportait un jardin à tonnelles et trois étages. La qualité et le prix du menu diminuaient à mesure que l'on montait.

Page 42.

3. Le village des tantes de Vingtras, décrit au chapitre VI de *L'Enfant*.

4. La Haie Sainte, ferme sur la route de Genappe, fut l'objet d'attaques réitérées et sanglantes des Français. Voir *Les Misérables*, seconde partie, livre premier.

Page 43.

5. « Les plombs » ouverts dans lesquels on jetait à chaque étage les eaux usées.

6. Ou mieux maillechort, alliage de cuivre, zinc et nickel, imitant l'argent.

Page 45.

7. Café arrosé d'eau-de-vie.

Page 46.

8. Voir le chapitre XXIV de *L'Enfant*. Vallès aurait été refusé pour avoir compté, non pas sept facultés de l'âme, comme c'était la doctrine officielle dans l'Université, mais huit, sur la « révélation » du professeur de philosophie Charma. Il le nomme Chalmat dans *L'Enfant*.

9. « dans le Calvados » n'est pas dans *La Nouvelle Revue* ni dans le *Cri*. Nous donnons pour ce premier chapitre, à titre d'exemple, les variantes légères, par rapport au texte définitif, que l'on trouve dans la première version. Nous citons ensuite seulement les importantes coupures et variantes.

10. Dans *Le Candidat des Pauvres*, où les chapitres IV à VIII traitent du passage de Vallès au collège de Caen, Vallès parle plus longuement de sa rencontre avec ce professeur qui l'a connu avec « Anatoly-le-Pacifique », son protecteur à la pension Legnagna (*L'Enfant*, chapitre XXII). La version du *Candidat des Pauvres* concernant les événements de Caen n'est pas la même que celle de *L'Insurgé* : Vallès se montre, après son départ du collège, devenu professeur dans l'institution libérale de la ville et amant de la femme d'un professeur de latin, qui se venge en le refusant à la licence. Quelques lettres adressées à Arnould, en 1862 et 1863, permettent de rétablir la vérité. Il semble que le « chahut » organisé par Vallès lui-

même, et surtout l'épisode de son passage dans la chaire de rhétorique, aient été quelque peu enjolivés par lui. Il semble sûr que le proviseur et l'aumônier le firent destituer, et qu'après avoir trouvé une place dans une pension de la ville, Vallès fut refusé à la licence pour le « devoir français », qu'on avait jugé romantique et impie.

11. *La Nouvelle Revue* : « du temps ».

12. Béranger, objet de l'admiration la plus vive des intellectuels, ne plaisait pas plus à Vallès que Murger. Il lui reprochait d'être un faux poète et un faux républicain, qui n'était pas intervenu en 1848 et qui avait par son « Dans un grenier, qu'on est bien à vingt ans ! » mystifié la jeunesse. Arnould, au contraire, idolâtrait Béranger auquel il consacra une étude en 1864. Voir *Le Bachelier*, chapitre x, « Mes colères ».

Page 47.

13. *La Nouvelle Revue* : x sous le ventre ».

14. Louis-Eugène Cavaignac, 1802-1857, général depuis 1844, avait été élu en 1848 représentant du peuple dans le Lot et dans la Seine. Ministre de la Guerre, il reçut les pleins pouvoirs lors des journées de Juin, et il écrasa l'insurrection. Le 28 juin, il fut nommé chef du pouvoir exécutif. Louis-Napoléon Bonaparte devait le battre aux élections du 10 décembre.

Page 48.

15. *La Nouvelle Revue* : « après qu'il avait eu ».

Page 49.

16. *La Nouvelle Revue* : x il y a eu révolte entre les murs du bois de ce dortoir ».

17. *La Nouvelle Revue* : « depuis que je suis entré ici ».

Page 50.

18. Ce chapitre avait son actualité en 1882, car les lycéens de Louis-le-Grand s'étaient précisément révoltés au printemps contre leur proviseur Jullien ; cette révolte avait fait du bruit dans la presse, et c'est à son sujet que dans le *Gil Blas* du 11 avril, Vallès avait raconté son expérience de Caen (« Journal d'Arthur Vingtras »), presque dans les mêmes termes qu'ici.

CHAPITRE II

Page 53.

1. En réalité, Vallès a réintégré après son expérience de Caen la mairie de Vaugirard, où il était expéditionnaire ; il avait

été reçu par grâce au concours, après avoir été refusé deux fois
à cause de son français! Il gagnait 125 F par mois; Rochefort
et Arnould travaillaient aussi dans l'administration de la Préfecture de la Seine, mais l'un pour 300 F, l'autre pour 250 F
par mois. On avait placé Vallès dans un bureau où il n'y avait
pas à rédiger :« On me méprisait bien dans la petite mairie où
je fus détaché au bureau des naissances. On changea un peu
d'allures quand on vit mon nom dans les journaux » (*Le
Réveil*, 4 décembre 1882,« Notes et croquis »).

2. L'amie d'Arthur Arnould, qui paraît dans *Le Bachelier*
(IX,« La Maison Renoul »). Vallès connaissait Arnould depuis
1850, grâce à Ch.-L. Chassin, et appréciait ses sentiments
républicains.

Page 55.

3. Voir *Le Bachelier*, chapitre XIX,« La Pension Entêtard »;
le jeune Vallès rentre les chemises dans les culottes fendues
des gamins qu'il emmène à la pension. Il y acquiert une grande
habileté.

Page 56.

4. C'est dans *Le Dimanche d'un jeune homme pauvre* que
Vallès s'est le plus explicitement opposé aux mythes créés par
Murger (1822-28 janvier 1861), liberté de l'étudiant pauvre,
charme de sa mansarde, amours de grisettes. Cette œuvre est
antérieure au décès de Murger, qui, mort pauvre, dans la
maison de santé du docteur Dubois, fut enterré aux frais du
gouvernement au cimetière Montmartre. Son tombeau de
marbre blanc fut élevé grâce à une souscription publique. Il
avait été fait chevalier de la Légion d'honneur un an avant sa
mort. *Les Scènes de la Vie de bohème* (1848) avaient fait sa
célébrité, quoiqu'il ait écrit ensuite beaucoup d'autres ouvrages. Un cortège qui comportait plus de cinq cents étudiants,
et des « illustres » comme Gautier, Buloz, Vacquerie, Vitu,
Lacroix, Baudelaire, Champfleury, conduisit Murger de la rue
du Faubourg-Saint-Denis au cimetière Montmartre, le 31 janvier 1861. L'impératrice était représentée par son bibliothécaire, M. de Saint-Albin, et le ministre d'État par Camille
Doucet; M. de La Roserie avait été délégué par le ministre de
l'Instruction publique. Les orateurs furent Ed. Thierry, président de la société des gens de lettres, et R. Deslandes, de la
société des auteurs dramatiques.

CHAPITRE III

Page 60.

1. C'est place Saint-Jacques (anciennement place de la barrière Saint-Jacques), au croisement de la rue du Faubourg-Saint-Jacques et du boulevard Saint-Jacques, que la guillotine fut installée de février 1832 à 1851. On exécuta là, notamment, Lacenaire et Fieschi. La guillotine fut ensuite transportée 143, rue de la Roquette.

Page 61.

2. Souteneur, en argot. du nord de la France et de la Lorraine, devenu courant à Paris.

Page 63.

3. Le directeur, et non pas rédacteur en chef, du *Figaro*, est Hippolyte Cartier (1812-1879), fils de colonel, qui prit le nom de sa mère (Villemessant) quand il se lança dans le journalisme. Ce fut d'abord le journalisme de mode (*La Sylphide*, 1840) puis *Le Figaro*, d'abord hebdomadaire, puis bihebdomadaire depuis 1856, puis quotidien. C'était un journal extrêmement lu, abondant en chroniques littéraires et théâtrales, échos et courriers de la Bourse, assez adroit pour échapper le plus souvent à la censure impériale, mais frondeur, sans préjugés et ouvert à tous les talents. Cette physionomie lui avait été donnée par Villemessant, un des plus curieux personnages du monde de la presse d'alors. Il se proclamait légitimiste, ce qui lui épargnait de prendre des positions politiques personnelles et lui permettait d'employer les écrivains les plus divers (Barbey d'Aurevilly, comme Vallès ou Scholl). Il aimait les articles très directs et même un peu scandaleux dans l'expression, les rédacteurs qui ne refusaient pas de se battre en duel ; il ne se cachait pas d'exploiter son journal comme une affaire, éliminant impitoyablement les médiocres. Il fréquentait le monde et le demi-monde, flairait les provocations qui auraient du succès, comme de confier tout un *Figaro* à un seul rédacteur à poigne, ou d'imaginer une sorte de steeple-chase journalistique dans les *Lettres à Junius* confiées à des « casaques » de diverses couleurs. Brutal, mais capable de coups de cœur, il a fasciné ses contemporains. Les Goncourt l'ont dépeint dans *Charles Demailly* sous le nom de Montbaillard. Il a lui-même écrit des *Mémoires d'un journaliste* en cinq volumes (1867-1879). On peut lire dans le *Triboulet-Diogène* du 23 mai 1857 une description de la direction et de la rédaction du journal ; Villemessant était aidé par ses deux gendres, Bernard Jouvin

le myope et Gustave Bourdin le gros chauve. C'est assurément
à ce dernier que Vallès parle dans ce chapitre, qui, du reste,
présente une version très « arrangée» de son entrée au *Figaro!*
On y payait les articles globalement; ce n'était point la cou-
tume dans la presse, qui payait à la ligne, de 5 à 20 centimes.
Vallès dit dans *Le Bachelier*, chap. xxvi, « Journaliste », qu'il
« vaut » 30 francs par mois. La somme qui lui est donnée ici
est considérable, mais non improbable : Villemessant, qui prit
la direction du journal *L'Evénement* auquel Vallès collabora,
dit qu'en 1866 il lui donne 30 000 francs par an. Naturellement, on ne paya ainsi que le Vallès des années 1860, lorsqu'il
eut accès aux «bonnes pages» du journal. Auparavant, il avait
été l'un des obscurs collaborateurs de troisième ou quatrième
page.

Page 65.

4. Nestor, le plus âgé des chefs grecs dans l'*Iliade*, s'étend
en longs discours pleins de sagesse.

5. Mazas : c'est une prison où se retrouvaient des « endettés»
et des « politiques », et à laquelle goûta Vallès. Elle se trouvait
boulevard Mazas (l'actuel boulevard Diderot) et fut démolie
en 1898.

CHAPITRE IV

Page 67.

1. Beauvallet, né en 1801, débuta en 1825 à l'Odéon, puis
à l'Ambigu en 1827. Il entra à la Comédie-Française en 1830.
Il y tint les premiers rôles dans des tragédies et des drames
romantiques. Il composa également des pièces en vers (*La
Prédiction*, 1835 ; *Robert Bruce*, 1847 ; *Le Dernier Abencérage*,
d'après Chateaubriand, 1851). Il mourut en 1873.

2. Le Casino-Cadet fut inauguré le 4 février 1859. Il comportait une salle de bals et de concerts, et un fumoir très en vogue.
En 1873, il abrita l'imprimerie et les bureaux du *XIXᵉ Siècle*
d'About, et devint en 1885 un établissement de bains. Le
Grand Orient de France occupait le 16 rue Cadet, et les salles
du « casino » proprement dit, le 18.

3. Vallès détestait Victor Hugo, dont on peut croire que la
gloire d'exilé lui portait ombrage. Il écrivit notamment contre
lui un article très dur le 2 novembre 1865, au *Figaro*. Tous
les griefs y sont réunis : « décadence poétique» de Hugo depuis
six ans, inconsistance politique. Mauvaise foi, certes; il ne
faut pas oublier non plus que le style et les idées littéraires
de Hugo n'étaient pas faits pour convenir à Vallès, qui ne se

réconcilia avec le poète qu'après avoir lui-même connu les douleurs de l'exil (Lettre à H. Malot du 11 août 1876, et article de 1874 sur *Quatrevingt-treize*).

4. L'influence que Balzac exerça sur Vallès fut si profonde, que, voulant écrire sa Trilogie, il projette « une *Comédie humaine* avec Vautrin au pouvoir, d'Arthez dans l'insurrection » (à Malot, novembre-décembre 1876). L'écrivain illustre devenu l'Insurgé, c'est le résultat de la Commune. Avant elle, Vallès est attiré par le personnage courant chez Balzac du « jeune homme en colère » qui se heurte aux puissances de la société et de la presse, avec des succès divers. Il y a du Rastignac dans l'auteur de *L'Argent*. Pierre Moras meurt « piégé », comme Rubempré.

Page 69.

5. C'est le surnom que ses adversaires donnaient à Napoléon III, d'après le nom, dit-on, du maçon qui fit évader Louis-Napoléon du fort de Ham, en lui procurant ses habits. Ce surnom devient courant après les défaites de 1870. Une chanson célèbre de l'époque s'intitule « La Badinguette ».

Page 70.

6. Dans ce port de Crimée, lors du siège de Sébastopol, le 25 octobre 1854, un combat célèbre eut lieu entre les Russes d'une part, la cavalerie anglaise et les chasseurs d'Afrique français d'autre part. Ceux-ci chargèrent en musique et dispersèrent les Russes.

Page 71.

7. Professeur à la Sorbonne de 1816 à 1830, auteur de nombreux essais et discours et d'un cours de littérature, Villemain est le type de l'« orateur universitaire » aux périodes arrondies, à la parole superficielle.

CHAPITRE V

Page 74.

1. Émile de Girardin, 1806-1881, avait commencé en fondant *Le Voleur* qui faisait paraître un « tri » d'articles « volés » à d'autres journaux. En 1831, il dirigeait *Le Journal des connaissances utiles* ; en 1836, *La Presse*, qu'il dut abandonner en 1866 à la suite d'avertissements donnés par le gouvernement qui faisaient peur aux propriétaires du journal. Girardin devint célèbre par son duel meurtrier avec le républicain Armand Carrel, qu'il blessa à mort le 22 juillet 1836. Il fut député en

1848, emprisonné quelque temps par Cavaignac le 25 juin 1848, puis en 1851. Vallès le loue dans *Le Progrès de Lyon*, en 1865, pour avoir défendu la liberté de la presse. Cet autodidacte avait senti, dès les débuts de la grande presse, le rôle qu'elle jouait sur l'opinion, pourvu qu'elle fût à bon marché et très diverse (« une idée par jour »). Girardin n'était généralement pas aimé des écrivains. Mais ses rapports avec Vallès furent beaucoup moins simples que celui-ci le dit dans *L'Insurgé*. Dans *L'Événement* dirigé par Villemessant, Vallès écrivit, comme dans *Le Figaro*, des articles qui pouvaient passer pour des avances faites à Girardin. (13 février 1866, *L'Événement* : « Si je suis jamais quelque chose, c'est à M. de Girardin que je le devrai. ») Quand Girardin, quittant *La Presse*, acheta à Charles Muller la propriété de *La Liberté* qu'il vendit 2 centimes le numéro, au-dessous du prix de revient, Vallès le célébra de nouveau. Il fut chargé de la chronique des livres. C'est à la suite de l'affaire de l'article sur le général Yusuf (voir chapitre VII) que Vallès se détacha de Girardin, après avoir admiré son audace en affaires, et son courage d'opinion en 1848 contre Cavaignac.

2. Auguste Vermorel, né en 1841, était un journaliste bien lancé. Il collabora à *La Liberté* et à des journaux socialistes. Il était en 1869 rédacteur en chef de *La Réforme*. Il est aussi l'auteur de divers ouvrages : *Ces Dames* (1860), *Les Mystères de la Police* (1864), *La Police pendant la Révolution et l'Empire* (1864), *Les Hommes de 1848 et les Hommes de 1851* (1868). Très proche de Vallès pour ses préoccupations, comme on le voit, il devait se ranger avec lui dans la minorité de la Commune ; il avait été élu par le XVIIIe arrondissement. Il dirigea durant la Commune *L'Ordre*, puis *L'Ami du peuple*. Blessé le 25 mai 1871 sur une barricade de la place du Château-d'Eau, l'actuelle place de la République, il mourut de ses blessures à Versailles où il avait été transporté. Il n'avait cessé de prôner la modération (en particulier contre Rigault), et des mesures contre les désordres du gouvernement.

Page 78.

3. Eugène Rouher, 1814-1884. Élu comme républicain à l'Assemblée constituante en 1848, partisan du Prince Président ensuite, ministre de la Justice de 1849 à 1851. Plusieurs fois ministre durant le second Empire, ministre d'État en octobre 1863. Haï des républicains, il passa en Angleterre en 1870, fut expulsé par Thiers en mars 1871 comme il essayait de regagner la France. Élu député bonapartiste de Corse en 1872 ; partisan du coup d'État de Mac-Mahon en 1877, et président du Sénat.

CHAPITRE VI

Page 81.

1. *Les Réfractaires* parurent en 1865 chez l'éditeur Achille Faure, 23, boulevard Saint-Martin, et eurent en effet beaucoup de succès. Le titre transposait à la ville, et chez les intellectuels ou demi-intellectuels, l'acte d'opposition à la conscription armée qui fit nommer « réfractaires » une bonne quantité de paysans sous le premier Empire.

Page 82.

2. Expression que consacra le titre d'un journal du second Empire, *Le Sans le Sou* (1854) auquel collabora Nerval.

Page 83.

3. Thétis envoya Achille à Scyros pour le soustraire à la mort devant Troie. Achille vivait déguisé en femme, parmi les princesses filles de Lycomède. Ulysse le découvrit en présentant aux femmes une épée parmi des atours : la passion d'Achille pour les armes le trahit.

Page 84.

4. David d'Angers (1788-1856) exécuta cinq cents effigies en bronze des célébrités contemporaines, Rossini, Gautier, etc.

CHAPITRE VII

Page 86.

1. Victor Henri, marquis de Rochefort-Luçay, 1830-1913. Inspecteur des beaux-arts, il se consacra entièrement au journalisme : collaborateur au *Nain Jaune*, au *Soleil*, au *Figaro*, il fut exclu par Villemessant sur l'ordre de l'Empire, et fonda en 1868 un hebdomadaire, *La Lanterne*, qui eut un succès considérable. Il s'exila à Bruxelles, fut élu député en 1869 et fonda *La Marseillaise*. L'enterrement de Victor Noir fut l'occasion de sa brouille avec Vallès. Emprisonné à Sainte-Pélagie, délivré le 4 septembre, membre du gouvernement provisoire, député en février 1871. Il démissionne en mars et manifeste son opposition aux Versaillais. Mais il quitte Paris le 19 mai 1871, en désaccord avec la Commune. Il n'en est pas moins condamné à la déportation, part en 1873 pour la Nouvelle-Calédonie, s'évade en 1874. Il vit exilé à Londres, puis à Genève,

jusqu'à l'amnistie de 1880, fonde alors *L'Intransigeant*, est élu député en 1885. Boulangiste, il s'enfuit à Londres après l'échec du mouvement, jusqu'en 1895. Il a publié en 1866 *Les Français de la Décadence*, en 1867 *La Grande Bohème*, en 1880 *L'Évadé*.

Page 87.

2. Cabaret fondé 3, rue de Clignancourt par Nicolet en 1790. A partir de 1852, la clientèle populaire du cabaret fut à la mode et l'on y vit les élégants. Il s'agit plutôt de ce cabaret, dit « le Petit-Ramponneau », que du fameux établissement tenu à la descente de la Courtille, puis aux Porcherons, car celui-ci disparut en 1851.

Page 88.

3. Maintenant rue Henri-Monnier et rue Frochot, dans le IXe arrondissement. C'était le quartier général des filles galantes dites « lorettes » à cause de la proximité de l'église Notre-Dame-de-Lorette. Le journal qui en possédait la clientèle était, plutôt que *Le Figaro*, *L'Événement* de Villemessant.

Page 89.

4. Un des meurtriers de César, qui, se voyant vaincu à la bataille de Philippes, se fit tuer par un affranchi. Brutus l'appelait « le dernier des Romains ».

. 5. Émile Ollivier, 1825-1913, député républicain de la Seine en 1857 et 1863, député du Var en 1869. Il fut chef de cabinet du ministère « libéral » formé par Napoléon III le 2 janvier 1870, déclara qu'il acceptait en toute conscience la guerre franco-allemande, et s'exila de 1870 à 1873 en Italie. Il se retira de la vie politique jusqu'à sa mort.

6. Cette affaire éclata à propos d'un «Courrier de la Semaine» du 26 mars 1866, où Vallès traitait de « barbare » le général Yusuf et citait ses actes de sauvagerie en Algérie. Yusuf venait de mourir à Cannes ; c'était le surnom du général Joseph Vantini, né à l'île d'Elbe en 1810, qui, dans les années 1830-1840, joua un rôle fondamental dans la conquête de l'Algérie. Vallès, après cet article, fut étroitement surveillé, comme le prouve son dossier aux archives de la police. Le 29 mars 1866, le ministre de l'Intérieur imposa à *La Liberté* la publication d'un communiqué désavouant Vallès, et, le 1er avril, Vallès publia à son tour dans le journal une lettre de démission dans laquelle il était contraint de se désavouer lui-même : « Ni le journal, ni le journaliste n'avaient songé un instant à porter atteinte à l'honneur de l'officier courageux que le gouvernement a cru de son devoir de défendre. »

Page 90.

7. Voir *Le Bachelier*, chapitre XXXI ; Poupart-Davyl s'y nomme Legrand. C'est un ancien ami de collège de Vingtras ; il se réconcilia avec Vallès par la suite, puisqu'il imprima sa *Rue* en 1866 pour l'éditeur Achille Faure.

CHAPITRE VIII

Page 94.

1. Les « cochons vendus », ce sont les remplaçants qui, lors du service militaire par tirage au sort, partaient pour un fils de famille ; ce sont plus généralement les engagés, « porcs de caserne », auxquels Vallès compare ceux qui traitent du journalisme et des finances. La société est une sorte d'immense caserne où l'on ne peut être qu'acheteur ou vendu. (« Cochons vendus », *La Rue*, 30 novembre 1867.)

Page 95.

2. Le « Champ-des-Navets » est le coin de cimetière où l'on enterre les suppliciés. La plaisanterie prêtée à Villemessant a quelque fondement dans la réalité : Vallès était attiré par la mort. Dans *Le Figaro* du 3 novembre 1861, il donne d'ailleurs à son article le titre « Les Morts » pour décrire la fin de ceux qui, selon le mot de Balzac, connaissent « la misère en habit noir ». Ses Réfractaires meurent mal. Les héros des romans qu'il va imaginer se suicident. Dans *Le Bachelier*, Vallès tourne en ironie cette disposition, en montrant Vingtras visitant les cimetières et préparant, pour un journal de jeunes, « Les Tombes révolutionnaires » (chapitre X).

Page 96.

3. Le républicain Girardin ayant tué en duel le républicain Carrel, il s'agirait ici d'un acte de générosité envers ceux qu'il laissait dans le besoin. Mais Séverine, à ce propos, place une note dans l'édition de 1886 : « Jules Vallès tenait cette particularité de M. Lalou, directeur de *La France*, qui a continué de servir la pension allouée par M. de Girardin à la personne en question. D'un autre côté, M. Bohn, neveu de celle qui fut la véritable et dévouée compagne d'Armand Carrel, vint trouver Vallès, après la publication de *L'Insurgé* dans *La Nouvelle Revue*, pour le prier de démentir le fait. Sa tante, à ce qu'il affirmait, était dans une situation à ne recevoir aucune espèce d'aumône, n'avait jamais eu de fils, et de plus, n'avait

aucun rapport avec la femme secourue par M. de Girardin
— la bonne foi de celui-ci, disait-il, ayant été absolument surprise. »

Page 97.

4. Ou mieux Chassin (Charles-Louis), condisciple de Vallès
à Nantes en 1848, puis étudiant en droit à Paris et introduc-
teur de Vallès dans les milieux d'étudiants avancés; futur
compagnon de Vallès au Comité central des vingt arrondissements, arrêté et emprisonné à Bordeaux pendant la Commune.
Il figure sous le nom de Matoussaint dans *L'Enfant* et *Le
Bachelier*. Il a laissé un intéressant témoignage, publié après
sa mort : *Félicien, souvenirs d'un étudiant de 1848*, et publié
des ouvrages sur la Révolution française.

Page 98.

5. Ce « canard » est *La Rue* de 1867 (la première *Rue*, car
Vallès fonda deux autres fois un journal de ce titre). Il ne faut
pas le confondre avec le recueil d'articles imprimés en 1866
sous ce titre par Poupart. Le premier numéro en parut le
1er juin 1867. Le directeur est Daniel Lévy. La charge passe
ensuite à Alfred Mercier, puis au gérant Scipion Limozin,
mis en scène à la fin du chapitre. On voit que Vallès simplifie
les événements. Le journal, à quatre sous, est souvent interdit,
et le gérant est enfin cité pour le numéro du 8 janvier 1868
devant la sixième Chambre, spécialiste de ces affaires; il est
condamné à deux cents francs d'amende et à deux mois de
prison. *La Rue* meurt le 18 janvier. Dans le journal, Vallès
s'est souhaité « en relation directe avec la foule », écrivant
« simplement, au courant du flot qui passe, les mémoires du
peuple ». Ni tout à fait politique, ni tout à fait pittoresque,
La Rue meurt sans doute d'un manque de parti pris, dû au
manque d'argent.

6. Rock, dans le deuxième tome de la Trilogie. Arthur Ranc,
1831-1908, fut après le complot de l'Opéra-Comique condamné
à un an de prison, puis déporté. Il s'évada, vécut en Suisse
jusqu'à l'amnistie de 1859, collabora à *La Rue* et à *La Marseillaise*. Élu de la Commune par le IXe arrondissement dont
il était maire, il démissionna le 5 avril et rejoignit Gambetta,
ce qui ne l'empêcha pas d'être poursuivi par le gouvernement
de Thiers et condamné à mort par contumace. Exilé en Belgique. Député en 1881, sénateur en 1891.

7. Gustave Maroteau, 1849-1875. Expulsé de France après
l'affaire Victor Noir, expulsé de Belgique en 1870 pour son
pamphlet *Le Père Duchêne*, à Londres jusqu'au 4 septembre.
Rédacteur en chef du *Faubourg* puis de *La Montagne*, et col-

laborateur au *Salut public*, sous la Commune. Réfugié après les
journées de mai chez une ouvrière, il fut dénoncé, condamné
à mort en 1871 ; sa peine fut commuée en déportation. Il mourut au bagne de l'île Nou (Nouvelle-Calédonie), de phtisie,
en mars 1875. Vallès appela à l'aide pour sa mère, dans *Le
Citoyen de Paris*, le 22 mars 1881 (« Gustave Maroteau »).

8. Georges Cavalié ou Cavalier, 1840-1878, élève de Poly-
technique et des Ponts et Chaussées, ancien camarade de
collège de Vallès. Écrit dans les journaux avancés (*La Montagne, La Marseillaise*). Il est surnommé par Vallès « Pipe-en-
Bois » à cause de sa laideur, et prend la tête de la cabale contre
Henriette Maréchal des Goncourt, le 5 décembre 1865. Après
le 4 septembre, il fut le secrétaire de Clément Laurier, mais
rallia la Commune en mars ; il y fut chargé des voies publiques.
Arrêté le 28 mai, il fut condamné à la déportation, peine
commuée en bannissement. Exilé à Bruxelles, puis à Londres,
il ne rentra à Paris que pour mourir.

Page 99.

9. Gustave Puissant collabora aussi à *La Marseillaise*. Il se
tint à l'écart de la Commune. Il écrivit la critique théâtrale
dans les journaux de gauche, sous la troisième République. En
fait, depuis 1879 au moins, il fit partie de la police : Jules Cla-
retie le révéla dans *Le Temps* du 27 novembre 1908 (« l'Homme
sans nom »), article complété par M. Vuillaume dans *L'Aurore*
du 30 novembre (« A propos de l'homme sans nom »). Son
« parrain » Lepère est l'auteur de la chanson de 1847 « Non, tu
n'es plus, mon vieux quartier latin ! » citée par Vallès dans *Le
Tableau de Paris*. Il était avocat à Auxerre.

Page 101.

10. Clément Laurier, 1832-1878, avocat de Vermorel et
des rédacteurs du *Courrier français* en 1867, de la famille de
Victor Noir en 1870, de l'Internationale en 1870, candidat
républicain « irréconciliable » dans le Var. Élu député sous la
troisième République, il tourna subitement à droite et soutint le gouvernement dit de « l'Ordre moral ».

Page 102.

11. Tortillard : personnage contrefait et faux des *Mystères de Paris* de Sue. Giboyer, héros d'Émile Augier, journaliste sceptique (*Les Effrontés, Le Fils de Giboyer*). Jean Hiroux,
l'assassin caricaturé par Henri Monnier en réaction contre *Le
Dernier Jour d'un condamné* de Hugo. Calchas, le devin de
l'*Iliade* caricaturé dans *La Belle Hélène* d'Offenbach.

Page 103.

12. Hortense Schneider, 1838-1920, célèbre chanteuse, l'un des prototypes de la Nana de Zola. Elle remporta le plus vif succès dans le rôle d'Hélène dans *La Belle Hélène*, en 1865. Le duc de Grammont-Caderousse lui légua la même année 50 000 francs, scandale qui explique le surnom de « Cochonnette ». Pour le duc de Morny, 1811-1865, fils naturel de la reine Hortense, il fut ministre de l'Intérieur en 1851 et prit des mesures draconiennes ; c'est le type de l'affairiste véreux. Vallès oppose ces tarés à la chanteuse Thérésa, d'origine populaire, qui se révéla vers 1864 à l'Alcazar en chantant « C'est dans le nez que ça m' chatouille ». Louis Veuillot l'appelle « La Diva du Ruisseau ». Vallès l'a célébrée dans *Le Figaro* du 21 janvier 1866, parce qu'elle n'est pas une « roucouleuse banale ».

13. Gambetta, 1838-1882, avocat qui se distingua dans l'opposition à l'Empire lors du procès de la souscription Baudin, en 1868. Député en 1869, dans l'opposition républicaine. Ministre de l'Intérieur, puis de l'Intérieur et de la Guerre, en 1870 ; partisan de la résistance à outrance. Il donna sa démission après la capitulation de Paris. Député, chef des républicains en 1876 ; partisan de l'amnistie en 1879. Député de Ménilmontant en 1881, organisateur du « grand ministère » du 13 novembre 1881, qui ne dura que jusqu'en 1882. Rédacteur en chef de *La République française*. Vallès exécrait sa faconde et sa facilité depuis sa jeunesse, et lui reprochait d'être allé se réfugier en Espagne durant la Commune.

Page 104.

14. Gaston de Roquelaure, 1617-1683, maréchal de camp, puis lieutenant général des armées du roi, et gouverneur de Guyenne en 1676. Très brave, homme à bonnes fortunes, il était surnommé « l'homme le plus laid de France ». En 1727, un recueil apocryphe, *Aventures divertissantes du duc de Roquelaure*, parut à Cologne.

CHAPITRE IX

Page 105.

1. C'est l'article qui attaque les députés de Paris en des termes dont on retrouve quelques-uns dans *L'Insurgé* même. Jules Favre « commence ses discours par un signe de la croix et un bénédicité » ; Pelletan « est religiosâtre comme M. Favre est religieux » ; son ciel est fait de l'apothéose de Lamartine, contre Proudhon ; « M. Jules Simon nous reste : Pet de Loup

devenu Pet de Brebis. Le professeur a trempé sa férule dans le miel. » Il a « inventé un Dieu de poche facile à porter en voyage ». Paru le 23 novembre 1867 dans *La Rue*, cet article s'intitule « La Tribune », ce qui explique que Vallès, dans son brouillon, commence le chapitre par « Un article de *La Tribune* ». Ce titre est remplacé par celui du « *Carrefour* » dans *La Nouvelle Revue*.

Page 106.

2. Vallès écrivit pour Larousse un article, qui ne fut pas publié alors, sur la bataille de Waterloo (1868). Il collabora aussi, auparavant, au *Dictionnaire universel* (1856) de Lachâtre (1814-1900), républicain emprisonné à cause de la publication de ce dictionnaire et des *Mystères du peuple* de Sue. Il devait collaborer en 1871 au *Vengeur* de Pyat, et fuir à l'étranger après la Commune.

3. Gustave Planche, 1808-1857, critique fort sévère de Hugo et de Lamartine, grand admirateur de George Sand, fut un maître de Vallès, qui lui consacra l'article « Un Réfractaire illustre » repris dans *Les Réfractaires*.

Page 107.

4. Dramatisation de l'une des nombreuses anecdotes concernant le grand peintre de l'Antiquité : ne parvenant pas à peindre à sa convenance un cheval écumant, il jeta, d'impatience, son éponge mouillée sur le tableau, et parvint ainsi à l'effet qu'il recherchait.

Page 108.

5. La pension Laveur, 6, rue des Poitevins, était fréquentée par la bohème littéraire. Vallès fréquenta aussi dans sa besogneuse jeunesse « Viot l'empoisonneur et Rousseau l'aquatique » (*La Rue*). « Laveur » disparut en 1896 avec le percement de la rue Danton, et fut transporté rue Serpente.

6. Toussenel (1803-1885), fouriériste, collaborateur de *La Démocratie pacifique*, retiré de la politique sous l'Empire. Victor Considérant (1808-1893) dirigea le fouriériste *Phalanstère* en 1832 et *La Phalange* en 1836, puis *La Démocratie pacifique* en 1843. Siège à la commission du Luxembourg, doit s'exiler après la journée du 13 juin 1849 ; adhère à l'Internationale en 1869, et se montre partisan modéré de la Commune.

7. La brasserie Andler ou Handler, rue Hautefeuille, était aussi fréquentée par Baudelaire et Champfleury.

CHAPITRE X

Page 110.

1. Vallès confond ici les deux « séjours » qu'il fit à Sainte-Pélagie; il avait déjà évoqué cette prison, et les personnages de Langlois et de Courbet, dans le « Journal d'Arthur Vingtras », *Gil Blas*, 7 mars 1882. Il allait reprendre dans *La France* du 22 septembre (« Tableau de la France ») la description du « seul coin de Paris où l'on fût libre sous l'Empire ». Sainte-Pélagie se trouvait au croisement de la rue de la Clef et de la Rue du Puits-de-l'Ermite.

2. Pierre Leroux, 1797-1871, fondateur de *La Revue indépendante* et de *L'Encyclopédie nouvelle*, député en 1848 et 1849, exilé en 1851 jusqu'en 1859. La Commune donne le 13 avril 1871 une tournure officielle à ses funérailles, en vertu de son attitude en 1848, mais tout en répudiant « l'école mystique » dont il était partisan.

Page 111.

3. Ce surnom populaire du pot de chambre viendrait-il, comme l'insinue le *Larousse du XIX*e *siècle*, de l'hymne de Pâques « Vide, Thomas » ?

Page 112.

4. A. Peyrat, 1812-1891, rédacteur en chef de *La Presse*, fondateur en 1865 de *L'Avenir national*, auteur de *Histoire et Religion* (1858) et de *La Révolution et le livre de Quinet* (1866). Élu député en 1871, il siège à l'extrême gauche, se montre modérateur à propos de la Commune. Puis il évolue au Sénat, en 1876, vers le conservatisme; il devient vice-président du Sénat en 1882. Vallès lui reprocha violemment son évolution dans *Le Cri du peuple* du 17 février 1884.

Page 113.

5. François Cantagrel, 1810-1887, disciple de Fourier, ingénieur, gérant de *La Phalange* et de *La Démocratie*, exilé après la journée du 13 juin 1849, amnistié en 1859. Il collabora à *La Réforme*. Durant la Commune, il participe au Comité de Défense; il est de ce fait condamné à la prison en juin 1871. Conseiller municipal dès juillet 1871, député partisan de l'amnistie en 1876. Il a écrit à la gloire de Fourier *Le Fou du Palais Royal* (1841) et *Les Enfants du Phalanstère* (1844). On voit comme Vallès accommode les utopistes!

Page 114.

6. Amédée-Jérôme Langlois, rédacteur au *Peuple* de Proudhon. Participe à la journée du 13 juin 1849, est condamné à la déportation et gracié après le coup d'État. Membre de l'Internationale, se prononce contre le communisme et contre la suppression de l'héritage au congrès de Bâle (1869). Après le 4 septembre, il devient chef de bataillon et commandant d'un régiment de marche avec le grade de lieutenant-colonel. Député le 8 février 1871. Vallès détestait celui qu'il classait parmi les « théoriciens» dans *Le Cri du peuple*, 27 janvier 1884.

Page 115.

7. Courbet, 1819-1877, qui refusa la Croix à l'Empire et fut élu du VIᵉ arrondissement pendant la Commune. Accusé d'avoir organisé la destruction de la colonne Vendôme, il fut condamné à la prison et aux frais de reconstruction en septembre 1871. Il mourut exilé en Suisse. Son accent franc-comtois, son allure paysanne, étaient cultivés par lui. Vallès lui consacra un article dans *Le Réveil* du 6 janvier 1878.

Page 116.

8. Henri Tolain, 1828-1897, ciseleur en bronze. Député de Paris, siégeant à l'extrême gauche, il refusa pourtant d'approuver la Commune. Sénateur de la Seine de 1876, 1882 et 1891, il participa en 1891 à la Conférence du Travail à Berlin.

9. Frédéric Falloux, 1811-1886. Député royaliste en 1846, membre de l'Assemblée constituante en 1848. Il proposa la dissolution des ateliers nationaux et fut donc l'un des responsables de l'insurrection de Juin. Ministre de l'Instruction publique, auteur de la loi de 1850 sur la « liberté de l'enseignement », en faveur du clergé. Arrêté en 1851. Académicien en 1856, partisan du catholicisme libéral. Réélu député en 1871, il évolua vers la République conservatrice.

Page 117.

10. Adam Smith, 1723-1790, philosophe écossais et économiste lié avec Turgot et les Encyclopédistes. Il a écrit *Recherches sur la nature et les causes de la richesse des nations* (1776). J.-B. Say, 1767-1832, libre-échangiste, auteur d'un *Cours complet d'économie politique pratique* (1828-1830).

11. Joseph Perrachon, monteur en bronze, 1829-1878. Membre de l'Internationale, signataire en 1864 du Manifeste des Soixante, reste fidèle au collectivisme, à la différence de Tolain. Commissaire général à la Monnaie durant la Commune,

exilé en Belgique, condamné par contumace à vingt ans de travaux forcés, il obtient de rentrer en France pour y mourir.

CHAPITRE XI

Page 119.

1. Prison politique, dans la Somme, durant le second Empire. Barbès, Blanqui, Raspail y furent incarcérés.

Page 120.

2. Les « *Conciones* », harangues latines choisies par Henri Estienne, ont été un livre classique en rhétorique durant trois siècles. Voir chapitre XX de *L'Enfant*, « Mes Humanités ».

3. La Bièvre, qui passait à la Glacière, rue Mouffetard et rue de la Clef, se jetait dans la Seine vers la gare d'Austerlitz. Aujourd'hui égout, elle ne fut couverte complètement qu'en 1910. Huysmans a célébré le charme triste de ses fabriques.

Page 122.

4. Ruault, tailleur de pierres, impliqué dans le complot de l'Hippodrome et le complot de l'Opéra-Comique en 1853. Il se mit à la solde de la police, et fut fusillé par la Commune le 25 mai 1871.

5. Jean-Charles Mabille, 1812-1882. Après avoir construit une barricade en juin 1848, il fut condamné à dix ans de détention, et, par la suite, appartint aux sociétés secrètes et fut emprisonné à Mazas. Sous la Commune, il fut délégué au commissariat Saint-Vincent-de-Paul, puis inspecteur près du commissaire de police de la Chaussée-d'Antin. Il s'enfuit en Angleterre et en Suisse, fut arrêté en France en 1874 et déporté en Nouvelle-Calédonie. Amnistié en 1879, il mourut à l'hospice de Bicêtre en janvier 1882.

Page 124.

6. Bernard Pornin, né en 1797. Manifeste en 1834, puis en 1839; deux fois incarcéré. En février 1848, cet ouvrier gantier fut nommé commandant des Montagnards, licencié le 16 mai. Quoique compromis en juin, il échappa à la déportation et fut mis en liberté en octobre. Mais pour s'être opposé au coup d'État de 1851, il fut déporté en Guyane en 1852.

Page 126.

7. Largillière, 1811-1871, ébéniste. Condamné en juin aux travaux forcés à perpétuité par le Conseil de Guerre, puis

gracié. Il fut impliqué dans un complot blanquiste (l'affaire
« du café de la Renaissance »), en 1866 ; en fait, c'était lui qui
l'avait dénoncé à la police impériale dont il était un agent. Il
se glissa dans le comité électoral de Vallès en 1869. Son dossier
fut publié pendant le siège. L'un des cinquante otages de la
Commune fusillés rue Haxo.

Il faut remarquer la scène où les anciens de 1848 marquent,
dans ce chapitre, de la sensibilité pour une enfant : Vallès
montre les anciens de 1871 aussi sensibles pour le neveu de
Marie Ferré, *Le Réveil*, 29 mai 1882 (*Œuvres complètes*, III,
215). Un lien de plus entre 1848 et 1871.

CHAPITRE XII

Page 127.

1. Jules Simon, 1814-1896. Agrégé de philosophie, devient
maître de conférences à l'École normale, puis supplée Cousin
à la Sorbonne. Élu à la Constituante et nommé conseiller
d'État en 1848. Il refuse le serment à l'Empire, adhère à l'Internationale en 1865-1866. Député républicain en 1869.
Ministre de l'Instruction publique en 1871-1873, membre de
l'Académie française et sénateur inamovible en 1875, président du Conseil de décembre 1876 à mai 1877. Il a, depuis
1869, évolué considérablement vers le conservatisme. Il
publia en 1854 *Le Devoir*, en 1856 *La Religion naturelle*, en
1859 *La Liberté de conscience*. Son ouvrage sur *L'Ouvrière*, dont
la troisième édition parut en 1861, le présentait comme un
« spécialiste de la question sociale ».

Page 128.

2. Auguste Passedouet, 1838-1876, administrateur du *Réfractaire* de Vallès en 1869 et opposant de longue date à l'Empire.
Maire du XIIIᵉ arrondissement pendant le siège ; pendant la
Commune, collaborateur à *La Montagne* de Maroteau et chef
de la XIXᵉ légion. Arrêté le 28 mai 1871, déporté à la presqu'île Ducos en Nouvelle-Calédonie, il y mourut fou. Vallès
rappelle d'autre part que sa candidature était celle des
« hommes de Juin » ; il fonda en effet, à Belleville, le « Comité
électoral des hommes de Juin ».

Page 129.

3. Lachaud, avocat, rival « officiel » de Jules Simon dans la
VIIIᵉ circonscription.

Page 134.

4. Une lettre d'Albert Perrenoud à Séverine, datée de 1892, et citée par G. Delfau, donne à cet ami le nom de « Tardif » et livre sur l'affaire de « corruption » qui devait tant peser sur la vie de Vallès une version assez verbeuse et embarrassée. Nous maintenons le nom de Tardy, qui apparaît dans l'article de Jules Vallès cité à la note suivante. Il prend soin d'y donner les véritables noms de ceux qui ont été les témoins de son innocence.

5. Voici la version que donne Vallès de l'incident, dans l'article capital de *La Révolution française* du 24 février 1879, « Explications », sous forme d'une lettre à Albert Callet. Le bruit d'avoir été vendu à l'Empire contre J. Simon fut lancé, dit Vallès, pendant qu'il était chef du 191e bataillon. La vérité est la suivante : Passedouet et deux ou trois autres lui demandent de se présenter ; la demande a lieu dans un restaurant où Vallès dîne avec Gill. Vallès accepte, car Passedouet est une vieille connaissance de Sainte-Pélagie ; il a confiance en lui. L'argent nécessaire vient un peu de Passedouet, un peu d'un autre ; on y joint une barrique de vin blanc. C'est alors que Sapia, du *Courrier français*, se joint à Passedouet. Vallès l'a vu avec Vermorel et Duchêne, et, bien que son allure l'inquiète un peu, il ne récuse pas son aide (il s'agit ici d'un homonyme du Sapia mort le 22 janvier 1871, révolutionnaire indiscutable, lui ; cf. note 7 du chapitre XXIII). Sapia a trouvé un citoyen prêt à faire des sacrifices pour soutenir la candidature… Vallès s'en rapporte à son Comité. Il ne touche pas un sou pour lui, et même perd de l'argent, car il ne peut travailler durant cette campagne. Un jour, un homme vient lui demander des renseignements. Vallès le jette dans l'escalier. « J'ouvris la porte de Tardy le poète, mon voisin — et je le pris à témoin de l'expulsion de ce singulier misérable. » Sapia, désormais, évite Vallès.

CHAPITRE XIII

Page 136.

1. Voici un passage du manuscrit, restitué par L. Scheler, qui suit cet alinéa :

A quoi cela tient-il ? Comment ai-je mérité cet honneur ?
C'est donc en souvenir de La Rue avec ses trente-quatre numéros ou du Peuple avec sa quinzaine de batailles que cette assemblée révolutionnaire m'a nommé comme un de ses commissaires délégués auprès des députés de Paris.

*Je suis là en compagnie d'hommes qui ont des amitiés célèbres
ou une popularité de réunion publique, qui appartiennent chacun
à un groupe — toujours puissant, si petit qu'il soit, quand il
s'agit d'enlever un vote et une décision. Moi, j'ai vécu seul, je ne
suis enrégimenté ni sous le drapeau de Delescluze comme Cournet, ni sous celui de Blanqui comme Humbert [ou*] Trinquet.
Je n'ai pas de longs cheveux et le long passé de Millière. On m'a
nommé tout de même. Quelque chose me dit que c'est une grande
date dans ma vie, le premier pas fait en tête de la foule, l'arrivée
sur le grand chemin où passe le peuple en haillons et en armes!*

*J'ai marché, marché devant moi, un souvenir de Michelet
m'entraînait comme un coup de tambour voilé, et je me suis
trouvé sur le Champ-de-Mars! Il allait prendre là le vent de la
Cité et écouter la terre quand sa pensée était lassée par le travail
ou inquiète de l'avenir.*

*Dans cette immensité, j'ai entendu moi aussi souffler l'espoir
de batailles où les pauvres seraient vengés, et où j'aurais ma part
de peine, mais en même temps ma part d'honneur.*

*Je rôdais dans cette plaine, la redingote déboutonnée, le poi-
trail à l'air, voulant que ma poitrine qui brûlait fût battue par le
vent qui passait et de ma gorge navrée, un cri d'enfant, un cri de
fou est sorti: Aux armes! [Qu'ai-je donc! J'ai qu**] il me semblait qu'il y avait derrière moi toutes mes douleurs et j'ai fait un
geste comme pour leur crier: En avant!*

*Qu'ils riraient, les autres, s'ils me voyaient! Je sens pourtant
qu'il y a de l'orage dans l'air, et des odeurs de poudre dans la
poussière que le vent chasse devant moi.*

2. J.-B. Millière, 1817-1871, avocat, secrétaire au club de la
Révolution de Barbès en 1848, rédacteur de journaux républicains à Dijon. Il se cacha entre 1850 et 1859, et devint en
décembre 1869 rédacteur-gérant de *La Marseillaise*; il fut
arrêté le 8 février 1870, à la suite de l'affaire Victor Noir. Chef
de bataillon, conseiller municipal du XXe arrondissement, il
fut élu député le 8 février 1871 et publia alors un dossier prou-
vant que Jules Favre avait fait usage de faux dans une succes-
sion (*Le Vengeur* du 8 février). Modéré pendant la Commune,
il défendit les ouvriers devant l'Assemblée, ne rallia la Commune qu'en avril 1871, et fut fusillé le 24 mai sur les marches
du Panthéon, par ordre du général de Cissey.

A.-L. Trinquet, 1835-1882, cordonnier, blanquiste, collaborateur à *La Marseillaise*, fut élu à la Commune en avril 1871
par le XXe arrondissement, puis participa aux travaux de la
Commission de sûreté générale. Il fut condamné aux travaux

* Le mot manque.
** Ajouté en marge après coup.

forcés à perpétuité en septembre 1871, déporté à l'île Nou en Nouvelle-Calédonie ; après l'amnistie, il fut inspecteur du matériel de la ville de Paris.

A. Humbert, 1844-1922, blanquiste, plusieurs fois emprisonné sous l'Empire. Écrit dans *La Marseillaise* en 1869 et 1870 ; délégué des vingt arrondissements, un des signataires de l'Affiche rouge du 6 janvier 1871. Collaborateur du *Père Duchêne* et du *Vengeur* sous la Commune. Condamné à la déportation, gracié le 8 mai 1879. Il fut député radical-socialiste en 1886, et président du Conseil municipal de Paris en 1893.

F. Cournet, 1839-1885, journaliste blanquiste, plusieurs fois inquiété, notamment après l'enterrement de Victor Noir. Il commanda l'un des bataillons de Montmartre après le 4 septembre, fut élu député, mais démissionna le 19 mars pour embrasser le parti de la Commune. Il fut délégué à la Guerre. Condamné à mort par contumace, il vécut en exil à Londres jusqu'en 1880.

3. J. Ferry, 1832-1893, célèbre pour avoir publié *Les Comptes fantastiques d'Haussmann*, député républicain de la Seine en 1869. Secrétaire du gouvernement de la Défense nationale après le 4 septembre, puis maire de Paris jusqu'au 18 mars 1871. Ministre de l'Instruction publique qu'il réorganise profondément à partir de 1879. Président du Conseil, partisan d'une politique colonialiste, qui le fit surnommer « Ferry-Tonkin ».

Page 137.

4. Émile de Kératry, 1832-1905, d'abord combattant en Crimée et au Mexique. Il donne sa démission de l'armée en 1865, est élu en 1869 député de l'opposition libérale. Il réclama la convocation de la Chambre dans les délais légaux, alors que le Corps législatif avait été prorogé ; il engagea les députés à lutter contre le décret par les moyens légaux, peut-être par une manifestation place de la Concorde le 26 octobre. Cette manifestation n'eut pas lieu.

Page 139.

5. Ernest Picard, 1821-1877, l'un des « Cinq » de l'opposition élus en 1858 ; réélu en 1869, devient membre de la « Gauche ouverte ». Ministre des Finances après le 4 septembre, député en 1871 et ministre de l'Intérieur, s'applique à faire avorter les Communes de province.

Page 140.

6. Le député J.-A. Manuel, 1775-1827, se fit expulser de l'Assemblée par la force armée, le 4 mars 1823, parce qu'il

s'opposait au projet de Chateaubriand demandant cent millions pour l'intervention de la France en Espagne. Il se retira au château de Maisons-Laffitte.

7. Eugène Pelletan, 1813-1884, collaborateur à *La Presse*, puis, en 1847, rédacteur en chef du *Bien public* de Lamartine. Député de l'opposition en 1863, puis en 1869. Ministre dans le gouvernement de la Défense nationale ; député en 1871, sénateur en 1876. Vallès ne l'aimait pas, et le compare à François Chabot, né en 1759, capucin, puis vicaire de Grégoire et évêque constitutionnel de Blois. Chabot fut élu député, se maria avec la sœur d'un banquier, fit des affaires, et fut exécuté en même temps que Danton le 5 avril 1794.

Page 141.

8. On connaît le rôle de Jules Favre comme ministre des Affaires étrangères du gouvernement provisoire, puis du gouvernement de Thiers. Vallès n'aima jamais cet avocat, qui avait défendu les accusés d'avril 1834, et Orsini. Il était devenu bâtonnier en 1860, et député en 1863.

9. F. Bancel, 1823-1871, député siégeant à la Montagne en 1849, exilé après le 2 décembre, député en 1869, siège à l'extrême gauche.

Page 142.

10. G. Casse, né en 1837 à Pointe-à-Pitre, mort en 1900. Blanquiste, il collabora à *La Jeune France*, au *Travail* avec Clemenceau et Zola, à *La Marseillaise*. Plusieurs fois inquiété sous l'Empire, exclu des Facultés en 1865 pour deux ans. Il commanda le 135e bataillon de la Garde nationale et fut attaché à Grousset sous la Commune. Il fut élu en 1873 représentant de la Guadeloupe, puis fut député de 1876 à 1889, nommé ensuite gouverneur de la Martinique, et finit trésorier-payeur général. Vallès n'estimait pas ce communard qui n'avait pas été inquiété après la Commune.

CHAPITRE XIV

Page 144.

1 Louis-Alfred Briosne, 1825-1873, grand orateur populaire, courtier en lingerie, puis « feuillagiste » dans l'industrie des fleurs artificielles. Il passa des années en prison à Mazas, Sainte-Pélagie et Poissy. Membre du Comité républicain des vingt arrondissements. Il renonça à son siège à la Commune, lors des élections du 16 avril 1871, parce qu'il n'avait pas été élu avec le minimum des voix. Il mourut tuberculeux.

Page 146.

2. Gustave Lefrançais, 1826-1901, blanquiste, instituteur
révoqué en 1850, qui, après un exil à Londres, vivota à Paris
parmi les « réfractaires ». Il devint orateur public dès que le
droit de réunion fut rendu, en 1868. Membre du Comité de
Vigilance du IVe arrondissement, participant au 31 octobre,
arrêté en novembre et condamné à mort ; mais l'exécution
traîna grâce aux démarches rappelées au chapitre XVII ; il fut
sauvé par le 4 septembre. Membre de la minorité dans la
Commune, condamné à mort par contumace, il vécut exilé
en Suisse. Il milita contre Marx et pour Bakounine à Genève,
publia dès 1871 à Genève une *Étude sur le mouvement commu-*
naliste. Gérant de *L'Aurore*, il fut condamné le 15 février 1899,
et mourut paralytique. Vallès parle dans *La Rue* de 1866 (« La
Servitude ») du mort de 1848 que Lefrançais lui rappelle.

Page 147.

3. Il s'agit, non point de Lautréamont, mais du blanquiste
Félix Ducasse, qui fut condamné en 1867 à quinze jours de
prison pour avoir manifesté son opposition sur le passage de
Napoléon III et de l'Empereur d'Autriche, place de l'Hôtel
de Ville.

4. Charles Da Costa, lui aussi blanquiste, lui aussi emprisonné en 1867 pour les mêmes raisons que Ducasse. Des articles lui valurent la prison au printemps de 1870. Il fut employé
aux relations extérieures, puis délégué du Comité de salut
public sous la Commune. Il fut condamné à dix ans de prison,
mais s'enfuit en Angleterre où il gagna sa vie en rédigeant un
journal de courses. Vallès le connaissait bien : il fut gérant de
La Rue de 1870. Son frère Gaston fut déporté en Nouvelle-
Calédonie, après avoir été substitut de la Commune.

5. Grassot : acteur célèbre du Palais-Royal, comique à la
voix enrouée, dans les années 1840. Lassouche joua, lui, les
ahuris au Palais-Royal et aux Variétés dans les années 1850.

CHAPITRE XV

Page 151.

1. Raoul Rigault, 1846-1871, condamné en 1866 pour
appartenance aux sociétés secrètes, puis en 1870 pour avoir
fait paraître un pamphlet contre l'Empire. Collaborateur à *La*
Marseillaise, blanquiste. Membre de la Commune élu par le
VIIIe arrondissement, il fut délégué à la préfecture de police,
puis procureur de la Commune. Il fit fusiller Gustave Chaudey

le 23 mai et, en général, se montra impitoyable. Les Versaillais le fusillèrent le 24 mai, rue Royer-Collard.

Page 152.

2. Victor Noir, né en 1848. C'était le pseudonyme d'Yvan Salmon. A son sujet, on trouve dans le manuscrit de *L'Insurgé* le passage que nous éditons ici, et qui laisse beaucoup à penser :

Rencontré à une conférence de Bancel Victor Noir. C'est mon filleul. Je ne le fréquente guère, parce qu'il est plus arrivé que son parrain, malgré que ce parrain ait un nom et des fils blancs dans la tignasse. Il vit avec les boulevardiers, aux alentours des journaux mêlé-cassis où les orléanistes et les républicains se coudoient et s'entendent pour faire des niches à l'Empire. Il est reporter à La Marseillaise et joue là les figarotiers.

Je lui en veux d'avoir, à une représentation de l'Odéon, pris le rôle de bouledogue en faveur d'un auteur qu'on sifflait comme Mathildien. Je n'étais pas des siffleurs — à quoi bon ? — petite arme bourgeoise, le sifflet! mais les garrottés ont le droit de se servir de toutes les armes et ce n'est pas un gros crime contre la liberté que de croiser une clef forée contre le coupe-chou des sergents de ville féroces et bêtes!

Un blanquiste souffla à outrance dans sa clef quand on nomma l'auteur. Victor Noir bondit sur lui et l'engueula et le menaça de ses gros poings — criant haut pour qu'on remarquât son zèle, et voulant paraître l'hercule de toute la bande boulevardière contre ce mécontent qui appartenait à un groupe d'avancés de la rive gauche.

Mauvaise impression — vilain souvenir! Il me fit l'effet d'un mercenaire et d'un courtisan, ce boxeur et ce savatier! Mais il était si jeune! puis on est indulgent pour ceux dont on a guidé les premiers pas, alors même qu'ils aient [sic] fait l'école buissonnière en dehors du chemin tracé et qu'ils aient préféré la vie facile des [blanc] à celle du père nourricier isolé et violent.

— Comment va!

Et l'on causa! Il était heureux, avait un fixe et serait bien un jour directeur de journal tout comme un autre! du sang plein la peau, de l'espoir plein les yeux. Et habillé par un tailleur de la haute dit-il en caressant le revers d'une redingote qui du reste ne m'enthousiasma point.

— Trop longue : on dirait une lévite de jésuite! ou de quaker protestant.

— C'est exprès — on n'arrive qu'avec des chapeaux à larges ailes et des redingotes à longue jupe. Voyez Floquet!

On se serra la main en riant. Il y a des jours de cela — je

*viens de le revoir sans lévite, avec une déchirure dans sa chemise
blanche et un trou bleu dans la poitrine. Il est mort.*

Jules Vallès ne laissa rien imprimer qui fût si plein de réticences. Dans la seconde *Rue*, à propos du procès du prince Bonaparte, il fait du 20 au 25 mars 1870 un panégyrique du mort, rappelant qu'il l'a lancé dans le journalisme en l'embauchant comme « rabatteur » de nouvelles, alors que Victor Noir était fleuriste. Devenu rédacteur de nombreux journaux (*Le Corsaire, Le Figaro, La Marseillaise*), Victor Noir fut choisi avec Ulrich de Fonvielle comme témoin par Paschal Grousset, journaliste, pour demander réparation à Pierre Bonaparte d'injures que ce dernier lui avait adressées dans *L'Avenir de la Corse*. Pierre Bonaparte tira à bout portant sur Victor Noir, qui mourut quelques instants plus tard, après avoir pu sortir du domicile de l'assassin (10 janvier 1870). Celui-ci, quoique cousin germain de Napoléon III, était mal vu par l'empereur, qui le considérait comme un aventurier hâbleur et violent. Il n'est pas impossible que Pierre Bonaparte ait voulu se réconcilier avec le pouvoir, en attaquant des journalistes de l'opposition.

Page 153.

3. Louis Salmon, dit Louis Noir, né en 1837. Il s'engagea et combattit en Crimée, en Afrique et en Italie. Il se fit ensuite romancier (*Souvenirs d'un zouave*, 1866, *Le Coupeur de têtes*, *Jean Chacal*, *Le Lion du Soudan*). Après la mort de son frère, il fut rédacteur en chef du *Peuple*. Le siège de Paris le vit colonel de la Garde nationale. Il mourut en 1901.

4. « Une bouche de cerise entre des mâchoires de belluaire. Le front était du belluaire aussi : bas et rond, les cheveux collés dessus, comme une coiffe. Oreilles petites, tempes courtes, un buste d'esclave à la porte du cirque! L'œil sauvait le haut, comme la bouche égayait le bas » (Vallès, *La Rue*, 21 mars 1870).

Page 155.

5. Ulrich de Fonvielle, 1833-1911, qui avait tâté de la prison pour son opposition à l'Empire dans *La Marseillaise*. Il était avec Noir le témoin de Paschal Grousset auprès du prince Bonaparte. Il se sépara tout à fait des extrémistes pendant la Commune, et, lieutenant-colonel du 48e de marche, il combattit du côté des Versaillais durant la semaine sanglante.

Page 156.

6. La salle des Folies se trouvait 8, rue de Belleville. Après avoir servi de lieu de réunions politiques, elle accueillit Dra-

nem, Piaf, Fréhel, Georgette Plana, qui y chantèrent. Tout
le quartier meurt sous la pioche des démolisseurs, et nous
avons déjà peine à imaginer ce fief populaire que connut
Vallès, avec la salle Favié et la « Vielleuse » toute proche (voir
note 4, chapitre XXXIV). La dernière barricade, où il combattit, se trouvait rue de Belleville à la hauteur de la rue Ramponneau.

7. *La Revue indépendante* de mars 1885 a publié une lettre
de Vallès à Émile Gautier sur Louise Michel. Elle est fort édi-
fiante sur ce que Vallès pensait des femmes dans la Révolution : « Il me faut l'enfant, à moi, Vallès, derrière le courage
de l'épouse. Vous dites : quand les femmes s'en mêlent, alors
c'est une Révolution sociale! Oui — et je l'ai écrit et crié. Mais
je parlais des mères, des bonnes femmes devenues, *par hasard*,
des barricadières, poussées par l'amour de leurs petits! Louise
Michel serait une *romantique*, si elle n'avait des dons admi-
rables de simplicité... »

Page 157.

8. Les trouillards, ceux dont les fesses font taf-taf, vieil
argot.

Page 159.

9. Albert Breuillé, l'un des rédacteurs de *La Patrie en danger* de Blanqui pendant le siège, du *Cri du peuple* de Vallès
et de *L'Affranchi* de Paschal Grousset sous la Commune.
Sur le néologisme *hiroutisé* appliqué à Rigault, voir note sur
Jean Hiroux, chapitre VIII, note 11.

10. Granger, né en 1844, étudiant en droit converti au blanquisme en 1844. Il fit six mois de prison en 1866 comme com-
plotier. Il commanda pendant le Siège le 159e bataillon de
la Garde nationale; il s'enfuit à Londres après la Commune,
et, de retour en 1880, vécut avec Blanqui jusqu'à la mort de
celui-ci. Puis il devint boulangiste et fut député de 1889 à 1893.
Lui et Breuillé étaient experts dans l'organisation des groupes
de combat blanquistes, sous l'Empire.

Page 161.

11. Gustave Flourens, 1838-1871. Savant biologiste inquiété
pour son athéisme par Victor Duruy, partit pour Londres, puis
enseigna en Belgique, où il connut Charles et François Hugo,
et collabora à *La Rive gauche*. Il participa en 1866 à l'insurrection crétoise. Il revint à Paris en 1869, fut emprisonné, soutint
la candidature de Rochefort et reçut de lui la rubrique militaire de *La Marseillaise*. L'affaire Noir allait le brouiller avec
Rochefort. Il s'enfuit lorsqu'au procès de Blois on le con-

damna à six ans de prison. Il fut chef de bataillon de la Garde nationale et major des remparts pendant le siège. Il prit part au 31 octobre, fut emprisonné à Mazas, délivré en janvier sur un coup de main de Cipriani, et tenta de soulever Belleville. Le 11 mars, il fut condamné à mort par contumace par le troisième conseil de guerre. Il fut élu du XXe arrondissement à la Commune, et tué le 3 avril, après le combat, alors qu'avec Cipriani il s'était réfugié dans une auberge.

Page 162.

12. Le fils aîné de Victor Hugo, opposant à l'Empire, mort à Bordeaux, enterré à Paris le 18 mars 1871.

13. Charles Delescluze, né en 1809, clerc d'avoué. Il fut des journées de 1830, 1832, 1834 et 1836, et exilé en Belgique de 1836 à 1840. Il prit le parti des insurgés de Juin, et connut encore la prison, puis s'exila à Londres de 1850 à 1853, et fut de nouveau pris, emprisonné et déporté, comme instigateur de sociétés secrètes, de 1854 à 1859. Inculpé dans le procès de la souscription Baudin, et défendu par Gambetta qui mit l'Empire en accusation. Il fonda *Le Réveil* en 1869; il fut emprisonné et son journal supprimé après le 22 janvier 1871. Il représenta le IXe arrondissement à la Commune, démissionna de l'Assemblée législative où il avait été élu député. Il fit partie du Comité de salut public le 9 mai. Le 25 mai 1871, il partit se faire volontairement tuer sur la barricade de la place du Château-d'Eau.

Page 165.

14. Paschal Grousset, 1844-1909, rédacteur à *La Marseillaise*. Condamné pour offense à la famille impériale, emprisonné à Sainte-Pélagie. Rédacteur en chef de *La Nouvelle République*, puis de *L'Affranchi* sous la Commune; élu du XVIIIe arrondissement. Condamné à la déportation, il s'évada de la Nouvelle-Calédonie en mars 1874 avec Jourde, et ils gagnèrent Londres. Il fut ensuite député socialiste indépendant en 1893, 1898, et 1902.

Page 166.

15. Auguste Blanqui. 1805-1881, Carbonaro dès 1824, disciple de Saint-Simon en 1829, membre de la Société des Familles en 1836, manifestant en 1848. Il passa presque toute sa vie en prison. Chef de bataillon, il participa aux journées du 31 octobre et du 22 janvier, et fut remis en prison par le gouvernement de Versailles. Les communards tentèrent en vain de l'échanger contre Mgr Darboy. On le libéra en 1879, et il fut candidat malheureux aux élections législatives de Lyon en 1880.

16. Auguste Lançon, peintre et sculpteur, 1836-1887. Il prit parti pour la Commune, passa six mois au camp de Satory, et fut acquitté par le conseil de guerre. Il illustra en 1884 *La Rue à Londres* de Vallès.

17. Sur les rancœurs que suscita en fait *entre révolutionnaires* l'affaire Victor Noir, avant la chute de l'Empire, on lira une lettre de Vallès à Da Costa (*Œuvres complètes*, IV, 1415). Vallès fait état de bruits défavorables répandus sur lui par Grousset et Rochefort, et proteste qu'il était, lui, « près des baïonnettes », tandis que les autres avaient peur.

CHAPITRE XVI

Page 168.

1. Mayence, occupée par les Français en 1793, fut investie par les Prussiens. Ce furent cinquante jours de siège et de famine. La garnison, dont le général était mort, capitula avec les honneurs de la guerre.

2. Henry Bauër, 1851-1915, fils naturel d'Alexandre Dumas père. Condamné par l'Empire le 3 août 1870 à trois mois de prison, puis, le 5, à huit mois. Libéré, de nouveau arrêté par le gouvernement provisoire, il connaît Flourens à Mazas. Major de place à la VI⁵ légion pendant la Commune, collaborateur au *Cri du peuple*, il fut condamné à la déportation à la presqu'île Ducos en Nouvelle-Calédonie. Amnistié en 1879, il devint un chroniqueur et critique renommé, écrivit un roman et des comédies, et, en 1895, son autobiographie : *Mémoires d'un jeune homme.* Il eut pour fils Gérard Bauër, né en 1888, qui se fit connaître comme chroniqueur sous le pseudonyme de « Guermantes », et entra à l'Académie Goncourt en 1948.

Page 169.

3. Hymne interdit jusqu'à la déclaration de guerre de 1870, *La Marseillaise* fut chantée dès la déclaration, à l'Opéra, à la Comédie-Française et jusqu'aux théâtres du Boulevard!

Page 170

4. Theisz, ciseleur en bronze, né en 1839, opposant et condamné sous l'Empire, membre de la Commune pour le VIII⁵ arrondissement et directeur des Postes, puis exilé en Angleterre.

5. Augustin Avrial, ouvrier mécanicien né en 1840, membre de l'Internationale et emprisonné pour cette raison. Il fut de la résistance à Montmartre, le 18 mars; membre de la Commune pour le XI⁵ arrondissement, directeur de l'artillerie;

condamné à mort par contumace, il vécut exilé à Londres, en Alsace et en Suisse jusqu'en 1880. Mort en 1904.

Page 175.

6. Léon Mégy, tourneur en fer et en fonte, 1844-1884, blanquiste condamné par l'Empire, délivré le 4 septembre. Il prit part aux journées du 31 octobre et du 22 janvier, puis partit pour la province afin d'y organiser des Communes. Il s'empara de la préfecture de Marseille le 23 mars, puis dut regagner Paris. Condamné à mort par contumace; il s'était exilé à Genève, puis à New York.

Page 176.

7. Angelo Francia, sculpteur, né à Rodez, exposant au Salon de 1867 à 1882.

Page 177.

8. Alfred Naquet, chimiste, 1834-1916. Républicain, plusieurs fois condamné sous l'Empire. Député en juillet 1871, sénateur en 1882, il avait été le premier partisan de l'amnistie, et fit passer la loi sur le divorce. Il devint boulangiste, après avoir été partisan de Bakounine.

9. Ce chapitre XVI a déjà paru, avec quelques variantes, le 7 février 1882 dans le *Gil Blas*, « Journal d'Arthur Vingtras ». Il rend compte de l'emprisonnement au Dépôt de Vallès, après une manifestation, le 5 août, place Vendôme. Vallès fut ensuite très découragé à propos de l'avenir de la révolution (lettre à Da Costa, *Œuvres complètes*, IV, 1416).

CHAPITRE XVII

Page 178.

1. Gabriel Brideau, né en 1844 dans l'Orne, élève au collège de Mortagne, puis au lycée de Caen. Condamné en 1866 en même temps que d'autres blanquistes, Jaclard, Granger, etc., pour avoir participé à une manifestation. Cogérant de *La Libre Pensée* avec Eudes. Condamné à mort le 29 août 1870 pour sa participation à l'affaire de la Villette, délivré le 4 septembre, cosignataire de l'Affiche rouge du 6 janvier. Commissaire de police sous la Commune. Condamné à mort par contumace, exilé en Angleterre, mort en 1875 à Londres. La rencontre ici décrite par Vallès est assurément « dramatisée », les deux hommes n'ayant pas dû se perdre de vue jusqu'en 1870.

Page 179.

2. Émile Eudes, 1843-1888, militant blanquiste, gérant de
La Libre Pensée, puis de *La Pensée nouvelle;* lui aussi condamné à mort et libéré le 4 septembre. Il participa à la journée du 31 octobre, attaqua l'Hôtel de Ville le 18 mars, fut élu
du XIe arrondissement à la Commune, et délégué à la Guerre.
Condamné à mort par contumace, exilé à Genève et à Londres,
où il fut professeur de français à l'École navale. Il milita dès
son retour en France parmi les blanquistes, participa à la fondation de *Ni Dieu ni maître*, et mourut au cours d'une réunion
publique salle Favié. Rochefort fut le tuteur de ses enfants.

Page 182.

3. Gustave Mathieu, 1808-1877, poète, chansonnier, marin,
marchand de tableaux, représentant de commerce. Collaborateur de *La Marseillaise.* Il avait fondé en 1854 *L'Almanach
de Jean Raisin*, devenu *L'Almanach de Mathieu de la Nièvre.*
4. A. Regnard, né en 1836, blanquiste, interne à la Charité,
collaborateur de *La Patrie en danger* et sous la Commune du
Journal Officiel et de *La Nouvelle République* de Grousset.
Après la Commune, il s'exila en Angleterre et y devint professeur d'Université.
5. Louis Rogeard (1820-1896), professeur qui participa à la
révolution de 1848, fut inquiété en 1855 et 1856, fonda en 1865
avec Longuet la *Rive Gauche* et y fit paraître les *Propos de
Labiénus* qui eurent un succès prodigieux dans l'opposition.
Labiénus est censé, en 7 de notre ère, faire la critique des
Mémoires d'Auguste, alors que Napoléon III venait de faire
paraître une *Vie de César...* « Partout la paix romaine, conquise
sur les Romains... La littérature expirait... la société était
sauvée. » Condamné à cinq ans de prison, il s'exila en Belgique
où il rencontra Blanqui. Collaborateur du *Vengeur* de Pyat, de
La Commune de Millière, membre de la Commune pour le
Ier arrondissement, exilé en Autriche. A son retour, il collabora
au *Rappel.*
6. L'article du 17 juillet 1882 du *Réveil*, intitulé « Michelet », indique bien quelle était la position de Vallès vis-à-vis
de l'historien, après la Commune. Il l'avait jugé avec une
certaine sévérité, lorsqu'il suivait ses cours (cf. *Le Bachelier*);
mais il voyait désormais en lui le grand historien du peuple,
« cet océan qui berce le secret du monde nouveau dans la blouse
verte de ses vagues »; et il s'élevait contre l'éloge que prononça
de Michelet Ferry, « l'homme du siège », le « mitron des pains
de sable et de paille ».

Page 184.

7. Maxime Du Camp, 1822-1894; il fut l'ami de Flaubert qui désapprouva son arrivisme et sa participation (du côté de la répression) aux journées de Juin 1848, où il fut blessé. Il joua un grand rôle dans la vie des revues et journaux : *Revue de Paris, La Revue des Deux Mondes, Le Journal des débats.* Académicien en 1880. Auteur des *Convulsions de Paris* (1878-1879), où il présente la Commune sous un jour tout à fait défavorable. En revanche, il laissa fuir Vallès lors de la Semaine sanglante (voir chapitre XXXIV).

Page 185.

8. Cela semble tout à fait controuvé. Gambetta fit en faveur des condamnés une démarche auprès de Palikao ; Ranc vit le ministre Duvernois ; et le député Dugué de La Fauconnerie intervint auprès de l'Impératrice. Vallès ne dit rien de cela.

CHAPITRE XVIII

Page 187.

1. Victor Pilhès, 1817-1879, commis-voyageur, ami de Proudhon et blanquiste. Député en 1849, condamné à la déportation après la journée du 13 juin 1849, gracié en 1854. Rédacteur à *La Patrie en danger* en septembre 1870 ; tenta vainement de délivrer Blanqui emprisonné, durant la Commune.

Page 190.

2. Jérôme Paturot, héros des romans de Louis Reybaud, type du bourgeois bête et, au besoin, méchant (*Jérôme Paturot à la recherche de la meilleure des Républiques*).

Page 192.

3. Félix Pyat, 1810-1889. Député en 1848 et 1849, condamné à la déportation pour avoir signé l'appel aux armes concernant l'expédition de Rome, amnistié en 1869, collaborateur au *Rappel*. Participe à la journée du 31 octobre, fonde *Le Vengeur* en février 1871, élu du Xe arrondissement à la Commune le 26 mars. Il semble ne guère avoir eu de courage physique, et ne prit point part aux combats. Réfugié en Angleterre, condamné à mort par contumace. Il fut élu député en 1888.

Page 193.

4. Gabriel Ranvier, décorateur sur faïence, 1828-1879. Membre de l'Internationale et du Comité central, il eut sa part

dans la prise de l'Hôtel de Ville le 18 mars, fut élu à la Commune pour Ménilmontant, et membre du Comité de salut public. Il se battit aux Buttes-Chaumont en mai. Exilé en Angleterre, condamné à mort par contumace. Vallès fut en 1877 en correspondance avec lui pour un projet d'histoire (ou d'impressions vécues?) de la Commune. Cf. Delfau, *op. cit.*, p. 133-134.

5. J. E. Oudet, 1826-1909, peintre sur porcelaine, membre de l'Internationale, plusieurs fois inquiété sous l'Empire. Un des orateurs du club Favié. Membre du Comité des vingt arrondissements, signataire des deux Affiches rouges, élu par le XIXe arrondissement à la Commune. Blessé sur les barricades, il réussit à gagner Londres. Condamné à mort par contumace. Il collabora à *La Fédération*, journal de Vésinier l'antimarxiste, que sa fille épousa.

6. Pierre Mallet, peintre sur porcelaine, 1836-1898, fit partie du Comité central des vingt arrondissements, signa l'Affiche rouge du 6 janvier, fut lieutenant d'état-major pendant la Commune; condamné par contumace à la déportation, vécut en exil à Londres.

CHAPITRE XIX

Page 195.

1. Le début de ce chapitre est tout différent dans *La Nouvelle Revue* et *Le Cri du peuple*. Le voici :

6 septembre — salle de la Corderie.

Heureusement, le peuple a tenu ses assises. Dans la salle où les chambres ouvrières avaient leur local, des hommes de l'Internationale, tous les socialistes qui ont un nom — Bolain dans le tas — se sont réunis. Et d'un débat qui a duré quatre heures vient de surgir une force neuve : le Comité des vingt arrondissements.

C'est la section, le district, comme aux grands jours de la Révolution, l'association libre de citoyens qui se sont triés et groupés en faisceau.

Le passage qui commence à « Cinq heures — la Corderie » dans l'édition de 1886 est la reproduction presque sans variante du début d'un article du *Cri du peuple* du 27 février 1871, « Le Parlement en blouse ».

Page 196.

2. Blanqui avait au début de 1848 fait pression sur le gouvernement provisoire pour que les élections soient retardées,

et il avait conduit une manifestation de cent mille partici-
pants au Champ-de-Mars, le 17 mars. Comme il s'était attiré
la haine de beaucoup, la calomnie fut utilisée contre lui.
J. Taschereau publia le 31 mars dans *La Revue rétrospective* un
document faux, tendant à prouver qu'en 1839, Blanqui aurait
fait à la police des révélations sur les sociétés secrètes. Vallès
en parle dans *La Rue* de 1866, où il fait un beau portrait de
Blanqui. L'accusation à laquelle lui-même fut en butte en
1870 ne put qu'augmenter sa sympathie pour le révolutionnaire.

Page 197.

3. La femme de Blanqui mourut le 31 janvier 1841, alors
que lui-même était condamné à la réclusion à vie au Mont-
Saint-Michel.

Page 202.

4. L'attentat d'Orsini contre Napoléon III eut lieu le 14
janvier 1852. Il fut condamné à mort, et exécuté le 13 mars,
pour avoir lancé trois bombes qui firent cent cinquante-six
blessés.

Page 204.

5. Emmanuel Arago, avocat, représentant des Pyrénées-
Orientales en 1848 à la Constituante et à la Législative ; opposant sous l'Empire, plaide lors de l'affaire de la souscription
Baudin. Se déclare contre Ollivier, et contre la guerre. Député
de Paris en 1870, ministre de la Justice, puis de l'Intérieur.
Opposé aux manifestants du 31 octobre. Élu député en février
1871, et sénateur en 1876.

Page 205.

6. Louis Brunereau, fourreur chapelier, 1816-1879. Il cacha
son ami Félix Pyat de septembre à décembre 1869, et fut arrêté
en mars 1870. Chef de bataillon, puis sous-chef d'état-major
sous la Commune. Il se cacha ensuite, puis passa en Suisse en
septembre 1871, puis à Florence. Il avait été condamné par
contumace à la déportation. Son gendre, Gromier, avait lancé
avec lui en mars 1871 *La Patrie en deuil*, qui eut six numéros.

Page 206.

7. Elle se trouvait 13, rue de Belleville.

CHAPITRE XX

Page 208.

1. Vallès rappelle dans ce chapitre, en en présentant une synthèse dramatique, les journées du début d'octobre où une partie de la Garde nationale commence à vouloir agir contre le gouvernement surnommé« de la défaillance nationale » par les éléments révolutionnaires.

Les chapitres XX, XXI, XXII, et une grande partie du chapitre XXIII, n'existent pas dans la version de *La Nouvelle Revue*. Dans la version du *Cri du peuple*, le début de ce chapitre XX existe, jusqu'à « et souffler tout bas le mot d'ordre insurrectionnel »; il se coud à :« 30 octobre. Oudrait et Malbeau... », début du chapitre XXI. Le texte de 1886 est ensuite édité dans *Le Cri du peuple* jusqu'à « dans la citadelle des insurgés de La Villette », chapitre XXI, fin de l'épisode intitulé « 31 octobre ». On trouve d'autre part l'épisode de l'Hôtel de Ville et l'entretien avec Picard dans *Le Réveil* du 4 septembre 1882, « Notes et Croquis », ce qui donne à Vallès la paternité du chapitre XX en son entier.

Page 209.

2. Louis-Antoine Pagès, dit Garnier-Pagès, 1803-1878, qui participa à la Révolution de 1830 et, maire de Paris le 24 février 1848, fut nommé ministre des Finances et se rendit impopulaire en faisant voter l'impôt « des 45 centimes». Député de l'opposition en 1864, et en 1869, il vota contre la guerre. Membre du gouvernement de la Défense nationale. Il quitte la politique en 1871.

Page 212.

3. Louis Vabre, colonel de la Garde nationale, présida après la Commune la cour prévôtale du Châtelet, qui multiplia les condamnations à mort.

CHAPITRE XXI

Page 214.

1. Clément Thomas, 1809-1871, compromis dans un complot et incarcéré en 1835 à Sainte-Pélagie ; il passa deux ans exilé en Angleterre. En 1848, collaborateur du *National*, il fut nommé commandant en chef de la Garde nationale, et répondit par des menaces aux délégations ouvrières des Ateliers

nationaux; il dut donner sa démission parce qu'il désapprouvait l'institution de la Légion d'honneur. Membre de l'Assemblée constituante, il s'opposa à l'élection de Louis Bonaparte, résista au coup d'État et fut exilé. Chef des Gardes nationales de la Seine, puis commandant de la Iʳᵉ armée en novembre 1870, il dirigea les combats de Montretout et Buzenval, donna sa démission le 14 février 1871. Arrêté place Pigalle le 18 mars et fusillé rue des Rosiers. On le haïssait chez les fédérés à cause de sa démission, et plus encore à cause de sa conduite en 1848. Vallès dit qu'il fut reconnu par un gamin (*Le Matin*, 19 mars 1884) et arrêté par un « ancien du faubourg Antoine » (*Le Cri du peuple* du 23 juin).

Page 215.

2. Dans le quartier de la Villette; remplacé par les actuelles avenues Simon Bolivar et Secrétan et la rue des Pyrénées, sur une part de leur parcours.

3. Édouard Vaillant, 1840-1915, médecin, ingénieur, docteur ès-sciences et philosophe. Blanquiste. Il signe l'adresse de juillet 1870 pour les États Unis d'Europe, collabore au *Combat* de Pyat, est l'un des cinq membres désignés par le Comité central pour organiser la journée du 22 janvier. Élu à la Commune par le VIIIᵉ arrondissement, il travaille à la réforme de l'Instruction publique. Il vit en exil à Londres, revient en France après l'amnistie, est élu en 1884 conseiller municipal de Paris, et député en 1893. C'est l'un des fondateurs du parti socialiste en 1905.

Page 222.

4. Victor Grêlier, né en 1831, qui fit toutes sortes de métiers (cuisinier, garde mobile, garçon de lavoir) avant d'entrer à la Garde nationale. Délégué au ministère de l'Intérieur le 18 mars, puis passant au Commerce, à la Guerre, aux Affaires étrangères, à l'Archevêché. Condamné aux travaux forcés à perpétuité (peine commuée en déportation simple) sous prétexte qu'il avait fait passer au *Journal Officiel de la Commune* un décret demandant de brûler le Grand Livre de la Dette publique. Il revint à Paris en 1880.

Page 228.

5. Bouteloup, couvreur; né en 1840, blessé sur une barricade le 25 mai, membre de l'Internationale. Condamné à dix ans de prison et gracié dès 1876.

CHAPITRE XXII

Page 232.

1. Napoléon Gaillard, 1815-1902, babouviste qui fut maintes fois inquiété sous l'Empire. Membre du Comité central des vingt arrondissements. Il fut nommé le 30 avril 1871 commandant de toutes les barricades, mais démissionna quinze jours plus tard, car il était accusé de trop dépenser. Il se réfugia à Genève et fut condamné à la déportation par contumace. D'abord cordonnier, il monta ensuite avec son fils à Carouge, près de Genève, « la buvette de la Commune », sorte de café-musée ; il continuait à militer dans le socialisme. Il mourut concierge à Paris.

Page 233.

2. Non, semble-t-il, mais quelque trois cents voix perdues dans la masse des « Divers ».

CHAPITRE XXIII

Page 235.

1. Ce chapitre est formé de fragments presque textuels du *Cri du peuple* du 23 février 1871 et du 7 janvier 1884, et du *Drapeau* du 19 mars 1871.

2. Paolo Tibaldi, né en 1825, opticien italien. Carbonaro, arrêté pour avoir comploté en 1857 contre la vie de Napoléon III, est déporté à Cayenne. Il lève une légion italienne pendant le siège.

3. Pierre Vésinier, 1824-1902, ancien secrétaire d'Eugène Sue, exilé en Suisse après le 2 décembre. Il publia un pamphlet violent contre l'Impératrice, et des ouvrages légers. Collabore au *Vengeur* de Pyat, est élu de l'arrondissement du Louvre à la Commune, et journaliste à *L'Officiel* et à *L'Affranchi* de Grousset. Réfugié à Londres jusqu'à l'amnistie, il épousa la fille de Ranvier. Il devait calomnier un certain nombre de proscrits dans *La Fédération, journal révolutionnaire et socialiste;* il fut mis au ban par les exilés à partir de 1872.

4. Victor Jaclard, 1843-1903, professeur de mathématiques, exclu de l'Université, après avoir entrepris des études de médecine, en 1865. Organisateur de groupes blanquistes de combat ; prend en 1868, au congrès de Berne, le parti de Bakounine. Se réfugie en Suisse en juillet 1870, revient en France, après le 4 septembre ; participe au 31 octobre. Maire adjoint du

XVIIIe arrondissement, membre du Comité central des vingt arrondissements, chef de la XVIIe légion fédérée, inspecteur des fortifications. Il se bat jusqu'à la fin, aux Batignolles. Il passe en Suisse, puis en Russie, patrie de sa femme, nihiliste issue de l'aristocratie. Il y collabore à la revue *Dielo*. Après l'amnistie, il est conseiller municipal d'Alfortville et délégué au congrès international de Bruxelles en 1891. Il avait tenté d'aider Vallès en exil en plaçant des articles de lui dans une revue russe, *Slovo*.

Page 236.

5. Émile Leverdays, 1822-1890, membre de l'Internationale, proudhonien, membre du comité de vigilance du Ve arrondissement et délégué au Comité central des vingt arrondissements. Partisan de la défense à outrance de Paris, il publie plusieurs brochures en 1870 (*Projet de défense par un système de barricades, La Résistance à outrance*). Le 22 janvier, il ne réussit pas à s'emparer du parc d'artillerie du square Notre-Dame. Après la Commune, passe à Jersey, puis en Belgique, où il exécute pour l'Université de Liège des dessins et travaux micrographiques.

6. Gustave Tridon, 1841-1871, avocat, membre de l'Internationale, déporté en 1865. Un des cinq désignés pour organiser la journée du 22 janvier. Élu à la Commune par le Ve arrondissement, un des rares blanquistes qui se rallièrent à la minorité. Il était rongé par la tuberculose, et en mourut à Bruxelles le 29 août 1871.

Page 238.

7. Théodore Sapia, 1838-1871, militaire républicain, réfugié au Mexique. Capitaine de la Garde nationale à son retour en France, il est tué le 22 janvier; Raoul Rigault, responsable avec lui des gardes nationaux durant cette journée, fit fusiller Chaudey sous l'inculpation d'avoir tué Sapia.

La journée du 22 janvier a été rappelée par Vallès dans un article du 4 décembre 1882 au *Réveil* (« Notes et Croquis »). Le vieillard dont il parle ici serait mort, dans ses bras, d'une balle à la tempe.

Page 239.

8. Goupil, médecin, né en 1838; membre du Comité républicain du VIe arrondissement et commandant du 115e bataillon de la Garde nationale, participe au 31 octobre, écrit au *Combat* de Pyat. Élu du VIe arrondissement à la Commune, membre de la Commission de l'Enseignement, il donne sa démission et se retire près du Mans après les échecs des 3 et

4 avril. Il fut cependant condamné à cinq ans de prison en 1872.

Page 240.

9. Ici recommence la concordance du texte de 1886 avec celui de *La Nouvelle Revue*, et du *Cri du peuple*. Cette phrase est précédée dans *La Nouvelle Revue* des lignes suivantes, qui prouvent que Vallès coupa son texte :

Nous arrivons au 31 octobre. Journée de dupes, mais qui, malgré son dénouement d'apparence négative, devient un point de départ.

Elle ouvre pour le peuple de Paris une phase nouvelle qui, en passant par le 22 janvier, ira aboutir au 18 mars.

Raconter ces trois mois, étape par étape, m'entraînerait à de trop longs développements; je les réserve pour le jour où ces pages seront rassemblées et complétées en volume.

Laissant de côté les préludes de la Commune, passons à la Commune elle-même.

CHAPITRE XXVII

18 mars.   Je me cache. Être pris en ce moment [...] et qu'on les décimerait.

Puis le texte de *La Nouvelle Revue* et du *Cri du peuple*, après la phrase : « Donc, j'ai trouvé asile par là-bas, non loin de la prison où je devais être », continue par le chapitre XXIV de la version de 1886. A part des variantes de détail et un passage du chapitre XXXIV de la version de 1886, que nous signalons, les textes de *La Nouvelle Revue*, du *Cri du peuple*, et de 1886, ne diffèrent plus; mais le décalage de numérotation des chapitres subsiste évidemment, Vallès étant passé de XIX à XXVII dans *La Nouvelle Revue* et *Le Cri du peuple*, et la version de 1886 restituant seulement quatre chapitres entre XIX et l'ancien « XXVII » devenu « XXIV ». Ainsi, *L'Insurgé* de *La Nouvelle Revue* et du *Cri du peuple* se ferme sur un chapitre XXXVIII, et non XXXV. Le manuscrit, tel qu'il se présente, ne permet pas de conjecturer quelle aurait été la décision finale de Vallès. On peut cependant imaginer que la journée du 22 janvier aurait fait l'objet d'un développement autonome — et, peut-être, l'histoire du *Cri du peuple* et du *Drapeau*.

Page 241.

10. On sait combien l'auteur de *Mes prisons*, qui passa neuf ans au Spielberg, frappa les imaginations romantiques.

Page 242.

11. Sous le titre « Il y a onze ans », Vallès a conté tout au long dans *Le Réveil* du 20 mars 1882 (*Œuvres complètes*, III, 200) l'histoire de la suppression, et donné l'article écrit par lui pour *Le Drapeau* mort-né. Le 19 mars 1884, sous le titre « Le 18 mars », dans *Le Matin* (*Œuvres complètes*, III, 257) il en a tiré argument pour démontrer que le peuple du 18 mars fit, sans chefs ni conseils, sa révolution.

CHAPITRE XXIV

Page 243.

1. Claude Martin Lecomte, né en 1817, général de brigade en 1870, qui avait été chargé par Vinoy d'enlever les canons de la butte Montmartre.

Page 245.

2. Paul Brunel, né en 1830, militaire de carrière, participa au 31 octobre, s'opposa à l'armistice et fut incarcéré le 11 février 1871 pour deux ans, pour usurpation du titre de général. Nommé général sous la Commune, élu du VIIᵉ arrondissement, grièvement blessé en mai. Il réussit à s'enfuir en Angleterre et fut professeur à l'École navale de Darmouth.

Page 246.

3. Émile Duval, 1840-1871, ouvrier fondeur, blanquiste, membre de l'Internationale en 1867, mais pour peu de temps. Spécialiste de l'organisation des groupes de combat blanquistes. Adhère de nouveau en 1870 à l'Internationale, ce qui lui vaut d'être arrêté. Un des signataires de l'Affiche du 6 janvier, participe aux journées du 31 octobre et du 22 janvier, s'empare le 18 mars de la préfecture de Police. Élu à la Commune par le XIIIᵉ arrondissement ; nommé général, il participe aux combats de Châtillon, se rend au général Pellé et est fusillé sur-le-champ sur l'ordre du général Vinoy. Son acte de décès n'ayant pas été dressé, il fut condamné par contumace à la déportation en 1872 !

Page 248.

4. Édouard Moreau, orateur, membre du Comité central, contrôleur du *Journal Officiel*. Arrêté le 25 mai 1871, il fut fusillé à la caserne Lobau, mais condamné, comme Duval, par contumace, en 1872.

5. Jacques Durand, né en 1817, cordonnier, membre de

l'Internationale, chef de bataillon de la Garde nationale, membre de la Commune aux élections du 16 avril. Il fut lui aussi fusillé, le 25 mai 1871, à la caserne Lobau. Il avait été signataire du manifeste de juillet 1870 sur les États Unis d'Europe et contre la guerre.

6. Ibos : commandant du 106e bataillon, essentiellement formé de mobiles bretons, avec lequel Jules Ferry reprit l'Hôtel de Ville aux gardes nationaux parisiens.

CHAPITRE XXV

Page 251.

1. La Ligue d'union républicaine des Droits de Paris, créée pour faire pièce au Comité central par les radicaux (Clemenceau, Floquet, Lockroy entre autres).

Page 253.

2. Eugène Varlin, 1839-1871, membre de l'Internationale depuis 1865 et défenseur de ses camarades au procès de 1868. Exilé jusqu'au 4 septembre ; élu à la Commune par le VIe arrondissement, délégué aux Finances, combattant jusqu'au dernier moment. Reconnu le 28 mai, place Cadet, par un prêtre en civil, il fut lynché par la foule et fusillé mourant, rue des Rosiers. Il était ouvrier relieur.

Page 254.

3. Théophile Ferré, 1846-1871, très lié avec Louise Michel. Blanquiste plusieurs fois condamné avant la Commune, un des signataires de l'Affiche du 6 janvier ; élu à la Commune par le XVIIe arrondissement, membre de la Commission de Sûreté générale, substitut du procureur de la Commune, partisan du Comité de salut public. Ce révolutionnaire, implacable pour lui comme pour les autres, fut condamné à mort, et fusillé le 28 novembre 1871 à Satory.

4. Antoine Chanzy, 1823-1883, Saint-Cyrien ; en Algérie jusqu'en 1870, puis l'un des bons officiers durant la guerre. Élu député le 8 février, s'oppose aux propositions de paix. Arrêté par les Communards le 18 mars, il fut relâché sur l'ordre du Comité central contre la promesse de ne pas combattre la Commune. Gouverneur de l'Algérie en 1873, sénateur en 1875, ambassadeur de France en Russie.

CHAPITRE XXVI

Page 256.

1. Cet article parut dans *Le Cri du peuple* du 28 mars 1871 Notons que la fête révolutionnaire frappa, par son enthousiasme et sa beauté, même ceux qui n'étaient pas communards, comme Catulle Mendès.

Page 258.

2. Gustave Chaudey, 1817-1871, exilé en Suisse de 1851 à 1853, ami de Proudhon, membre de l'Internationale en 1865 et 1866, opposé à l'Empire. Adjoint au maire de Paris Jules Ferry, il se trouvait le 22 janvier à l'Hôtel de Ville et recevait les délégués des bataillons quand la fusillade eut lieu. Rigault le fit interner à Sainte-Pélagie, et fusiller le 23 mai.

CHAPITRE XXVII

Page 260.

1. Noël et Chapsal, auteurs d'une grammaire qui fut longtemps classique.

Page 261.

2. Francis Magnard, né en 1837, collaborateur à *L'Événement* et au *Figaro*, était l'ami de Vallès qui publia dans *La Rue* plusieurs de ses chroniques.

Page 262.

3. C'est Édouard « Roullier » qu'il faut lire. Cordonnier, membre du Comité central des vingt arrondissements, signataire des deux Affiches rouges, sous-chef de la police municipale et membre de la commission du travail pendant la Commune. Réfugié à Londres, condamné par contumace à la déportation. Mort en 1903. Son passage à l'Instruction publique, avec Pilotell et Paget-Lupicin le proudhonien, auteur de *L'Éducateur populaire*, ne dura que jusqu'à l'installation de la commission de l'enseignement, à la fin de mars.

CHAPITRE XXVIII

Page 270.

1. Pierre Tirard, 1827-1893, député-maire du IIe arrondissement, et membre élu de la Commune. Il se rallia le 28 mars

à Versailles. Réélu député en 1876 ; plusieurs fois ministre, et antiboulangiste en 1888.

Page 271.

2. Victor Clément, né en 1824, qu'il ne faut pas confondre avec le chansonnier du *Temps des cerises*, J.-B. Clément. Ouvrier teinturier, élu à la Commune par le XVe arrondissement, se range du côté des minoritaires. Condamné en 1871 à trois ans de prison.

Page 272.

3. Lucien Scheler a publié un fragment du manuscrit de Vallès, qui en dit long sur le jugement profond qu'il portait sur Delescluze, l'un des principaux instigateurs du Comité de salut public :

Le mannequin du jacobinisme, la maquette du puritain, la carcasse de quatre-vingt-treize, le portemanteau de la Montagne, le filleul de Robespierre, le spectre en chair sèche et en os sans moelle de la première Révolution ! Un revenant avec une férule à la main, le suaire des conventionnels pour chemise, marchant comme un somnambule et tapant comme un frère fouetteur dans l'ombre de la Révolution. Comique comme les ombres qui se rallongent ou se rapetissent suivant la nappe de lune ou de soleil, le nez d'aigle s'écrasant en pomme de terre sur le mur, ou le menton à la Napoléon se relevant en sabot de polichinelle, le masque s'écrasant et se creusant, le géant devenant un nain, le maigre ayant l'air d'un poussah, Cassius paraissant gras comme César.

Statue qui fait la moue — conviction qui fait la grimace — cuirasse qui a des airs de corset — homme de fer qui a une tête de carton, épée qui joue le busc, écharpe qui joue le carcan.

La lèvre a le pli amer et boudeur, un ourlet de morgue — le menton de ce prophète est en sabot comme un menton de fée, et le nez ossu et charneux rappelle le pif en bois de polichinelle autant que le marbre de Napoléon. L'œil est gris et dur comme celui d'un pion — le teint a des rougeurs de sang caillé, la peau est dure. On dirait qu'on a collé là-dessus des écailles de masque ou que cela s'est pétrifié — dans un bain, oui, dans le bain de 93.

Le développement du chapitre rappelle l'opposition que Vallès manifesta toujours aux jacobins, disciples de Rousseau qu'il appelle un « pisse-froid » au grand déplaisir de ses camarades dans *Le Bachelier* (chapitre vi).

Page 273.

4. Alexandre Auguste Ledru-Rollin, 1807-1874, ministre de l'Intérieur dans le gouvernement provisoire de 1848, député

à la Constituante et à la Législative, met son talent d'avocat au service du socialisme et tente en vain, le 13 juin 1849, de créer une convention révolutionnaire : il doit ensuite s'exiler, condamné à la déportation ; l'Empire l'impliqua dans un complot et le condamna lui aussi à la déportation en 1857. Rentré en 1870, il fut élu député par trois circonscriptions, mais démissionna parce qu'il estimait illégales les élections. Député de l'extrême gauche en 1874.

Page 274.

5. Exemple souvent cité par Vallès de pape autoritaire et rusé, qui n'hésita pas à contrefaire la maladie pour être élu pape. Après son élection, Sixte Quint jeta, dit-on, ses béquilles — au grand déplaisir de ceux qui l'avaient choisi en comptant sur sa mort prochaine!

Page 275.

6. Publié en 1862, après *Ces dames* (1860), le « livre sur Bullier ».

Page 277.

7. Lucien Scheler a publié les autres portraits qui suivent dans le manuscrit, ainsi qu'un passage situé par Vallès au début du chapitre suivant :

La grande taille de Ranvier, son air de crucifié, lui ont donné tout de suite sa place sur le Calvaire des blousiers, en ce pays de Belleville plein d'ouvriers misérables. On a vu le pâle dans tous les comités socialistes, à l'affût de toutes les occasions de révolte, et debout à toutes les tribunes populaires.

Il est devenu mon ami, le soir [de l'enterrement de Victor Noir], où il me dit d'une voix blanche, en toussant :« Si nous pouvions être tués, une centaine, cela avancerait beaucoup les affaires! »

Et il demanda une gomme, qu'il tourna du bout de sa cuiller, sans vouloir de cognac dedans.

Presque jamais seuls, les chefs du peuple, ayant toujours un frère de tribune [ou d'action] avec eux : Legallois et Briosne — Ducasse et Bologne — Ranvier et Poirier.

Poirier, mécanicien — aussi noir que Ranvier est pâle, aussi large que Ranvier est maigre — le type de l'homme d'usines. Ils ont toujours l'air doux et fort, et du sang comme de la braise sous la peau, et des yeux comme des éclats de charbon neuf, ceux qui travaillent devant les fournaises.

Poirier est le poignet de Ranvier, un poignet de fer, il en est le porte-voix aussi avec sa voix bourrue. Il promène sous sa

*tignasse brune et laineuse, comme un bonnet de chauffeur, la
même pensée que Ranvier et il a le même cœur dans sa poitrine
d'Hercule. N'ayant pas d'enfant, il s'est fait le second père des
petits du grand pâle, tandis que sa femme prenait auprès d'eux
la place de la morte. C'est touchant ces mariages d'idées et de
pauvreté, ces ouvriers soudés au même but, cette nichée qui gran-
dit près de deux paternités, sous l'aile de l'amie qui reste, — les
yeux de tous fixés sur la prochaine bataille ! Les enfants appren-
tis de la lutte, comme on l'est d'un métier, les hommes se tuant
pour vivre, et vivant pour qu'un jour on les tue...*

*Que vient faire Ranc dans la Commune ? Il a été Maire sous
le Siège, et les bourgeois ne disent que du bien de lui ! Les révolutionnaires n'en disent pas de mal. Il a été l'ami de Blanqui puis il
a failli être si énergique tant de fois ! Il a arrêté les lettres, il a
arrêté Joinville ! et l'a relâché. Il a dû arrêter Jules Simon, il a
dû faire fusiller Cocardeau. Cocardeau se porte à merveille. Il a
dû faire un tas de choses ! Jules Simon lui a ri au nez. C'est qu'il
n'hésite pas, lui ! Il coupe l'air de ses petits bras avec des gestes de
guillotineur — SST ! et il pousse de petits gloussements d'énergie, FFF ! gloussements de poule dont les chroniqueurs amis font
des cocoricos de grand coq. Je ne discute pas avec mes ennemis,
moi je les supprime — SSS ! — FFF ! — le nez et la main sont
révolutionnaires ; il n'y a pas à dire. Puis il est fin ! Voyez
comme je suis fin... et il fait la roue avec ses yeux, avec son lorgnon, avec sa tête, avec son dos, avec son ventre, avec son derrière
qu'il n'a pas vilain ! Il est fin comme ceux qui nagent entre deux
eaux, qui ménagent la chèvre et le chou, qui lâchent et morigènent
les roulés ! Que voulez-[vous]. Fallait pas qu'y aille ! — qui se
font les compères des arrivés. Je mettrai la pièce de cinq francs
dans le citron ! C'est le Domingo de Gambetta !*

*Arnould n'a pas été Maire, mais il a été adjoint, il n'a pas
rompu en visière avec les Ferry, mais il est resté avec la bande
Delescluze. Il n'a jamais mis le pied chez nous, jamais il n'a
montré son nez dans nos révoltes — il attendait avec Delescluze
que nous eussions tâté le terrain le 21 janvier. Pendant tout le
Siège, il a vécu près des traîtres de la Défense. Mais je ne lui en
veux pas — il n'a menti ni à lui ni à nous ! Il n'est pas fait pour
avancer, le sabre au clair avec un groupe de téméraires sur la
place publique, pour envoyer le premier coup de fusil dans les
vitres des casernes, pour crier : En avant ! à trois ou quatre pelés
et à un tondu venus pour mettre ce qui leur reste de cheveux et
de peau au service d'une idée qui a besoin de morts comme fas-
cines pour monter à l'assaut, et qui répond à leurs souffrances et
à leurs colères d'enfant ou d'homme ! Qu'importe !*

Mais s'il n'a pas cet amour des premières de la *Révolution*, s'il ne vient voir la pièce que quand d'autres ont entendu voler les pommes cuites ou le plomb cru, s'il n'est jamais là au lever du rideau, il est là le lendemain, et le lendemain est aussi gros de dangers que la veille. Il ne bondit pas, mais il ne recule point. Il n'est pas de l'avant-garde mais quand on se rallie on met le drapeau au centre, et *Arnould* va au drapeau ! Il y restera tant qu'il le faudra pour l'honneur.

C'est par modestie peut-être qu'il reste dans les lignes et ne dépasse pas la marge de la corvée due, comme j'ai hésité le 18 mars au soir, non devant le danger à courir et maintes fois couru, mais devant le fardeau à porter ! On ne sait pas pour combien la modestie peut entrer dans ce qu'on appelle la prudence et même la lâcheté des hommes !

Je ne l'ai pas vu dans nos échauffourées. Je ne l'ai pas eu pour voisin dans nos aventures — il a dû les trouver folles comme *Delescluze* les trouvait coupables. Il croit à la méthode et non aux soubresauts.

Il est là ! devant moi, devant le premier pupitre du premier banc à gauche. C'est un homme de cœur qui une fois en marche ne s'arrêtera pas et fixera le but, debout à l'horizon, sans que les fureurs de là-bas ou d'ici l'empêchent d'être juste et lui fassent condamner *Aristide* ou excuser *Rigault* !

J'ai été bien heureux de le voir là !... Il n'y a pas été conduit par sa nature, lui le méthodiste et le doux, l'ancien tenant de *Béranger* ! Il a fallu que la cause lui parût sainte pour qu'il quittât ses livres et la paix de son foyer, sa robe de chambre et ses pantoufles qu'il a toujours, et qu'il vînt, sa queue de rat dans sa redingote à la propriétaire, s'asseoir à l'*Hôtel de Ville* devant ce pupitre sur lequel un sabre de soldat clouera peut-être sa langue !

— La main, mon vieux, et ne te rappelle pas nos brouilles et mes blagues ! Nous sommes partis du pied gauche ensemble, nous allons continuer la route coude à coude ! C'est quelque chose d'être deux qui se connaissent et qui s'aiment dans cette mêlée ! Les horions et même les agonies sont moins durs quand quelqu'un est là pour vous dire courage ou adieu !...

— Début du chapitre suivant :

Journée superbe ! toute claire et toute dorée. Ah ! qu'il fait bon vivre !

La séance n'ouvre qu'à deux heures. J'ai envie de ressusciter toute une matinée de jeunesse. Par ces ciels-là quand j'étais riche j'aimais à aller voir scintiller la rivière comme une grande glace *blanche cassée et à regarder aussi scintiller au soleil la cime des arbres, les feuilles faisant sous le vent le même bruit que le flot léchant la plage. J'ai soif de cette fraîcheur, de ces remous d'eau bleue et de feuillage vert. J'ai faim, faim de ce plat de guinguette qui sentait comme les sauces au bleu de ma mère. C'est mon enfance autant que ma jeunesse qui ouvre ses narines pour respirer le parfum de la casserole où mijotait la matelote. De la casserole où nous mijotons aussi — à l'étouffée, et sans laurier, je veux sauter vers l'herbe et avoir la tête chatouillée par les branches en attendant que je sois à mon tour coupé tout vivant comme une anguille par le coupe-choux des soldats.*

Je sens venir le moment. Il me tombe comme un voile de plomb sur les yeux quelquefois ! Je me figure que je n'ai plus que huit jours à vivre. Et cette idée ne me fait pas trop peur, mais elle m'humilie. Disparaître dans ce chaos ! N'avoir même pas gravé sur mon pupitre de la Commune une ligne qui resterait comme la marque de mon passage à travers la tempête. Parmi les épaves du naufrage, on verra bien mon nom écrit dans quelque coin — mais je n'ai pas trouvé le temps ou l'éloquence pour formuler une pensée qui aurait été mon testament. Ce ne serait rien si l'œuvre commune portait en elle sa gloire dont chacun des vaincus aurait un reflet ! Les nécessités de la défense et la guerre intestine ont mangé jour par jour, heure par heure, l'étoffe que chacun pouvait avoir en soi : cette étoffe-là a servi à recoudre le drapeau sur les remparts, à le rapiécer dans la Commune. Personne n'a donné sa mesure, et la voix du canon a couvert de son trémolo monotone et grognon toutes les voix convaincues — bien grêles à côté de cette basse formidable.

CHAPITRE XXIX

Page 279.

1. Gustave-Paul Cluseret, 1823-1900, Saint-Cyrien, participa à la répression de Juin, mais fut mis en non-activité en 1850 à cause de ses opinions républicaines ; il fut réintégré, envoyé en Algérie et en Crimée, rayé des cadres pour trafics illicites. Il passa en Amérique et fit la guerre de Sécession dans les rangs nordistes. Revient en France en 1867, naturalisé Américain. Collabore au *Rappel*, à *La Tribune*, fonde *L'Art*, adhère à l'Internationale. Fait partie du Comité central des vingt arrondissements, et de la Commune pour le XVIIIe. Évacue le fort d'Issy dans la nuit du 29 au 30 avril, est écroué à Mazas, mis en accusation, acquitté et libéré le 21 mai. Condamné en août par contumace à la déportation, puis condamné

de nouveau, cette fois à mort, il demeura en exil à Constantinople jusqu'en 1884. Député socialiste en 1888. Au total, un personnage bien déroutant!

2. Alfred Billioray, 1841-1877, peintre, peu engagé avant janvier 1871, très actif ensuite dans les clubs et à la Commune où il représentait le XIVe arrondissement. Partisan de l'action directe, membre du Comité de salut public le 11 mai, demande la suppression du travail de nuit des boulangers et des journalistes. Caché chez sa sœur, arrêté le 3 juin 1871, condamné à la déportation; mais, tuberculeux, il est incarcéré à Thouars, s'évade le 11 mars 1875, est repris et embarqué sur sa demande pour la Nouvelle-Calédonie, où il meurt.

3. Iaroslav Dombrowski, 1836-1871, condamné en 1863 pour avoir organisé le soulèvement polonais, fuit en 1865 alors qu'il était conduit en Sibérie. Commandant de la Place de Paris pendant la Commune, mortellement blessé le 23 mai rue des Poissonniers. Il mourut à Lariboisière. On pense que cette mort fut volontaire, car il était suspecté de trahison par les fédérés, prompts à formuler cette accusation dans les derniers jours de la Commune.

CHAPITRE XXX

Page 282.

1. Pierre Langevin, 1843-1913. Ouvrier mécanicien qui fonda en 1863 le syndicat de sa profession, puis, en 1869, le Cercle d'études sociales. Membre de l'Internationale, condamné en 1870, relâché en septembre. Participe à la journée du 31 octobre, élu membre de la Commune, par le XVe arrondissement. Minoritaire. Condamné par contumace à la déportation, réfugié en Alsace, puis à Londres.

2. Maxime Lisbonne, 1839-1905, pittoresque « d'Artagnan de la Commune », engagé dans l'armée jusqu'en 1864, goûtant aux bataillons disciplinaires d'Afrique, puis directeur des Folies Saint-Antoine, en faillite en 1868. Membre du Comité central, puis chef de légion sous la Commune, et lieutenant-colonel attaché à l'état-major de La Cécilia le 1er mai 1871. Il commanda plusieurs barricades, notamment à la Croix-Rouge, et eut les jambes fracassées le 26 mai au Château-d'Eau. Déporté en Nouvelle-Calédonie, il fonda à son retour des cabarets, des journaux, et fit encore faillite. Ce ne fut certes pas un grand chef militaire.

3. Napoléon La Cécilia, 1835-1878, successivement professeur de mathématiques à Iéna, volontaire garibaldien en 1860, professeur de sanscrit à Naples, professeur de mathématiques

à Ulm. Engagé en 1870, lieutenant d'un bataillon de francs-tireurs, il est nommé sous la Commune, le 24 avril, général. Il s'exile à Londres et y devient professeur de français, puis meurt de tuberculose en Égypte. Condamné par contumace à la déportation.

CHAPITRE XXXI

Page 289.

1. Charles Gambon, 1820-1887. Avocat, représentant en 1848, républicain, opposé en Juin à l'état de siège, arrêté après le 13 juin 1849 et déporté. Condamné en janvier 1870. Collaborateur à *La Marseillaise*. Élu du Xe arrondissement à la Commune, vote pour le Comité de salut public et collabore au *Vengeur*. Exilé en Belgique, puis à Genève, condamné à mort par contumace. Il milite dans l'Internationale durant son exil, puis est élu en 1882 député radical.

2. Dominique Régère, vétérinaire, 1816-1893, proscrit en 1851, amnistié en 1859, membre de l'Internationale, élu du Ve arrondissement à la Commune, membre de la Commission des Finances, partisan du Comité de salut public. Condamné à la déportation en Nouvelle-Calédonie, après avoir eu durant le procès une attitude qu'on ne peut qualifier de courageuse : il fit envoyer par des ecclésiastiques à son avocat des attestations, et d'autre part, comme l'écrit Longuet, fut « doux comme un mouton, se donnant des airs de conciliateur et même d'homme d'ordre ». On peut du reste lire son interrogatoire (16 et 17 août 1871) dans *Le Procès des Insurgés de la Commune*.

Page 294.

3. François Jourde, 1843-1893, membre de la Commission des Finances de la Commune, célèbre pour son intégrité. Il refusa de prendre l'or de la Banque de France; cet acte fut diversement jugé par la suite, et Vallès pensa lui aussi que c'était peut-être trop de scrupule. Minoritaire. Condamné à la déportation, il s'évada en 1874 de Nouméa, gagna l'Australie, puis Strasbourg et Londres.

Page 295.

4. Peut-être Gustave Wurth, membre de l'Internationale, juge d'instruction, qui assista à l'exécution de Vaysset. Condamné à mort par contumace. En exil à Bruxelles, puis à Londres.

Page 296.

5. Eugène Vermersch, 1845-1878, d'abord rédacteur en chef en 1866 du *Hanneton*, *journal des toqués*, puis collaborateur de *La Marseillaise* et du *Cri du peuple*. Il reprit en 1871 *Le Père Duchêne* de Hébert, très lu, le seul concurrent véritable du *Cri du peuple* auprès du public. C'était un journal volontairement aussi véhément et grossier que son prédécesseur de la Révolution. Condamné à mort par contumace, réfugié à Londres, fonde le *Qui-Vive!* et *Le Vermersch-Journal*. Il y mène une campagne contre ses compagnons de proscription. Cela lui vaut une gifle de Constant Martin. Mort à l'asile de fous. Vallès lui consacra un article après sa mort, dans *Le Voltaire* du 18 octobre 1878.

Page 297.

6. Arthur Arnould, le vieil ami de Vallès (qui ne se privait pas cependant de lui reprocher son attitude au début de la Commune, comme on l'a vu dans le manuscrit), avait été élu représentant à la Commune du Ier arrondissement, et dut se réfugier en Suisse. Il y écrivit une très intéressante histoire de la Commune, puis il donna dans le roman-feuilleton et publia sous le pseudonyme de Mathey une quantité de livres sentimentaux. Il se convertit aussi à la théosophie et fonda *Le Lotus bleu*. Mort en 1895.

CHAPITRE XXXII

Page 301.

1. Aimable Pélissier, 1794-1864, duc de Malakoff, fit périr asphyxiés des Arabes réfugiés dans les grottes de l'Ouled Ria en 1845. Partisan de l'Empire, il prit la tour de Malakoff en 1855. Vice-président du Sénat; ambassadeur de France à Londres; gouverneur de l'Algérie de 1860 à 1864.

Page 302.

2. Larochette, journaliste, collaborateur au *Vengeur* de Pyat; Maxime Vuillaume le mentionne dans ses *Cahiers rouges*.

Page 303.

3. Phrase écrite par Casimir Bouis dans *Le Cri du peuple*.

Page 306.

4. Sémerie, docteur en médecine chargé de diriger le secours aux blessés fédérés. Son attitude n'était pas politiquement

des plus violentes, et il avait été cosignataire de l'affiche de conciliation du 21 mars. Il se fixa à Bruxelles après la Commune ; c'est chez lui que Vallès rencontra Séverine.

5. Charles Longuet, 1839-1903, exilé pour son opposition à l'Empire de 1864 à 1867. Membre de l'Internationale. Participe à la journée du 21 octobre, représente Passy à la Commune, est rédacteur en chef du *Journal Officiel*. Condamné à la déportation par contumace, il vit à Londres où il devient le gendre de Karl Marx et enseigne le français à Oxford. Milite à Paris après l'amnistie.

CHAPITRE XXXIII

Page 312.

1. Jean Malézieux, 1814-1882, forgeron décoré en 1830, qui participa aux journées de 1831, 1834, février et juin 1848. Il tira jusqu'au dernier moment, le 22 janvier 1871, place de l'Hôtel de Ville, et combattit en mai sur les dernières barricades. Vallès avait une telle admiration pour lui que lorsqu'il écrivit *La Commune de Paris*, il le prit pour modèle de son héros Beaudouin. Déporté en Nouvelle-Calédonie, il se pendit de misère à son retour en France. Vallès lui consacra un article le 13 mars 1882, dans *Le Réveil* (*Œuvres complètes*, III, 196).

Page 313.

2. Gustave Genton, 1825-1872, sculpteur sur bois, blanquiste, opposant et condamné par l'Empire, organisateur des groupes de combat. Membre du Comité central. Condamné à mort et fusillé par les Versaillais sur ses béquilles, car il avait été grièvement blessé le 25 mai.

3. Louis Bonjean, 1804-1871, magistrat, sénateur, président de la chambre des requêtes à la Cour de cassation en 1865. L'un des otages arrêtés le 10 avril. Quant à l'archevêque de Paris, Georges Darboy, qui n'avait pas voulu quitter Paris le 18 mars, il fut arrêté le 4 avril. Otage avec Bonjean, l'abbé Deguerry, curé de la Madeleine, l'abbé Allard, et deux jésuites, les pères Clerc et Ducoudray. Il fut exécuté avec eux le 24 mai. Vallès revint souvent sur l'exécution de Mᵍʳ Darboy, dont on ne peut évidemment dire qu'elle soit tout à l'honneur de la Commune, en en rejetant la responsabilité sur Thiers qui ne voulut pas échanger l'archevêque contre Blanqui (notamment dans l'article « Deux fusillés », *Le Cri du peuple*, 12 décembre 1884, *Œuvres complètes*, III, p. 306). C'est Ferré qui signa l'ordre

de son exécution, désapprouvée par Vermorel, Theisz, Avrial, Jourde.

Page 314.

4. Vaysset avait proposé un million à Dombrowski pour passer du côté de Versailles ; Dombrowski prévint le Comité de salut public, et Vaysset fut fusillé le 24 mai sur le Pont-Neuf, puis jeté à la Seine.

5. Denis Affre, 1793-1848, archevêque de Paris en 1840, tenta de s'interposer le 25 juin 1848 entre les barricadiers et les troupes gouvernementales, et fut tué par une balle venue des rangs de ces dernières. « Que mon sang soit le dernier versé », dit-il.

Page 315.

6. Benjamin Flotte, 1814 ?-1888, blanquiste, exilé en Amérique après 1848, rédacteur de *La Patrie en danger* après le 4 septembre, cosignataire de l'Affiche rouge du 6 janvier. Il tenta d'obtenir l'échange de Mgr Darboy contre Blanqui. Après la Commune, il repartit pour l'Amérique.

Page 317.

7. Charles Beslay, 1795-1878, député en 1831 mais démissionnaire par conviction socialiste ; député à la Constituante en 1848, ami intime de Proudhon. Franc-maçon. Membre de l'Internationale en 1866. Participe en 1870 à la fondation de la ligue républicaine de défense à outrance. Cosignataire de l'Affiche rouge du 6 janvier. Membre de la Commune pour le VIe arrondissement. Le 30 mars, délégué à la Banque de France, et, comme Jourde, refusant d'en utiliser l'or. Exilé en Suisse. Il a écrit en 1873 des *Souvenirs* et, en 1877, *La Vérité sur la Commune.*

Page 318.

8. G. Galliffet, 1830-1909, engagé volontaire en 1848, célèbre par ses services en Crimée, au Mexique et en Algérie, était général de brigade lorsqu'il commanda à Sedan une charge furieuse qui lui valut, dit-on, l'admiration de Guillaume II lui-même. Fait prisonnier, il rentra en France en mars 1871. Peu de militaires se firent une réputation aussi sanglante lors de la répression de la Commune. Galliffet dirigeait une brigade de cavalerie versaillaise, et fut d'une impitoyable cruauté. Il devait devenir en 1875 général de division, se rallier à la République, et faire partie en 1885 du comité supérieur de la Guerre. Il fut quelques mois ministre de la Guerre en 1899.

Page 319.

9. Maxime Vuillaume écrit que lorsque les otages furent emmenés de la Roquette à la rue Haxo, sous les coups et les immondices, une femme criait : « Cochons! Vous ne baiserez plus nos filles! »

CHAPITRE XXXIV

Page 320.

1. Zéphyrin Camélinat, 1840-1932, ciseleur en bronze, proudhonien, signataire en 1864 du *Manifeste des Soixante*, en 1870 du manifeste contre la guerre. Membre de l'Internationale. Directeur de la Monnaie pendant la Commune. Exilé à Londres,. condamné par contumace à la déportation, l'un des fondateurs du « Cercle d'Études sociales ». Gracié en 1879, député socialiste en 1880. Il fut militant à la S. F. I. O. et opta au congrès de Tours pour le parti communiste.

2. Le fameux député, mort le 3 décembre 1851 lors du coup d'État. On avait en décembre 1868 ouvert dans les journaux républicains une souscription pour lui ériger un monument ; ce fut l'origine d'un retentissant procès.

Page 321.

3. *La Nouvelle Revue* et *Le Cri du peuple* comportent un paragraphe non retenu dans l'édition de 1886 :

Dimanche, 5 h du matin. Un bruit dans la rue. Un fourmillement semblable à celui des fédérés quand ils passaient rue de Grenelle sur le corps de l'homme au poitrail sanglant.
Nous sommes à la barricade...

Page 322.

4. « La Vielleuse », en fait, enseigne d'un magasin. On peut encore voir, au début de la rue de Belleville, le café-restaurant « La Vielleuse », et la musicienne figurée sur une glace située derrière le vieux comptoir. Cette glace a été fêlée en 1918 par un obus de la grosse Bertha ; elle porte donc un double témoignage sur l'histoire de Paris.

Page 330.

5. *Gil Blas*, 28 mars 1882 : « Je le vis pour l'avant-dernière fois — coïncidence tragique — dans cette rue des Prêtres Saint-Germain l'Auxerrois où, le 24 mai 1871, fut assassiné, sous le nom de Jacques Vingtras, un jeune homme qui s'appelait Alexandre Martin et qui répudiait l'insurrection. » Vallès

dit que Du Camp fit un travail digne d'une « hyène » dans *Les Convulsions de Paris*, mais au moins, a été franc dans son parti pris pour les bourgeois (*Œuvres complètes*, III, 204).

Page 331.

6. Jules Troubat, secrétaire en 1861 de Sainte-Beuve, qui était mort en 1869, laissant un livre sur Proudhon (édité en 1872). Né en 1836, Troubat, bibliothécaire au palais de Compiègne, puis à la Bibliothèque nationale, publia des souvenirs et des poèmes. Il était franc-maçon. Il écrivit, sous la Commune, dans *Le Vengeur* de Pyat, et assista Élie Reclus dans une commission, à la Bibliothèque nationale.

Page 332.

7. Vallès fit un récit détaillé de son évasion dans *Le Cri du peuple* d'août-septembre 1884 (*Œuvres complètes*, III, 289-301).

CHAPITRE XXXV

Page 333.

1. Les docks du plateau de Satory furent utilisés pour entasser les prisonniers communards. C'est le décor du cinquième acte de *La Commune de Paris*, de Vallès, et l'objet d'un article du *Cri du peuple* du 18 août 1884 (*Œuvres complètes*, III, 285). Vallès s'y montre, comme dans ce chapitre, animé d'un sentiment de vénération qui touche au culte : « Faux impie, religiosâtre rouge, je montrai le poing à ce grand ciel bleu. » Cependant, Vallès refuse le culte. « Blouse inondée de sang », le drapeau rouge est célébré par Vallès tout comme il le fut par Paul Brousse, qui écrivit sa chanson en 1877. Mais :

> *Notre superbe drapeau rouge*
> *Rouge du sang de l'ouvrier*

n'est pas pour Vallès l'emblème de la société dont il souhaite le définitif avènement. Celle-là, il l'a caractérisée dans le manuscrit de *La Commune de Paris* : « Drapeau rouge, progrès du drapeau noir, jusqu'à ce qu'il n'y ait plus de drapeau du tout. » C'est au terme de *L'Insurgé* qu'il est bon de rappeler ces phrases de Lénine : « La Commune de Paris a fourni un grand exemple d'initiative, d'indépendance, de liberté de mouvement. Un centralisme librement consenti, étranger à la routine. » Vallès, jusqu'à sa mort, en appela au Paris créateur, poète de la Révolution, contre tous les Panthéons révolutionnaires.

DOSSIER

Impression Bussière à Saint-Amand (Cher),
le 19 novembre 1991.
Dépôt légal : novembre 1991.
1ᵉʳ dépôt légal dans la collection : juin 1975.
Numéro d'imprimeur : 3253.
ISBN 2-07-036669-3./Imprimé en France.